寇挥 著

Kou Hui
YUNTONG

目录

第一章　　　　001
发射场、算术题

第二章　　　　003
发射场、算术的换算方式

第三章　　　　006
山峰一样的飞船、
小姑娘、小羊群

第四章　　　　009
美丽奴

第五章　　　　012
送别的钻石泪珠

第六章　　　　015
我们M星球的意志

第七章　　　　018
飞船的内部构造

第八章　　　　022
千年孤独

第九章　　　　025
起飞

第十章　　　　029
我们的M星球与外星球
——地球间的距离

第十一章　　　032
降落

第十二章　　　036
烈火中的破壳而出

第十三章　　　039
矮武官

第十四章　　　042
废墟

第十五章　　　045
废墟里的血肉

第十六章　　　049
连与联

第十七章　　　052
尘土变泥泞

第十八章　　　055
渭水

第十九章　　　059
宫殿

第二十章　　　062
皇帝

第二十一章 陨童，是我在这个外星球上的称号	066
第二十二章 我对贤士的重新思考以及送药的目的	069
第二十三章 珍藏品	072
第二十四章 知道是谁在陨石上刻的字吗	075
第二十五章 廷尉	079
第二十六章 阿房宫	082
第二十七章 骊山墓	086
第二十八章 与卫尉在战车上的谈话	090
第二十九章 坑儒川谷（一）	093
第三十章 坑儒川谷（二）	097
第三十一章 坑儒川谷（三）	101
第三十二章 坑儒川谷（四）	105
第三十三章 东山坡下暗下决心	108
第三十四章 何去何从（一）	112
第三十五章 何去何从（二）	117
第三十六章 何去何从（三）	123
第三十七章 我们往东方去（一）	127
第三十八章 我们往东方去（二）	131
第三十九章 我们往东方去（三）	134
第四十章 我们往东方去（四）	137
第四十一章 我们往东方去（五）	140
第四十二章 我们往东方去（六）	143
第四十三章 我们往东方去（七）	148

第四十四章 骊山的东坡	151	第五十六章 修复《诗经》	203
第四十五章 相遇	154	第五十七章 山下	209
第四十六章 侯休对皇帝的分析	159	第五十八章 邀请木匠	213
第四十七章 石晟	163	第五十九章 体重：11,000公斤	216
第四十八章 与石晟算算术	168	第六十章 青铜宝剑与右臂的较量	221
第四十九章 分道扬镳	172	第六十一章 与蒙毅达成协议	223
第五十章 分歧	175	第六十二章 木匠	225
第五十一章 下山（一）	180	第六十三章 造车（一）	231
第五十二章 下山（二）	185	第六十四章 造车（二）	236
第五十三章 学做四言诗	189	第六十五章 造车（三）	242
第五十四章 烧山的大火	193	第六十六章 造车（四）	246
第五十五章 灭火	198	第六十七章 造车（五）	249

第六十八章 造车（六）	256
第六十九章 造车（七）	261
第七十章 出发	264
第七十一章 小村姑娘	267
第七十二章 常露朵姑娘	271
第七十三章 陆朵	276
第七十四章 春光乍泄	281
第七十五章 路遇徐市（一）	286
第七十六章 路遇徐市（二）	291
第七十七章 路遇徐市（三）	296
第七十八章 陆朵之命名	301
第七十九章 华山上远望未来的朝代（一）	304
第八十章 华山上远望未来的朝代（二）	309
第八十一章 华山上远望未来的朝代（三）	313
第八十二章 在华岳巅峰之上对未来进行哲学性的思考	315
第八十三章 我们向东方的大海继续前进（一）	318
第八十四章 我们向东方的大海继续前进（二）	322
第八十五章 我们向东方的大海继续前进（三）	327
第八十六章 我们向东方的大海继续前进（四）	333
第八十七章 我们向东方的大海继续前进（五）	338
第八十八章 我们向东方的大海继续前进（六）	341

章节	页码	章节	页码
第八十九章 农耕	345	第一百零二章 河	400
第九十章 农夫的女儿	350	第一百零三章 巡游与大战（一）	404
第九十一章 农夫的葬礼（一）	354	第一百零四章 巡游与大战（二）	408
第九十二章 农夫的葬礼（二）	358	第一百零五章 巡游与大战（三）	412
第九十三章 农夫的葬礼（三）	361	第一百零六章 巡游与大战（四）	418
第九十四章 农夫的葬礼（四）	364	第一百零七章 胡亥	422
第九十五章 继续东行	369	第一百零八章 秦始皇	425
第九十六章 仰望星空	376	第一百零九章 教育大会（一）	430
第九十七章 梦境时刻	381	第一百一十章 教育大会（二）	435
第九十八章 渭河南岸的晨曦	384	第一百一十一章 教育大会（三）	438
第九十九章 露朵	389	第一百一十二章 教育大会（四）	442
第一百章 渭水东流	394	第一百一十三章 教育大会（五）	452
第一百零一章 蒹葭	397		

第一章
发射场、算术题

我要出发了。这是早已决定了的。这不仅是我个人的决定，也是我所属的这个星球的意志。这个星球名曰 M，距离地球近 5000 粒年。1 粒年约等于 1000 光年。这距离对于地球人来说是连想象都难以触及的，但对我们 M 星球的生命来说却是稀松平常的。我的目的地是地球，我行动的目的则是去拯救那些深陷丹巴热病病毒灾难中的人类。我们接收并破译了地球人的求救信号，得知他们深陷此等灾难之中，而我们 M 星球有杀灭这种可恶病毒的灵丹妙药，还有制造这种药的方法。我的父亲是个一流的医药科学家，是他研制出了这种神药。他叫我把制造这种药的方法，这种药的配方熟记在心，还让我带上了一大包这类药的成品，还有制造这类药的简单的设备。

我现在站在飞船发射场的边沿地带。我的爷爷、奶奶和妈妈、爸爸都来送我了。还有我的爷爷的爷爷、奶奶的奶奶、太爷爷的太爷爷……我的姐姐妹妹，还有哥哥弟弟——大家都来了。你猜一下我的太爷爷的太爷爷的太爷爷有多大年龄了？你的想象力敢于触及你从来没有接触过的领域吗？你一定想不到我的太爷爷的太爷爷的太爷爷已经 9999 岁了，再有一年他就 10,000 岁了。"万岁"这个词儿在我们 M 星球才有实际的意义。这位马上就有 10,000 岁的太爷爷的胡子垂到了脚面上，这样的情形使看到他的人误以为他穿了一件毛发编成的大衣呢。他快速地走到了我的面前，慢慢地抓住了我的手。

"英远，我的好娃哩，我想要来送送你，也要和你交待一些应该注意的问题。我们的 M 星球是知道地球的，但是地球上的生命并不了解我们的 M 星，这是因为从来没有一个地球上的生命到达过我们这里。同样我们 M 星也没有一个人去过地球。单单用时间概念来做一下比较，你就会明白两个星球是多么不同。我们 M 星球的 1 年等于地球年的 1000 年，那么我在咱们 M 星球上活了 9999 年了，换算成地球上的时间是多少年？"太爷爷捋了捋他的雪白的胡须，我突然发现太爷爷的眼珠黑亮黑亮的，里面积蓄了旺盛的光芒。啊，太爷爷的生命力还旺盛得很呢，他足可以再活上 9999 年。但他却向我提出了这样一个一加一等于二的简单问题，他表情的认真劲儿还是把我抓住了。我也是十分认真地回答道：

"9999 后面添上 3 个 0，那么就是 9,999,000 岁。"

我是一字一顿地回答的。

太爷爷在我的脸蛋上亲吻了一下。

"英远啊，我的好孩子，你算得很正确。我还有一道算术题需要你解答呢。孩子，你今年 11 岁了，那么你把你的年龄换算成地球上的年龄，又会是几岁呢？"

第二章
发射场、算术的换算方式

我望着太爷爷黝黑的眼珠——那瞳孔里射出智慧的光,我心想,太爷爷的提问是很认真的,可我却想不通为什么他要我回答这样的问题。太爷爷的雪白的,长长的头发依旧还像青年人的头发那样浓密,披垂在他的身体上,简直就像一件厚厚的暖和的大衣。雪白的大衣,风把它吹起来,在太爷爷的赤腿上飘荡着。

"太爷爷,是1100岁吧。"

我说完后睁大了眼睛看着太爷爷。我没有料到的是他居然哈哈大笑起来了。

"哈哈,啊,我的担心不是没有道理的吧。孩子,你果然少了一个零。"太爷爷用左手拍着我的肩膀,"这可马虎不得啊!"

我醒悟过来。"啊,是11,000岁?怎么可能那么老呢?"我的眼睛里依旧满含着疑惑之光。

太爷爷又一次捋了捋他的白色胡须,还把他的大鬃样的头发往一边撩了一下,长发借助风力飘得更像是飞船的翅膀了。

"孩子啊,我即使没有去过地球,也知道那里的形态是怎样的。地球上有一种生命,他们把自己叫作'人',寿命基本是他们地球时间的100年。你再换算一下吧,把地球人的寿命换算成在咱们M星球的时间,是多少?"

我眨巴眨巴了眼睛。我觉得眼皮里面好像进了沙子,摩擦得我很不好受,我用手揉了揉了它。

"孩子,你怎么了?"太爷爷一脸的关心,"我来给你看看。"太爷爷双手掰开我的眼睑,仔细地检查着。

"你来看看……"太爷爷对我的母亲说。

我的母亲简直就是我们M星球上的星花,她是我们这里最美丽温婉的女性。她在100岁的时候生下了我,我现在11岁了,她现在的年龄是3个1连在一起,换算成地球人的时间的话,就是3个1后面加3个0,是11万1千岁。母亲把头伸过来往我的眼睛里面看,看了半天也没有发现什么异常情况。

"没有啥啊!这孩子也许是紧张了吧?孩子,这没有什么好担心的,到外星球去,这对我们M星球来说是再平常不过的事情,我们每个人去过外星球的次数记都记不清了,就像每天喝水吃饭那样简单和随意。"

"但地球我们却没有一个人去过。"

我的眼睛湿润了。"妈妈,我只是觉得意外……"

母亲吻了一下我的脸蛋。"孩子,你算出来了没有?太爷爷还等着呢。"

这一打岔给予了我充分的时间,我已经把这道算术题完成了。

"100除以1000等于0.1,地球人的寿命只是我们M星球时间的0.1年——人类就这么一点点寿命吗?……"说到这里,我已经泪水涟涟了。我真的为他们的寿命之短暂心痛。

"孩子,不要哭泣,不要流泪,你应该坚强。我们M星球派你去,你肩膀上的担子重着呢。"

我不由得哭出了声。我实在是控制不住自己,虽然没有号啕大哭,但也是泣不成声了。我的母亲把我搂到了怀里。

"我的儿,你怎么这么心软呢?"我的母亲还像我在襁褓中时那样安慰着我。

我的爸爸有些不耐烦了。"英远,不要哭了,你这哪儿像个远行的英雄?"我的爸爸一脸的严肃,"打住!"

我一听见的声音,身体就本能地颤抖了一下。真是严父啊!我爸爸继续严肃地说:

"我们 M 星球上的 0.1 年是个什么概念呢? M 星球的 1 年是 10 天,那么这 0.1 年便是 1 天,我们在 M 星球生活一天,地球上的人就已经过完了一生,就这么一点儿寿命,还遇到了有史以来最重大灾难,有一种可怕的病毒在地球上蔓延,假如得不到遏制,那种病毒将会传遍地球。到了那一天,地球人也就到了末日——一个人也不会留下,将会灭亡的。"

我的爸爸说到这里停下了,我的太爷爷接着说:

"即使这样,地球上还不安宁呢。他们在有限的,咱们 M 星球都觉得可怜的生命时限里胡折腾哩,他们恨不得把他们的家园毁灭了才甘心哩。但这些都不是咱们管的事,叫他们胡闹去吧。你只需把这种救世之药和这种药的制造方法,还有少量的设备带给地球就行了。地球上的物质与咱们星球上的物质没有什么区别,咱们能制造的药品,他们那儿也能够制造。孩子,你只需把药品和方法送到就行了,送到了就按时返回。"

太爷爷说完了,大家一时陷入了沉默。我的妈妈和爸爸,还有太爷爷以及众多的送行者都僵持着。

"记下了没有,孩子?"母亲说。

"记住了。"我说。

大家怔怔地瞪着我。

"我记下了。"

我又说了一次,郑重其事地。

第三章
山峰一样的飞船、小姑娘、小羊群

这儿是我们 M 星球的发射场。发射场这个地方，从前是我们 M 星球的西北地区最广阔的一片高原，高原上矗立起的山峰便是我们 M 星球的飞船。这艘飞船就坐落在高原的北边，距离我们一家所在的位置约 1 公秒的地方。这个"秒"是长度单位，我现在还不知道我们 M 星球所用的这个长度单位与我将要前往的星球的长度单位是如何换算的。假如按照我们 M 星球与地球上的时间单位的换算方式做个类比的话，恐怕还是 1 比 1000 的关系吧。

飞船高高地坐落在高原的北边，把它与山峰相比的话，它也只能算是一座独立的山峰。我的太爷爷、我的爸爸妈妈，还有我的兄弟姐妹们已经把要对我说的告别的叮咛都说了，现在我们一起朝飞船走去。之所以选择这种交通方式，也许是觉得这分别的最后时刻，步行才是最有意义的，我们便就以最有意义的方式告别。

我们这个步行的队伍显得十分庄重，步调一致，认真迈步，竟然没有一个人说话。也许是想到要说的话都说完了，就不要在走路时分心了；也许是觉得这最后的时刻还发出声音来就会破坏掉大家送别时的心情。总之，我们这一家人就这么沉默地走到了飞船跟前。这座飞船，说它是一座山峰真是没有冤枉它呢。我看见山体上还长满了树木和荒草，草木间还有脚步踩出来的小路。小路弯弯曲曲的，还相互交叉着把整个飞船的体表变成了真正的山野似的。更令我吃惊的是，山野间还有一个女孩，七八岁样子，十分美丽，她居然还赶着一群小羊。这个女孩儿正在飞船的体表上放羊呢。

我的心吊起来了。

"太爷爷，你看！"我指着飞船体表上的羊群和女孩说。

太爷爷笑了。我的爸爸也笑了。可我的母亲却喊了起来：

"啊——孩子，快把你的羊从飞船上赶下来吧！"

女孩儿朝山下看了看。

"我的羊还没有吃饱哩！"她的语气里含有嗔怒的成分。

我母亲说：

"你这娃怎么不明事理呢？"

小姑娘说：

"阿姨，你咋这么说话呢？我从生下来就在这山上放羊，你们若是把它赶跑了，我的羊可到哪儿去吃草呢？那不就把它们饿死了哩！"

我的爸爸是个处事不急不躁的人。

"小姑娘，我们家的飞船要飞到另外一个星球上去了，你和你的小羊是不是也想去啊？要是想去的话，就和我家的英远一起去吧，他也好有个伴儿哩。"

我父亲说完朝山上的小姑娘眨巴眨巴眼睛。

"你想到另外一个星球去吗？"

小姑娘把她的大黑眼睛忽闪忽闪了好一阵子。

"我想想这个问题……我的爸爸妈妈会让我去吗？我去了以后谁又放这群可怜的羊呢？我要去的话，就得带着这群小羊，可那儿有没有草吃？我的小羊会不会饿着了？"

小姑娘的头发辫子黝黑黝黑的，粗粗的，长长的，随着她的小脑袋的晃动优美地舞动着。我的太爷爷发话了：

"孩子,你没去过地球,不知道那儿的情况。那儿的飞船可不像我们 M 星球的飞船,那飞船体表上什么也不长的,光滑得很,你的羊到了那儿是没有一点儿草吃的,它们饿急了怎么办?你又会哭着闹着要回来呢。可是英远去了以后,他是重任在肩啊,是要去救助地球上可怜的人们,他们患了可怕的丹巴热病,很长时间了,一直没有药可以根治。英远是去救死扶伤的,如果你也想当一个小天使,你就可以跟我们家的英远一起去啦。"

小姑娘天真的脸上布满了思索的表情。

"我也想跟你们家英远一起去哩,可是你说我的小羊没有草吃,那它们会一个一个饿死的——这可是最叫我伤心的事,我一想到这样的情形就想哭呢。"

"你的确更爱你的羊啊!好了,小姑娘,赶快把它们从飞船上赶下来吧。"我的太爷爷说。

小姑娘的眼睛里居然流下了泪珠,可见她是个感情多么丰富的女孩。她虽然还是个小姑娘,可她的内心却这么柔软,具有同情心。

从小姑娘眼睛里掉出来的泪珠砸到了飞船上,山体发出了巨大的声响。那颗泪珠儿在飞船表面的草丛里滚动着,蹦跳着,像钻石一样滚下山来,竟然弹跳到了我的脚前。我顺势一弯腰,手一伸把它捡了起来。它居然不是液态的,早已凝固得像真的钻石一般了。我把它放进了衣服的口袋里。

第四章
美丽奴

在我们M星球上有个传说——我们的眼泪会变成钻石。可我们M星球的生命是不流泪的,一生几乎连一次泪都不会流的。这个传说在我们M星球人的童年时代会通过长辈的讲述进入到我们的记忆深处,但我没有想到的是,今天它却在我的眼前真真切切地发生了。我把这颗泪捡起来揣进了口袋里,我打算把它带到我即将前往的地球上去。这对我来说是一个珍贵的礼物。可是我一想到那小姑娘和她的小羊群,心里竟然与她同样难过。

太爷爷说:

"这也难为你了,我知道我们家的飞船一飞向地球,你的小羊就没有地方吃草了,你也就没有地方放养你的羊了,羊就会被你的家长卖到大城市去,之后你也会长大成人了。我知道你不但为你的小羊流泪,还为你的童年的结束哭泣呢。这没有什么,坚强一些,你看我的这位小孙子,他叫英远,今年才11岁,可他却要肩负起一项对于他这样的年纪来说十分沉重的任务,要远离家园到地球去,而且是一个人去,这与你的出嫁相比,你觉得哪一个更令人忧伤呢?"

太爷爷说完了,他再一次捋捋他的长及胸脯的白胡须。

"啊,英远啊,你真的要到地球上去吗?"小姑娘脸上的惊讶表情把她的悲伤一扫而光。

我的母亲说:"她在等着你回话呢。"

母亲的提醒把我从另外一个世界拉了回来。

"啊,你的这个问题的答案不是明摆着吗?我马上要出发了。"

小姑娘把她的手在眼睛上抹了一下。她的手白皙粉嫩,还发出一种柔和的光芒。这样一个牧羊姑娘如何会把小手保养得这么细嫩呢?也许这不是保养的问题,是她年纪小的又一个铁证。她确实是个小姑娘啊!

小姑娘把她的小手从眉毛下面放了下来,放到了裙子旁边。她俯身把飞船表面草丛里的牧羊鞭子拿起来,在头顶上空甩了一下,我没有想到那一甩会发出那么响亮悦耳的声响。小羊群被鞭声惊了一下,仿佛刚刚从深沉的梦里醒来,把眼睛睁大了看着它们的主人。小羊们的眼睛具有难以想象的美丽。啊,美丽奴,这是一群美丽奴羊,我们M星球上最美丽的奴隶。可我一想到这里,心里就像是被钢针戳了一下那样疼痛。我知道等小姑娘出嫁了,这群美丽奴就会被她的父母卖给一家城里的肉类加工厂,可怜的羊们就会变成流水线机器里出来的商品,流散到我们M星球各家各户的餐桌上去的。现实历来都是残酷的,在我们M星球上也不会例外。

小羊们像鱼类那样眨眨眼睛,立即就听明白了主人——那小姑娘的命令,那鞭子的梢儿飘起来仿佛是一面袖珍型的旗帜,它并不是抽打羊们的,它只是为了给它们指路。羊们纷纷钻出树丛草薮,集中到了小姑娘的身边,宛若一个生命的漩涡一样,这个漩涡的中心就是小姑娘的身体。小姑娘发出了命令:

"小羊们啊,今天我们要下山了,你们再也不能在这座山上吃草了啊。你们肯定不明白的,它其实并不是真正的山,它是一艘飞船呢。今天这架飞船要发射起飞了,要到一个叫地球的星球上去哩,它距离我们M星球5000粒年呢。飞船起飞,我们在山上的日子也就到了尽头了，这是我们谁也改变不了的现实。等我出嫁了，就再也不能与你们日夜厮守了。你们就要到城市里去了，而我长大之后也会结婚生子；你们去城市里的工厂把自己变成流水线机器里出来的食品，而我在不远的将来变成新娘了啊——可我觉得做这样的新娘还不如变成食品呢……"

  小姑娘说完以后，她再控制不住自己的感情了，她抑止不住地放声痛哭。小羊们也一个个地哭叫起来了。顿时，发射场上一片哭声。小女孩的哭声，小羊们的哭声连成了一片，这使我离别的心又增添了一重忧伤。我没有想到的是，我的离开会造成这样大的麻烦——这有关一个女孩的出嫁和一群小羊的未来——这打乱并终止了她与小羊们正常的生活，我实在是于心不忍啊！

第五章
送别的钻石泪珠

　　飞船上的小路纵横交错、花里胡哨的,像是我们 M 星球上一种动物身体上的美丽斑纹,它们把我将要乘坐的飞向外星球的飞船装扮得异常神秘。我只能用"神秘"这个词儿来形容呈现在我眼前的飞船。这是因为这些小路和小草两边的草木,还有那土壤,把这艘飞船弄得像是其他事物了——这完全是另外一个概念下的事物了。这是我瞬间产生的恍惚感觉。
　　那位无意中送给了我一颗钻石泪珠的小姑娘把她的小羊们赶下了飞船表面的山坡,她也从一个坎儿上往下一跳,离开了飞船。她赶着小羊们隐藏到飞船背后去了。我知道飞船的北面是广袤的高原原野,在这个季节,原野上已经没有任何庄稼了,这是土地休眠的季节。大地也是需要休养生息的,她像一切生命一样,需要喘息,需要睡眠,长长的一觉会把一切劳累和烦恼抛到九霄云外去。
　　我的太爷爷静静地看着我,他的眼睛里充满了深情。这是我们 M 星球上的生命的一种特殊的情愫,我们把它叫作别离。这种别离是有别于其他星球上的所有的离别的。这一去也许就永远不会归来,也许说成是一种永别更为准确。我眼睁睁地看着泪水渗出了太爷爷的眼眶,濡湿了他的雪白的胡须。
　　太爷爷哽咽着说:
　　"英远啊,这分别的时刻,我没有什么送你的,我就把这颗泪珠送给你吧。"

太爷爷从他的睫毛上摘下了刚刚从眼睛和身体深处分泌出来的那颗泪珠,它居然也变成了固体的钻石。太爷爷把固体泪珠递过来了,他的另外一只手把我的手拉住,把我的六根指头掰开了,把那亮晶晶的固体泪珠放到我的手心里。我着实感到意外。

"太爷爷,我的口袋里已经……"我难为情地说。

太爷爷说:

"我看见了,你的口袋里已经藏了一颗那牧羊小姑娘的泪珠,这不影响的,一点儿也不冲突啊。她的泪珠和我的泪珠你都得珍藏好,还有你的爸爸和母亲,还有你的兄弟姐妹们的泪珠,你都得保存着。"

我甚觉意外。也许是我的眼神泄露了我的疑惑,太爷爷说:

"你没有看见他们一个个心里都十分难过,眼睛里已经充满了泪水吗?那泪水立即就会凝固成钻石的。这些都是钻石啊,你到了外星球以后是会用得着的。"

我还在犹豫,还在发呆,我的爸爸和妈妈,我的哥哥弟弟,还有我的姐姐和妹妹——他们满含着分别的伤感,把一颗又一颗钻石泪珠从他们的睫毛上采摘下来了。我突然觉得那些睫毛仿佛是飞船表面上的草木,那些泪水是从天外落下来的露珠,这些露珠是上天的眼泪,是高于我们M星球的我们的神明的造物,是恩赐,是必须要用虔诚来回报的。我的亲人们的钻石泪珠被我一一小心地放进了口袋,那原来空荡荡的口袋已经饱满起来了,鼓囊囊的,我用手把它轻轻地晃了晃,没有料到的是,它们竟然发出了巨大的声响,就像远方的海发生了大地震形成的海啸一样。

我愣怔了一下。

我的太爷爷发现我的意外与不解,他宽慰我说:

"英远啊，那些泪珠放在一起可就是大事情了，你可千万不要随意摇晃抖动它们，它们内心里的能量大得很呢，要是相互结合了，就更不得了……你到了外星球以后会越来越有体会的。总之，你可不能摇晃它们。"太爷爷说完后，又一次捋了捋他的雪白胡须。

我想，既然太爷爷如此说，那为什么还允许我把它们放到一个口袋里呢？我还没有想明白这个问题，太爷爷又说话了：

"可你也不能把它们分别装到不同的口袋里去。"

"这是为什么？"我脱口而出。

"这是因为它们如果独处就会感到难以忍受的孤独——孤独，孩子，你理解吗？它们本来就是我们M星球生命的泪珠，再加上孤独，它们就会消失掉的……"

我吓了一跳。我的心突然一沉。

"这固体钻石还会消失？"我不甘心地问。

太爷爷的眼神严厉了起来，他用很严肃的口吻说：

"英远啊，它们不是钻石，它们是泪珠。你要记住了。"

我伸手从口袋里掏出了一颗钻石泪珠，我把它举到太爷爷的眼前。它放射着明亮晶莹的光芒。光芒是有颜色区别的，不是五色，也不是七色，而是将近三十种色彩。

"孩子，你把它放进口袋里去。"太爷爷几乎是用命令的口吻说的。

我乖乖地把我捏在手里，仍然觉得坚硬如铁的钻石泪珠放进了口袋里。我特别惊讶的是，它们又变成了满满的一口袋泪水。我的手指感觉到的是湿滑和冰冷。

第六章
我们 M 星球的意志

　　我们 M 星球上的泪珠在液体固体之间的转换还是叫我觉得挺难以理解的，我虽然是这个星球上生活，可我毕竟才 11 岁，这样的年纪还没有经历过很多很多事情，自然也就不会无所不知了。分明是钻石那样坚硬的固体，瞬息之间又变成了湿滑的液体，这无疑是源自它本来的性质，它看似钻石，但终究是泪水做的。明白了这样的道理，我也就不再操心这样的事了，就让它们待在我的口袋里吧。我要把它们带到外星球上去，这是亲人们赠予我的告别礼物。那个牧羊小姑娘虽然和我是第一次见面，可她却给我留下了难以磨灭的、深刻的印象；我觉得她好像比我的亲人们还要亲，至于亲到什么样的程度，我又找不到合适的词语表达。她和她的小羊们已经消失到了飞船后面的田野间去了。她和那些小羊们的家是在那北方的山里吗？她又为什么一直在飞船上放羊呢？难道这里面有着什么一时难以说清的秘密？

　　太爷爷看我疑惑的表情，知道我的大脑仍旧在飞速地旋转，还有些事情想不明白。

　　太爷爷说："英远啊，孩子，你是不是在想那个已经走了的小姑娘和她的小羊们？"

　　我默默地点了点头。

　　"你这样年纪的小孩自然是不太清楚的。其实啊，这飞船一旦造好了，就像山峰一样矗立在原野上，它的体表就会长出野草和树木,就像真正的山林一样。我们 M 星球的生命对于飞船这样的机器是见怪不怪的,就把它当作平常事物对待哩。久而久之,这飞船就好像真得变成了山冈一般,有了草丛,有了树林,就会有人经常爬到山峰上去,就会踩出无数条蜿蜿蜒蜒的小路,就会有个小姑娘来放她的小羊们——似乎那群小羊和那小姑娘就是专门为这艘飞船而生的,所以啊,英远你会觉得那小姑娘仿佛是你的亲人,你觉得她可亲,对她充满了思念之情,这是正常的。你不要有什么害羞的感觉。现在你应该进入飞船了。"

太爷爷下了命令。

听到这样的命令,或者说是亲切的指示,我意识到这是最后的告别时刻了。之前我左顾右盼的,迟疑犹豫,对于我要前往另外一个星球这样的事情还不太相信会是真的,这一下子,我的思想明确地感知到了这件事确实是真的,而且已经有了太爷爷的命令。我们 M 星球其实是没有什么国家的,也没有社会这样的概念,我们的星球以自然形成的、靠亲情维系的家庭为基本单位,除了我们家庭的人,再也没有其他人来管理和领导我们。所以我的太爷爷就是我们这个家庭的最高管理者,这个任务也是他决定的。当然,太爷爷是开了家庭会议,让所有的家庭成员都举手表决,这才有了去救助地球上的深陷丹巴热病灾难的人类的决定。他们一致决定让我去把治疗丹巴热病的药物——这种能够把丹巴热病病毒杀灭的药品——送给地球上的千千万万陷入病痛的人们。我已经熟记了制造这种药品的方法和这种药品的配方。这看起来好像是我太爷爷的决定,或是在我的太爷爷领导下的我们整个儿家庭的决定,实际上却是我们 M 星球的意志所决定的。我们都是我们这个星球的意志的体现者和执行者,它用不着管理我们,我们就会自觉地与我们的星球合而为一。

说起来啊,我们的 M 星球也是个巨大的生命体,不要以为它大得无边无际就不是有机的生命体,它是活着的,而且它的思维活动的频率是我们所有的生命都难以企及的。它 1 秒钟可能会运转 100 亿的 100 亿次,可我们的大脑只能运转 1 亿次的 1 亿次。这是我打的一个比方,真正的频率,我也是无能弄清楚的,就连我的太爷爷也不可能弄明白的。

我朝飞船迈开了步子。现在是我走在最前头了,我的太爷爷紧跟着我,后面是我的爸爸妈妈和兄弟姐妹们。我们跨过广场走到了山脚下,这个所谓的山脚应该是带引号的。

我走到飞船跟前了。

我看到的却是真正的山峰、山坡和山脚。恍惚之间,我有些怀疑这艘飞船了。从出生到现在,我哪一天不跟这样的山峦打交道呢?这座山峰,还有远处天边的连绵的山脉,那些起伏纵横的群山,难道它们都是我们 M 星球的飞船吗?

我站住了。我看到了一孔普通的山洞。这山洞与我曾经居住过的窑洞确实没有什么大的差别。我想这就是飞船的太空舱吗?我就得待在这样的山洞里飞翔到外星球去吗?

我的太爷爷拉住了我的手。现在是他走在我的前面了,他牵着我的手把我拉进了山洞。我的亲人们组成的送别队伍也都跟着我和太爷爷一起钻进了山洞。

我没有料到的是,这山洞还真够深的。

第七章
飞船的内部构造

身处飞船的内部之后，我猛然感觉好像是回到了我的婴儿时代——那时候还在母亲的肚子里，在婴儿的宫殿——母亲的子宫。我们M星球的生命对于在母亲的子宫里的日子是有记忆的——那不是一般的记忆，那是永久的、不会磨灭的记忆。那时候在温情又温暖的宫殿里，那样热血与温暖的肉质宫殿就一个人居住，只属于你一个人（当然也有偶然的意外情况，比如说双胞胎、三胞胎什么的），在那样的幸福的宫殿里，一切营养齐备，什么也用不着操心，那么在那样好的条件下，那样好的环境中，我除了进行思考之外，还能干什么呢？那是我们M星球的生命一生中最利于思考的阶段，抓住了那样的机会，就会把世事人道思考明白的。那样的思考会留下陪伴一生的记忆。所以啊，这一进入飞船的内部，我真的就有了回到母亲子宫的感觉。

我的太爷爷和其他送别我的亲人们一时都没有说话，他们也好像是第一次进入飞船的内部，眼睛观察着，大脑思索着，在这样的情况下，他们是顾不上我的。其实，我也不需要他们照顾。这毕竟只是送别嘛，又不是给我上课，给我传授什么知识。说到知识，我还真需要我的太爷爷传授呢。

他们还在打量飞船内部的构造。而我呢，心里也非常惊奇。这飞船里面怎么会什么机关都没有呢？没有按钮，没有仪表盘，没有键盘，也没有拉手和扳手，全是空的，就只有一个空荡荡的山洞嘛。

我把眼光固定到了太爷爷的眼睛上。

"这真的是飞船吗?"我说。

太爷爷听我提出这样的问题,他笑了。他不是大声笑的,只是平和地笑了一下。

"英远啊,若不是我坐过飞船,曾经多次到过外星球,我也会怀疑这飞船哩。它实在是太过于简陋了,这跟我们曾经居住过的窑洞确实没有太大的区别。问题是,飞船的内部一定要很奢华吗?我看不见得。尽管简陋,里面啥也没有,没有任何装置,可它却千真万确是飞船。这便是我们M星球的先进之处,看似简单,其实却是最大程度的复杂。先进嘛,就是把所有的复杂的东西都简化了,到了最最复杂的阶段,看起来就会很简陋。这飞船里面,一没有机关等操作仪器,二没有办公设备,甚至连一张桌子和椅子都没有,一条可怜的板凳都没有。但是,孩子你看,那是什么?"

太爷爷可真会故弄玄虚,而且还一惊一乍的。我顺着他的手指望去,我看到的只是一堆凌乱的麦秸秆儿。好在麦秸秆儿虽然凌乱,却挺干净清新的。这是一堆新鲜的麦草,也许就是今年刚刚收割过后的麦子脱粒后的麦秸秆儿。我想到了牛圈、羊圈里的铺得满地的麦草,被牛粪羊粪豆儿弄得脏兮兮的,牛和羊是不会嫌弃它们的,可我这样一个还相当年少的孩子会觉得难以忍受。

"那是什么?你说啊,孩子!"太爷爷郑重其事地说。

我说:"太爷爷,那是一堆麦秸秆儿啊。"

太爷爷说:"没错,那是一堆麦秸秆儿,可它不是普通的从麦田里收割来的麦秸秆儿,它们是用特殊材料通过特别的机器制造出来的。这堆麦草能够保护你在飞船的内舱里不受颠簸和伤害，你卧在这堆草上，就会安全地到达外星球——那个叫作地球的目的地。"

我心里想：这可真神奇啊！我在我们 M 星球生活了 11 年了，按照太爷爷说的 M 星球与地球时间的比例换算，按地球上的年龄来说，我已经 11,000 岁了，现在却要像牲畜一样卧到草堆里生活了。

我的心思马上就被太爷爷猜到了。

"英远啊，在飞船的内舱里，必须得这样。这舱室宛若是母体里的子宫，每一个宇航员都得像胎儿那样蜷缩在里面，这就像重新出生一样——毕竟是要到另外一个星球上去啊。"

太爷爷的话对于我来说，简直就是醍醐灌顶了。我怎么就如此愚蠢呢？这到外星球去，实在是等同于又一次出生啊！这是要脱胎换骨的。想到这里，我的内心十分难过，眼泪就要涌出来了。

"孩子，你不要难过。你难过了，这说明你理解这次到外星球去究竟是怎么一回事了。可你也不要过于悲伤，这还是有巨大区别的，这毕竟是给这个外星球送灵丹妙药去的，是救助那里的可怜人的。你的角色不是简单的角色，对于那外星球来说，你可以说是他们的救世孩童，叫作神明也未尝不可。"

我的心情焕然一新，不再悲伤了。我高兴了起来，眼睛里放射出喜悦的光芒。

"这就对了，孩子，不要给我们的离别留下不快的阴影。"

"太爷爷，药在哪儿呢？"

我四下里瞅了瞅。飞船舱室里除了这堆零乱的麦草真的没有其他物件了。我的父亲母亲，还有兄弟姐妹们也是一脸的疑惑。通过他们的表情，我知道除了太爷爷之外，没有人知道那将要送到外星球上的消灭丹巴热病的药物是什么、在哪里。

太爷爷又捋开了他的白色胡须。他的雪白长发披垂在身体周围,显得特别有领袖风范。他伸手把我拉到他跟前,用双臂拥抱住我的身体。

"孩子,这是一瓶样品药。"太爷爷说。

太爷爷拿出一瓶药来。药瓶晶莹透明,里面的药片同样的晶莹精致,仿佛是世间的宝石。我把它拿在手里,仔细观察。

药瓶上的商标说明里详细地列举了此药的化学分子结构,还有它的制造方法。

"把它装到你胸前的口袋里吧,仔细保管。"太爷爷叮嘱道,"这是说明书,制造它的方法和它的配方写得明明白白,你最好把它牢记心间,以防万一。"

我看着商标说明,只一遍就把它的内容牢记到心里了。我把它小心地放进了口袋里,之后还下意识地用手去摸了摸,似乎我一不小心,它就会跑掉了,消失了。

我问道:"制造药品的设备呢?"

"在外舱里。"太爷爷说道。

第八章
千年孤独

"这并不复杂啊!"

其实我内心里涌出的想法是:这真的很简单哦!

我的太爷爷笑了。

"连你这 11 岁的儿童都觉得它简单,看来确实是够简单的,可是那外星球上的生命却很难很难发明和创造出来,所以啊,他们至今还在那种可怕的病毒的摧残之下呻吟。那外星球的前景是不难想象的,那种可恶的病毒会在他们人体之间不断地传播,最终会把他们所有的人都传染上的——到那个时候,你能想象那可怕的未来吗?"

我想了想。

"据我们 M 星球上的认知判断,那被传染的人是没有办法痊愈的——那样传染下去,那个外星球就会……"

我不能说下去了,那简直是不敢想象的末日情景。

太爷爷拍拍我的肩膀。"你明白你的任务的意义了吗?"

"我明白了。"我的表情十分庄重,"我一定会代表我们 M 星球把这种救世之药毫发无损地送到地球上去的,我还要在这个外星球上建造制药厂,用流水线大批量地制造这种药品,一定要把外星球上的丹巴热病病毒消灭干净,为外星球人类造福!"

这无疑就算是我的誓言了。这是我当着我的太爷爷、我的父亲母亲、我的兄弟姐妹们宣的誓。当着我的亲人的面宣誓,也就等于向我们博爱的 M 星球宣誓,我不会给我们 M 星球丢脸的，我会把我们 M 星球的博爱精神传遍我即将前往的外星球。"

太爷爷说：

"眼看着这个孩子就成熟起来了。独自去完成一件事，一个任务，这对一个人的成长是有极大帮助的，这会使一个未成熟的孩子迅速长大——我说的不是身体方面的长大，而是心智方面的。英远啊，听到你这样说，我这个做太爷爷的就不再担心了。好了，那么我们现在就退出飞船，我们退出去之后，这个舱室会自动关闭，然后你就任意指挥它吧。想飞到哪儿都行。"

"没有方向盘、仪表操作什么的？"我吃惊地问。

太爷爷依旧不急不躁、不慌不忙地捋捋他的雪白胡须，说："英远啊，孩子，你的心就是方向，你无须操作任何按钮，你的心往哪儿想，飞船就会往哪儿飞，你只要一心想着你将要用一生热爱的地球，飞船就会准确地降落到那儿的。"

这可真神奇！真是顶呱呱。

我的弟弟妹妹们最先出了这个类似山洞的飞船舱室，我的哥哥姐姐们也出去了，随后出去的是我的父亲和母亲，我的太爷爷是倒退着走出去的，他的眼睛一直看着我，脸上的表情是无限的信任和鼓励，还有赞赏和满意。

洞口之外是宽阔的广场，远处是广袤的原野，充满着阳光和神秘的气息。远方的山脉雄伟壮丽，起伏腾跃，奔涌向远方。我知道那无数的山峰其实都是一艘艘的飞船，我们 M 星球的飞船，是会不断地发射向外星球去的，似乎我们 M 星球存在的目的就是为了去拯救其他外星球上的生命。每一艘飞船都有使命，这是从制造它们的第一天就决定了的。

我的太爷爷退到了洞口，他的身后是我的亲人们，但太爷爷的身影似乎过于巨大了，把他们都挡住了。太爷爷向我最后挥了挥手掌,他放大了声音喊道:"孩子,英远——再见了!"

随着太爷爷的"再见了!"之声,飞船的洞门关闭了。它是瞬间就关闭的,几乎比我们的思想意识的速度还要快,因为我还没有意识到,它就把我与我们的 M 星球隔离开了。我的心突然往下一沉,感受到了真正的孤独。这是孩童式的孤独,是还没有长大成人的孤独,是被遗弃之后感觉到的孤独。我被我们的 M 星球派出去了,我失去了我们 M 星球这个大家庭,我的心一下子有多么失落,想必一个有意识有大脑的生命都会猜测和感受到的。这种孤独是千年的孤独,是要用千年的时间才能测量其深度。

第九章
起飞

　　我们 M 星球的飞船就是这么简陋，简陋到你会把它的舱室当作一个普通的羊圈那样对待。我虽然出生在这里，而且已经有了 11 年的生命历程，可我现在是第一次到飞船的舱室里来。平时我们这些孩童看见的就是些山峦、山冈、山峰、山脉什么的，从来没有看见过这山洞一样的舱室。每一艘飞船在它飞越太空的前夕才会自动打开舱室，让执行任务者走到里面去。当太爷爷最后挥动那手臂时，飞船的舱室便以迅雷不及掩耳之速度关闭起来了，舱室关闭之后，这里面的变化更叫我意外。那些土质、石质的混合物质无疑是流动可塑的，它们自动围拢过来，把我包裹到了中央位置里，宛若我变成了蛋黄，而周围则是蛋清。那些麦草铺垫在我的身体下面，柔软而温暖，十分富有弹性，仿佛羊绒毛一般。我的身体也就不自觉地蜷缩起来了——这是为了适应环境的变化。空间缩小了，我的姿势身形便自然而然地随物赋形，我感觉到自己越来越好像是胎儿了，而这舱室则像是母亲的子宫，子宫里还有羊膜腔，腔里有充满着丰富生命营养的羊水。

　　我实在没有想到这座山峰居然像流淌着热血的身体那样收缩和舒张——也就是说，这艘飞船——组成它的物质是土和石——是能够收缩的，我身体紧靠着的洞壁几乎就是温暖的、热乎乎的肌肉，肌肉里是热血，热血在奔流——它越来越紧地把我包裹在了中心，我感觉到的是母亲澎湃汹涌的大爱——就在这样的爱的暖流中,我感觉到飞船起飞了。我在飞船的内部,在它的中心位置里,不能体会目睹它上空的激动和幸福了;而我的太爷爷、我的父亲母亲,还有兄弟姐妹们,他们会睁大了眼睛静静地看着飞船发动起飞。据我所学习的知识,我知道我们 M 星球的飞船是不用燃料的,不用点火,它就这样起飞了。我在它的内核里感受到了起飞,感受着它是如何飞离我们 M 星球的,是如何从高原上升,飞向太空的。泥土和石质包裹着我,我奇怪的是,它们为什么没有了粗糙感和坚硬感,却有难以想象的柔软。我虽然没有眼福目睹飞船的起飞和升空,可我却能依靠自己的想象力想象它是如何展翅飞翔的。是啊,这太有意思了!我想象着一座巨大的山峰飞离地面的情景:既然是山峰,它就不会是齐茬茬地从高原平面上断离开的,它是有根的,它会从大地下面拔出山根来——那山根,宛若是大树的根系一样,是扎得很深很深的——那样的庞大山根根系从大地深处拔出来,几乎与地面以上的山峰同样的巨大,具有同样的高度和深度——那样一个纺锤形的山体——那样一个纺锤形的飞船从我们的 M 星球里拔出来了,飞升向了茫茫的太空——那样一座巨大的山峰飞升上浩荡的星空——虽然不是夜晚,看不见星星,但并不意味着星辰就不存在,它照样是可以叫作星空的——那样壮丽与辉煌的情景用什么词表述都不会过分的。

我感受着飞船的飞行,闭上眼睛,用听觉仔细地感受着飞行——实在是过于新奇了,简直就是神奇,这种飞行是神明才能有的享受。这哪是一艘飞船啊,简直就是一颗宇宙里的星球在按照宇宙的规律运行,一切都是十分自然的,沉稳的,安全的。

这样的胎儿的宫殿——子宫羊膜腔一样的飞船舱室,没有显示屏,我看不到外面的一切,其实啊,不看也好,我的耳朵,

第九章

我的听神经发挥了超乎寻常的功能,它把飞升的过程全部听觉化了,这比睁着眼睛看似乎更耐人寻味,更是一种神奇的感受。我想象着我在一座大山的中心,而这座大山在飞离我们的 M 星球,在飞向遥远的太空,飞向那个叫作地球的星球上的目的地。我几乎看不到任何东西,但我能够听出那飞行的感觉。

这多像是梦啊!

我这是白日做梦吗?

这样一个巨大的物体,它怎么就会飞行呢?没有操作盘,没有能量的消耗,它靠的是什么呢?我的太爷爷说,靠的是意志,也就是说,是靠你的心。你的心怎么想,它就怎么飞。它几乎会与你的心思保持同样的速度,想到哪儿就立即能够到达哪儿。这可是太奇妙了。

我想到了自己的使命和任务。

我是去外星球送救世的良药的。那个叫地球的星球被一种叫丹巴热病的病毒肆虐残害,我们 M 星球如果再不派人去送药救世,那个星球的命运将是不堪设想的。我们的 M 星球尽管远在那个叫作地球的星球的 5000 粒年的距离之外——1 粒年约等于 1000 光年——这是多么遥远的距离啊!可我们 M 星球是不能见死不救的——这是我们 M 星球整个星球的意志。这是含糊不得的。

我睡在飞船的中心,包裹我的舱室似乎越来越小了,我动弹不得,只好发挥我的想象力,去想象吧,去思索吧,反正也没有其他好玩的事可做,控制想象能力的这根神经就占了主导地位。

现在就去想象我的目的地,那外星球上的情形,似乎还为时过早,而且无疑会是不准确的。我可以想象,但依照的无疑还是我们 M 星球的标准,把我们 M 星球上的想象带到地球上去，这显然是不合适的，而且还会给予我认识上的错觉和误导，这是百害无一利的。这又何苦呢！

我可以想想我的下一步的行动——到了目的地之后，我将如何努力去完成使命。我会遇到困难和阻力的，但我是有能力克服的。这外星球上的生命会如何欢迎我呢？他们会像迎来天神那样欢迎我吗？还是会像对待一个异端邪教徒那样把我抓起来，把我放到火刑柱上焚烧？我怎么能这么想呢？这是跑偏了的想象。不会的，我坚信，外星球上的生命都是善良的，以大爱为宗旨的……

想着想着，我感觉到自己的身体被包裹得越来越紧了，我的身体好像也缩小了，这当然是为了适合舱室的变化才发生的变化。但我并没有感觉到不自由，反而觉得越来越自由了。自由的空间似乎变成了无限大的宇宙。包裹我的物质宛若变成了流动的液体，它们在快速地流动，这给了我无限的自由度。我听见了声音。这是飞行过程中的意外情况。仿佛有什么生命，在敲击我的飞船的外壁。你想想，我正在太空里飞行呢，这种敲击声是如何传导进来的？这声音越来越急迫了，仿佛要叮嘱我什么第一重要的秘密。

飞船继续飞行着。敲击声消失了。

我的思维却没有停息下来。这太空里不明的事物多着呢。不同的星球肯定有着不同的高级生命，也许刚才敲击飞船的是神明，他们对于我乘坐的这艘飞船有了兴趣，就飞过来叩问一番，开个玩笑什么的。神明们也是挺调皮的呢。

第十章
我们的 M 星球与外星球——地球间的距离

M 星球与地球间的距离，我在前面已经有过交代，大家也都知道是 5000 粒年。这是我的太爷爷告诉我的，可以说是我们 M 星球上的常识罢了。我们 M 星球的生命也知道外星球地球上的"光年"这一距离单位，这是因为我们的太爷爷辈的生命以及他们的前辈中有个别生命到外星球上去过，也就带回了这个外星球上的距离单位，他们把这样的知识传授给我们这样的后辈，我们也就变得知识渊博起来了。1 粒年等于 1000 光年——这是我们 M 星球的宇宙科学家经过研究之后换算出来的。作为概念性的、没有实际体验的知识，我们只是把它们背诵下来，牢记心间，或者应付考试，或者为了取得我们星球上的好的工作岗位，去参加考试，解答那些试题的。

在我登上飞船起飞之前，我对于那些知识的感受全是概念化的，可以说是死的知识，是没有生命力的，不具有灵动性。现在我的处境变了，我是在飞船的舱室里，我是在茫茫无际的太空里飞行，我对于这个距离概念有了真切的生命感受。

我在飞船的舱室里真正感受到了粒年和光年是怎么回事。这有关无限的飞行、时空的穿越、没有希望的等待、生命的意志力。

我是看不见浩荡宇宙世界的，可是我却能感受它，我的感受几乎是万能的，是无所不能的，我感受到了宇宙的无限大，感受到了星空的辽阔，感受到了星球之间达到极限的距离，感受到了目光所及的星辉,那老死不相往来的绝望。那些存在着低级生命体的星球,那上面的低级生命对于宇宙更是痛彻心扉,他们的孤独是永远的孤独。他们只能想象遥远无际的外星球上有高级的生命体,可他们几千代的生命连一眼外星球的生命都没见过。我的太爷爷那一代生命到达外星球——地球的时间已经无限期地过去了,那应该是好几百年前的事了。我说的可不是外星球地球上的时间概念,而是指的我们 M 星球上的时间概念。M 星球的 1 年等于地球时间的 1000 年。M 星球的几百年换算成地球年,后面要加上 3 个 0 呢,那就是几十万年的地球时间。那个时候地球上的生命还处在超低级阶段,即使他们代代相传,也只能留下神话传说了。至于神话和传说中所说的是不是我们 M 星球上的生命,那是没有办法鉴定的,其他星球上的高级生命照样也可以到达地球的。那是些什么样的生命,以我们 M 星球的地理和天体学知识也不是都能了解的。宇宙空间之大,我们 M 星球也是无能为力去探索的,留下的未知数是无穷的。知识毕竟有限,而未知却是无限的。这便是宇宙间所有星球上存在的生命体的无望和孤独。这是现实,不是梦想与神话。

  我知道自从我乘坐的飞船脱离我们 M 星球的轨道与引力束缚之后,它就自由了。这艘飞船就是一颗自由飞行的星球。它虽然是我们 M 星球的生命所创造的,可它却获得了天然的宇宙间的自由。飞船在星球之间穿越、滑行,一如音乐的旋律穿过心灵,划出鲜血的曲调,慰藉忧伤的灵魂……

  我似乎变成了浩瀚太空世界里的魂灵,已经失去了沉重的外壳和躯体,变得宛若音乐一样轻灵,没有重量了——这就是宇宙间真正的自由状态吗?我不敢相信这种感觉。

  我是在飞船里啊!但是那偌大的高山山峰好像已经脱离我而去,我有了赤身裸体之感,仿佛连内衣也被剥离,化为液体了，我成了一个赤条条的新的生命体……

这是多么神奇和怪异的感觉啊！

这难道都是因为速度的关系吗？难以想象的高速度会给予生命体真正的自由？时间会在高速度里扭曲变形，而生命又会在难以想象的高速度里变成什么呢？忽然之间，我觉得自己的生命体还是实物的，可感触的，还是有质量的。我在飞船的舱室里，在这样的想象都达不到的高速飞行中，我似乎真正完成了新的裂变、重铸及改造……

我感觉到自己宛若脱离了一切，飞船已经不复存在了。我独自面对星空和宇宙，我看见了宇宙间谁也不可能看到的事物——那些即将死去的恒星，那些已经死去的行星，还有黑洞，还有白洞，还有那无限的星云——那浓缩坍塌的宇宙——星空里有无数的宇宙，每一个宇宙对于无限的星空来说都是极小的一个空间而已。

我似乎听到了宇宙的哭泣……

我还听到了黑洞与白洞绝望的呐喊……

我听到了两个星球碰撞之后的交流与吞噬……

那是星空里最悲惨凄凉的星球的相爱与拥抱……

我仿佛还听到了一个巨大的宇宙正在把无数的星球分娩出来——那巨大的宇宙发出的骨头折断、撕心裂肺的生育之声……

听到这样的声音，我的心撕裂着，我的思维也一节节断裂、粉碎着……

原来"诞生"这样的现象是宇宙最最令人伤心的事件……

我的泪水不知不觉间弄湿了飞船的舱室。

第十一章
降落

　　我明白飞船已经到达这个叫作地球的外星球上空了。我们M星球上的生命的心灵能够感知宇宙中的星球所在的位置，而且还能明确地分辨出来——这一切靠的是感官，是大脑的运动。

　　这么快就要降落了吗？

　　我还真有些舍不得比思维还要快的飞行呢。这种飞行的感觉实在是过于奇妙。以超速度飞行，是一种享受，可以说是极乐状态。我想象着降落到地球表面上的情景。一座大山——我指的是我乘坐的飞船，突然砸落到这个星球的表面上，那会发出多么巨大的声响啊！据我所知，地球的表面是有大气的，大气有十公里的厚度，这层大气无疑会被飞船撕裂，产生高速摩擦，整个飞船周围会火红一片，通体红彤彤的。这山峰一样的火体降落地面的瞬间，两个星球的物质在接触亲吻的瞬间会发生巨大的爆炸——这是我们M星球的飞船也不能解决的缺陷与弊病。

　　我正在思考着即将会出现的爆炸，结果这样的爆炸声响透过舱室外壁便传到了我的听觉神经，巨大的震动使飞船内部的舱室翻滚了几个圈儿，才逐渐地平稳了，最终安静地俯卧在了地面上。

　　我想，已经降落了，已经到了目的地，已经到达了对于我来说，宛若是第二个故乡的地方。可我并不知道如何从飞船里出去，如何应对这个新的星球。我的太爷爷没有交待过有关这方面的任何知识。再者，由于飞行过程中飞船舱室的自动缩小，我的躯体也是随着环境的变化而适应着——紧紧地蜷缩成了一团，手脚的挥动都不是自由的了，我只好静待着，暂时是没有什么办法的。

飞船虽然犹如一座高山一样砸在另外一个星球上，并且发出了震天动地的巨大爆炸声响，可我却并没有受到多么严重的影响。飞船舱室的柔软程度连我自己都是弄不明白的，这种柔软隔绝一切伤害，我仿佛在母亲的怀抱里被摇荡了一下，摇荡的目的只是为了好哄我睡觉。有时候母亲实在是熬不住了，实在是困乏极了，但在她睡觉之前得把我把哄睡着，那个时候她就会摇晃我——我在飞船里落地时就是这样的感觉。

飞船已经落地了。

飞船降落已经有一段儿时间了。

我依旧睡在里面——这是我不得已的事情。一是我出不去，没有自动打开的舱门，也没有可以按压的机关按钮；更叫我难以接受的是，我的身体连转动的空间都没有了。

我静静地等待着。

也许是飞行的距离太长，你想想啊，足足有5000粒年呢，而且在飞行的过程中，我也一直没有睡过觉，这会儿，降落到了外星球上了，飞船安稳地待在地球的表面，没有任何的声响和震动了，我便不知不觉地睡着了。这一觉可真是香甜啊，我睡得很深。这可能是我长到11岁这样的年龄最好的一次睡眠了。这是我到达外星球后的第一觉。以前的所有睡眠都是在我的故乡M星球上睡的，并没有给我留下如此甜蜜的记忆。我在睡梦中享受着在地球上的第一夜。现在是地球上的夜晚吗？我怎么会清楚呢。我看不见外界的一切，没有光，一切都没有。也许现在还是大白天呢。说这是我在地球上的第一觉——这是没有什么问题的。什么白天黑夜？不过是这个星球把哪一面向着恒星或者背着恒星罢了，没有一点儿神秘之处。我乘坐的飞船是降落到了地球背着恒星的一面呢，还是正向着恒星的一面呢？我管那些干什么呢？我睡得正香，眼睛紧闭，一切感官闭合，沉入香甜的梦乡中了。

我的睡眠是深度的睡眠，梦乡的原始森林没有边际，我在那样的原始森林里永不回头地深入下去了，仿佛回到了我们M星球母亲的故乡——那温柔的胎儿的宫殿深处。这也可能是我在新的星球上的第一个梦。这第一梦蛮有意味的，有其深远的象征性。

我正在做着的，在这个地球上的第一梦也没有什么复杂难解之处，这只不过代表了我初到陌生之处没有着落的心理而已。

当我还在梦中的参天样高大、小山样粗壮的树木间迈步，心里还在向往着那更深的未知世界——这个时候，我的美梦被搅扰了，我十分遗憾地苏醒了过来。这是因为我的耳朵接收到了异常的信息——这信息是一种刺耳的噪音。

怎么会如此嘈杂呢？

飞船被外星球上的生命发现了吗？他们好奇了？有了极大的探索心？

那种外星上的生命所发出的声音听起来怪怪的，但很快我就适应了，而且明白了那声音的意思。这是因为我在11岁之前一直在跟着太爷爷学习外星球上的语言，现在我所学的知识当然就派上用处了。还是要多学习，多学些有用的知识啊！以前我觉得学这种语言实在没有什么用处，尽管太爷爷一再批评教育我，我还是有那么一点点儿的抗拒，但我还是按照太爷爷的标准完成了对于这种语言的学习，顺利过了关，成绩还是相当优秀的呢。

我听到的话语是如此真切，就仿佛是在我的耳边轻轻吹过来的。难道飞船的舱壁变得像鼓膜那样薄了吗？那样一座雄壮的山峰已经在降落的过程中焚烧到了外星球的大气层里了吗？我真的不敢想象那样的壮烈情形。满天的大火染红了星空，一股火流走奔大地——那样的壮丽景象会给这外星球的生命带来什么样的刺激呢？他们恐惧了吗？惊叹和欢呼了吗？

第十二章
烈火中的破壳而出

我想那座山峰早已不存在了！宇宙中的飞行，特别是进入另外一个星球，得穿越过包裹这个星球的一层厚厚的物质。物质与物质的厮杀，必然会有猛烈的火焰产生，物质似乎得到了彻底的解放——那种经过熔炼后达到的最高境界——腾空飞翔而去，归顺了永恒的自由——可我乘坐的飞船呢？物质从它的躯体一层层地剥脱，当它脱落了一层又一层的保护，就会把危险裸露在我的面前……

好在飞船已经降落，已经到达了目的地，已经停止了运行，我也就不用担心那大火继续燃烧了。可叫我难以理解的是，大火并没有熄灭。既然早已停止了物质与物质之间的摩擦撕裂，烈火又是从哪儿来的呢？

我听到的从飞船外面传进来的声音大致为我解开了谜团。

"这颗流星这么大啊！"

"贼星！"

"没有掉下来的叫贼星。"另外一个声音纠正道。

"天上也有贼偷盗啊？"

"你没见那在繁星中溜来溜去的——不是小偷就是大盗。"

"落下来就成陨星了。"

"为什么还要烧它呢？"

"这贼星一落下来，外壳上居然刻有几个可怕的字……"

"啥字啊？"

"你告诉我啊!"

"我不敢说,叫人听见会被杀头的。"

"这么严重?"

"当然了。不然为什么有人一报告上去,上面就派来了咱们这些武士……"

"就因为那几个从天外来的字就要把这陨星周围十里范围内的住户全部杀掉,还要把这天外来客焚毁成灰吗?"

"这是上面的圣旨,不敢乱说。"

……

听到这样的对话,我逐渐明白了为何会发生这样的现象,我也意识到了我所面临的困难处境。

我的太爷爷和亲人们一点儿也没告诫过我,有可能在这个外星球上遭遇到的非礼待遇,我对此没有丝毫的思想准备。这没有关系,我毕竟是个有能力的 M 星球的高智力生命,处理这样的低级事务应该不在话下。我对于我在飞行过程中,在飞船舱室里的身体情况的变化有些不太适应。问题是,我虽然能够听到外面的对话,却动弹不了,舱室收缩得过于小了,我回转不了身体,连把手臂伸到另外一个方向都有困难。我只好静待着事情的变化和发展。

我发现飞船的舱室内壁已经发红了,它马上就被烧透了,可见飞船周围的烈火是多么凶猛,多么炽烈……

飞船舱室内的温度不断地升高起来了,飞船几乎通体红彤彤的了——就在这个关键时刻,这危险的瞬间,飞船舱室爆裂开了。

我是眼睁睁看着它忽然裂开的。

裂了一条大缝!

飞船舱室整个儿裂开了。

我好像受到了太爷爷的天外指示,灵机一动,躯体一纵,跳了出去。

面前的景象太叫我惊奇了。

飞船原来已经是赤身裸体了，那座高大的山峰已经脱落殆尽，现在只留下了一个中央的核儿——那山体宛若是果肉，果肉仿佛被太空里的无名猛兽吃光了，这果肉里的核儿依旧被大火焚烧着。

我看到的烈火是从一座高大的柴山里喷射出来的。这颗外星球上的兵士把飞船架在了山一样高大的柴堆上，整个柴堆儿都在爆发出烈火的冲天火舌，宛若是恒星的燃烧。

我突然间有一种感激的情绪产生。

那坚硬的飞船舱室实在就像是一颗干果的硬核儿，里面的仁儿就是我自己。我想到的是，我们M星球的飞船无疑就是一颗巨大的种子，它通过长期的飞行，到达了这个叫作地球的外星球，遇到这样大的烈火焚烧，其目的就是躬逢我的"诞生"。这真的宛若是一次新的出世啊！

兵士们的队伍异常庞大，十分壮观，他们是这个星球上的生命，是直立的生命——这一点倒与我们M星球上的生命有相似之处。黑压压的队伍铺天盖地一般把我所乘坐的这艘飞船的遗骸团团围住。那黑色的外壳好像不是他们身体的组成部分，而是另外一种包裹物而已，那是他们的着装打扮。

这么柔弱渺小的生命体是如何把飞船的巨大舱室推举到高大的柴堆之上去的？看来，他们还是具有相当的智慧的。

飞船舱室虽然被强劲的烈火焚烧得炸裂开了，可它的舱壁还依旧完整，舱壁上的字体还十分鲜明，尤其又是在这样的烈火中，那几个字变得越发鲜红明亮：

始皇死而地裂！

第十三章
矮武官

始皇死而地裂！

这六个大字血一样鲜红，恒星一样放射出耀眼的光芒。

我意识到这是在这颗外星球的背向恒星的一面，是在它自身的阴影里。但是那六个大字却照亮了夜空，把这块广阔的原野变成了黑夜里的白昼。血红的光芒照射到武士们的眼睛上，他们的眼睛血红血红；光线照射到他们的脸上，他们的脸凶光四射。这是一支如虎似狼的队伍。虎狼之师！

我内心沉吟了一下。啊，这可怎么办啊？

我还没有想明白我该如何办，那些如虎似狼的武士已经把我包围住了，里三层，外三层，黑压压的，厚厚密密，简直就是风雨不透、滴水不漏。

武士们举起长矛和弓弩箭镞，还有青铜宝剑，凶神恶煞地朝我逼近。我无路可退。我本来就身处他们的包围圈的中心位置上，他们连一个缺口都不留给我，我只能与他们硬拼或者谈和了。

"壮士们，你们这是要干什么？"我以恳切柔和的声调对他们喊道。

"你是谁？老实说出来！"一个身高明显低于其他武士的武士对我喊道。

"我叫英远，是从我们M星球上来的。"我如实回答道。

"M星球在哪儿？"那家伙继续询问道。

"可遥远着哩，距离你们这个星球有 5000 粒年。"

"什么粒年不粒年的？那是什么东西？"

"不是啥东西，是距离单位，指光在 5000 年里走过的里程。你们的星球上不是用光年这个单位吗？我们 M 星球的 1 粒年等于你们星球的 1000 光年。"

"什么光年不光年的？你在胡说些什么啊？"那矮个子武士咕哝道。

"您不知道光年？"

"那是啥动物？是鹿还是马？"他显得十分迷惑。

我心想，坏了，他怎么连光年这样的距离单位都不知道呢？难道他是个文盲？但他又像是这支队伍里的领队那样的武官。

"不是的，不是的，你怎么就连这也不懂呢？"我下意识地嘟囔道。

"是你在你的这陨石上刻的字？"矮个儿武官继续问道。

我看了看那火红的六个大字。这些字依旧放射出耀眼的红光。

"你认识那些字？"我问。

"你居然敢诅咒我们的皇帝？！"他恶狠狠地叫道。

我心里还在想，这个矮家伙既然会识文断字，那么他不可能连光年这样的简单概念都不明白。难道他是假装的吗？可为什么又要假装呢？没有逻辑可寻嘛。

矮武官把手一挥：

"把这个罪犯抓起来！"

已经非常靠近我的身体的武士们迅速地扑上来把我抓住了。我没有丝毫的反抗，任凭他们把我的手臂扭住，把它们扭到了后背上，凶猛地拉向肩胛，然后把我的胳膊捆绑了起来。这可是我始料不及的。我没有料到我初到地球这个外星球会遭到如此待遇。这就是他们的见面礼吗？这个外星球就是如此待人接物的吗？

"罪证确凿，你无法抵赖！"矮武士大叫道。

我依旧莫名其妙。我不明白自己犯了什么严重的罪，对此我也没有心理准备的。是那六个闪耀着血红光芒的文字给我造成的这样的处境吗？我虽然认识它们，可我并不太明白它的意思。

我说："始皇是谁啊？"

我的表情一定很懵，完全不知道发生了什么。

矮个武官哈哈大笑了一声。

"你还是个大骗子啊！"

"还挺会装蒜的嘛。"

我说："我真的是不知道啊。"

旁边有一个武士说："那是我们大秦国的始皇帝。"

我把眼睛扑闪了扑闪。我想了想。

"皇帝？始皇？第一个皇帝？"

"对啊！"

"皇帝跟我们M星球上古代的国王很像吧？"我问。

"皇帝要比国王大得很，所有的国王加到一起才够得上皇帝的后脚跟。"

"皇帝是跟神明一样的……"

第十四章
废墟

　　这些武士既然那样说，我便想到了我们M星球上的人。相对于这个生命体还处于低级状态的地球来说，我们M星球上的人便是神明级别的了——不过被叫作神明并没有什么特别和稀奇的。

　　可我不得不想：这个叫始皇帝的地球人是这儿拥有最高权力的人，是排名第一的那个人，但其他的人在生理上和智力上却并不比他差。那么，他的权威怎么这么大呢？不容有丝毫的贬损呢？有人在我的飞船舱室的外壁上刻了几个字，诅咒他死，这便成了地球上最大的罪行，这个最高权力的人便派武士把我乘坐的这艘飞船降落地点周围十里范围的村落全部扫荡一遍，把居民全部杀死了——这是比灭村灭家灭族的更大的罪行，却因为是始皇帝派的士兵，就敢于在光天化日之下，气焰嚣张地施暴？我立即判断出这个星球还处于蒙昧阶段，野蛮还是这个星球的主宰。

　　我说："你们把我捆绑了——这是要干什么呢？"

　　我的天真引起了那个矮武官的大笑。听那声音，我判断出那无疑是幸灾乐祸的嘲笑了。随着矮武士的笑声，周围众多武士也都笑了。

　　"你真是一个傻子呢，还是故意装傻？"矮武官呵斥道。

　　"我承认我是一个真傻子。"我泄气地回答道。

　　"你不简单啊！你这样说，说明你是真的装傻啊。"

我分辩道:"我怎么会假装呢?没必要嘛。"

"你说没有必要,鬼才会相信哩!走,跟我们走!"

矮武官的斥令把我仿佛从迷梦深处惊醒了。这不是梦,这是真正的现实。武士们有的抓着那捆绑着我的胳膊的麻绳,有的在背后推着我,还有的在我的身体两侧做出防范的动作。矮个武官指天画地地指挥着。

我问道:"这是要把我押到哪里去?"

"我们的都城。"

矮武官轻描淡写的态度叫我有了进一步探索的勇气。

"那是哪儿呢?"

"咸阳!笨蛋啊,你连咸阳都不知道哇!"

这的确是我第一次听说呢。

"到那儿干嘛?"

"去见我们的皇帝啊。"

"皇帝是哪位?"

"你这笨蛋真不知道?"

"我知道还问你干啥?"

"到了,你就知道了。"矮武官说。

随后凭我如何问话,他都不回答我了。

这是自从我从我们的 M 星球来到这个叫作地球的外星球上的第一次远行。徒步的远行。武士们前后左右地围拥着我,他们走多么快,我就走多么快,他们走慢了,我也就能有更好的机会观察他们。

我看到那巨大的柴山还在燃烧。那都是老树干木堆积起来的,燃烧着,发出炮弹爆炸一样的爆裂声。我乘坐的飞船的舱室自从炸裂开之后,它似乎就不耐烈火了,它在烈火中逐渐变着颜色——那是将要变成灰烬的颜色。我心想,舱室爆裂成两半是为了叫我出来，这宛若新的生命出生一样。我到了地球上，可那变成了两半的舱室就没有以往那样耐火了，它外壁上的那六个字仿佛发出了最后的嘶哑的惨叫，然后就在烈火中塌落下去，倒在灰烬中，渐渐地变成了灰烬。烈火的可怕，我算是见识到了。

我突然想到了外舱室的制药设备。完了，完了，它们被焚烧成了灰烬！不过，没有了那样的设备，也不是特别要紧的事，因为据太爷爷说，这个外星球上的科技水平也是可以完全制造出那样的制药机器的。但是我目睹的这个世界怎么如此古老与原始呢？一点儿没有发达的科技的气息。

押解我的武士队伍逐渐地远离了焚烧陨石的现场。这个星球上的武士们把我的飞船称作陨石，这挺叫我奇怪的。前方出现了一个村落，但已经不能把它叫作村子了，它变成了村落的墓地。我看到的是倒塌的房屋，焚烧的痕迹到处都是，还有没有散尽的浓烟散发出的呛鼻的气味——那气味里满含着人肉被烧焦的味道。

我随着武士队伍走进了村庄残留下来的废墟。

第十五章
废墟里的血肉

　　这个矮个子武官为什么非要押着我穿过村子呢？这个村民被屠杀、房屋被烧毁的村子。我想了想，有点儿明白了——这说明我降落的地点周围都有村子，方圆十里范围内，哪个方向会没有几个村子呢？虽然村落并不处在一个同心圆上，是错落着的，但村落却是一个紧挨着另外一个的。而且，凡是路就会通过村落——因为所有的路都是把行者引向村落或者城镇的。不管这位矮个子武官把我从哪个方向押走，都得经过村落，而且是被军士们毁灭、屠戮了的村子。

　　我看到了血淋淋的现实。

　　我们M星球上也不乏这样的村落，我们M星球上的生命也是喜欢群居的，因此必然会有村落和城镇。可当我看到这个对于我们M星球来说显然是一个外星球的村落被残害、糟蹋成这个样子，我的心还是紧缩起来了。我的眼睛湿润了。

　　我站住了。

　　那些牵着绳索的武士顿了一下，在我的强大的力量面前，他们也不得不停止脚步。旁边的和背后的武士也一个个停住了脚步。

　　"走啊！"一个武士命令道。

　　我没有理睬他。但我的止步造成了整个队伍的停滞。这使那个原本距离我比较远的矮个子武官转过了身子。

　　"报告卫尉大人，这个陨童故意捣蛋！"一个武士报告道。

那矮个子武官原来是个官——卫尉。我不知道这是个什么样的官职，距离他们的金字塔尖——始皇帝——还有几个台阶的距离。

我依旧不迈步，卫尉大人只好走了回来。"你这是走累了吧？想歇息歇息吧？"矮个子卫尉说。

我定了定神。我心里过于激动了——这是由于我的悲伤和愤怒。如此残杀无辜，如此丧尽天良，如此荼毒黎民百姓——这在我们的 M 星球是从来不会出现的恶劣行径。

我说："这是你带领他们干的？"

我说话的声音饱含激情，我实在是太痛恨这样的现象了。我的手臂被捆绑着，我只能用满含怒火的眼睛向他表达我的义愤。

矮个子卫尉的脸一下子松弛开来了。

他笑了。"啊呀呀，你是从来没有见过这样的场面吧！这再稀松平常不过了——你还没有看见打六国的时候，那广阔的战场上狼藉的尸体堆积如山哩。那都是被我们秦国打败的——都是被我们秦国战士杀死的敌人。"

他的表情里有着过多的得意，一想起他征战的过去，他就觉得自己是个辉煌的大人物，宛若始皇帝第一，他便是老二了。

"那是战争啊，双方厮杀，还有点儿原因可言，可这些村民全是平头老百姓啊，他们手无寸铁，与世无争，就因为他们柔弱，没有丝毫的反抗能力，你们就把他们斩尽杀绝了吗？！"

"我说——你这个从天上掉下来的小孩——"

"你管我叫小孩？"

"你这么小一点儿，只能把你叫小孩。我们这儿把从天上掉下来的像你这样的小孩叫作陨童——这既是传说，又是现实。过去我们是从老人那儿听来的传说，现今我们眼见为实，亲眼看见你这样的小孩从天上掉下来了，而且是在通过如山的柴禾把那大陨石焚烧之后，陨石裂开口子，你才从里面蹦出来的。"

"陨童？"

"传说里就是这么叫的。"

"不管我叫什么了……我是愤恨你们杀了那些无辜百姓。"

"这就叫你愤恨了？"

"我真想把你们全部杀掉！"我说。

这个矮个子卫尉愣了一下，后退了一步，眼睛眯起来更加仔细地瞧了瞧我。

"陨童，这都是上面安排下来的，我只是执行圣旨罢了。有本事你去跟皇帝本人理论去，怎么样？"

卫尉的口气明显缓和了下来。

"啬夫报告给县尉，县尉报告上去，我就报告给皇帝。皇帝一听，脸一下子就黑了，立即下令我们去把陨石周围十里范围之内的村庄摧毁，把村民一个不留地杀死，把那从天上掉下来的大石头焚烧成粉末……"

我想可能是这个矮个子卫尉猜想到了我的不同凡响，我这个天外来客毕竟不是他们地球上的知识和道理能够解释得了的，对此产生了荒时暴月时的莫名的恐惧，不敢对我胡作非为了。我想到他只是一个傀儡、一个皇帝的走狗、一个暴君命令的执行者，也就心平气和下来了。

"你们就因为我乘坐的飞船舱室外壁上那六个字就把它周围十里范围内的村民杀光了，把村舍毁灭了，造成了如此悲惨的景象。白骨一片、废墟相连，焚烧人肉的气味充斥天地之间——我原本就是为了来救助你们这个多灾多难的外星球而来的，是为了送药和制药的方法而来的，我一来就遇到如此暴虐残酷的事件，还是由你们的皇帝搞出来的，这实在叫我心痛……"

矮个子卫尉怔怔地看着我,眼神里充斥着迷茫。

"你说的什么,我怎么一点也听不懂?"他问。

"你们的地球已经被丹巴热病病毒肆虐得奄奄一息了,我们M星球再不派人来挽救你们,你们整个地球上的生命就会彻底消失掉的——可你们还在自己杀自己,天作孽犹可活,自作孽,还有什么可救的呢?"

我长长地叹息着。

"我实在听不明白你说的是什么。"卫尉说。

第十六章
连与联

　　运用我们 M 星球所受的教育而形成的思维方式来理解这个外星球上的事物实在艰难，这也许便是"星沟"吧。无限的距离会造成无限大的差别，分明没有道理的事物，他们却说得振振有辞、气势汹汹的。就说眼前的事物吧，这些押解着我的武士们把整座整座的村庄毁了，把一村一村的居民杀戮了，这是明摆着的罪恶，是血腥的、残暴的恶行，可他们却干得如此彻底，说是执行始皇帝的命令，就抹去了这种罪恶的本相。不管是谁发布的命令，事情都是罪恶的，这不会有什么性质上的改变的，可他们还是一味地执行，难道这些执行者心灵也是邪恶的吗？他们难道就没有拒绝执行的勇气与胆量？他们拒绝了之后，会有什么样的结果呢？他们也会被杀掉吗？那么又是谁来杀掉他们呢？当然还是来自始皇帝的命令了，更多的武士接受了始皇帝的命令便来除灭这些违抗命令的人。问题是，那些接受了新的命令的武士就没有分辨善恶的能力吗？显然是有的。既然能够分辨什么是善，什么是恶，他们为什么还要执行始皇帝的命令呢？难道他们是害怕始皇帝派来更多的武士吗？这种恐惧是正常的。但我想他们更多的还是被某种利益俘获，执行了始皇帝的命令就会获得更大的利益，就会升官发财。在这个可怜的地球上，利益是比善良更有用的东西。这说明什么呢？这只能说明这个外星球的生命的自私。这是一些极度自私的生物。要使这些生物克服自私，克服邪恶，这个历程将是万分艰巨的。

这样的思索使我明白了为什么整个的村庄的村民都会被屠杀殆尽了。弱者被强者欺压残害，这大概是这个星球上的生物法则。这个国度还处在丛林法则时代吗？我摸了摸我的口袋。那儿是坚硬的。那瓶药还保持着原有的形状。它没有在宇宙间的飞行过程中融化，没有变形，没有异化，它依旧是能够救世的良药。

可我来到的这个世界，似乎对我所说的病毒是陌生的，比如这些武士，他们似乎并没有遭到那种病毒的侵袭，也一点不了解那病毒还在残害和侵袭着他们的同胞。我之所以乐意叫这帮武士把我捆绑起来，押解着走路，是因为我觉得这宛若是一种游戏，十分好玩，而我确实还是个只有11岁的孩童。武士们叫我陨童是有道理的，我也非常高兴接受这样一称呼。这毕竟是我来到地球上之后他们对我的命名，也算是对我的欢迎吧。

我得问问清楚。

"卫尉，您贵姓？"我和气地说。

矮个子武官听到我的问话，特别是我以如此柔和悦耳的腔调询问他，他的脸上迅速浮现出了笑容。

"不敢当。免贵姓连，叫我卫尉就行了，不用把姓带上的。"

"是'相连'的'连'，还是'联系'的'联'？"我问。

矮个子卫尉的眼睛突然间亮了一下，那射向我的光芒比平时的那种眼光亮了百倍都不止呢。

"好陨童啊，你还真问到点子上了呢。我早先姓联，'联系'的'联'，这没有错的，可是后来呢，我就改为'连'了——就是你说的'相连'的'连'。"

他停了下来，仿佛还有什么话要说，却又被什么顾虑阻挡住了。

"为何要改呢？姓氏可是来源于祖先的，带有天然的神圣性，不能随便就改变的。"我说的是实情，而且还暗含着为他打抱不平的意思。

连卫尉再一次看了看我。

"可我祖先的这个姓就是贱啊，他们为什么敢用这个字做姓呢？这是有罪的，多亏我及时纠正了这种罪恶，也就免去了灾难。至于什么原因我就不细说了，陨童你要谅解。"

连卫尉说完之后看了看他身边的武士，也看了看我身边的武士——这些武士无疑都是他的亲信，与他的利害关系最最紧密的一群人。但我从他的眼光里还是看出了丝丝缕缕的不信任和担忧，甚至还有暗藏的恐惧。我立即就理解了这个星球上人与人之间的处境，他们面对像我这种来自 M 星球的人时是一个共同体，我是他们的敌人，他们则是一个战斗集体；但是假如不是针对我这样的异类，他们之间呢，其实也只是表面上的同类关系，实际上却是敌人关系。他们只要把同类踩到脚下，就会在始皇帝那儿取得更高的地位和更多的利益。然而，身为始皇帝身边的高官也并不意味着自己进了保险箱，部下假如告发的话，他马上就会被打进十八层地狱，生不如死。而那个阴险的告密者就会爬到始皇帝身边去占据他空出来的官职。

我感觉到了这个星球真正的险恶所在。

第十七章
尘土变泥泞

其实，我们到帝都的路程并不算遥远。

这使我想到了我在这个地点降落还是挺有科学性的。这科学性指的是降落在帝都的附近。送药救世嘛，一旦到了帝都中央，事情就好办了。我默默地记住了这块地域的最高统治者是一个叫作始皇帝的人，通过这个人把我带来的救命药分给这个帝国的老百姓，好像应该是更容易一点的。命令嘛，有了皇帝的命令，执行起来就会迅雷不及掩耳，其速度之快，效率之高可能是我们 M 星球没有见识过的。

光有现成的药品是不行的——那毕竟有限，分配不到多少需要者的嘴里就耗尽了，关键是我掌握的制药工序和方法，药品的配方，制药所需要的原材料——一切齐备之后，这个对于我们 M 星球来说遥远的、可怜的、特别特别小的外星球就有救了。丹巴热病病毒本来不算什么可怕的病毒，对于我们 M 星球来说，就像普通的感冒发烧一样，我们的身体原本就对它有免疫能力，再加上我们自己发明创造的药品，杀灭这种可恶的东西简直就是小菜一碟——我本来想用"如鱼得水"这个比喻的，但有可能给这个外星球的人造成混乱之感，就作罢了。

经过观察，我感到这个叫作地球的星球上的生态是恶劣的，同类相残几乎就是它的法则了。我想这是一开始就这样的呢，还是随着漫长的岁月逐渐形成的？这个星球上的生命的心原来应该是良善的啊，怎么就变成这样的残暴邪恶了呢？因为区区六个文字就把飞船周围十里内所有的村庄毁灭，把村民屠斩了？文字是意识思维的产物，它们并不是实体存在的，然而它们却引起了巨大的灾难，那么这种非物质的东西要它何用？它带来的是流血和死亡，是毁灭和废墟。文字其实都是一些象征性的符号啊！说到底，它们究竟有什么意思呢！没有。有人即使写了始皇帝死，这又能怎么样呢？死与不死与文字有什么关系呢？没有。都没有调查清楚是谁写的，就把整村整村的百姓杀死了，为了那样一个不吉利的"死"字，就要无数的平头百姓去死，这个始皇帝的心里想的是什么呢？我一定要去见识见识他。

　　道路是原始的，而且还非常崎岖。审视着这个帝国的道路，我判断这个帝国还是万分落后、低级的。他们都不能把一条路修造得平坦、宽阔，并在路面上铺上坚硬的物质，不管天晴下雨都不会影响人们的出行。这路上的土有半尺厚，宛若粉面一样细碎，把脚面都埋住了，每走一步就会荡起尘土，尘土飞扬起来，迷了眼睛，呛了鼻子，几乎都要窒息了。

　　我觉得脸上沾满了土灰，鼻腔里塞满了土末，呼吸急促起来了。我大口大口地喘气，这样的结果使我越发的缺氧、气急、呼吸困难。

　　我停了下来。

　　"又怎么啦？"矮个子卫尉问道。

　　我说了实际情况之后，等待着结果。

　　卫尉好像还在思考这个问题。

　　我说："再这样下去，我恐怕走不到咸阳就憋死了，卫尉大人您总不能把一个死了的外星人——也就是你们所说的陨童带给皇帝看吧。"

　　矮个子宛若是个真正的思想家，遇事总要花去大把大把的时间进行思考。他似乎终于想明白了。

"你是说把你的手放开,把那麻绳解开?"他说。

"这还用说嘛。"我说。

"解开你,你万一逃跑了怎么办?"他还在思考。

"周围全是你带领的武士,我能跑掉吗?再说了,我这个陨童无论跑到哪儿,还不是被你们帝国的人抓住?有哪个你们的地球人会认不出我这个陨童呢?"

"你这样说,我就放心了。好吧,给他解开绳子。"他命令他旁边的武士,"不管怎么说,他毕竟是个陨童,是从外星来的,我们的皇帝也会以礼相待。"

旁边那个武士无疑也是个头目,他的手虽然已经放到我的手臂上,但还在犹豫着该不该把那上面的麻绳解开。

"没啥担心的。那字又不是陨童写的,他在陨石里面,怎么会把字写到外面呢?写字的刁民已经被咱们全部杀了,什么人抵什么罪,这是天经地义的。陨童是天外来客,我们一开始就不应该捆绑他的。"

卫尉的解释终于使那还在犹豫担心的武士下了决心。

绳子从我的手臂上脱落下来了。那位武士头目把麻绳一团,装进了他的口袋。他的这个动作立马引起了我的连带反应,我伸手摸了摸口袋——那些药品还安然存在,我放心了。我用双手宛若洗脸一样抹了抹脸面,把一层厚厚的尘土抹了下来。当我看到手掌上的尘土,我不由得笑了。这个星球上这么多的土,水在哪里?有了水才有可能洗净这叫我难受的土。我的身体很肮脏。我把食指塞进鼻孔,抠出了一团泥土。呼吸里是有水分的,尘土遭遇水变成泥团了。我使劲往外吐了一口,唾沫里也全是泥土。

"唉,你们把环境搞成这个样子,人还咋活哩!"我抱怨道。

第十八章
渭水

我停下来搞的这一系列动作不得不花去一定的时间,而这个矮个子卫尉——他可是大武官呢——便站住等我。我说的话,他也听清楚了。

"我的好陨童哩,你还蛮讲究的嘛。这我们都习惯了,年年月月,天天与土打交道,粮食是从土里刨出来的,没有土哪儿还能活呢。你就忍耐忍耐吧,前面不远就是河了。好大的河呢,洗你几个脸都不成问题,河又没有盖子,即使你跳下去洗澡,也由着你了。"

卫尉一说到河,他的表情也喜悦起来了。他也是向往水的。在如此干燥的尘土中,即使是生于地球长于地球,他们也是宁可在水中淹死,也不希望在尘土中干毙。

"也不把路面铺上水泥什么的。"我继续嘟囔着。

"什么?'水泥'是什么啊?铺路的?"卫尉问。

他这样一问,我倒觉得怪了。但是卫尉脸上的表情却是真诚的——那是地地道道的困惑,我的心往下沉了一沉。

"卫尉大人,您是真的不知道水泥是什么?"

"我没有必要哄骗你呀。"

我这才意识到我把我们 M 星球上的事物说给了这个外星球上的人听了,他的无知是真实的。我联想到了这个外星球的进化过程,这个星球显然还处于相当低级的阶段。没有水泥,就不会有坚实如铁的道路。平时晴天,这路上的尘土能把脚面盖住，一遇刮风，尘土飞扬；如遇下雨天，道路上的泥泞就会把脚紧紧地缠扯住，举步维艰。我倒是希望有一场淋漓尽致的雨呢，把这污浊的空气清洗干净。

卫尉带领的军队依旧迈着整齐的步伐，这上万人的队伍每走一步，就会把地面的灰尘扬起来几尺高，道路整个儿被尘土覆盖了，人人被灰尘包围，鼻孔可是受罪了。我感到了饥渴，口干舌燥的，走起路来都有些力不从心了。

矮个子卫尉有些可怜我了。

"你有多大了？"他问。

"11岁。"一说话我的嘴巴更加感到难受了。

"这怎么可能？"卫尉说，"11岁还明显是个孩子哩——这样小的年龄，你就敢来我们这里了？"

"这都是因为你们的星球与我来自的星球有巨大的区别，概念不同，无法有同感，这很自然吧。"

我实在不想说话，这实在是罪上加罪，一张口尘土就扑了进来，舌头搅拌着尘土，简直就要变成那种专吃尘土的虫子了。

"走吧，前面不远就是渭河了。"卫尉说。

我一听卫尉说到有河，眼睛马上就亮了许多倍。我没有再说什么就迈开步子跟着部队走了。鼻孔吸着尘土，尤其是在队伍整齐划一的脚步中，空气中的尘土浓度越加严重。我怀着希望迈着大步。前方，队伍里有的士兵忽然高叫了起来：

"河！河！河啊！"

"水！水！水啊！"

队伍走到河边就停住了，待我与卫尉走到河滨时，看到武士们一个个正在把军服脱下来，准备泅水过河。武士们排列在水边，形成了一个人流的漩涡。我把目光朝河的上游望去。我惊呆了。就在不远的上游，居然架着一条金碧辉煌的廊桥。那是带有回廊的桥，它矗立在河水的上方，豪华而夸张，壮丽而飞扬，仿佛是一条巨龙飞过河面，龙头深入到了对岸的园林之中，而尾巴还在另外一岸上盘旋。

"好桥啊！"我不由得感叹道。

卫尉看我的眼神里充满了自豪感。

"我没有想到你们地球上的人也会有如此的智慧。"我赞叹道。

"桥过去——那远处的山地上的宫殿，那才叫巧夺天工呢。"卫尉说话时舌头独自发出了吧唧声响。

"那北边的岸上也是宫殿如林——你们的M星球上可能没有吧？"卫尉说。

我还不能理解他所说的宫殿是什么样的建筑。在我们M星球上，房子都是非常小的，适宜我们M星球人居住，是最好的房子。

"宫殿？是指巨大的房子？"我问。

"你见了就知道了。"卫尉说，"现在我们过河。"

在卫尉的指挥下，武士们的队伍走进了河水里，他们手与手相连，一直通往宽阔的对岸。开始，我以为他们下水是为了凉快，也把身上的灰土洗一洗，现在看来，不是那么回事。他们在水里组成了一座人桥。

"这是干什么？"我问。

"这是为了叫你过河。"卫尉平静地说。

"那上面不是有廊桥吗？"我想当然地说。

卫尉的神色严肃了起来。

"那桥只能皇帝走！"

他的声音显得特别凛然。这是我没有思想准备的。在我们M星球上，什么设施都是公共的，没有因为你是皇帝，或者你给自己加上了始皇帝这样一个称号，你就可以为自己造一座只能你一个人走的大桥。我意识到了文字的力量。别小看它只是一个小小的符号，却拥有巨大的威力，能叫一个人上天堂，也能导致一个人下地狱。

第十九章
宫殿

啊,这就是卫尉说的宫殿啊!

咸阳宫!

那三个巨大的文字好像有着无穷的魅力,我一看见它们,心里就出现了肃穆的感觉。人间的权威原来具有如此折服人的力量。这儿就是这个外星球上的帝国的帝都了,这壮丽的宫殿里就居住着那个给自己起了个独一无二的名字的始皇帝了。

我的太爷爷让我执行我们M星球的意志,派我到这个遥远的叫人一想就恐惧的外星球来送救世之药,我没有遇到需要疗治丹巴热病的药的人,却与这个星球上的一个帝国的武士队伍相遇了,他们把我带到这座大帝都,是要叫我拜见他们的始皇帝——这并不是我的使命和任务。我摸了摸口袋里的药瓶——它还安然无损,这些武士对这种药品没有见识,也没有兴趣,这些药品仿佛与他们一毛钱的关系都没有,这叫我不得不纳闷:难道这个星球根本就不需要这种救世之药吗?

武士们在矮个子卫尉的带领下把我从飞船降落之地押解到了这个帝国的宫殿之下,他们虽然给我松了绑,可看管得比戴了枷锁还要严格——武士们里三层外三层地围拥着我,好像把我变成了厚厚的包子馅儿,马上就要投进开水里煮了。

武士们并没有穿越市区就直接到了宫殿之下。它距离河水很近,过了河就到了始皇帝宫殿的特别警戒区了——这个区域里是不会有老百姓的。

从河岸上来，爬坡，走到了宫殿的城墙下，一个巨大的门洞里安装着厚重的城门。门板呈黑色，散发着光芒。门板上钉满了青绿的铜钉，密密麻麻，却是极有秩序的，左右上下的排列都有着数字规律——我感到地球的文明程度并不像我之前想象的那么原始与落后，他们的大脑已经开启了智慧之门，对于万物已经有了自己的一套解释系统——这在我们M星球上叫作科学。

我正想着，后面就有人推了一下我的肩膀。我一看，是卫尉。

"你怎么停下了？"他说。

"我……"我还没有说出原因，卫尉就打断了我的话。

"皇帝要你立即去见他。"

我心想：我巴不得呢。

武士队伍在宫殿大门外排成整齐的队列——那队列是什么方阵，虽然我没有见过，但我一看就明白了，那是武士们作战时常常会排列出的阵容。我也算是武士们的战利品吧，说我是他们的俘虏一点也不夸张——我确实是他们俘获的，尽管我没有逃跑，也没有逃跑的想法，可他们还是对我严阵以待。我想，我毕竟来自要比他们这外星球发达得多得多的M星球，若不是这样，这个星球上出现了残害他们、摧毁他们生命的丹巴热病病毒，他们为什么没有能力把这种病毒从身体里清除掉，还非得我们M星球给他们投送药品呢？他们如临大敌地那样对待我是没有错的，这是他们的文明程度所决定的。

只有卫尉带领我走进了大门。

巨大的城门洞有30米深，过了城门洞，是个巨大的由四面城墙圈围起来的四方形的院子。这座院子里什么也没有，空荡荡的。穿越这个空寂的院子，走进对面的城门洞。好家伙，这个城门洞里面阴黑幽怖，同样有30米的长度，过了这30米才出现了另外一个巨大的城门。城门板上九九八十一个闪亮的铜钉，宛若夜幕上的星辰，闪烁着永恒的光芒。

通过巨大的城门又进入了另外一座院子，穿越过去，进入同样的城门洞，这才有一条缓缓升上去的带檐走廊。卫尉带着我爬上走廊，通过五道门，这才爬上了宫殿的顶层。

我一斜目，看见了宫殿所在山头之下的原野和河流。这原野非常开阔，这条河的滔滔清流奔腾向东，把大地的乳汁带向更大的河流，直到进入苍茫大海，回流不息。

我是我们 M 星球上的童子，11 岁，是特别美好的时光，也是人生的关键时期——这个时期需要学习知识，需要记住各种学科知识，特别是其他种类的语言，得死记硬背，没有什么巧妙的方法。比如这个星球上的语言，我从五岁就开始学习了，通过我太爷爷这个家庭老师，我学得还算轻松自如，这是我来这个叫地球的星球之前必须完成的功课。送药尽管不是什么高难度的，需要多高学问的工作任务，但你来到了这个外星球，就得融入这儿的生活，不精通他们的语言，你将寸步难行。当然，我即使之前没有学会，现在学习跟上他们，也是可以的，学上三年五载就基本能够解决问题。

我就要与始皇帝见面了。地球上有多少个帝国，有多少人，我是知道一点儿的。可我毕竟没有来过这儿，降落之后，进入了万分陌生的环境之中，感觉一切还是都得从头开始。反正我是落到了这个叫地球的星球上了，我携带的救世之药没有送到其他星球上，这就对了。至于如何把救世之药交给正在期盼和等待的可怜兮兮的患病的人们手中，我觉得并不是一件简单的事情。一落地，我就意识到了任务的艰巨和复杂。

第二十章
皇帝

宫殿显然是在削平了的山尖上建造的。按照山冈的地形，用一层层的木砖石结构把山冈覆盖起来。挖平了的山顶上的建筑最为壮丽，这便是始皇帝居住的地方了。

我是一级一级地爬到山顶的，当然是跟随着矮个儿卫尉一起爬的，而且是在宫殿的内走廊里爬的。爬上宫殿，也就是这座山的顶峰，对我来说并非难事，可是那矮个子卫尉已经气喘吁吁了。不管怎么说，他也是个武士，身体为何这么经不起考验？他看起来并不孱弱，若不是和他一起爬坡，我还意识不到这个问题。

卫士向里面通报了我们的到来。

得到允许后，卫尉在前，我在后，两个人进了始皇帝所在的宫室。

啊，这就是他们一路上说来说去的始皇帝了！

他一身黑装，官帽高高在上，全身上下的衣服都很夸张，假如我不是心里惦记着是来见皇帝陛下的，猛一看，我还是会把他当作一个小型建筑。这个星球上的人通过着装把自己变成了建筑，掩盖了人本身，这叫我有些意外。

这一印象从心里消失之后，我才注意到始皇帝的长相。豹目，鸟嘴般的下颌——这使我觉得特别怪异，我想他的祖先一定是鸟类，或是像鸟一样的翼龙的进化的结果。他天生的长相加上后天的服装，给我留下小型建筑的印象，但这已经算比较温和的说法了,就算说他是一辆中型的战车,也一点没有贬损他的意思。

始皇帝的目光盯着我,我忍不住流露出了微笑。这是我见到他应该有的表情,可我没有想到他严厉地呵斥道:

"你笑什么?!"

我说:"在我们M星球上,微笑是见面时的第一要素。"

我的解释根本没有得到他的理解,反而激起了他更大的恼怒:

"这儿不是你的星球!"

他大幅度地挥舞了一下他的手臂,那一挥似乎把整个星球都囊括进了他的手掌。我意识到他所说的话的意思,他是说这个叫作地球的外星球是他这个皇帝的。我有些愣怔,这当然是为了思考他说这话的目的,他下一步会有些什么样的举动和要求。

"不过,念你是初到我的地盘,不懂规矩,这也情有可原。下次见朕或者其他官吏时,要表情严肃、恭敬谨慎,笑代表了你对庄严的官职的轻视,是带有戏弄成分的。"

始皇帝脸上的表情活泼起来了,不再像个坚硬的建筑物或者死的战车了。听了他的"教导",我心里越发觉得有意思了——这个星球上的始皇帝竟然认为微笑是对他的大不敬,是对他用文字标注的所谓权威的藐视与亵渎,更是对他最大冒犯。假如我是这个帝国的臣民的话,那我的头早就落地了。你看,那个矮胖卫尉依旧表情严肃,一丝不苟、恭敬谨慎,木石一般。

"皇帝请见谅,你的教诲我记下了,以后定会多加注意。"

我说完后就把表情定格在了僵硬的状态中,我不知道我这样一个M星球上的人按照皇帝的要求和纪律,表情凝固住之后,会不会显得特别地怪异。没有镜子可以叫我照见自己的脸,我只能从始皇帝的表情里判断他对我的感受。

始皇帝笑了。

"你这个外星球上的人领悟力倒是蛮高的，真是孺子可教也。不过，现在你就没有必要这么死板了，脸放松，微笑还是能够给予他人快乐的。你想想，老叫我看着你的一张僵硬的脸，我也不会太舒服的。你现在就笑笑吧。"

不愧是皇帝啊！叫你严肃，你就得严肃，叫你微笑，你就得微笑，什么都由他来掌控，除他之外，别人都是傀儡木偶——还得是有血有肉的、能够主动迎合主子好恶的木偶。

我笑了。

"皇帝啊，您还真是个蛮有意思的人呢。"

我的话音还没有落地，始皇帝立马就暴跳如雷了：

"我不是人——你记住了！"始皇帝指着我的鼻尖怒斥道。

"那你是什么？"我脱口而出。

始皇帝扇了我一个耳光。

"我是皇帝，是朕，其余的人只能称我皇帝陛下。"

始皇帝那一耳光把站在我旁边的卫尉大人也吓得猛地一跳——我不是说他真的就跳了起来，而是说他的身体猛然收缩了一下，使他不得不耸动起来，这是他躯体的本能反应，与他的意识没有一点儿关系。

我吃了皇帝一个耳刮子，这对我来说倒不是什么大不了的耻辱：一、我还只是个 11 岁的孩童，受年龄大的人的教训是应该的；二、他毕竟还是始皇帝嘛，耍弄耍弄他的威风也是正常的；三、我重任在身，不能因为小事而影响重大的事。

我用手抚摸了一下被抽打过的脸，觉得那儿烧乎乎的。没想到这个始皇帝的手掌还是蛮有劲的嘛。不过，这耳光对我来说没有任何杀伤力，宛若被小蚊子叮了一下，很平常的。

我反而还笑了：

"皇帝啊，您这一耳光教训得好，我终究还是个孩童，受皇帝教训，长进快，受益大，多多感谢了！"

我面向始皇帝拱手，一再拜谢。

第二十一章
陨童，是我在这个外星球上的称号

矮个子卫尉姓连，这个"连"字是由"联"字改的，是为了与皇帝的自称——"朕"区别开来。如有不慎，冒犯皇帝，那可是会掉脑袋的。这个星球上的人说话喜欢搞隐喻、象征那一套不着调的事，把死刑叫作掉脑袋、杀头等等什么的，有时候你会感到宛若是在猜谜、玩文字游戏什么的。这个外星球上的人如此娴熟此道，乐此不疲，让我实在不太适应。

我还在思考这些问题的时候，始皇帝就审问了我：

"你说你来的那个星球叫什么？"

"M星。"

"爱慕？是这意思吧？"始皇帝说。

我听明白了他说的是"爱慕"，始皇帝倒是挺会联想的，即使调侃也是挺有水平的。

"您——皇帝陛下那样说也未尝不可，就是'爱慕'。"

我在说上面这句话时差点又直接称呼始皇帝为"您"了，这是犯了大忌的，可我及时地改口为皇帝陛下了，始皇帝的眼光便由严厉转变为了柔和，最后他还笑了。

"你这个小子还挺调皮的嘛。好玩是孩童的天性，这恐怕是没有办法改变的。没有关系，我不会与孩子计较的。不过，我要叮嘱你一下，我的帝国把从天外来的，像你这样的孩子称为陨童，你不会觉得这个称呼不合适吧？"皇帝说。

我早已经从矮个儿连卫尉那儿听到过这样的称呼了，听起来也有点儿习惯了。我本来就无所谓,再加上这个称呼并不难听,一开始我从心里就接受了它,甚至还有些喜欢呢。

"好啊,就叫我陨童吧。这称呼还蛮有诗意的嘛。"我说。

始皇又一次严厉起来了。

"诗这种东西不是什么好东西,我们这儿有《诗经》——这是一部坏书,我已经下令把它们全部焚烧了!"

始皇一说起他们星球上的诗就满肚子的愤恨,即使他的帝国把诗这种书全部焚烧了,也不会解他心头之恨。我心里对于烧书这种野蛮行为虽然十分痛恨,但我想在这个始皇面前还是不要表现出来——他是个说一不二的君主,性格残暴、杀气腾腾,胸中有着毁灭世界,甚至毁灭他们这个星球的狂傲。

我沉默着,没有表态。

始皇继续宣泄着他心中的愤怒:

"他们以为会背诵前人写的诗就满腹经纶了,学问大了,是什么圣贤了,简直是不知天高地厚——我已经下令把他们全部坑了!"

始皇把他的右臂往下一劈,宛若把抗令者的头颅用利刃砍掉了一样。我不由得沉吟了一声。

"坑?"我还弄不懂这个"坑"的意思。

我一脸的迷茫。

始皇帝哈哈大笑。

"陨童啊,你可真是个孩童呢,你怎么连这个'坑'都不懂呢?你们爱慕星球难道从来就没有坑过人吗?"

始皇的声音嘶哑阴冷,使我有些毛骨悚然了,这不像是人类发出来的声音,却像是我们M星球上的一种残忍的兽类发出的——那种兽类名叫彤,专以孩童为食,所以我们M星球上的母亲常常吓唬孩子时就说"再不听话彤就来了",还真管用呢,孩童们一听立即就不再哭闹了。

他的声音确实像是我们 M 星球上肜的声音。

我沉着气,低声问道:

"皇帝陛下,这'坑'到底是什么意思?"我的声音十分谦卑,态度万分恭敬,这也就缓和了皇帝陛下的怒气。

"我看你是真的不懂——'坑'是一种刑罚,就是活埋,把还活着的正常人埋到挖掘好的一种坑里去,叫他慢慢地、缓缓地、渐渐地死掉,这就是'坑'。"

他解释得特别细致,我无疑是听明白了。可我一想到是那样把人这种生命——残害致死,我的心就滴血了,仿佛被人慢刀割刮着,淋漓的鲜血染红了大地。

"那是一些会写诗的人吗?"我问道。

"会写个屁!不过是把前人的诗背下来,常常吟诵着,把自己装得像圣贤一样,了不得得很,连朕这样的皇帝都不放到眼里。"

始皇又说:

"他们还常常散布一些流言蜚语,这对朕的帝国来说是最难驯服的一股力量——你不把他们坑了,他们简直就要造反了。"

我弄懂了他为什么要把贤士活埋掉。

"不说这些叫朕不顺心的破烂事了——还是说说你的名字,叫你陨童你还挺高兴的,那么我就给你命名为陨童了——以后,这就是你唯一的名称了。"

始皇说完之后,认真地看着我。

第二十二章
我对贤士的重新思考以及送药的目的

我的脑子里还在翻转着坑杀贤士的想法。他们是一些什么样的人呢？"术"到底指什么呢？与数字是什么样的关系呢？他们也许触碰到了皇帝的底线——那根最最敏感的神经。贤士假如只对普通的人进行观察与预测，也便罢了，推测一个人的命运并没有什么大不了的，可是对于始皇帝这样一个人进行推算，就会承担很大的风险。始皇帝虽然是一个人，但他却是整个的国家，一个人就是一个国家，他的命运也就是国家的命运。贤士们是这个时代的掌握着尖端知识的阶层，他们推算了始皇帝的未来，也就会如实地告知天下人。他们无疑是一群不会撒谎的人，不会把不好的命运掩盖起来，变成一套虚假的说法，那是有违他们的良知的。他们胸中拥有这个时代最尖端的知识，身为时代的精英，宁可死亡也不会放弃他们的自由，结果他们的推算结果一旦传播开去，始皇帝派出的眼线就会侦知，把情报秘密禀告于皇帝。他就会下令把贤士们逮捕、拘押，最终的结果是把他们坑杀……

　　始皇帝坑杀了时代的精英，坑杀这个国家最优秀的分子，时空就会停滞，人们的心智就会永远停顿在愚昧的状态中，这个时空的人民也就没有什么希望可言了。我为眼前这位始皇帝统治下的帝国感到悲哀，我更为那些将被活埋的贤士悲恸。我为什么就不能把他们从死亡线上救出来呢？我是 M 星球上的 11 岁的孩童，可我的年龄按照地球时间来换算的话，却是 11,000

年的年龄了，这样的年龄是这个星球的生命进化到任何社会时期都达不到的，这些外星人在我面前难道不更像是儿童吗？在我这个M星球的儿童面前，他们才是真正的孩童呢。

"我问你是出于什么样的目的降落到我们这个地球的。"始皇问道。

他的声音把我从遥远的冥想星空拉回到了现实。我迟疑了一下，这才明白了他问话的意思。

我说：

"我是来送药的。"

始皇帝的眼睛猛然间亮得像是眼珠里面升起了一轮红日。

"送药？！"他的整个身心都专注到"药"上了。

"是。"我平淡地回答道。

"是长生不老药？"始皇整个儿身体都激动了，眼睛里似乎还渗出了泪花儿。

"不是。"我有些不耐烦。

"那是什么药？"始皇帝立即冷静下来了。

我看了看始皇帝，感到他整个儿仿佛换了一个人。这个帝国最高的统治者如此喜怒无常，这叫我的心收缩了，手心里攥了一把汗。

"治愈丹巴热病的药啊！"我的声音使我显得十分有信心。

"那是一种什么病？"他还有些兴趣。

"你们这个外星球上丹巴热病病毒已经泛滥了，威胁到了大多数人的生命，尤其是那些在校大学生——不管男生还是女生——他们实在是太过于可怜了——这是与男女相爱密切相关的病毒，正处在青春阶段的大学生们，他们正值青春年华，正是恋爱的黄金时期，结果他们饱受丹巴热病的折磨，他们的身体会渐渐被病毒摧毁，直到死亡。这样传染下去，病毒会无限地扩大化的，到那一天，你们这个外星球上的人类就会全部被感染，人人都会死去。你们的后代在还没有生长发育成熟时，就会被病毒消灭掉，这个可怜的星球就不再会有人类存在——这是多么可怕的末日景象啊！"

我的情绪也被这种可怕的病毒激怒了，声音里包含了过多的情感。可叫我难以理解的是，始皇帝与卫尉却没有丝毫的紧张与恐慌。

始皇帝抹了一把他的脸，宛若刚刚从沉梦里睡醒。

"我的帝国没有你说的那种病，也没有什么大学生。"他平淡地说。

卫尉说："这个病还是第一次听说。"

始皇帝与卫尉两个人的话使我不得不思考这个问题的合理性，显然他们说的不是假话，更不是故意掩饰——根据我的观察，他们还不会把这种病看作是给帝国脸面上抹黑的，不光彩的事。

既然如此，我就实在不明白问题出在什么地方。我的太爷爷按照我们M星球的意志筹备多年，这才叫我装上药品，启动飞船飞往这个叫作地球的外星球，给地球送去救苦救难的治愈丹巴热病的药品，还叫我熟记了制造这种药品的配方以及方法——这个计划是经过多年准备才实施的，根本不可能是错的。据我们M星球了解到的情况，在这个外星球上，丹巴热病病毒已经肆虐多年，地球人深受其害——送药救世不单单是我们M星球的意志，还是整个宇宙的意志——宇宙的代号取名为上帝也好，真主也好……其他的名字也不会有错。

始皇帝慢条斯理地说："陨童，你能把那药品拿出来看看吗？"

第二十三章
珍藏品

　　面对始皇帝这样的要求，我当然是要服从的了。我来到这个对于我们 M 星球来说乃外星球的星球，目的就是送药。

　　我把盛着药品的药瓶从口袋里掏了出来。药瓶外面有一个长方形的纸质包装，上面印刷的文字和图案是十分精美的，完全可以说是一幅价值不菲的，充满想象力的艺术品。那上面的文字是我们 M 星球上的星球语言。我把这瓶药品放在手掌心里，伸出胳膊，把它递到了皇帝面前。

　　始皇帝的眼睛明显亮了，眼珠子闪烁的光芒简直可以融化我们心灵深处的忧伤。他是被药品的外包装迷住了。

　　"这里面真的是药品？"他放低了声音轻轻地问道。

　　"是。"我也是怀着真诚的心说这个"是"的。

　　始皇帝把药品拿到了他的手里，他缓缓地把外包装揭开，把里面的药瓶倒到手里——我的心忽然往下一沉，我怕那瓶子掉到地上，恰好又碰上了石块，药瓶碎了，药粒就会滚落一地——不过，真的那样了，也不打紧，把药片捡拾起来也就没事了。况且，这瓶药也不够分给所有的患者，它容量有限，粒片不多，能够几个人服用呢？我心里真正踏实的原因是我的记忆里深存着这种药品的配方和制造方法——这才是真正能够造福这个星球，给这个星球上所有的丹巴热病病毒感染者带来希望和未来的福音。

　　始皇帝尽管长得身高手粗，但他拿着药瓶的手却并不马虎，动作也不粗暴，反而还显得十分地细致小心。我发现他的眼睛被精美的药品晃得放射出痴迷的神色。

"我可从来没有见过这么精致的瓶子。"皇帝好像是在自言自语。

"包装是商品重要的组成部分。"我说。

始皇帝似乎没有理解我的意思。

"药品和商品不能混而淆之。"始皇帝说，"这里面的药粒，朕能吃吗？"

始皇帝把药瓶放到眼睛前面，仔细地盯着里面。那透明的玻璃瓶里精致的药粒宛若旭日一样圆润，闪烁着彩虹一般的光芒。听到皇帝的询问，我对于那些美丽的药粒也有了吞咽的欲望。

我说：

"皇帝陛下，这种药品是专治丹巴热病的，健康的人吃了，没有什么益处。"

过了一小会儿，始皇帝才把眼睛抬起来，投向我，那眼神仿佛不认识我似的——或者说，好像视我为无物。

始皇帝说："朕的帝国根本就没有你说的那种病，你是送错了地方，还是哪儿出了错误？"

我真的是送错了地方？丹巴热病病毒既然已经肆虐了整个星球，凡是这个星球上的人几乎无人不知，那么，为什么始皇帝这样重要与显赫的角色就一点儿也不知道呢？这儿难道不是我应该降落的星球？还是降落的地点有问题？不可能！地球这个星球是没有错的。我们M星球的飞船绝对不会发射错目的地。我想我得到民间去调查研究，看看那些平民是不是知道。

"虽然这药粒不能长生不老，但它们确实太美观了，我心里对于和氏璧的喜爱程度似乎也没有我对这些药粒的喜爱程度大。陨童，我看这样吧，既然我们这个星球没有你说的那种什么丹巴热病，自然也就用不着让什么人服用治疗了，这药也就失去了原有的价值与用途，你就把它给我算了，我把它与我的美玉放到一起，供我赏玩也不失为物尽其用。"

始皇帝把药瓶放到眼前，眯着眼睛细细地欣赏着。

他要把我从我们M星球带来的救世之药用作赏玩，这明显贬低了我此行的意义，这不是把我们M星球的意志当作儿戏了嘛？我的太爷爷、我的身为医药专家的父亲、我的母亲、我的兄弟姐妹——他们所有人的良心都遭到了不容置疑的亵渎，这实在使我悲愤。

"我……"我不知道如何回答。

始皇帝的眼神射向了我。

在始皇帝的凌厉目光下，我没有感到什么冰冷的权威，想到的却是始皇帝解释过的原因——这个星球上没有丹巴热病病毒，他与卫尉都不知道这种可怕疾病的存在。我的脑子转了几个圈儿，然后说："皇帝陛下，那你可一定要把它保护好了。"

始皇帝的眼光聚焦到了一起，对着我，停了足足有5秒钟。

"我会把它跟我的宝玉同样珍爱的。"

始皇帝能这样说，我还有什么不放心的呢？万一我到民间去，访察到了丹巴热病患者，发现了丹巴热病肆虐的现场，再回来问始皇帝要回这瓶药品也不算迟吧。即使皇帝舍不得给我，非要把它作为珍藏品对待，我想也没有什么大不了的——我不是牢牢掌握着这种药品的配方和制造方法嘛——那时候也的确需要大批量地制药，建造很多制药厂才能满足患者的需求。

"好吧，皇帝陛下，您就把它当作珍藏品吧。"

第二十四章
知道是谁在陨石上刻的字吗

纠缠了这么久，浪费了这么长的时间，始皇帝还没有放我走的意思。当然了，我对他来说，终究是从外星球来的人，对我有不尽的研究兴趣无疑是正常的。现在他拿走了我专诚送来此星球的药品，这样的行为对他来说，好像也没有错。他是一个叫始皇帝的人，是这个叫"秦"的帝国的头号统治者，他作为这个星球的主人接受我送来的礼物，似乎合情合理。可我总感到这里面出了问题，而且是相当严重的问题。他与卫尉都说没有那种叫丹巴热病的病，假如真的没有这种可怕的病，那我送来的药也就真的没有多大用处了。问题是，我的心像镜子一样明亮，这必定是他们哪儿弄错了，我们M星球的计划绝对不会出现偏差。对于我们M星球来说是非常重要的计划，我们不会盲目制订的，如果没有对外星球的全面考察，也就不会有那样的计划，也就不会派我前来执行任务。这么分析的话，一是他们认为他们是对的，二是我们认为我们也绝对没有错，那么，错到了何处——这我得仔细地再研究一番。

没有料到的是，始皇帝把话题转移到了我乘坐的飞船外壳的文字上了。

"那陨石上的字，你知道是怎么回事吗？"皇帝问。

我一开始没有反应过来。

"皇帝陛下您说的陨石？——啊，那是我乘坐的飞船啊，那外壳上怎么会有字呢？我没有听我的太爷爷说过那方面的事情。"

"原来你们星球上把陨石叫作飞船——好，就随你们那样叫吧。我觉得那就是石头嘛，一焚烧就烧成灰尘了——不过，你们的星球能够把石头、土壤当作飞船在太空飞行，这对我们帝国的人来说还不敢想象。"始皇帝说。

"我们的飞船从外表上看都是山峰、山冈什么的，没有什么稀奇之处，实则不然。"

我说了这句话后，发现皇帝陷入了沉思之中。

"就因为你们'爱慕'星球的陨星跟石头泥土一样，它落到我们这儿后，就有一帮歹人在上面刻字诅咒我。"始皇帝的声音里饱含了怒气。

我想始皇帝的意思是，如果飞船是用真正的金属制造的，那么那些造反的老百姓想往上面刻字也是不可能的。石头质地毕竟不够坚硬，泥土本来就是软的。但当我想起自己经过那些被毁灭的山庄时，那些被烧焦的平民躯体散发出的十分浓郁的焦煳臭味就钻进了我的鼻孔——那偌大一片惨烈的景象，使我对眼前的这个始皇帝的野蛮统治生出了痛恨。

我愤怒地说："就因为我的飞船上刻了几个诅咒你的字，你就派这个矮个卫尉把飞船方圆十里之内的村庄焚毁了，把老百姓全部杀死了，把他们的躯体焚烧了。你怎么可以这样对待被你统治的人民？"

说到后面，我几乎是在怒斥眼前这个残暴的统治者了。始皇帝没有料到我不但发了火，还对他这个叫作"皇帝"的头号统治者斥责起来了，他的眼神里出现的光芒暴露了他的意外，我没有想到他竟然笑了。

"我若不是看你是从外星球上来的，我会立即下令把你车裂了。不过，你不用害怕，我不想那样做。腰斩——你觉得怎么样?"始皇帝问我。

"就凭你们这个对于我们 M 星球来说远远落后,简直还处于原始野蛮阶段的星球?你还想叫卫尉腰斩我吗?你们有那样的能力吗?"

我不屑的口气果真使眼前这位始皇帝沉默了。他盯着我看了好一会儿,说:"我只是问问你对腰斩这种刑罚的看法。"

他的强调并不能解除我心里对他的厌恶。

"没有必要威胁,我不吃那一套。"

始皇帝依旧盯着我看。

"你的目光就能把我吓住吗?对你的臣民来说是有用的,但你要明白,我并不是你的臣民。"

我说了这样一句话后,想到了我把专诚送来的药品交给他这样的暴君是个严重的错误。如果那些臣民想要脱离他的统治的话,即使他的臣民全患了那种可怕的病,他也不会救助他们的,可他会把救命药施予那些他真正的奴才的。

"你还是把那瓶药还给我吧。"我说。

"药品?"始皇帝愣了一下,"陨童啊,你说的是那瓶珍藏品吧。你都答应给我了,这又要要回去,说话这么不算数,真还是个小孩童嘛。"

"我是我们 M 星球上的孩童,但绝对不是你们这个外星球上的孩童。"

"这是什么道理?"始皇帝说。

"我们 M 星球上的 1 年是你们地球上的 1000 年,对你们星球和你的帝国来说,我已经 11,000 岁了。你才多大点儿年龄?还不足 50 岁,渺小、可怜,可你自己并不知道。可悲!"

我的算术使皇帝懵住了。11,000 岁与 50 岁相比,后者简直微不足道。

始皇帝的口气明显软了下来。

"你凭什么说你们的 1 年就是我们的 1000 年？"卫尉说。

"是啊，你这是空口无凭嘛。"始皇帝说。

有一种动物是仗主人势的，现在的始皇帝听了他的臣下的话，反而仗了势了。

"既然你的帝国没有丹巴热病病毒，我就把药物送到需要它的地方去。你把药品给我。"

我不由分说地抢上前去，从始皇帝手里把药瓶夺了回来。卫尉见我如此行动，他有些蠢蠢欲动，但还是被我的动作吓住了。而且始皇帝的姿态也给他做了很好的榜样。始皇帝并没有反抗，这也许给他更大地争得了面子。我看到始皇帝把手一挥，制止了卫尉的轻举妄动。

第二十五章
廷尉

　　本来我是考虑把药物存放到这个帝国的第一号统治者——始皇帝手里，这似乎是最安全的地方，始皇帝珍藏的物件有哪个臣民敢去占有？不会有的。那样思考时，我还没有把这位始皇帝当作我最大的敌人看待，现在我认识到，他居然是我在这个星球上的最大威胁者。在这种情况下，药品显然就不再适宜存放在他那儿了，最安全的地方应该还是我本人的口袋。

　　我把药品轻轻地放进了口袋。当我的太爷爷把这一瓶药物交给我时，它就与我的口袋紧密相连起来了，如果少了它的存在，口袋会显得十分空虚，我的心也会很不踏实。始皇帝与卫尉虽然都一口咬定他们的星球、他们的帝国没有丹巴热病病毒感染者，没有这种身患可怕疾病的人，我也不能把这瓶药品和我掌握的配方以及制造方法轻易交给他人，我还不能完全相信他们的话。这个帝国竟然把一群有知识的贤士押到一个叫什么河谷的地方坑埋，听到这样的消息，我的心里马上就对这个帝国和这位皇帝憎恶起来了，我之所以还与他费了这么多的口舌，是想进一步对这个帝国和这个星球进行了解和考察。

　　"禀告皇帝陛下——"传令的中官从宫殿的下面跑了上来。

　　始皇帝脸上的神色马上凝重起来。

　　"什么事？"

　　"廷尉大人来向皇帝陛下汇报工作。"

　　"叫他上来。"始皇帝对我并不避讳。

紧接着就有一个人头从宫殿下面冒了出来，紧接着胸和腰也冒出来了，大腿和小腿在这个过程宛若是以极快的方法生长一样。这个人高马大的廷尉走到皇帝面前，向皇帝跪下，然后郑重地说道：

"禀告皇帝陛下，我已经把那些罪犯押到了马谷。"

始皇帝看了看我。卫尉和我站在一起。

"廷尉，平身。"皇帝恩赐般地说道。

廷尉与卫尉相比，一个是天，一个是地，一个高大，一个矮小，始皇帝提拔这样两位将军，不知是什么打算。当他们站在一起，确实叫我这个外星球上的人觉得滑稽，下巴忍不住抽动起来，最终还是忍不住笑出了声。

始皇帝有些恼火，问道："是不是我的卫尉、廷尉这样的搭配叫你觉得好笑？"

始皇帝还没有把这句话说完，他自己也是满脸的笑容了。

"陨童啊，人不可貌相，海水不可斗量——廷尉和卫尉是以他们的能力大小任命的，他们的能力与他们的功绩是紧密相关的。有多大的能力就会有多大的功劳。不过，平时廷尉与卫尉是很少能碰到一起的，也就不会出现这种叫你忍不住想笑的场面。没有关系，廷尉，你继续说。"

廷尉看了看我和卫尉。当他的眼光与我的眼光相触时，他的躯体似乎瑟缩了一下，瞬间又恢复到了往常状态中。

"始皇帝，马谷那儿确实是非常适合活埋罪犯们的地方，一切都已经准备完毕，就等着皇帝陛下的圣旨了。"

廷尉说完这句话后，又把目光投向我看了一下。他是觉得我这个 M 星球上的人与他们星球上的人不一样吗？可我没有发现有什么不同的地方。地球人与 M 星人的长相身高几乎没有什么差别，要说有差别的话，那只能是年龄的差别。另外就是，我们 M 星人全是六指，即一个手掌上六个指头。但始皇帝他们好像没有发现，或是即使发现了也不会有什么特别的兴趣。

始皇帝略为沉思了一下，说："既然罪证确凿，也没有什么要审核的了，我现在就下令你立即回到马谷执行我的旨意。"

廷尉立即跪下，铆足了劲儿，中气十足地接受始皇帝的圣旨道：

"我立即返回马谷，执行圣旨！"

廷尉刷刷地把左手右手摩擦了数下，相应的是他站起来的动作。他躯体上的盔甲也在发出铮铮的声响。

廷尉正要迈步离去，我赶忙说道："且慢！"

我面向始皇帝，非常郑重地说："皇帝陛下，我请求跟上廷尉大人一起去那个叫马谷的地方。"

始皇帝"嗯——"了一声。这一声"嗯"既有意外，也有轻蔑，还有制止，含义十分复杂，假如我不是外星球的人，我就会被他这一声"嗯"吓得脸色灰白，甚至吓得屁滚尿流的。始皇帝的这声"嗯——"实在是太有艺术意味了。

"有什么可'嗯——'的？我不过是考察一下你们这个星球是如何活理臣民的——对我来说也算是一种观光嘛。"

我慢条斯理的语气把始皇帝的傲慢狂妄压了下去。

"陨童啊，你来到我们地球，一会儿说是送药来的，一会儿又想去考察观光，你的兴致还蛮高的嘛。"

"始皇帝，你想想，假设你到我们 M 星球，你会不会像我这样呢？"

始皇帝脸上的肌肉明显抽缩了一下。

"陨童啊，你真会打比方。好吧，你想去看看，这也没有什么大不了的。卫尉，你就陪陨童一起去吧。"

第二十六章
阿房宫

这时,我才大喘了一口气,这是从躯体毛孔里释放出的拥堵之气,宛若是躯体内的魔鬼一样,放走了它们,身心便轻松了,也就泰然了。自从被卫尉拘押着来咸阳宫面见皇帝,自从进了这座平顶山顶上的宫殿,自从与始皇帝面对面,我就感觉到了空气里沉重的压力、潮湿、滞重、黏腻。说到底还是我对始皇帝这个猛兽似的的人感到厌恶。假如我不是外星球的人,他可能会把我当面用牙齿撕碎,喝血吃肉,把我活活吞噬掉的。

我怎么会降落到这个始皇帝所管辖、主宰的地域?飞船偏离了方向?还是我们 M 星球、我的太爷爷故意的安排?如果真是计划内的安排,这又是为了什么呢?考验我吗?难道还有更巨大、更艰难的任务等待着我去完成吗?

我看了看身边的卫尉和已经迈开了步子的廷尉。卫尉神色不变,那架势是一切按照始皇的旨意办事,而廷尉大人的脸上明显出现了发生意外时才会有的神色。

我说:"卫尉大人,那么你就跟我一起到马谷看看吧。"

廷尉禁不住叫了一声:"皇帝——"

按我对始皇帝的经验总结,他又必然地"嗯——"了一下。这一下"嗯——"对我来说是稀松平常的,却把廷尉大人吓得立即跪倒在地。

"陛下饶命!"

始皇帝不耐烦地挥了挥手,宛若是驱赶他养的一条听话的狗。

下了山来，到了滚滚东逝的渭河边，我回头仰望刚刚离开的咸阳宫。始皇帝的宫殿显得越发高大壮观了，尤其是当我身处河边低地抬头仰望时，它的壮丽辉煌简直堪比太空里的星球。一个叫始皇帝的人命令他统治的劳工把一座雄伟的山头挖平，在上面建造起他想象力的产物——这座建筑有五层，每一层都有宽阔豪华的大厅，始皇帝端坐在最高层上面，俯视着芸芸众生，等待着他的下级爬上山来，拜谒他、朝见他。这样一个始皇帝算是什么呢？他与这个星球上的其他人是没有什么区别的，并不是什么特殊材料构成的，但为什么他却有着这样大的特权呢？一个帝国的生杀予夺大权为何全部掌握在他一人手中呢？显然他的周围有一个官僚集团，这个集团有丞相、卫尉、廷尉，还有他的中官队伍——这些人又控制着庞大的军队（咸阳的军队无疑控制着帝国下面的军队）——这些都是始皇帝自己说的。我突然觉得十分意外，始皇帝的丞相，还有他的中车府令，我怎么没有见到呢？不过始皇帝不想把他们介绍给我，我也就自然不会见到了。这一帮人附丽在皇帝身上，与皇帝共同形成一个巨大的武力集团。这个集团成了核心，也就成了中央，这种中央集权制的结构就是这样的。

我看着山坡顶端的宫殿，想到这座宫殿就是中心，而那个叫始皇帝的人假如消失了，还会有一个人出现并顶替他的——但这个人似乎并不是这个帝国的中心，他是流动性的，流动到哪儿，哪儿就是中心，这好像挺有意思的。

渭河的浩荡波浪滚滚向东流逝着，河边是一条大路，几辆战车排列在路上。卫尉示意廷尉上他自己的车，卫尉则与我同上了一辆车。这样的车也是我第一次看到的，豪华讲究的程度与坡顶上的宫殿并无二致。由此推算，我感觉这是个极其庞大的、奢华的帝国，上层集团可以享尽天下一切物资，而下层平头百姓本应享受的基本生活物资都被剥夺掉了，能够活命都算是上层集团的恩赐。

卫尉与廷尉的车辆前后是帝国军队的车队，一时咸阳大道上，车马萧萧辚辚，尘土满天飞扬，其嚣张气焰，遮天蔽日。

我坐在卫尉的旁边。车辆在大路上狂奔着。马蹄踢踏着路面，大地的心被踩踏着，发出的声响使路边的老百姓大老远就避开了，并把脸面遮起来。

"卫尉大人，为何朝西边走呢？"我的意思是西边的河面反而还比东边的河面宽阔哩，而且那儿还有横跨河面的廊桥。

"西边有座桥梁可以通过。"卫尉似乎并不明白我的担心，他只是如实说了情况。

车从桥上过去了，回望渭水那清澈见底的浩淼水面，我感到这个河流还有其特殊之处，在它的岸边居然会有一个巨大的中央郡县制帝国诞生，这说明这条河里流淌的水的质地还是有独特成分的。这其实并不是一条大河，它只能算作条小河而已，而在这条小河上竟然会产生庞大的帝国，这一定是有规律性可循的。海洋与大河有不同的气质，大海有十分宽阔的开放的胸怀，小河却有着它独有的封闭性。

我还在思考这个星球上的秦帝国诞生的必然性，战车已经深入到了渭河南岸的密林地段了。我猛一抬头，看见了更为壮丽的宫殿群。

宫殿与宫殿之间的高桥回廊延伸至少有好几十里，隔离天日，前后左右都不见头和尾。有一座逶迤的山峰北构而西折，直走平川大原。三条河川溶溶的水波，流入迷离的宫墙。

此宫殿风景即使是我那里的 M 星球也不曾有过。按说我们 M 星球的文明要比这个低级星球高级好多倍，可我们 M 星球人从不把房子建造得如此奢华淫丽——这哪儿是给人住的呢？

这是给始皇帝住的。问题是始皇帝只有一个，一丈之余就可容他八尺之躯，他也并不是为了住宿才修造这样的宫殿的。这只能说明他有过多的权力，那样的权力，他作为一个躯体是无法体现出来的，他只能依靠这种庞大、奢侈、豪华的建筑来表现他的躯体无法表现出的心理和精神——这实际上是一种精神的体现与外化，而这种外化就得依赖威权，强迫老百姓的力量去筑建。

之前在咸阳宫会见始皇时，我虽然对他满含义愤，但在心理上还是容忍和接受了这个叫作地球的外星球上的威权帝国的存在；可当我看到渭河北岸的这个宫殿群后，我在心理上已经抹去了这个帝国。我感觉到它是不应该存在的。我正沉思着，听到卫尉说：

"陨童大人，您看到的这座宫殿叫阿房宫。"

卫尉把我叫成大人了，这可能是出于他见始皇对我态度还是比较温和的缘故。

"阿房宫？"我重复道。

"对，就是它。"

"始皇帝的吗？"我问道。

卫尉用眼睛乜斜了我一下。我明白他的意思。

"除了始皇帝还会有第二个人吗？"他的口气强硬得不得了，宛若他便是始皇帝本人。

第二十七章
骊山墓

　　卫尉和廷尉带领的军队跟随着他们乘坐的战车渐渐地远离了阿房宫。我朝向后面而坐，静静地审视着阿房宫的宫殿群在我的视野里缓缓向后退去，直到它们被山峦和丛林遮挡得再也看不见了。卫尉与我乘坐的是同一辆战车，他是一直面朝前方的，对于这样的坐姿，他没有意见。虽然宫殿群已然远逝，可我内心还是实在无法平静下来。

　　始皇啊始皇，你八尺之身至多丈余地盘就可以容身，而你却贪天下之大，你建立的郡县制几乎把所有的财产收为帝国所有——可这真正是为你一人所有啊！谁的权力大谁就占有的大，小官们也利用手中的权力占有他认为安全的那一部分——可是在你始皇的专有下，官们占有便是犯罪了，你可以随时要他们的脑袋，反而是那些被剥夺了一切的穷老百姓，却不用担心杀头掉脑袋，一生的贫穷拮据换得了衣食艰难中的安然，也就心甘情愿了。有什么不能平衡的呢？命，生存是第一位的。远离你皇帝，远离权力，也就在有限的范围内有了生命的尊严。而伴你而生的丞相、中府车令、国尉、卫尉、廷尉什么的，你始皇身边的中央官吏却随时有死的危险，你始皇帝想要他们的命，他们不能不给，你始皇帝想要他们三更死，他们不敢拖到四更五更……听说夷三族这样的法令就是你们秦人祖先制订的，一发而不可收，一旦滥觞，就成汹涌巨流，穿越高山平原，直奔入海，滔滔洪波，不可阻挡……

战车辚辚,骏马萧萧,大地山川向后迅猛地退去。

"陨童,你朝前看。"卫尉提醒我说。

我还在思索着皇帝的帝国与统治,想着他建造在这片大地的山坡上的宫殿群,卫尉的话把我从恍惚迷思中拉回到了眼前的世界。

我转过身子,正位坐下,抬头时,看见了叫我难以想象的场景。

这简直就是另外一座帝都啊!这么浩瀚的人群,他们在广阔的平原上建造了一座巨大的山峦。那人造的高大假山犹如真正的山峰,山坡上、平原上、山顶上、周围的平野和道路上,人流宛若大河之流波,浩浩荡荡,人多得像是大海边沙滩上的沙粒,眼睛是无法数清的。

"卫尉大人,这是在建造另外一座城吗?"我问。

卫尉大人自从把我从飞船降落之地押送到帝都咸阳宫,有了这么多的变故,与我的关系明显亲密起来了。俗话说:"敌人相处久了也会成为朋友。"这话真的是不假啊!他对于我的无知不再抱着嘲弄和挑逗的态度了。

"老实对你说吧,陨童,这儿虽然是按照城市的规模修建的,但它却与城市无缘。"卫尉没有把话说下去。

车马喧阗、步兵如风,我与卫尉在战车上难免颠簸,这样就影响了话语的连续性。待到车马平稳了,卫尉继续说:

"这是骊山墓。"

我想这墓南边的山峦便无疑叫骊山了。山头上是崔嵬的烽火台。

"修这样大一座墓,这是……"我说。

我已经学乖巧了,不再会把话说到无可回转之地步了。我本来想问是哪位帝国的重要人物去世了,可我省略了没有说。

"这是皇帝的陵墓。"卫尉接着我的话说道。

"啊，皇帝？"

我还是把重要的问题留滞下来叫卫尉自己回答。他什么都清楚。

"这座陵墓已经修建了多年，从皇帝登基时就开始建造了，那时他还只是个10岁的少年。陵墓是丞相李斯设计的，一直由大将军章邯监管督饬。一般情况下，有72万人力，最多时可达80万，这里面有帝国的武士、工匠，更多的是全国的刑徒——他们长年无偿地在工地上劳作。陨童啊，你想想，长年体力劳动，一干就是20年、30年，人能强壮到什么程度，能不死吗？死了就埋在工地上，算是提前殉葬了吧。"

卫尉的话应该是真实的，他没有必要为了骗我而编造这样的故事，而且其中还有丞相及大将军的姓名，但我也听出了卫尉用词里的微妙情绪。

我想，他可能觉得我是个外星人，不会给他带来什么不祥。我想到的是，这个帝国并不是一片欢呼声，而且这欢呼声也并不是发自内心深处的，很多是被迫的，表演性的。人都有两面性，这样才能安全，才能活下去。在这样的高压之下，谁都会碎裂的。那些距离高压中心最近的人是会最先崩溃的——像卫尉就是这样的人。

奢华壮观的骊山墓啊！

始皇啊，你在活着时就已经享受、占用了天下一切美好，你在死后还要继续占有天下一切美好吗？！这个对于我们M星球来说，是个遥远的丹巴热病病毒横行的星球，在始皇的绝对权力之下呻吟，这样的压迫似乎比丹巴热病病毒还要残暴，还要凶恶，还要毒辣。既然这里没有丹巴热病病毒，我就暂时把我的任务搁置一下。我给自己定下了新的任务，等这个任务完成之后，我再去送药也不迟。我想这不会耽搁多长时间的。

卫尉说："陨童啊，你是'爱慕'星的外星人，我说什么也不怕会引起什么灾难——你可不能对其他人说是我说的！"

他说到这里时盯着我的眼睛。

"卫尉大人，你放心，我绝对保密。"

卫尉放心地眨巴眨巴了几下眼睛。

"我相信你。骊山墓大体是呈回字形的，陵墓周围筑有内外两重城垣，陵园内城垣周长 3870 尺乘以 3 尺，外城垣周长 6210 尺乘以 3 尺，地面上还有大型的建筑：寝殿、便殿、园寺吏舍。皇帝陛下死后照样要享受荣华富贵，陵墓是按照帝都咸阳城的规模布局建造的……"

战马萧萧，战车辚辚，就像前不久把壮丽奢华的阿房宫甩到了身后那样，壮丽奢华的骊山墓也被缓缓地移到了视野的后方。

龙盘虎踞树层层，势入浮云亦是崩。

……

不知道为什么，我脑海里浮现出这首诗。

第二十八章
与卫尉在战车上的谈话

我算是长了见识啦。

在我们M星球之上,从来没有过在少年时期就为自己修建坟墓的事情。我们M星人的世界观十分豁达,对于生命的消逝是持乐观态度的。我们身体内就有一个器官专管我们的永生问题,与异性结合,就会诞生下一代——这下一代其实就是我们自己的生命延续,有这样的延续,难道不就意味着永生吗?这位皇帝无疑是有众多子女的,他的永生是有了足够保障的,在这样的前提下,他还要在墓室里继续享受人间的荣华富贵,这样的人的心实在是过于贪婪和低下、卑鄙了。怪不得他会如此残暴地对待这个帝国的臣民呢,尤其是那些跟他一样有智慧的贤士们,他对他们是恨之入骨的,非要把他们斩尽杀绝才算甘心。

我不明白的是,他为何允许我去观察军队对贤士的坑杀。我想,像卫尉想的那样,我毕竟是个外星人吧。一个外星人对于地球,对于地球上的这个帝国不会有什么秘密可言的,反过来也是同样的道理。

还是战马速度快啊!

"卫尉大人,你们的战车和战马真是强壮啊!"我感叹道。

卫尉听我赞赏他的战马和战车,还特意在车夫头颅上拍了一巴掌。

"像去打仗杀敌那样。"他说。

车夫挥舞马鞭,鞭梢缠绕、松开发出响亮的炸雷声。战马更加迅猛地撒开四蹄，战车在大路上踊跃着，我与卫尉就宛若是在高波低浪间升起又落下的两片落叶。我没有想到这几匹马有如此大的潜力，奔跑起来如疾风刮过。

卫尉脸上浮现出得意之色。

"这还没有达到战场上那种速度呢。"

"你打过多少次仗？"我问道。

卫尉眉飞色舞起来了。

"啊，陨童大人，我记得一生下来就在打仗杀敌，征战敌国，打的仗吧，实在是数不过来。这几匹战马是后来跟随我的战马中幸存下来的几匹，在我的记忆里，有多少好样的战马一个个倒在了沙场的血泊里，挣扎死去，仿佛我们的英雄战士一样献出了宝贵的生命。"

"我看天下太平啊，哪儿来的战争？"

"战争结束没有多少年，你是没有赶上啊。我们帝国的战士四处征战，打败了其他六国，把那六国的国君一个个俘获，把六国的土地一个个占领，把六国都城的宫殿尽数迁往我们的帝都，把他们的美女全部运往皇帝陛下的宫殿里，真是痛哉、快哉！"

卫尉说到这里，用嘴唇吮咂了一下他的牙齿，仿佛是猛兽把猎物抓捕住之后，咬断了它的脖子，吸净了猎物的鲜血，然后吮了吮兽牙那样。

这个矮个子卫尉无疑是一把锋利无比的战刀，战场上有多少鲜活可爱的生命被他斩首，被他斩断了美好的前程，变成了荒野里的无主骷髅。听他说征服六国的大战，我心里充满了疑问。

"好家伙，你们一个国就把六个国灭了吗？"我问。

"全是皇帝陛下的功劳！"卫尉显然是对始皇帝忠诚得五体投地，始皇要他的生命，他也会立即献出来的。

"是你们帝国战士全体战斗的结果吧。"我说。

"没有皇帝陛下的圣明决策,哪儿会有征服六国的胜利?没有皇帝陛下的英明决策,我们这些臣下是不会有什么作为的,这是明摆着的事实。"

卫尉无疑是被洗脑了,当然,他对于始皇的忠诚和崇拜是决定他的大脑思维的第一要素。看来他一定是忠实的拥护者,他会誓死保卫始皇的;但我又恰恰对这样一个始皇的"铁杆"有了好感,这叫我感觉到了事态的尴尬。以后还是随机决定吧。

"快到行刑地了吧?"我问道。

"应该是快到了。"卫尉回答道。

我与卫尉乘坐的战车前面还有一长串战车,我们的后面也有一长串战车,战马的嘶鸣传播得更加遥远,仿佛绵延数十公里。我想这个队伍之长、声势之巨大都是我们 M 星球不会有的。这样的队伍在战争结束之后还有什么作用呢?除了通过对天下苍生造成心理上的震慑来彰显统治阶层的淫威之外不会有任何作用。战争结束了,和平来临了,还用老百姓的血汗养育着这样庞大的队伍干什么呢?我想这样的统治是不得人心的,所以才要军队继续强大,达到可以控制可怜平民的程度。这样就没有人敢造反了。

"皇帝巡游天下时的队伍才叫壮观呢!"卫尉自豪地说。

"皇帝经常巡游天下吗?"

"灭六国之后已经巡游了四次了,传闻还要进行第五次巡游哩。"卫尉的脸上,那向往的表情使他这张曾经无数次经历血雨腥风的战斗,已如岩石的脸庞宛若新生出了春天的花朵。

"卫尉大人,你一定是想跟皇帝参加下一次巡游天下哩。"

"我盼望着呢。不知皇帝陛下叫不叫我去。"他忐忑地说。

"他一定会叫上你的。"我说。

第二十九章
坑儒川谷（一）

这一路上的风景真多。阿房宫、骊山墓这些人工的建筑，说它们是风景，那是出于内心的调侃。这叫作煞风景还差不多。

一路上渡过的河流——那才叫风景呢。河流有大有小，水质清澈，水质上乘，两岸的草木郁郁葱葱，秀丽异常。河边的树林里有小野兽窥探，逃跑，背影消失到密林深处。战马、战车还有队伍的阵势不但惊吓了小野兽们，连那些大兽也吓得仓皇而奔。大野兽有野牛、野猪、熊和鹿，还有狼和豹子。这些大家伙突然被惊扰，驻足观望，宛若思索了一下问题的严重性，然后就没入密林消失了。野兽们怎么敢与这支帝国的军队较量呢。即使从浩荡渭水里爬出来一条黑龙，战士们也会把它围捕猎杀，把他剁成小块儿，做成臊子，全体将士把它吃掉，它便再也不会复活了。这是信念，也是风俗，是秦地人与野兽战斗形成的不成文的规则与惯例。

我虽然初到这片地域，但我是个善于观察与学习的孩童，根据卫尉、廷尉以及其他战士的讲述，我已经对于始皇的统治辖区有了比较深入的认识。

我还会多加搜集细节，进一步增强对秦地的考察。说老实话，我对于始皇的帝国产生了连我自己也难以想象的兴趣。这不是一时兴起，这已经是我下了决心的计划了。我在心里已经判处了这个帝国的死刑，我决心在我的能力范围之内，在有限的时间里，摧毁这个帝国。我心里已经没有了它存在的位置，它如果再继续存在下去，不仅天理不容，我们 M 星球的道理更不容。我是救世送药来的。救世是第一，送药是第二，或者这样说比较通俗易懂：救世是宗旨，送药是方法。送药的目的是为了救世，这个叫秦的世界没有我送来的药品所要救助的患者，但是这并不是说这个世界就没有病入膏肓。这个叫做秦的世界已经进入了腐朽的最后阶段了，早已经是一具腐烂的僵尸了。始皇的统治制度已经把这块地域拖进罪恶的渊薮里了……那阿房宫，那壮丽的宫殿群，那骊山墓，那陵墓群——这都是这个帝国患了绝症的象征与症状。问题是，这个始皇的国度尽管已经垂垂老矣，已经奄奄一息，可它依旧在强势地残害人民——它就是依靠害民、毁民而苟延残喘的。老百姓已经被打压得失去了任何反抗的胆量与能力了，似乎忍受残害已经成了躯体的本能。

过了河，到了南边山岭的北坡之下。北边高原上的河流虽然只有两条，却都是大河巨流、波浪滔天、滚滚东逝、一去不回。而南边山岭里流出的河流，尽管没有北边高原上流下来的河流宽阔，但它们却似乎饱含着群山众岭的深沉与神秘。山脉毕竟不同于高原，它不像高原那样一览无余，光明却缺乏暗藏的机密。所以我感觉到，从南面山岭里流泻而下的河溪似乎对我有说不尽，道不明的幽微之情，那种情愫好像是前世的尘缘所定，那情怀幽幽地，丝丝缕缕地绵延进了我现世的心灵世界。

这是什么季节？

在我们 M 星球上是有季节变换的，1 年有 4000 个季节的转换。据我从太爷爷那儿获取的知识推算，这个外星球大致 1 年只会有 4 个季节的变化。区区 4 个季节实在是太少了，所以嘛，这个星球上的所谓 1 年也就短暂得可怜了。根据草木的长势和河流的大小，我推测出现在应该是这个帝国的夏季。这么说，我是降落到了气温相对来说较高的季节了。我还是穿着从我们 M 星球出发时穿着的衣裳，没有感觉到丝毫儿的不适，这说明这儿的季节与我出发时我们 M 星球的季节是相接近的。当然了，这样的情况很好啦，我不会遇到更多的麻烦。假如我降落下来就遇到严寒，我身体上的衣裳又十分单薄，就得去解决保暖的问题，庆幸的是，我虽然是个只有 11 岁的孩童，可我与这个星球上的这个矮个子卫尉几乎是差不多的身材，如果我需要衣服，看来也不是什么难以解决的问题：卫尉把他穿的衣服脱给我穿是很方便的事情呢。

思考到了衣服的问题，自然也就联想到了衣服的口袋。我本能地伸手去摸了摸那药瓶。安然无损。它已经被我的体温暖得热乎乎的了。不过它是不需要低温保存的药品，温度的变化对它来说是无关紧要的。

"陨童啊，马上就到了。"卫尉提醒我说。

我回头去看。啊，前面果然出现了一片开阔的谷地。四周的山峦仿佛猛兽的獠牙，山峰也做出了吃人喝血的架势。

我看到了在我们 M 星球永远也不会看到的世间惨象：平整的土地上挖掘出了一个连着一个的深坑，每个深坑边都有一个被捆绑着的人和三个顶盔贯甲的武士。在这块偌大的谷地周围拥堵着浩瀚的军队，把这块行刑之地围转得风雨不透、水泄不通。从那些被捆绑着的人的着装来看，这些人就是士儒阶层，不是学校里的先生，就是学生。先生为少，学生为多。他们失去了任何反抗的能力，但他们并没有瘫痪在地，虽然身体被缚，却个个站得笔直，风骨不减平常。在我们 M 星球上，这些将要被坑杀的人有一个令人尊敬的名称：智慧光子。他们是一个庞大的群体，是一个光辉的阶层。他们的存在意味着世道的繁荣，他们的自由程度标示着一个社会的幸福指数的高低。而我意识到这个叫秦的帝国，一个被始皇统治的帝国是没有幸福可言的。即使始皇本人也是没有幸福感的，他有的只是恐惧和血腥的杀戮。被杀者没有幸福，举起屠刀进行杀戮的人同样没有什么幸福可言的。

卫尉和廷尉的战马把战车拖拽到谷地中央的一块空地上，卫兵们环绕到他们的周围。我想，即使在他们自己的队伍里也是没有安全感的。军官恐惧士兵，士兵更是害怕官员。一切都是靠已经形成的惯性运转着。外壳干结凝固了，轻轻敲击一下，它就会碎裂倒下，问题是，哪一个人也不敢去敲击。他们恐惧的是，第一个敲击者将不得活。这也就是一个危机四伏的帝国之所以能够苟延残喘的原因。

我随着卫尉下了战车。

我明白，既然我是奉圣旨来考察观摩的，卫尉与廷尉就得把我当作始皇的化身一样看待，丝毫不得怠慢。

我感到腿脚有些不太灵便，想活动活动，却发现卫尉与廷尉，还有旁边的众多武士全朝着一个方向跪下去了。我甚感意外。紧接着，我就发现了这一场面之所以出现的原因：原来是始皇也驾到了。

第三十章
坑儒川谷（二）

一路上我心里便有奇怪的感觉，一直想着始皇为何叫我跟上卫尉前往刑场的问题，这不太像是他的作风。他的出现便是我能够到刑场来的最好解释。他到这里来，就会把我带来的，他不允许我离开他的视野。卫尉与我同行，只是一种他安排我前往的，他比较放心的办法而已。

我没有向始皇行什么礼，更不会向他下跪。整个场面中，除了那些行将被活埋的学生和先生，那些所谓的贤士，军队以及执行死刑的行刑人员都向皇帝跪下了。这究竟是个什么样的帝国呢？除了始皇一人是人外，其他人都不是人了，始皇是高级的人，其他人，包括丞相都是次等的人。

整个场面中，只有我与始皇是站立的。这样的奴才状是做给他看的，而我却站着，心里尤其不是滋味。我毕竟是个例外嘛。即使我是M星球的人，我也感受到了这种例外在人群中的压力。那些将被处死的先生与学生，他们已经置生死于度外，对这个世界已经采取无所谓的态度了。他们接受活埋，早已放弃了反抗的想法，内心静如止水。

即使在这样的刑场，始皇也要把他的威权和架势做足，对于权力，他任何时候都是一丝不苟的。他站在高高的战车上，大手一挥，豺声在山谷间振荡开来：

"广大的战士，广大的军官和行刑指战员，今天这个时候，我们的帝国要在这个叫马谷的地方，对这批不法分子执行活埋的刑罚，作为皇帝，我本人亲自前来参加，这说明这件事对于我们的大秦帝国是多么重要！自从我们制定了焚书令，把我们新秦国境内所有不符合要求的旧朝书籍运输到了首都附近的野塬上，尽数焚烧，并关停了无数学馆私塾，禁止私学，天下人便以吏为师；可是这批不法之徒，他们不甘心退出历史的舞台，还要继续藏在阴暗的角落开展他们的私学活动，而且还召开集会，对朕和大秦帝国不恭，妄言诽谤，扰乱天下大势，这等行为在始皇时代是十恶不赦的。我们今天这个时候，在这个叫马谷的地方，对他们实施活埋刑罚，这从根本上来说，意义重大。这是为了儆告天下人，尤其是那些在旧朝时作为士阶层存在的人，他们不要再妄想回到那已经被摧毁和消灭的旧朝里去了。这些帝国机体上的病菌和毒瘤，垃圾和渣滓，我们现在就把他们埋葬到旧朝的坟墓里去！"

始皇的长篇大论算是把目前正在进行的活埋事件的前因后果说得清清楚楚了，我心里不再有什么疑问了。可是那些军官和士兵，他们却反而糊涂起来了，傻呆呆地站在那儿，像是原野上的木头柱子。

始皇在高高的战车上，他的声音如声嘶力竭的豺在空中飞扬。

"立即行动！"

众多的军士似乎并没有明白始皇的旨意，但是那卫尉和廷尉却明白了，他们代始皇发放指令，高喊道：

"把罪犯们活埋！"

卫尉和廷尉的声音还算像正常的人的，那喊声把大多数执行军士喊明白了，他们纷纷把被捆绑着的囚犯推进了深坑，开始把泥土往深坑里回填。

正在行动的场面一点儿也不悲惨，因为那些就要被活埋的儒士没有一个哭泣的，他们仿佛已经把生死置之度外，早已到了死后的广阔天地里了。现世不容,就离开这里,待到世界允许,再回来——他们持着如此豁达的态度,使我这样一个外星球来的孩童也敬佩不已,我的眼睛里渗出了感动的泪珠。

我觉得意外的是,丞相和中车府令那些高官并没有陪同始皇一同前来。这无疑是始皇的安排。事无巨细,始皇都要亲自过目,一切都要做到乾纲独断。天下可真是他一人的天下啊!

不太长的工夫,那深坑已经被执行死刑的帝国专职人员回填了。而那些囚犯们的头颅还露出在地面上,仿佛是什么植物似的。无数的头颅一个一个排列开去,宛若是谷地里的圆白菜。

当那些执行死刑的军士从坑旁撤离之后,我看到了众多的军士驱赶着强马壮骡牵引的大型农具——耙犁。军士们踩在耙犁之上,威风赫赫,仿佛准备扑向厮杀的战场。可这儿并没有敌国的军队。他们究竟要干什么呢?

我还在思考这个问题,他们已经驱动强壮的马骡冲向了可怜的已经被埋入地下的囚犯们的头颅。我立即意识到他们是要用耙犁犁开囚犯们的头颅。我眼前似乎已经出现了头颅破裂,鲜血濡湿并染红了原野的悲惨场面。

我知道这对我来说已经到了最后的时刻。我飞跃向前,抓住了马匹的辔头,把烈马们高高地推举直立,它们嘶鸣着,刨着前蹄,仿佛要飞天而去。站立在耙犁上的武士异常震惊,跌倒在地,想爬起来,却又一次跌倒下去。

我的行为阻止了后面的耙犁队伍,马骡和武士拥叠起来,自相践踏。我的行为引起了始皇本人的震怒。

"陨童啊,你这是找死!"他的豺声把马谷里的空气都撕裂了。

"我不允许你这样横行霸道!"我洪亮的声音给马谷的大气送去了温和的成分,它不再像过去那样炎热如火了。

"陨童啊,你今天就死在这个叫马谷的山谷里吧!"始皇的豺声又一次撕开了马谷的伤口,从天体里流出的鲜血似乎把这个世界淹没了。

"你不要以为你是从什么'爱慕'星来的,就能逃出朕的手心!"

始皇的豺声还在振荡。

"战士们,向前冲杀!"

始皇下了死命令。

第三十一章
坑儒川谷（三）

在我们M星球上，我从来没有与敌对者发生过冲突，从来没有战斗过。我们M星球已经消灭了战争，进入了永恒的和平状态。可我现在是在这个叫作地球的外星球上，我就无法再去坚守和平的原则了。面对如此凶悍的军队，这青铜的战车，这青铜的弓弩，这青铜的刀剑，这一切都用青铜武装起来的战士，我想，这样一个外星球上的生命，毕竟也是血肉之躯，也会受伤，也会流血，也会死亡——我就不能束手把生命交给对方了，我还有重任在身，不把救世之药送到已经病入膏肓的世界，我是没有理由返回我们的M星球的。面对始皇麾下强大的战阵，我只好出手了。我虽然在我们M星球是个11岁的孩童，可我在这个叫地球的外星球上已是11，000岁的高龄了，这么漫长的岁月在我的骨骼里和血肉里凝聚了多少宇宙间的能量，稍微算一下心里就会有个大致的数目了，我现在就要试验一下它会产生怎样的效果了。

我轻轻一抓就把冲到我面前的强壮马匹举起来了，仿佛举起了一个小小的儿童玩具，我把它往后一推，没有料到的是，始皇整个的军队竟然宛若退潮的海浪一样向后退去，居然全部倒了下去。倒下去的情景缓慢地进行着，清晰至极，仿佛是专业的表演那样，整个军队不过是导演的结果。

军队整个儿倒下去之后，在我面前出现了空旷的平原那样的情景，似乎军队是庄稼，我是收割的农夫，巨大的镰刀把庄稼割倒了，它们倒伏在原野上，结束了一个季节的轮回。军队形成的巨浪把始皇的战车也掀翻了，他像他的士兵一样淹没到了波浪之下。卫尉和廷尉也不见了踪影。

我只推了一下就把始皇的军队推到了山野里，这就给我赢得了时间。那些耙犁也不见了，只余下这些被判了活埋之刑的读书人。我顺手把他们从泥土下面拉出来。那深坑中回填的新土毕竟还很松软，稍一用力，他们就脱离了泥土。我像拔萝卜一样拔出来了一大堆。他们活动了活动手脚，感觉到热血又重新奔腾起来了，生命之气又回来了，他们的黑眼珠感激地望着我。

"赶快去把那些还在坑里的同伴拽出来!"

我的话使他们马上意识到了当下的第一要务。大家纷纷动手，一起努力，迅速地把埋在坑里的同伴们全部拔拽了出来。他们抖动着身体，把泥土尽力抖落，渐渐恢复到了正常人的状态。

这也是一支十分壮大的队伍啊!

"你们一共有多少人?"我问。

"四百六十六个。"

其中一位回答道。这个人额头圆而饱满，下巴方而平实，浓眉大眼，一看就知道是位先生。

"多谢您救了我们。"他说，"我叫李孔，是私学里的先生。"

他向我伸出手来，我把手伸出去，两只手相握到了一起。我感觉到了来自他的手的力量，热得发烫。我一时说不清这手传递给我的热意味着什么。我想到的是，那热来自他奔腾的热血，还有他激动的心。他的心脏把身体所需的热量泵到躯体各处。

"就您一个人?"李孔说。

"李孔先生，我是从 M 星球来的，就我一个。"

其他的士也都围到了我与李孔周围——这四百六十六人的队伍也是相当大的，我的心忽然往下一沉：我从始皇的铁掌下救了他们，往后就有了保护他们的生命的责任。也好吧，我是这个地球上唯一的外星人，从此之后有了这么多的被保护者，他们也就算是我的朋友了，我也就不会感到孤单了。

"我愿意做你们所有人的朋友。"我说。

李孔把我拥抱了一下。

"您是我们所有人的救命恩人。"

李孔的泪花已经湿润了他的眼睛，我也禁不住目光模糊了。我这样一个 M 星球人是不应该轻易动感情的，可我还是不能不被李孔的情绪感染。

"让我们一起感谢我们的救命恩人！"

李孔大声地喊道。

在他的示范带动下，四百六十六个人齐刷刷地跪在了泥土上。我连忙把李孔拉起来。

"啊，这使不得，使不得啊！快起来……快快起来！"但是我的话没有发挥作用，他们依旧跪在我的面前，双手拱向我，"你们再不起来，我可就要生气了！"

我的脸上的表情一定把李孔吓住了，他迅速站起来，又向大家挥挥手。

"起来，起来啊！"他的声音都变得尖锐起来了。

四百六十六位贤士纷纷站立起来了。可我的眼睛还是被一股热气迷蒙住了，我挥手赶走了这股热浪。

"可爱的人们啊，我们再也不能跟皇帝那种人学了，我不是皇帝，你们更不是奴隶，我们都是平等的生命。我与你们虽然不是同一星球的人，可我们的生命却是同样高贵的，平等的，我们有同样的血肉与骨骼，同样的灵魂与思想。你们必须答应我，我们只有彼此平等相待，我才答应把你们所有人从这暴君始皇的魔爪中救出去。"

我的话说完了之后，四百六十六位贤士似乎痴呆了，尤其是站在我面前的李孔先生，他的眼球仿佛已经变成了化石。但这只是几秒钟的工夫，李孔的脸庞就灿烂了，好像旭日照亮了黑暗的大地。

"我们当然愿意与您平等相待！我们就是向皇帝要求这样的权利而被活埋的……"

第三十二章
坑儒川谷（四）

　　四百六十六位贤士从临死的刑坑中被救助出来之后，那刑场呈现出的景象令人作呕——那遍地的窟窿宛若机体上的溃疡，这意味着这块地域、这个帝国已经身患重症。我想要是把这些坑穴壅土填平，种上庄稼，植上树木，绿色将之覆盖——这些溃疡就会消失，这块大地将会迎来新的生机。问题是始皇帝不会派遣其士兵来干这样的好事的，他们也不会允许这些曾经被埋进坑里的学生和先生去把它们填平——这个帝国似乎寻求的就是满地溃烂，病入膏肓，进入它的末日时代。

　　我看见始皇帝把他的军队集结到了东边的山坡上，呈向下之势。而我与这些刚刚被我从泥土中救拔出来的贤士就站立在这坑儒川谷的低处，那溃破的张着口的刑坑仿佛猛兽再次张开的大嘴，要把贤士们吞噬掉。

　　始皇为什么要把军队集结在东边的山坡上？我稍微思索了一下就明白了——这是因为西边通向帝都咸阳，是平川大原，假如我带领贤士们向西走，就会重新进入虎口——帝国的大本营，那是比猛兽之口还要固若金汤的地方。始皇是怕我带领着贤士们爬上东边的山坡，向东方而去。东方是他征服的山东之地，并不像西方是他秦人的老根子，虎狼之师的温床与母腹。

　　始皇早已完成了军队的集结，强弓劲弩，战马战车排列成阵营，长矛长剑短刀——厮杀的一应武器掌握在手，跃跃欲试，战马萧萧，军士嚎嚎。

我观察了一下始皇军队的阵势，心想，我倒无所谓，可是这些刚刚被我救拔出来的贤士，他们的生命是无法阻挡帝国军队的兵器的。他们虽然没有在刑坑里死去，可在始皇军士的冲锋中阵亡的话，我不是白忙活了一场吗？再者，我怎么能允许始皇对他统治的人民如此凶残呢？我如果能眼睁睁地看着他们倒在血泊中、被士兵屠杀、被战马践踏，那么我还是我们 M 星球派来送药救难的英远吗？这是我的名字，因为地球上无人知道，也就无人呼唤，连我自己几乎都遗忘了似的。我突然想起，这对我来说也是一个激励。我的名字寓意着"成为英雄""奔赴远方"。这样的含义我能辜负吗？

我看到距离刑场不远的高坎上矗立着一棵高大的杨树。我飞跑几步，到了杨树下。我把它轻松地拔了下来。平地上马上出现了一口大坑。这口坑比坑杀贤士们的刑坑深多了。我抓住树根，把它拖拉到了刑场上。我叫贤士们躲到我的身后，我把杨树巨大的树冠朝向始皇的军队，我抓住粗壮的树干，准备迎敌。

我还在纳闷始皇怎么还不下令他的军士冲杀时，我看见从山坡上的军队里已经有成群的箭镞像蝗虫一样飞了过来。

李孔惊恐地大叫：

"趴倒——"

贤士们随着李孔的叫声瞬间俯倒在地。

虽然我觉得无论是趴在地上还是站立，身体承受飞矢的面积是没有什么变化的，不过趴下总给人安全感，即使是一种错觉，也是会给予心灵以安慰的。

我辨听着飞矢的声音，等它们飞到跟前时，我挥起大树一扫，就把它们扫落了。这棵大杨树对我来说就像一把扫帚那样轻，我一只手就能挥动自如。飞蝗般的箭镞纷纷落到前面的平地上，一层一层堆积，渐渐厚了起来。我不慌不忙地挥动着大杨树，箭镞积压得比地坎还要高了，简直形成了一道由箭镞造就的防护墙。四百六十六位贤士完全处在这种新墙的保护之下，他们惊讶地爬起来，实在不敢相信那由箭镞堆积的墙垒是在这极短的时间里形成的。我发现他们的眼睛澄澈而晶莹，温热而湿润。

此时，始皇的军队已经停止了射箭。山坡毕竟距离刑场不是太远，没有了飞矢的遮掩，视野清晰，始皇站在战车上的模样清晰可见，他身边还有卫尉和廷尉的战车。战马低垂着头，似乎对于这样一场战斗失去了兴趣，没有力量冲杀了。

假如我抓起一把箭镞，把它们向始皇甩过去，我想他的卫士即使以身挡箭，只要有一支没有挡掉，始皇就会立即殒命。可我到这个外星球上来，并不是为了杀人的，我是送药救命的，我不能违背我的宗旨，更不能给我们 M 星造成嗜杀成性那样的坏影响坏声誉。我们 M 星球是从来不打仗杀人的，我们早已进入了永久的和平之中。我不能杀这个星球上任何一个人，哪怕他坏如眼前这个把自己看得比天还要大的始皇。

我没有料到的是，始皇的军队撤退了。

第三十三章
东山坡下暗下决心

我虽然还是个11岁的孩童，可我却显示出了超强的、超人类的能力，这是始皇亲眼看见了的。假如他命令和指挥向我和四百六十六位贤士冲锋杀戮，我就用巨大的杨树把士兵们仿佛秋风扫落叶一样，把他们全部扫到始皇的马车下面去，至于那张牙舞爪的始皇马车，也会被我扫翻的——它会在飓风中翻滚，一直滚到泥沟深处去。

对于这个叫作地球的外星球来说，我在地球上已经11,000岁了，设想有一个人在我现在所处的环境中已经生存了这样久的年月了，而且他的身体还呈现的只是个孩童的状态，人们会把他当作什么呢？按照这个外星球对于特异事物的理解与解释，会冠以什么样的名称呢？仙、神、妖、魔、精、怪、圣、佛……

始皇毕竟还蛮有脑子的，他的撤退是聪明的决定。但我不能给予他英明或者圣明那样的结论，聪明这样的定位已经十分抬举他了。卫尉和廷尉带领的军队都跟随始皇走了。

东山坡上是茂密而葳蕤的森林，始皇的大军钻进那样的林木里，任何一个小小的深峪都会把它们掩藏得不露蛛丝马迹。我意识到了始皇的险恶，帝都并不在东边，他却带领大军上了东边的山峦，这是因为他已经推算出我会带领四百六十六位贤士朝东方走的。西方是秦的故地，秦人的历史深远久长，而且是不容他人立足的。东方六国被消灭不久，居住在那儿的失国之民还是很难接受皇帝的统治和压迫的，他们中的精英分子还会伺机反抗，为被灭了的家国复仇雪恨。

这么说，始皇是在那朝东方去的必经之途中给我和这四百六十六位贤士设下了陷阱和埋伏，计划在他们选择的险恶地段把我们一网打尽。

"李孔先生，还有其他到东方去的路没有？"我问道。

李孔和众贤士已经从方才的魂失魄散中恢复了正常的神志。

"大侠，您是打算把我们带到东方去吗？"李孔说。

我把我的想法说了一遍。

"您的分析是对的。"

"到东方去就那一条路。"

"那东山坡上布满了秦人祖先的陵墓。"

"秦东陵！"

我想到了始皇也许是要保护他的先祖的陵墓，但马上又否定了这样的想法。设伏是他惟一的目的。面对我这样一个外星人，有巨大能量的人，他会在路途中挖掘一个巨大的深坑，深坑上面铺上树枝和草禾，再给树枝和草禾上面铺上泥土，把路面伪造得跟普通的路面没有什么两样，我一旦踏上这样的路面就会掉落下去，坠入万劫不复的深渊。始皇是要以这种方式把我擒拿住，或者就地直接消灭掉。

我把这样的想法也对李孔贤士讲了。他点点头，陷入到了沉思之中。

现在，我是与秦国最优秀的贤士在一起，他们虽然被始皇判处了活埋的死刑，可他们的秦国最优秀的贤士。这样的称号是没有丝毫水分的。他们只是不容于这个时代而已，他们的行为过于特立独行，他们的智慧超过了始皇本人，始皇杀掉他们的目的实在是出于自身丑恶的心理。这无疑是一种精神疾病，心理极其不健康。

我把这样的想法告诉了贤士们,他们果然赞同我的分析。

"皇帝年少时与他的母亲是在赵国度过的,因为两国敌对,他的父亲嬴异是作为质子而住在赵国的。他在吕不韦的策划下逃回了秦国,却把皇帝和他的母亲留在了赵国。可以想象皇帝母子俩是如何提心吊胆,虽然赵国并不会抓住了母子俩就把他们杀掉,但这不能让他们免除恐惧。时间久了,少年的心理就会扭曲变形,就对世界充满了仇恨,对于世界就不会有丝毫半点的爱与宽容了。"

这是另外一位贤士说的。我觉得他说得十分有道理。我问道:

"请问贤士贵姓?"

"免贵姓荀,名梦周。"

他说了自己的姓名,伸出手与我的手紧紧地握到了一起。我感觉到来自他的双手的力量,还有刚刚脱离泥土黄泉的冰凉。我想到这么短的时间里,贤士们体温也许还没有完全恢复,他们受到的磨难实在是太过于严酷了,可以说他们是险些到阴间地府走了一遭,他们的三魂六魄还不一定囫囵浑全呢。我带领着这样一群人,他们的战斗力与那些军士无法相比的,他们只会读圣贤书,作不朽文。布阵打仗作战,他们虽然并不是一窍不通,可他们毕竟缺乏实战经验。况且,他们的身体又受了如此巨大的折磨,体力消耗过大。

"贤士荀梦周,您与李孔,和大伙儿商量一下,我们这一小群人如何从皇帝的魔掌下突围出去,找一方自由乐土,继续做我们的学问,研究我们擅长的技艺和知识。"

荀梦周与李孔,还有其他的贤士温和的眼神里充满了对我的感激之情。他们一时没有说什么。

"梦周——这是多么富有梦想的名字啊!我一听就喜欢得不

得了。"我自言自语道。

"我原来的名字叫问之，学问嘛，就得经常问，时时问，后来——是在皇帝到来的前一年，我把名字改了。以前是没有什么皇帝的，是秦国灭了周之后，也就是灭了六国之后才出现的怪物。皇帝来了，天下人，尤其是我们士人，就不能按照我们一直遵循的过去的方式生活了，书不能读了，连《诗》都不能诵了，文学艺术全部变成了杀头舍命的危险事业了。我自小就是在《诗》的陶冶熏染下长大的，怎么你皇帝来了，就要我把我作为安身立命事物对待的《诗》焚烧掉，如果再谈论，就要被处弃市刑罚，命都不保了呢？你始皇势力大、有军队、有武力，你就压制他人，一切都得按照你的制度来搞，如有违反，就杀头、就活埋、还夷三族——这样的刑法真的天理不容。"

荀梦周已经泪水涟涟，泣不成声了。

我从这位贤士的悲伤里探知到了一个时代的病症。强权对于普通百姓，尤其是对于普通贤士阶层的压迫有多么深重。我咬了咬牙，暗暗地在心里对自己说，一定把这群贤士带到他们一心向往的世界去。

第三十四章
何去何从（一）

荀梦周的哭声和泪水给予我心灵的冲击实在是太过于深刻了，我决心改变始皇用鲜血和青铜武器打造的这个黑暗帝国。这个尚黑的统治集团，并不是为了给予人民黑暗才那样崇尚黑色的，可其结果却恰恰是黑夜已至。在始皇的统治下，这样的黑夜实在是过于深了，几乎没有一丝丝的声响，没有一毫毫的亮光。

我一降落到这个叫作地球的外星球上，就意识到了这个星球所处的文明阶段还是冷兵器时代——这是非常落后和可怜的时代。落后就意味着野蛮。可怜在始皇这里便是可恨可憎。不敢设想始皇这样的统治是发生在人类的高级文明阶段，那么除了始皇自身，其他人都是没有活路可言的，除非他们都变成始皇的肢体那样的部件。走狗也有自己的大脑，也有发疯的时候，那时候它就会咬人一口；可是肢体呢，连一个独立的生命体都算不上。

我怎么降落到了这样一个时代呢？我前往的时代本应不是这样的。虽然有丹巴热病病毒的危害，可它在科技、人文、政治各个方面已经进入到了相对高层次的文明阶段——这是我根据我们 M 星球大致传授给我的知识得知的。我想到我们 M 星球对于这个叫作地球的外星球来说，还是非常陌生的，太爷爷说他来过这里，可那一趟匆促的旅行是无法完成对这个星球的研究的，所得印象仅仅只是皮毛而已。我的这次行动不同于以往我们 M 星球的任何一次行动,我是送救世之药来的,送不到需要者手中,我是不能回去的。况且,我乘坐的飞船已经被始皇的军队用无情的烈火焚烧、毁弃了——它已经爆裂,在架得如山峰的柴堆中被烈火化成了灰烬——这就意味着我要永远与这个星球共呼吸、同命运了。

　　自从降落以来,我遭遇的事故虽然不会给予我自己什么大的伤害和影响,可我却见识了这个帝国的专横与凶残——还没有一点点儿的现代文明,还是在以最原始野蛮的方式对他人进行专制打压,频繁地剥夺他人的生命。对于我的飞船——始皇以及他的士兵军官把飞船叫作陨石落星——方圆十里之内村民扫地式的灭绝屠杀,连那人们世代居住的村庄都被焚毁了,成了一片废墟;始皇对于宫殿的迷恋与贪婪;始皇对于死墓的贪婪与迷恋;始皇对于他统治之下的知识贤士们的坑杀;始皇对于他所统治的地域的书籍的焚烧……所有的这一切足以证明这个所谓的始皇还处在野兽阶段——假如不是这样,那么他绝对是位心理变态者,患有严重的心理精神疾病;如果真是这样的话,我就有义务和责任帮助他治疗。我所处的星球毕竟已经进化到了高级文明阶段,既然是高级文明,也就意味着它是在各个方面进入了高级文明,这就自然包括医学、生理、自然、科学了。我暗自有了一个决定,适当的时候,我会给皇帝进行心理方面的疏导的,希望他的心理疾病能够痊愈——这当然是假设他是患了心理疾病的。如果他是这个星球上,文明程度相对较低的族类,还处在人与兽之间的阶段,这便不是疾病问题了,这是进化的问题,心理疏导和药品起不到什么作用的。那么,这就麻烦大了,只好待以时日,让岁月——漫长的时间逐渐驯化他,使他逐渐走向文明的乐园。可是这得需要多少年啊? 1 年还是 2 年? 还是 3 年? 我是不能给予一个具体的数字的。我的思绪还是一片混乱，对于这个叫作地球的外星球，我眼前的一切都是陌生和暧昧的。这可能就是混沌吧。

我听到荀梦周还在啜泣。男儿有泪不轻弹，当贤士泪流满面，便是这个世界到了不该存在的阶段的证明和依据。男儿的哭声道尽了这个时代的黑暗。我必须安慰他，如果我不安慰，他会继续哭下去的，这弄得我的眼睛也湿润了，心情也黯然了许多。

"荀贤士，您……"我说道。

他依旧沉浸在他的悲伤与苦难里，好像是没有听见我的话。我更靠近他一步，几乎是贴着他的面说的：

"梦周贤士，不要过于悲痛了。"

我拍了拍他的肩膀。

他意识到了我对他的安慰，可他的情绪已经到了控制不住的程度，我安慰的话只会激起他更加高亢的哭号。这一声号啕连我自己也被吓了一下。号啕声实在是过于响亮了，响遏行云、穿天入地。

但是这声号啕之后，他便强忍住了自己，不再发出声音了。尽管他的肩膀还在抽动，可他已经能够控制自己了。

"陨童，不好意思，我给自己丢脸了。"荀梦周哽咽着说。

"啊，荀梦周贤士，这一点儿也不丢脸，这才是一个真正男儿的气节。我相信在你这样的控诉里，在这样的血和泪里，这位皇帝的血腥帝国是长久不了的。"我说。

"只愿它马上就完蛋！"荀梦周彻底从悲痛中苏醒过来了，他的战斗欲取代了他对贤士阶层命运的哭泣。

李孔说：

"陨童啊，您就带领我们去战斗吧。"

他的声音刚刚落地，周围其他的贤士们也都附和着要求道：

"陨童啊，我们跟着您去与皇帝血战到底！"

周围的贤士们这样一喊，剩下的贤士们也都高呼起来了。

"陨童啊，带我们去战斗！"

"我们要去战斗！"

彼此远近的呼声使这片布满坑穴的始皇的刑场变成了抗暴起义的发源地。这意义将是深远的。可我想到的是，我作为一位来自遥远星空的 M 星球上的送药救世者，我来领导一场颠覆始皇政权的起义，这适合吗？这符合我们 M 星球的宗旨吗？我得与贤士们讨论一下，也算是这个团体的第一次会议吧。

我说：

"我听见贤士们都叫我陨童，这是我来到你们这个土与水组成的星球后，大家对我的普遍叫法。你们把我乘坐的飞船叫陨石落星，把我自然就叫陨童，其实啊，我的名字叫英远，以后贤士们就叫我英远吧。"

荀梦周的眼睛亮了，整个儿脸庞绽放成了一朵喜悦之花。

"英远啊，这名字太好不过了。好，我们就叫你英远。"

李孔也接着说：

"陨……啊，看我这记性——英远，对，我们就叫您英远。"

我想，这一是为了与始皇那一帮人对我的叫法有个区别，二是为了我的新的任务的诞生。

"贤士们啊，李孔贤士，荀梦周贤士，还有众多其他的贤士，我现在还不知道你们的姓名，但我以后会一一记住的——我本来是到你们这个星球来送药的，是因为你们这个星球已经陷入到了深重的丹巴热病病毒猖獗肆虐的灾难之中。我不但带来了药品，还怀揣着制造这种特效药品的配方和制造方法，地球上的原材料跟我们 M 星球上的原材料是同样品质的，完全能够制造出相同的药品——可我来了以后，居然没有发现一例丹巴热病患者，询问过了始皇、卫尉和廷尉——我还没有见到始皇身边的丞相李斯和中车府令赵高——他们都说根本就没有这种病，简直是无稽之谈。我实在疑惑，难道是错了？来的星球错了？不是你们这个星球？可这是不可能出现的错误。我们 M 星球已经发达到了高级文明阶段，计算机的运转速度快得惊人，运算是绝对不会出现错误的。我坚信就是你们这个叫作地球的星球，地方丝毫没有错。"

听我如此解释，李孔和荀梦周一个挠了挠了自己的脸颊，一个捋了捋头顶上的头发，显然他们的大脑都在飞速地运转。

李孔说：

"英远啊，你的推断与你的名字是一样的——是"英明"与"深远"的，没有错的。也许你们 M 星球上认为的丹巴热病病毒就是皇帝吧？"

荀梦周立即应和道：

"啊，就是皇帝，一定是的。"

第三十五章
何去何从（二）

这两位贤士的分析使我顿时兴奋起来，可我转念一想，就否认了他们的推断。始皇怎么可能就是丹巴热病病毒呢？

有一个贤士凑上前来。我不知道他姓啥名谁。这位贤士说：

"英远大神……"

他居然把我当作神明了。

"贤士，我不是神，M星球上的一个人而已。你还是称我为兄弟吧。"

"据说你才11岁，还是个孩童呢。"他说。

"然而按照你们这个星球的时间来换算的话，我的11岁便是你们的11,000岁哩。"我说。

他有些吃惊。

"我可从来没有听说过谁能活那么大岁数的。"

"在我们M星球上这样的年岁还是孩童呢。"

"这样的话，我就更不知道如何称呼你了。说你11岁吧，你却是11,000岁，按照前者，你是个孩童；可依旧后者，您比我们这个星球上的任何一个人都要年老——我说的年老并不是老的意思，只是说你的岁数大罢了。"

"这样吧，大家都直呼我的名字吧。我叫英远，叫我英远就行了。"

"好吧，英远，我就按照你说的叫吧。"

"贤士，您的姓名？"

"我叫姬诗。"

"姬诗？这个姓名好啊。"

"我的家族……我的父亲特别热爱诗，就叫这样的名字了。"

"就是皇帝下令焚烧的诗？"

"有好几百首呢，孔子在世时选编的。是我们的先民创作的。"

一说起诗来，我看李孔、荀梦周和众多其他的贤士都是一副向往的神态，那表情里渗满了特别沉醉的享受。

"你能吟一首吗？"我要求道。

"你真的想听？"姬诗问道。

"真的。"

"我真高兴能给你背诗。这一首叫《黍离》。"

  彼黍离离，
  彼稷之苗。
  行迈靡靡，
  中心摇摇。
  知我者，
  谓我心忧。
  不知我者，
  谓我何求。
  悠悠苍天，
  此何人哉？
  彼黍离离，
  彼稷之穗。
  行迈靡靡，
  中心如醉。

知我者,
谓我心忧。
不知我者,
谓我何求。
悠悠苍天,
此何人哉?
彼黍离离,
彼稷之实。
行迈靡靡,
中心如噎。
知我者,
谓我心忧。
不知我者,
谓我何求。
悠悠苍天,
此何人哉?

这位叫姬诗的贤士停了下来,我还在以渴望之情等待着。我没有料到这个叫作地球的外星球上还有如此优美的诗,它简直就要深入到作为听者的我的心灵和骨髓深处去了,它给予我的是无限的感动和迷醉。

"没了?"我不甘心地问道。

姬诗说:

"总共有几千首呢,孔子编选时只收录了三百多首,我背诵的只是其中的一首。"

"有那么多哇啊,这实在是你们人类的福气呢。我听了一首,就觉得你们这个星球简直就是天堂里的乐园,要是听了很多首的话,我就真的不知如何形容你们这儿了。"我情不自禁地说。

"就是这样美好的诗,皇帝要把它们全部烧毁,禁止流传,连私下里谈论背诵者都要处以弃市之刑。"

姬诗说话倒没有带什么情绪,他说的是实情。

"姬诗贤士啊,现在你自由了,可以念一首诗给我听吗?"

姬诗没有料到我会提出这样的要求,但是他却因为这样的要求而更加欣喜。

"我现在就为你背诵一首《鹿鸣》。"

> 呦呦鹿鸣,
> 食野之苹。
> 我有嘉宾,
> 鼓瑟吹笙。
> 吹笙鼓簧,
> 承筐是将。
> 人之好我,
> 示我周行。
> 呦呦鹿鸣,
> 食野之蒿。
> 我有嘉宾,
> 德音孔昭。
> 视民不恌,
> 君子是则是效。
> 我有旨酒,
> 嘉宾式燕以敖。
> 呦呦鹿鸣,

食野之芩。
我有嘉宾,
鼓瑟鼓琴。
鼓瑟鼓琴,
和乐且湛。
我有旨酒,
以燕乐嘉宾之心。"

这位名叫姬诗的贤士吟诵完之后,我一下子就特别喜欢他了。他看起来很普通,可他的心灵和灵智却是如此优秀,对于美好事物的感受有这么高超的天赋——这是我们 M 星球的生命都未必会达到这样的高度。我们 M 星球虽然科技政治等方面进入了高级文明阶段,但对于艺术的感受力却不是随着文明进程而增长的。艺术来自原始的美,越是原始的社会就越能产生美的诗。原始的美——这是生灵之心对于原始星球的艺术美的感受能力,科技与文明反而会破坏这样的感受力。这种美与感受力是最清澈和纯美的,这与政治的原始野蛮是两码事。

"啊,真是太美了。你能为我做诗吗?谢谢你了,姬诗贤士。"李孔满脸的喜悦,说:

"我来加几句。"

嘉宾英远,
遥遥'爱慕'。
救我士子,
驱赶皇帝。
野谷无酒,
我有心意。

心酒纯然，
　　洒泪一行。"

李孔吟诵完毕，紧接着荀梦周又吟诵道。"

　　救我士子，
　　何去何从。
　　皇帝凶暴，
　　吾本柔软。
　　'爱慕'英远，
　　顽童是龄。
　　一万一千，
　　大智超群。
　　带吾出谷，
　　起义造反。

第三十六章
何去何从（三）

一提起作诗，四百六十六位贤士个个踊跃，都希望把自己的文学才华展现到我这样一个外星孩童的面前。我在他们的心目中，已经不是什么小孩了，他们是在向救命恩人展现才华，吟诵诗句是为了报恩。我感到还是姬诗贤士念的《鹿鸣》最好，李孔与荀梦周贤士接续的句子尽管也是才华横溢的，却总是感觉不到那种上乘的意味。当诗人做诗也是要有先天悟性的，有些创作可以说是来自神启，所以那诗句的水准就会高出常人一大截儿。李孔和荀梦周当然是卓越优秀的贤士，他们的才华并不表现在作诗上面，而在研究学问上。

不管怎么说，我心里还是充满了欢乐的。但这一群贤士对于我的感恩与崇拜也叫我惶然，这与我从小所受的教育，与我们M星球上的平等观念是有冲突的。一个人，无论他做了什么样巨大的贡献，也不能把自己凌驾于他人之上；而众人不管如何平庸，也不许把某个个人推举到高人一等的位置上——个体与众人两方面都不允许特殊人物的产生。有了特殊人物就会产生特权。特权是社会的大敌，必须把它消灭在萌芽状态。

"众贤士，我只能作为大家的客人——这样的身份有别于大家，其他方面不能有任何差别。我从小就沐浴在平等的氛围之中，即使在你们的地球上，我也不能够把它抛弃和破坏掉。"

我说了上面那些话后，李孔、荀梦周和姬诗脸上泛起了微笑，他们的笑容感染开去，众贤士脸上都是喜悦和兴奋。

"啊，英远啊，你的话和你的行为太叫我们感到欣慰了。在皇帝出现之前，我们的社会基本已经走到了平等这一阶段了，简直就是百花齐放——春天一到，不论什么植物都会开出自己的花朵。百家争鸣、有容乃大，那才是一个大气的社会啊。没有料到皇帝来了，要把那些美好的事物一一扼杀，连我们这些坚持美好的读书人也要坑杀、活埋。我想你会给我们带来一个像先前那样的社会的。"

李孔说了上面一席话，他的眼睛里已经有了晶莹闪烁的泪花。

荀梦周说：

"李孔兄说的也是我的心里话啊。"

姬诗说：

"英远啊，你不用担心我们这个群体会出现不平等的现象。你是从外星球上来的人，本来就是与我们不一样的。你在你的星球只有 11 岁，还是孩童，可在我们地球却是 11,000 岁——但这种先天的差别并不影响平等的观念。不仅如此你还要在我们这儿实现平等，把平等的观念灌输到每一个人的思想世界里去。你就在地球上创造一个平等的社会吧，等创造好了这样的世界，你再回你的星球上去。"

姬诗说得十分在理。我完成了任务，便也到了该回去的时候，我的父母、兄弟、姐妹，尤其是我的太爷爷，他们都在等待着我的好消息呢。再说了，我能否适应地球生活，长久的地球生活会给我带来多少影响，我还不太清楚，长期居住显然是不现实的。还有我们那 M 星球的牧羊小姑娘，她的身影已经钻到了我的心里，一时之间，我感到我对她的思念甚至超过了对于家庭成员的思念。

我的任务当然是送药。这药品是消灭丹巴热病病毒的特效药，一粒就能够把身体里的噬菌体病毒彻底消灭。这是我前往这个叫作地球的外星球的目的，但我目前却陷入到了皇帝暴政的时代，出不了这样的朝代，完成送药任务更是无从谈起了。这一片庞大的沼泽，我必须从这儿出去，也得把这四百六十六位贤士带出去。

"各位贤士，始皇、卫尉和廷尉他们带领军队消失不见了，我想他们是在东边的山岭间设埋伏、挖陷阱去了。你们说，我们如何行动？"我说。

这时候从众贤士里走向前来了一位年长者。之前，这位年长的老者混杂在人群里，还不太容易把他与众人区别开来。

"英远啊，孩子，请接受老夫一拜。"

这位老者双手合十，向我深深地鞠了一躬。我连忙握住他的手——我是用双手握的。

"不敢，不敢。"我的心里确实有种受宠若惊的感觉。他毕竟是位年长的人，而我却还是一个孩童呢。

他脸上出现了惊讶的表情。

"啊，孩子，你是六个指头呢。"

他这样一提醒，我才注意到他是五个指头。

"不过啊，我们这里也常常有六指孩子出生，很正常的。"他依旧握着我的手，"多一个指头总比少一个好哇。"

我冲这位年老的贤士笑着。

他也是满面的笑容。

"我姓申，名乘，是私学里的老师。看到我的学生们被抓，我也加入到了他们的队伍中。即使我被坑埋了，我也是甘心的。可要是我坐视不见，我尽管可以苟延残喘，活得很长久，可我的内心怎么能安宁呢？我会在自责中生不如死的。"

我感动地看着申乘贤士。

"贤士真是高风亮节,英远敬佩不已。"我双手抱拳,恭敬地说道。

"英远,我建议咱们还是走东山坡,到山东六国之地去。那是六国旧地,广袤开阔,主要是有六国旧民,他们跟我们一样,不能接受皇帝的统治。"

李孔说:

"西边是帝都咸阳。南边还是蛮夷之地,北边也是荒蛮之区。英远,我认为申乘先生的判断是对的。"

第三十七章
我们往东方去（一）

皇帝和他的军队埋伏在了东山岭途中，卫尉和廷尉都是他的中央级别的带武统兵的官员，也都是在六国征服战争中南征北战、屡立战功的——这样一支始皇的军队在前方做好了请君入瓮的准备，好整以暇、枕戈待旦，我带领这批文弱书生还要硬往死路上走吗？

我把我的担心说给了众贤士。大家沉默了一会儿。

申乘说：

"我的年龄比较大，我就倚老卖老了，大家不要见怪。我的意见是，现在可能是皇帝和他的帝国的军队力量最弱最差的时候——我是这样分析的：他们离开坑杀我们的刑场没有多久，即使埋伏到了东山坡上，也不过是草草布阵，况且那些执刑的军兵都不是擅长打仗的，缺乏作战经验，假如我们错过这样的机会，再往东方旧国之地挺进，就十分困难了。皇帝一旦用他帝国的真正的作战部队追杀我们，那我们哪里还会有逃向东方的可能呢？"

申乘的话虽然引起了几位贤士的怨言，但他确实还是说服了我和大家。

"你怎么长那暴君的威风？"

"我们的英远可是从天上的星球来的。"

"皇帝老儿算什么货色？"

"皇帝不足50岁，能跟11,000岁的英远相比吗？"

我制止住了众贤士的议论。

"申乘贤士说得很有道理啊!"

我把音量提高许多,继续说道:

"我们要抓住机会,突破始皇部署在东山坡上的防线,立即前往六国旧地。"

做出了这样的决定,我身心也就显得更有力量了。事情没有决定之前,是最叫人焦虑和失去斗志的,对于成人都是一种摧残,何况我这样一个11岁的孩童呢。有了方向,我就知道脚往哪儿迈,手向哪儿挥,刀往哪里砍。但这个刀一在心里出现,我就知道事情不对头了。在这个叫作地球的外星球上,我不会杀害任何一个生命的,即使他是罪恶滔天的始皇本人,即使他在还没有长大的时候就开始杀人,他已经在这个灾难深重的星球上杀害了成百上千万同类的生命了。他的一条命当然是不够偿还的,但我也不能把他杀掉。这个原则对于我来说是绝对的,没有丝毫修改的可能。

我带领着这支书生队伍,既要逃出始皇布置的天罗地网,又不能杀害他和他的任何一个士兵,这似乎是办不到的。但是,我想我是可以办到的。我最担心的其实还是我从刑坑中救助出来的贤士,他们会在始皇的追杀中失去生命。既然我救了他们,就不能让他们再次落入始皇的死亡之手。我必须把他们带到东方六国旧地去,一个也不能少。这对我来说是有一定难度,但也不是绝对没有可能的。我摸了摸口袋,那瓶药物还安然地待在那儿。还有我们M星球上的那个牧羊小姑娘的泪珠钻石,还有我的亲人们的泪珠钻石——这便是我带到地球上的所有财物了。这些泪珠曾经化为过水,但一到这个叫作地球的外星球上,它们就又成了坚硬的固体了。

要说在这个叫作地球的外星球上,谁是最贫穷的,可能就是我自己了。这些被我挽救了生命的贤士，他们无疑是有家的，还有连带着的亲朋好友，他们即使再穷也不至于像我这样。药品是要送给身患重疾的人的，但对于健康的普通人来说，那几个所谓的钻石只不过是凝固了的泪珠罢了。

但反过来想想，我大概可能是这个叫作地球的外星球上，比始皇本人还要富裕的人。我的这几颗泪珠，用始皇整个帝国的财富都是换不走的，况且我还有这么一瓶能够消灭丹巴热病病毒的药品，这可能是整个这个星球的财富都换不走的。一个星球也不值这药瓶里的一粒药。

还有个秘密是至关重要的，暂时我还不想告诉这群我十分尊敬的贤士们。

"我们出发吧。"我说。

我重新把那棵被我从泥土里拔了出来的杨树抓住，拿了起来，用它把前面的箭镞扫荡到了一边去，扫出了一条宽阔的大路来。这棵杨树对我以及众贤士的服务算是完成了。可我猛然心里一疼，对它的命运满含了不忍。它就这样没有了根基，与赖以活命的大地脱离了关系，这都是因为我的来到。这么大的杨树，在这个星球上，这样一个冷兵器时代，除了我是不会有人能够把它拔出地面来的。我本想把它扔到一边去，心里的痛楚使我改变了这一行为。我又把它扶端放直了，把它举起来，托到了那个拔它出来后所形成的泥坑里。

这个叫马谷的刑场上还散落着执行死刑的刽子手遗落的工具，挖掘刑坑的铲啊，镢啊，还有犁耙什么的。我抓起一把农具来，把树坑扩大了许多，然后把杨树重新载到了大坑里，用泥土把坑壅平，踩结实了。

大杨树新生了，又一次站立到马谷的原野上了，山风吹来，杨树枝条舞动着，窈窕而又妩媚。

"啊，树身上还有箭镞哩。"姬诗心疼地说。"我爬上去把它拔下来。"

姬诗噌噌地爬到了有箭镞扎着的地方，把它们从树身上拔了出来。他站在树上，又吟诵了一首诗：

> 南有樛木，
> 葛藟累之。
> 乐只君子，
> 福履绥之。
> 南有樛木，
> 葛藟荒之。
> 乐只君子，
> 福履将之。
> 南有樛木，
> 葛藟萦之。
> 乐只君子，
> 福履成之。

姬诗的吟诵近似于歌唱，诗句满含着音律，在马谷的风中传扬开去。我想这如果不是他自己临时发挥创作的，就是他们因为热爱而被处活埋之刑的《诗》里的一首。如此美丽精致的句子只应该天上才有，这样的始皇高压统治下的大地上竟然已经有了。这当然不是在始皇统治下才产生的，这些妙音美句诞生于始皇到来之前的时光，那样的时光是多么的美妙啊！

第三十八章
我们往东方去（二）

　　假如我出生在地球、成长于这个时代，我也会因为热爱《诗》，还有其他的先贤经典而被处活埋之刑罚的——即使仅仅听了姬诗有限的几首诗的吟唱，我已经被这种语言艺术的魅力征服了，我迷醉其中，似乎进入了仙乡。艺术的魔力如此巨大，这是我这样一个才11岁的孩童还不能充分理解的。我想艺术便是智慧的创造，这种创造与创造星球银河是没有多大区别的。

　　姬诗唱完了那篇叫作《樛木》的诗后，也把扎到树身体上的箭镞拔完了。按我的想法，一棵巨大的树上扎几根箭是不会影响树木的存活的。可是诗人的心就是细腻啊，姬诗说他若是没有发现也就算了，可他一旦看见了，他就会觉得那箭镞简直就是扎进了他的心里，如果不拔出来的话，他会心痛，他会浑身都难受，他会焦躁不安，他可能会因此而渐渐衰竭，甚至会丢了性命。

　　姬诗从树身上下来了。他年龄并不见得比我大多少，至多也就十五六岁的样子吧。可他却已经会创作诗了，当然这是源于他对《诗》中那三百十一首妙律美文的熟记，它们钻进了他的记忆深处，日日夜夜，时时刻刻在他的智慧细胞里锻炼熔冶，自然就会反应结合出新的篇章。

　　姬诗的手中拿着一把箭镞，大概有十几根吧。这是他最后从树身上拔下来的。之前拔的，他都把它们扔到树下的大地上了。

姬诗一脸的兴奋。

"英远,我想把这根箭镞带上。"他说。

"好啊。"

我看了看重新站立起来的庞大杨树。我们是按照把它从泥土中拔出来的样子,把它的根系原原本本地埋进土壤里去的。杨树的枝叶虽然还是青绿的,却不是十分舒展,在这个火热的夏天,它也算是遭罪了。用它扫荡落始皇军队射来的箭镞,让它一时充当了兵器,这无疑也是对它的戕害。它的根系毕竟脱离过泥土,在拔它出来时,无数细小的毛根也断了。我想到,如果不给它浇灌些河水,在这样的夏天,它能不能重新绽放生机,还是个未知数。

"要不要给杨树浇水?"我问身边的李孔。

李孔和荀梦周把注意力集中到了我的脸庞上,我们几乎是眼睛对着眼睛。

"英远啊,你的心如此慈悲,这叫我感到欣慰啊。"李孔说。

荀梦周说:

"往南边走一里地就有条河,可是没有盛水的工具,这怎么办?"

申乘说:

"我们到附近的农家去借,用了后再还给他们。"

"他们恐怕是不会借的。"

"为何?"

"恐惧。"

问"为什么"的贤士哑默了。我明白他为何沉默了。周围村庄的老百姓都知道贤士们是被始皇判了活埋之刑罚的人——这样的人是罪人。老百姓根本不管你到底犯罪了没有,他们也不会明白什么是真正的罪,但他们坚信只要是被官家处罚的都是有罪的，何况你们还是被始皇亲自下令并亲自出场来惩罚的人呢。高压统治下的人民都会是这样的，他们已经被洗脑，再也没有独立思考的能力了。或者说，是他们自愿放弃了那样的能力，宁愿做奴，也要把一生安稳度过，即使繁衍出子辈来，子辈的命运依旧重复父辈的命运。这是多么可怜、可悲的一种活法啊！

姬诗说：

"我们也不必去借什么木桶、葫芦瓢、瓦罐、瓦缸什么的了，借了不是还得还回去，这挺浪费时间的。我们还要往东山岭里去。这样吧，我们每个人捧上一捧水，或者用我们的衣裳浸水，再把它拧到树根下——也可以用我们的嘴噙上一大口的河水，把它吐到树下……我们这么多的人，完全没有问题的。"

姬诗虽然年少，他的脑袋瓜儿还是蛮好使的。

第三十九章
我们往东方去(三)

这真是一群书生意气的人啊!

不管怎么说,我都还是个 11 岁的孩童。我在我们 M 星球上只成长了 11 年,尽管这个 11 年换算成目前我来到的这个叫作地球的外星球上的时间便是 11,000 年了,但这并不意味着我就有了地球上如此漫长的生活经验和生命体验。但我爱惜一切生命,包括植物的生命,这种爱惜尤其符合一个孩子的心理。可贤士们大多都已成人,像姬诗那样的少年才俊只是少数。按说他们不应该任我随着性子来的。他们可以说服我,说树木非人,拔出来了就拔出来,附近的村民在我们走后可以把杨树搬回去,劈作木料,不管做桌子、板凳什么家具,都是造福于民了——如果把它按照原样重新栽回到泥土里,一是它活的可能性也不是那么大,二是近处的村民也许还会把它伐掉的,这不是徒劳无功吗?!

想是这么想了,但是当我回头凝望那棵杨树时,看见它的根须已经被贤士们从一里外的河溪里取来的水滋润,它长长的枝条、宽宽的叶子吸足了水分,我还是十分喜悦的。

我和四百六十六位贤士踏上了东去的道路。我的意识还在频繁地活动着。这就出发了吗?我这就把贤士们救了吗?把他们从皇帝的活埋刑场救了出来?这仿佛不是真实的事件,而像梦。也许把那棵大杨树回栽到马谷的泥土里去,是件十分有意义的举动——那棵大树将会成为我们这支队伍向东方去的纪念碑。我想它会活的，它一定会活的，而且会越发地枝叶茂盛的，还会发展得更大、更广阔的。它的枝叶，它的树冠会把整个马谷覆盖起来。

我走在队伍的前列。

马谷这地方显然还是蛮荒之地，皇帝能够把它作为刑场来用，这就说明这儿的人很少。我们往东边的山坡没有走上多久，就到了山坡下。有一条深沟是通向坡上去的。沟的两边是高峻的山崖。山是土质的，崖被雨水浇淋，显得破碎而肮脏。飞鸟把崖顶作为栖息之地，上面落满了鸟雀的白色粪便。一群黑色的乌鸦起飞了，它们在沟壑上空盘旋了一阵，就又落到了另外一座山崖顶上。

沟壑里野草深茂。沟壑的边缘有一条小路。小路走的人少，更像是野兽的爪迹所致的兽道。目睹着那沟壑中间碧绿的青蒿，众多的其他各类的野草，我想到了蛇类。有草有水就会有蛇。那种爬行的长柱形物种给予视觉十分厌恶的刺激。我们M星球上有，这个叫作地球的星球也会有的。造它们出来为何？这不是我这样的M星球人能够回答的，当然也就更不是这个叫作地球的星球上的人能够回答得了的。蛇类咬你一口，留下牙痕，注入毒液，就会夺去你的性命。那种东西看一眼就令人浑身起鸡皮疙瘩。

沟壑越往上就越浅了，草也就薄了，泥土裸露出来了。这看了叫人放心。这多亏是一条干沟。若是有水的话，沟壑的下口的水就会聚成潭，聚成湖，就会汇集更多的喜水、喜湿的物种，就会暗藏更多的危险。好在我们安然地爬上了这条沟壑的上端。沟壑消失了，呈现的是一面逐渐向上升高的广阔山坡。我想到的是，漫长的岁月之初，这儿原本是一面一直伸到了马谷刑场的漂亮山坡，但不知从哪个时间点开始，坡底下的泥土塌陷了，雨水冲下去，形成了沟渠。沟渠不断扩大，坡面逐渐塌陷，水土年年流失，就形成了这样一个暗伏杀机的沟壑，还有它岸边的山崖，还有猛禽类的栖息。

不过，更加危险的东西来临时，沟壑倒是可以作为藏身之地，还可以在沟壑两边挖掘洞穴，居住在里面，这也就算是标准的穴居人了。

第四十章
我们往东方去（四）

令我不舒服的沟壑消失之后，呈现在面前的这绸缎似的坡面，油光水滑的，坡面上的青草毛茸茸的，仿佛新孵出的雏鸟身体上的茸毛，可爱至极。

我们这支队伍走在这样的大坡上，心情惬意，场面真是美丽极了。我想到的是，始皇之所以没有在山坡下面的沟壑里伏击我们。是因为那儿距离刑场太近了，那样的沟壑对于埋伏始皇大军可能显得有些不够大。

我们这支队伍继续爬坡。

"你看，英远，那是一堆砚台！"

这面大坡向东、向高处延伸，到这儿便形成了一个山湾。从山湾进去，两边就是高耸的山岭了。山色愈显苍黑，林木愈显稠密。那是真正的大山了。

荀梦周蹲下去，拿了一个砚台。那砚台是用石头雕刻出来的，由于长年累月与墨汁为伍，已经认不出它是什么品色的石头了。

"看见这成堆的砚台，我就想到我们多少读书的士人走投无路，逃亡到这大山口，就把砚台撂了，只身逃进了黑山。还有多少读书士子被追杀，半路上丢了性命。我是还正在学馆读书时，被兵差抓捕的。"

荀梦周说到这里，他把那只砚台装进了自己的衣袋里。他身上穿的那衣衫已经破烂，衣袋也有了窟窿，那方砚台露出了一角。

我看着他，心里想到读书人对于文墨工具的珍爱，当他们看到他人这样暴殄天物，他们的内心会流出许多鲜红的血来。

"各位贤士，这无疑是我们的同仁扔掉了的。这些砚台这样堆积在这儿，就糟蹋了，大家一人兜里装上一个，也许还有用处呢。"荀梦周说。

大家还在看着堆如山丘的砚台发呆，我也鼓励大家道：

"贤士们要是不忍心看着砚台被弃如敝屣，还是像荀贤士那样一人身上带上一个吧。以后还是有机会读书学习的。"

大家纷纷拿起砚台，装进自己的衣袋。四百六十六位贤士一人一个，计算一下，也不过装走了四百六十六个，但是对于这巨大的砚台堆来说，似乎只少了九牛一毛。砚台堆依然如山如丘，呈巍峨状。我想到的是，逃亡的读书人可真是多啊！天下士子不愿与这个世道合作了，逃进深山，当山民、当隐士，彻底淡出了，这对于一个时代来说是多么巨大的损失啊！始皇帝为渊驱鱼，为林赶鸟，这样的政策也只有这样的他会制定出来。

李孔说：

"天下士子都隐没到了山林里，与野兽为伍了，这是一个时代的悲哀啊！可是皇帝本人还在继续推行他的野蛮统治。皇帝先祖是从西方来的，那是犬戎的地域，他们如没有进化的兽类一样把我们华夏的从周开始的800年文明摧毁了，可恨可憎啊！"

李孔贤士的控诉有了这如山的砚台的佐证，显得愈发地悲怆有力。我想到始皇来了之后的这个时代，也是天下贤士缺席的时代。而我带领着这群从始皇手中救助出来的贤士，走的也是逃亡的路线。尽管有一些贤士声言起义，我虽然口头响应，但内心里还是持否定态度的。我是M星球来的一个童子，我只是来救世的，是送药来的，救死扶病，比如说目睹了这群贤士被活埋的惨烈场面之后，我对抗的军队是没有错的。我救了他们，把他们带到一个安全的地方，这也是应该的。可是起义造反，造成社会大规模的动荡，引起战争、厮杀，那会造成更多的无辜者阵亡，这显然是不合适的。一个人的生命的价值远远大于一场排山倒海的社会运动，特别是这种争夺权力的战争。可我也想到了，假如把这个国家的制度彻底改变，废除掉这种专制权力，把权力归于天下苍生，人人都有权，但人人都不爱权，人人有权监督行使权力的人，因为权力的掌握者是由大家推选出来的。天下利益共分，而那个分配者只能拿走最后剩下的那一份。假如把这个叫作地球的星球上的人民带入这样一个平等、民主、自由的社会，当然也不失为做了一件功莫大焉的事。问题是，要做成这样的好事，始皇以及支持他的集团会进行如何强烈的反抗？他们可是训练有素的军人武兵。他们的战车战马，他们的弓弩，他们的青铜宝剑，青铜箭镞，何其之多，为了战胜他们，我就得组织更为强大的军队，拥有更多的战车战马、弓弩、青铜兵器，就得对始皇的军队大开杀戒，而他们的兵器也不是吃素的，更不可能只是摆设用的玩具——这必然会流更多人的血。这可真叫我头痛啊！

不必去设想那么遥远的未来，改变秦国的制度了，就是眼前也会马上面临流血死伤的问题。这可一点儿也不轻松，不是什么小问题。始皇的兵马就在这山岭里的某个地段设伏，等我与四百六十六位贤士入瓮呢。他的决心和架势无疑是要把我与贤士们一锅端了，全部放到大鼎里煮熟了，供他的兵勇们饕餮一顿呢。人对于什么最恐惧，就会想方设法把什么吃掉，并且是切成块儿，弄熟了，吃掉。

但我倒不怕始皇、卫尉与廷尉和他们领导的庞大军队会把我吃掉。我担心的是我会控制不住夺去他们的性命。

"众贤士，咱们继续往东方走吧。"

第四十一章
我们往东方去（五）

从山湾口进去，我们继续向东方前进。

与我们的 M 星球相似，这个星球上的山脉也是这样的：山湾进去之后，就是相对来说比较低的山谷了。谷底与两边的山冈相比是低的，但与下面的山坡相比，它却是一直向上向高处去的。一级一级的山坡上会有一个一个的山谷，山谷顶上会有个垭豁口，过了那儿就是山下了。我不知道始皇会把他的伏兵隐藏到山脉最高处的分水岭的哪一边：要么我们就是在上坡的状态中与他们遭遇；另外一种情况当然就是在下坡的状态中打遭遇战了。我想到的是，众贤士不管年龄大小，每人衣袋里装了一方砚台，这在紧急情况下投掷出去，也算是战斗吧。

我的思维还十分活跃。我总是不能停止自己的思想，就像大人说的——这孩子太爱动脑了。这时候，我看到申乘贤士站住了。

我听见他说：

"英远啊，我们过了这垭豁口就要下山了。这儿是骊山的最高峰。"

我这已经不是第一次听说这座山的名字了。

"骊山？这名字多好啊。"我说。

"东边下了山，还有一个骊山集市。"李孔说。

"人口秘密，商业繁华。"荀梦周说。

"它曾经学馆密布，贤士云集——可是啊，英远，现在一个学馆都没有了。"申乘说不下去了。

第四十一章

李孔接着申乘的话说下去：

"学馆全被砸了、烧了，学生和老师抗议，便犯了死罪。像我们这样的，被抓、活埋，还有当场就被打死的，喂了野狗、恶狼。但逃走的也不在少数，咱们上山的时候，看见的那砚台山便是最好的明证。"

"说是侯休和卢童去找成仙不死之药，没有找到。找不到也是死罪，于是两个人就在背地处商议，皇帝的暗探听了去，报告了皇帝，皇帝派人抓他俩，可他俩早已没有了踪影，这就连带着把我抓住，要活埋。"

说话的是个我还比较陌生的儒生。他个子有七尺，四方大脸，眼睛显得有点儿小，但整个长相还算中看，也算是个美男子吧。

他继续说道：

"还不是皇帝本人要他们去找的，最不想死的就是皇帝自己了，找不到那种长生不老药，他就杀害人家，人家不跑，那才是傻子哩。"

当我听到他说找药这样的事时，我就心里一动。看来，这个叫作地球的外星球确实是需要药的。皇帝需要的是长生不老之药，我们M星球是有那种药的，可惜的是我没有顺便带来一点儿。皇帝弄到了那样的药，然后干什么呢？有了永生，还会对权力贪婪吗？假如他有了永生，还对权力不放手，那么其他的人可就堕入永久的黑暗地狱里去了。

"贤士，您的大名是？"我说。

儒生看了看我，说：

"免大宋哉。"他说。

"宋什么？"我无法判断他的名字到底是哪个字。

"宋哉，哉是个语气词，没有什么实际含义，像'呜呼哀哉'。"他说。

我明白了。

"宋哉贤士，您的名字取得好，真的很好。"

"多谢夸奖。其实名字嘛，是给他人称呼的，好坏都一样的。比如说嬴政从天皇、地皇、泰皇中取了一个'皇'字，又从五帝中取了一个'帝'字，合称为'皇帝'，这又有什么意思呢？还不过就是两个字呗，但嬴政就觉得自己了不得了。当然，他手里有军队，有跟随他的一帮武将文官，忠于他，甘愿当他的走狗，他有了这样的势力，就能生杀予夺，把他人视为草芥了。假如我宋哉有了军队，我的名字也会像'皇帝'那两个字一样叫人闻风丧胆的——可我不是那种人，没有那样的野心，更没有那样的丧尽天良，邪恶毒辣，那简直就不是人。是人就会有善良之心，有仁慈之心，嬴政怎么就没有呢？"

宋哉越说越义愤，他已经沉浸在了对始皇的控诉之中。他的脸都涨红了。

"宋哉贤士，你所说的侯休和卢童逃出了皇帝的魔掌，这实在是他们的幸运。"我说道。

"他们两个啊，您——英远恩人——想想，他们能给嬴政寻仙药。虽然一开始是经人介绍的，但后来展开工作以后，他们两个也就成了皇帝的近臣那样的角色。他们对于嬴政是什么人，很快就会了解的，找不到仙药，他们自然就会逃走。他们是安全了，可嬴政却把罪责，把他的怨气撒到了其他读书人头上，这才导致我们这四百六十六位私学里的老师和学生被活埋的惨烈事件。侯休与卢童的幸运，是源于他们对嬴政的认识，提前采取了不合作的态度，逃走是自然而然的事。还有个叫韩众的，比侯休和卢童消失得还要无影无踪，连影儿都没有留下一线儿。"

"还有个叫徐市的……"有人补充说。

第四十二章
我们往东方去（六）

在我所带领的这一大群贤士里，我又记住了这个人的名字：宋哉。申乘、李孔、荀梦周，还有姬诗——这些贤士，我早就记住了他们的名字。一人一面，一面一名，这些都是要对应起来的，弄错了就会造成笑话，叫人家尴尬，我的脸上也会出现绯红色，我还记住了侯休、卢童这样的，已经逃之夭夭的，寻药士子的姓名，还有韩众这样的云中鹤一样的隐士，还有徐市那样的还没有谋面的重要人士。

过了山峰上的垭豁口，我们这群人就要朝山下走了。这儿是骊山的巅峰，也应该是它最凶险的地段。刚才我与贤士们投入到对始皇与他派遣的寻药贤士们的关系的谈论之中，对于路途周围的敌情放松了警惕。当我意识到这一点之后，我就暂时中断了讨论。当我观察山路前方和左右的地势，对于那茂密的山林充满不信任感的时候，我听到的是无声——寂静使它变得更加恐怖了。没有野兽的逃窜，没有鸟雀的啼鸣，连树叶的沙沙摇动声也没有了。

我看到了什么？

这可真叫我提心吊胆啊。有一片山林，整个儿树叶一片都没有了，可这会儿并不是深秋，不是冬季，而是盛夏，树木怎么会不长叶子呢？它们简直就是裸体的光杆儿。

我还在思索始皇可真是个怪人，他怎么就命令他的军队把山林的叶子捋光了呢？这个现象，众贤士也都发现了。

宋哉说:"嬴政的伏兵就在这附近。"

他这样一提醒,我倒还是有了些儿紧张。

"吕政这个家伙过湘水时,把山上的树木全砍光了——眼前这景象倒像是他干的。"李孔说。

"李孔贤士,您怎么又把始皇叫吕政?他到底是姓嬴,还是吕?"我说。

"他还姓赵哩。大私娃杀了小私娃,亲哥哥囊扑了小弟弟!两个亲弟弟呢。"这是又一个我还不知道其姓名的贤士说的。

"您贵姓?"我问道。

这位贤士还没有来得及回答,我就听到身后传来了哈哈哈哈的大笑声。山路两侧的山冈回应着那巨大的笑声。这时候终于有野鸡呱呱呱地飞了起来,越过山谷,飞到了对面的山林里。

我猛然回头,看见了一块宛若山头般巨大的圆形的石头从背后的山垭处滚了下来。伴随着大石的滚动,是始皇高亢的豺声:

"陨童啊,你还是把这群死囚带到阎罗那里去吧!"

这块石头实在是太大了,它足足有半个山头那么大。这么大的石头,始皇和他的军队是从什么地方弄来的?垭豁口那儿不见有这样的东西啊。

我还在觉得这事挺怪的时候,石头已经到了我的面前。我伸手把它抵住了。然后,我把它举起来了,再然后,我高举着它,往回走,走到了山垭处。

始皇和他的军队顿时傻眼了。卫尉一个劲儿地往垭豁口左边的山上退,廷尉站在另外一边,目光像始皇一样呈痴呆状态。整个军队肃静异常,没有一个战士发出声来,也没有一个战士使用他手中的武器。

我把石头放到了垭豁口处,它被两边的山峦卡住了,随着它自身的重量下压,被夹在了两座山峰之间,夹得紧紧的,死死的。

自从我降落到这个星球上之后,我走起路来,感到特别轻松,这都是因为地球的引力太小的缘故。所以我能够把一棵巨大的树玩儿似的从泥土里拔出来,把这样一块山峰似的石头轻松地接住,又易如反掌地举到这骊山的顶上。

我把石头放下以后,拍了拍手上的泥土。我看始皇的眼睛里好像并没有对我的这种举动产生畏惧,他不像那些兵士,没有丝毫的惊慌。他是皇帝嘛,管理大政的嘛,历经的战争不可胜数,杀人如麻,连自己的同父异母的弟弟都杀害了。这个家伙这么爱杀兄弟,不是个好现象。

我高举大石,当然是要叫始皇看看的,意思是叫他打消追赶我和继续残害这群贤士的想法,回头是岸,立地成佛嘛。可我发现,我的举动并没有起什么作用,没有给他的心理造成震慑,他还会按照他原有的计划追杀我们的。

我重新把大石头从山垭里拔了出来,把它高举在头顶。

"皇帝,你看到了吧?"我说。

嬴政的眼睛闪了一下,明白我做此动作的意图。

"陨童啊,你一个星星娃,管得了朕的天下吗?"

他只要发声,就像豺声,这叫我这样一个外星孩童听来很不舒服。但对他的那些军队来说,却像是打了鸡血,打了强心针剂一样兴奋、躁动。

始皇继续说道:

"那四百六十六个死囚是犯了朕大秦的律法,朕是按照法律制裁他们的。"

始皇停顿了几秒钟,然后加重了语气:

"陨童啊,你干涉朕的大秦国的内政,这实在是不应该啊。"

始皇如此条分缕析,头头是道,这一时还真叫我脑子转不过弯儿来。我把石头重新放在了垭豁口，夹紧了，不能让它朝山的任何一边滚去。

我说：

"皇帝陛下，您说这是你大秦的内政，这听起来是没有错的。问题是，内政就能把你干的残酷丑恶之行神圣化吗？不能。我虽然是从遥远的M星球来的，可我是身负重任来的，是来救世的，送药来的。丹巴热病病毒荼毒了你们这个星球，我再不用我们制造的药品把这种可怕的病毒杀灭，你们这个星球上的人便会灭绝的……"

始皇突然打断了我的话：

"陨童，你这简直是天方夜谭！"

他的叫嚣声，还真把我懵住了。我脑子打了个旋转儿，这才从他的厉声叫嚣中清醒过来。

"请皇帝跟我平静谈话！"

我虽然严厉，但却并没有把声音抬高。

"我肩负救世大任，不可能见死不救。况且，这群可怜的贤士，他们只是热爱叫作《诗》的那卷书里的诗，我听了几首诗，没有想到，我万分喜欢啊，那简直就是天国的奢侈品，听一首就能多活100年。而你呢？皇帝，你实在是暴殄天物啊！这真的不应该啊！"

始皇说：

"果然不出朕所料，即使你这样一个外星球上来的人也在这么短的时间内中了《诗》的毒了，可见它的毒有多么大！丞相李斯提议我焚烧《诗》《书》和诸子百家的言论是多么正确！陨童啊，朕的法令和运动是光明的，自古以来，还没有哪个了不起的人物能够与我比肩的。"

我觉得始皇的思想已经完全僵化了。

我说：

"皇帝陛下，你建立这个叫作大秦的帝国时间并不太长。之前，你带领你整国的军队把山东六国都消灭了，打了多少年的仗，死了多少人？然后你把你们用的尺子统一了一下，把车子的轮子统一了一下，把字的形态规定成了一种形态，你认为这就是大得不得了的功劳吗？为了这些，就值得打那么多年仗吗？死那么多人吗？流那么多的人的鲜血吗？这算什么功绩啊？按照我们 M 星球的价值取向原则，皇帝陛下，你所谓的'消灭六国，统一天下'的功劳是没有一个人的生命的价值大的。一个人的生命的价值远远大于你征战多年的价值。你还要活埋这四百六十六位贤士，皇帝陛下，你犯的是反人类罪，判你终身服刑，这才是对你最公正的判决。"

皇帝的鹰目眨巴了一下。

"你这是什么狗屎逻辑！你不要拿你们星星上那一套狗屎规定来糊弄朕和朕的军队。我严肃警告你，放下那四百六十六个死囚，你自己想到哪儿就到哪儿去，最好是回你的什么'爱慕'星去，别再在朕的天下捣乱了。"

谁能够说服始皇呢？谁能说服他放弃权力，对他所统治的百姓平民好一些，谁就能造福这个帝国了。我是说服不了他的。我该怎么办？

"皇帝陛下，你现在命令你的卫尉、廷尉，还有其他的军官，把你们的军队撤退到这个垭豁口的西边去，不能越过骊山山顶。"

我平静地说完了上面的话，然后，我伸手把夹在山垭的巨石重新举起来了。

"我现在数数字，当我数到一时，你们要是还不往西山坡撤退，我就把巨石扔到你的军队头上——我会直接砸到你皇帝陛下的头上的。我说到做到。"

第四十三章
我们往东方去（七）

当我说"我数到一"时，始皇和许多人都还迷糊着呢，可当我一开始数数，他脸上的迷茫马上就消失了。

我大声地喊道：

"十、九、八、七，……"

这时候我有意放慢了速度。

"六——

五——

四——

三——"

我停了下来。我看到皇帝和他的军队还抱着侥幸和怀疑的态度，仿佛他们只要一下赖皮，拖延一下，我就会放弃行动似的。我算是看透了这位皇帝的心思。

我把巨石往大地上一扔，震动得山峦都摇晃了起来，周围山峰纷纷往下掉落石块。山坡和山谷里，野鸡惊叫一声，群起飞散；野兽也发出恐惧的嗷叫声，四下逃窜而去。

我重新把巨石举起来。这时，我把巨石朝着始皇所在的方向，做出投掷的架势。始皇向他的军队挥了挥手。姓连的卫尉和我还不知其名的廷尉连忙指挥军队向垭豁口的西边撤退。始皇一直盯着我，他没有说一句话。军队已经全部撤走了，他是最后一个离开的。我把巨石插到山垭处，把始皇和他的军队隔离到了垭豁口那边的西坡。巨石虽然夹到了垭豁口处，但它与两边的山冈之间还是有缝隙的。留下这样的缺口，始皇的军队通过人梯的方式还是能爬上来的。于是我把北边的山峰推倒了，让它填补了巨石与山冈之间的空隙，又把南边的山峰也扳下来一块，填补了那另外一个空隙。现在，我看着这由我亲手设置的屏障，想到始皇帝和他的军队除非是长了翅膀飞过来，否则，他与他的军队是不可能越过这个从前的垭豁口，也就是如今的巨石墙的。

我站在山冈上，拍了拍手上和胳膊上的土。我俯瞰着始皇和他的军队逐渐向西边的山下走去。我想他暂时是不会来找麻烦的。可我无法相信他这个奸诈的人。况且，始皇并没有向我承诺什么。由此向东方的路远着呢，一路上还会遇到什么样的凶险，我心里虽然是有准备的，但还应该想到有可能发生的意外情况，多为那四百六十六位儒生贤士的前途命运操操心。

我的手上已经没有了一点儿土，但我还是再次拍了拍。声响挺大的，远方的山峦还都有了回声。然后，我往垭豁口下面一跳，就轻轻地落到了山路上。

我朝东方的山下走去。四百六十六位贤士还在山坡上静静地等待着我呢。我迈着大步，快速朝贤士们走着。在这里，我不得不做点儿解释。前面我说到了我们 M 星球与这个叫作地球的外星球的引力差别，地球的引力对我来说实在是显得太微小了，假如我要是飞跑起来的话，我能够踩着群山的山头迈步，这样一个星球，我可能会在一天之内跑个遍的。这一天当然是指地球上的一天，可千万不要与我们 M 星球上的一天混淆了。我们 M 星球上的一年是地球上的 1000 年，按此公式换算一下，结果立马就会出来。我边走边想，既然这个叫作地球的星球的重力如此微小，为何不制造一种车轮直径 200 公里的车呢？这样的车轮滚动一圈是多少公里？这样的车需要多少时间把整个星球走遍？造上这样一辆车，把四百六十六位贤士承载上，始皇的千军万马还算得了什么呢？用什么样的比喻来形容一下这种情况才比较贴切呢？

我走到四百六十六位贤士的队伍中了，他们围过来，把我簇拥到了中心。他们一时谁也没有出声。世界十分寂静。周围的山峦也不震动了，野鸡不飞翔，野兽也不飞跑了。贤士们的四百六十六双黑色的眼睛——九百三十二个漆黑的眼珠比深夜满天的星辰还要明亮。这么浩瀚的星星盯着我看。繁星是心，心语钻心。我感受到了那种无助与牺牲的精神和壮志。还有无条件的坚信……

忽然间，四百六十六位贤士都笑了。

笑声把山川大地震得重新有了野鸡的飞翔，野兽的号叫。

第四十四章
骊山的东坡

我与四百六十六位贤士组成的队伍行走在骊山的东坡上。

我们一般会把事物想得过于简单。比如说一座山，山顶两边都是朝下面去的，直到山脚平地上，而实际情况往往要复杂得多。很少有一座孤立的山的，要是山，就会有一片。群山里会有一座山峰，或者叫山岭，是分水岭，是一片群山里最高的那座，溪流和河水会分别流向两边。但它也绝对不是一直那样流的，其途中，会拐弯，转向，然后再转向，拐弯——总的方向是朝东方去的，但有时候却不得不朝西方流淌。这是因为山连着山，山与山之间的沟壑也是向着不同的方向延伸的。比如说，我与四百六十六位贤士正在翻越着的这片群山，我们下了坡，还得上坡，爬上另外一座山头，又是下坡，下坡之后，还得往山头上爬——这样，骊山里就有了广阔的世界，如此峰回路转，也就有了自由的空间。那些扔掉了砚台的学士逃进这样的山里，还是有其生存的夹缝的。一个人长年躲在这样的山里，甚至待上一生，也是完全有可能的。

李孔走到了我跟前。

"英远啊，这样叫你跟我们走路，真是委屈你了。"

"不啊？噢，你是说我原本可以那样走的……"

"你一步能跨多远？"宋哉也凑了上来，问道。

大家一开始说话，也就有了轻松的气氛。申乘、荀梦周、姬诗……都凑到了我跟前。还有几位贤士虽然跟我一路走来这么久了,我还是没有记住他们的姓名。

"您?高士,怎么称呼?"我有礼有节地问道。

这个贤士还戴着峨冠。高高的帽子。这么热的天气,他没有舍得把高冠取下来拿到手里,这说明他对于儒生的身份是多么的珍重。

他的眼睛先笑了。

"壮士,我在报上名来之前,先得对您表示感谢。"

这位儒士双手合十,向我深深地一拜。

"贤士莫要客气,咱们都是一条船上的同命运人。"

"我姓历,叫史。"他说。

"历史?"我问。

"对。"他答道。

"好姓名啊!不但姓好,名也好。"

"这都是父辈的。"

"你不是秦国人吧?"我问。

"我是韩国人。"

"六国中的一国。"

"我的祖辈都在秦国的征服战中战死了,就连我的母亲也没有活下来,我的姐妹和兄弟一个也都没有了,我的家只剩下我一个人。我在亲人们死后,独自跑到了骊山郡的一个私学馆里学习。韩国是最先被秦灭国的,后来赵、魏、楚、燕、齐也相继被灭了。我没有想到的是,天下这么快就被秦统一了,之前数百年形成的文明居然被一扫而光了。我们这样的莘莘学子,是在自由竞争的氛围里成长起来的,不知道何去何从。只有鸟择木而栖,哪儿有木择鸟的?木头只有等待的权利。以前是没有皇帝的,皇帝一来,就全颠倒了,有价值的东西一下子变成了废物。我们珍惜、爱护的事物反而成了灾难。我们一直崇尚的《诗》《书》，连私下里欣赏陶醉一下，就会被杀头，扔到街市里示众。面对这样一个时代，我们读书人真是欲哭无泪啊。时代都是往前走的嘛，这怎么就倒着走了呢？它要真的倒退，我们这些书生还真的一点法子也没有。我们的不满给我们带来了活埋的刑罚，这您是看到了的。我本来也想逃到骊山深处隐居起来，可我又想，那样跟死了没有多大的区别。我也曾想把自己宫了，进皇宫当宦官，以此方式找机会行刺皇帝这个天下独夫民贼，可我的计划还没有开始实施，就被抓了，紧接着就被押到了马谷刑场……"

历史这位贤士哽咽得说不下去了。

我安慰他道：

"历史贤士，您不要难过了，这一切会改变的。我既然从我们遥远的 M 星来到了这儿，我不会见死不救的，我也不会叫皇帝这种新物种横行霸道、伤天害理、胡作非为的。只是我得设计一个方案，毕竟皇帝已经夺了天下，他又有那么多死党共同分享权力和利益——这是一个巨大的集团，得有周密的计划和可行的方法才可能改变。"

历史几乎是热泪盈眶了。

他握住了我的手。

"壮士，我会跟着您与狗皇帝战斗到底的。"

我唉了一声，叹了一口气，说：

"我原本是来送药救世的，救死扶伤的，虽然我找不到需要这灵丹妙药的患者，但是遇到了你们这些被皇帝这种新病毒残害、荼毒到没有了活路的贤士。我相信我留下来帮你们没有错。"

第四十五章
相遇

　　我不自觉地唉叹，这并不是我对于前途悲观的表现。我是因为这个叫作地球的星球上如此野蛮的统治方式、如此原始的社会结构而悲叹的。自从我降落到这个星球上，我还没有看见过任何高级文明的产物，汽车啊，飞机啊，高速公路啊，高速铁路啊，地下铁路啊，轮船啊，航空母舰啊，宇宙飞船什么的，高科技的技术产品，一件也没有见到。没有计算机，没有电话，更没有手机之类的电子产品。始皇与他的军队还是依靠马匹来增加行军的速度。战车还是青铜制造的，他们连纯粹一点儿的铜还冶炼不出来，更不用说钢铁什么的了。

　　这样的冷兵器时代，这样的原始野蛮的社会，这是一个巨大的泥潭啊！问题是，如何去完成我的任务呢？好在，现在我肩膀上有了新的任务，有重要的事情等我完成，我心里就多了一份踏实。

　　我带领着这群智慧的贤士，我们一没有马匹，二没有车，我们只有靠双腿前行。这个星球在我身体上施加的引力实在是太好玩了，对我来说走路宛若就是游戏，仿佛是踩在弹性极高的膨胀包上面，极其省力，稍稍用一点儿力，就能飞起来似的。然而，这样的行程对于四百六十六位贤士来说却是艰难的跋涉。他们每走一步，就得付出相应的体能。如此广大旷远的山野，我们要走出这片苍茫大地，不知得走多少个日子。

　　始皇和他的军队已经被我用巨石堵截到了分水岭那边的西

山坡了，看来他们是回帝都咸阳去啦。他们要想爬上那巨石堵塞的高墙，恐怕比鸟儿飞过山巅还要困难，此外，他们更恐惧我这个有着超常本领的外星人。我想最恐惧我的应该是始皇本人。他从少年时期继承亡父的基业，到他真正掌权即位，把权力道路上的障碍一一拔除，又进行了这么多年的争战，灭六国，一统天下，认为自己是古往今来最了不起的皇帝——他是最不舍得放弃他的生命的。一个想永生的人，也就是最恐惧的人。对于天下人来说，他是最恐怖的；天下人对他来说，也是一种威胁。所以他变得生性多疑，残暴凶杀，以他人的速死证明他自己的长生——这种人，也就是始皇，他的心已经异化，早已变形了。他的内心其实是一个小虫子，他用整个帝国的人民和军队为他建造一座巨大的军事要塞，长城便是这座巨大军事要塞的外墙，然后他在要塞的中心———一个只有他自己知道的中心点上挖掘了一个深长的地洞，他平时就躲藏在那样的洞里，提心吊胆、患得患失，生怕除他之外的任何人把他这个已经异化成小虫子的皇帝踩死吃掉。他建立了最强大的帝国，建造了最坚固的帝都，筑造的军事要塞固若金汤，打造了帝国最庞大的军队机构，从上至下的最最集权的中央郡县制，可他的内心却是最最脆弱的，他的内心就是一只可怜的小虫子啊，一捏就变成水粉，一踩就与地面粘到了一起，一壶开水就可以把它浇死，一把扫炕的笤帚就可以把它揍扁，一个吃得剩了一半的苹果投过去，都会把它的背砸出一个洞来，它就会因此而不治身亡……什么是始皇？这便是最好的答案。

我们这支队伍还在山道上慢慢地移动着。这会儿，大家都有些口渴。山野里不会缺水的。这不，眼前就出现了一条小溪。贤士们纷纷跑到了溪水岸边，一个个趴下去，啜饮着溪水。也有贤士蹲在石头上，用手掌捧水，一捧一捧地喝着。

我走到了溪水边。我当然也会口渴的，可我既不想趴下去喝水，也不太想用手掌捧水喝，这就需要有个盛水的工具。我们从马谷刑场出发时，没有想到要准备一些走长路时用的陶碗、陶壶什么的。我突然想到了贤士衣袋里的砚台，但后悔自己那时候没有像他们一样也捡拾一个带上。

我说：

"姬诗贤士，把你的砚台借我一用。"

姬诗虽然把砚台从口袋里掏出来了，可他的目光里却保留着疑问。他是真的不明白我要干什么。

我把砚台接过来，我拿着它，蹲到了溪水石岸上。我正要把砚台放到水里去洗，就听到了一个声音唱道：

　　沧浪之水清兮，
　　可以濯我缨；
　　沧浪之水浊兮，
　　可以濯我足。

我还没有把砚台浸到溪水，听到这样的歌词，就去看那唱歌的人。这个人并不是我们这支贤士中的任何一位，而是从溪水对面的山林绿阴下走出来的。他身材清秀，腰间扎着一根藤条，头发雪白，脸庞却是红润的，看起来倒像一个童子。

他快步走到了溪水边儿上，隔着溪水望着我和众贤士。他抱拳向对面一拱，说：

"敢问您就是那位从外星球来的孩童吧？"

我虽然心感意外，但还是承认道：

"啊，我就是的。"

他笑了。他是用眉毛梢笑的。

"你是要把那砚台洗净了喝水吧?"他依然笑着说道。

我心想,他明知我是要喝水,还有必要再问一下嘛。

"那砚台里的墨汁有多么黑,会把整个小溪洗得黑黑的。喏,我这儿有把葫芦,是专门用来喝水的。"

他把手伸到腰后,把葫芦取下来,想要伸给我,可是溪水挺宽的,尤其是我们现在正在喝水的这一地段,一没有木桥,二是溪水中的石头也没有人有意把它们排列起来,可以踩着过到河对岸。

"这好办。"我自语道。

我站了起来,轻轻一跃就跳到了溪水的对岸。当我落脚到那人脚跟前时,他有些意外地往后退了一步。

"好身手啊!"他赞叹道。

我想解释一下,但又觉得老是得解释来解释去的,挺麻烦的,就没有说什么。好吧,就让他以为我身手不凡得了。

他并没有立即把葫芦递给我,而是蹲下身去,把葫芦按进溪水里,葫芦嘴儿咕嘟咕嘟地冒泡儿,灌满了,他站起身来,把葫芦递到我手里。

"请允许我为你做这么一丁点儿事。"他说。

我把葫芦接过来,把嘴对着葫芦嘴口,咕咚咕咚地喝了起来。我把一葫芦水全喝光了,一只手抹抹嘴巴上的水迹,一只手把葫芦还给了他。

"实在感谢!"我说。

"应该说感谢的是我和你救助出来的这群天下贤士。区区一葫芦水不足矣感谢,况且溪水还是山野里的。"

"请问隐士大名。"我说。

他微笑了一下,脸上充满了善意。

"什么大名啊——我叫侯休。"他说。

听到他的大名，溪水对面的李孔说：

"你就是那个皇帝派去寻找长生不死仙药的侯公？"

"我就是。"

"皇帝派人到处抓你呢，你怎么还敢隐藏在骊山里面？"

侯休说：

"我若是不躲藏到这骊山里，早就被皇帝那恶霸抓获了，就因为我敢在这儿隐藏，我才有可能躲开皇帝的魔爪。我是看见咱们的恩人把骊山顶上的分水岭堵住了，皇帝和他的军队一时半会不会到这边东山坡来的，我才从密林里出来了。"

李孔说：

"你是说皇帝不会想到来骊山搜查——这儿简直就是在他的眼皮子底下嘛。"

侯休哈哈地笑了。

第四十六章
侯休对皇帝的分析

　　我没有想到侯休笑得如此开心，他就仿佛是个顽皮的孩童那样做了一件捉弄成人的坏事。听到这样的笑声，我想这样一个人虽然会哄蒙皇帝，哄蒙那些欺压人民的官吏，但他对天下人是怀着深厚善意的。不过，这种善意带有顽童的恶作剧成分。
　　"灯下黑嘛。就因为是在皇帝的眼皮子底下，他反而看不见。"侯休说。
　　他这样一说，我就明白了他躲藏在骊山是没有错的。
　　"听说还有一个叫卢童的。"
　　侯休看我的眼神有点儿异样。
　　李孔连忙说道：
　　"他是从星星上来的，尽管放心。"
　　侯休还是犹豫了一会儿。他朝密林里招了招手。不多一会儿，就从那深绿处走出来了两个人。两个人与侯休是一样的山民打扮，麻鞋、麻衣。他们走到了侯休跟前，一脸的谦恭和尊敬。
　　侯休对我说：
　　"这就是卢童和韩众。"
　　我迅速伸出手去，跟他们两个一一握手，心里充满了喜悦。
　　"很高兴认识两位贤士。我早就听说诸位的大名了。"
　　侯休与韩众、卢童相互扫了一眼，又一齐面向我。
　　"我们在山林里就听到你的消息了。我们知道咸阳附近落下了一颗星星，星星上有字：始皇死而地裂。皇帝派卫尉把落星周围村子烧了毁了,把村民全杀光了,还把落星焚烧。星星爆炸后,出来了一个星星孩儿就是你——说是来送药救世的,什么丹巴热病病毒泛滥了,人民陷入了地球从未有过的大灾难之中。可你所说的丹巴热病我们连影儿都见不到……"

韩众说到这里,我打断了他:

"韩贤士,既然说到了这种病毒,我就得询问一下你们三位贤士,说说这是怎么回事。"

三位贤士相互看了看,各有心事的样子。

卢童说:

"星孩——我这样叫你,你不生气吧?我们三个虽说也会观察星相,预测皇帝和帝国的前途,可关于丹巴热病,我们确实是一点儿信息都没有的。我们听说你是来送药治疗那病的,我们在一起探讨过,真的是一筹莫展,没有丝毫信息打脑子里产生出来。这个问题,我想还得去问徐市,他知过去,也能预测未来,看看他能告诉你什么消息。"

"啊,徐市,我听说过的,他是到海上去寻找仙药的一位高人。"

"寻找仙药是幌子,不如此就会被皇帝除掉。我们都是利用皇帝妄想长生不老之贪婪心理,才得以逃脱被活埋的命运的。"

卢童的眼眶里渗出了一颗晶莹的泪珠。

"我一看到被你救助出来的这群贤士,我就感动得控制不住泪水了。"

卢童、侯休和韩众与四百六十六位贤士不断地拥抱,拍着肩膀,感叹这样的幸运还真的降临到了人间。地球上的同类救不了大家,但是从苍茫星空来的星星小孩可以,他虽说是个小孩,却比地球上的所有的成人更有力量,更有智慧。在这块地域,谁都不是皇帝的对手,敢于挑战皇帝权威的人一个也活不了。可是这个星星小孩却把你皇帝折腾得颠三倒四。

韩众说：

"始皇帝为所欲为，认为自己是天下第一，空前绝后。他最信任狱吏，喜欢通过刑罚和杀戮助长自己的威风，丞相大臣为活命，无人敢不听从。我们上懂星气，下知地理，都是有良知的贤士，最恨阿谀奉承、溜须拍马，怎能与这样的暴君长相处呢？天下之事无论大小轻重全要他一个人说了算，贪权势到了这种程度，谁能心甘情愿地接受他的统治？"

这位叫韩众的贤士显然学问要大一些。他继续说道：

"始皇这个贪生怕死之人，说他招揽天下贤士欲兴太平，可他把我辈的根本焚毁成灰了。我辈无书可读，无业可从，还兴什么太平？学馆被禁，我个人的著述也被烧了，那可是我花费了半生心血！我们聚在一起抗议，便招来杀身之祸。要不是我与侯休、卢童看透他的残暴，早早逃走了，他不把我辈车裂才怪。众贤士都被他的御史恶吏抓了，全部坑之咸阳，他要天下皆知，以恐怖治天下。据说他的长子扶苏劝谏说读书人是天下栋梁。你猜他说什么？说这样的栋梁是六国毒蛇，他要全部斩杀。结果他的长子也被流放到上郡蒙恬那里去了。"

韩众说到这里，周围的四百六十六位贤士放声大哭。哭声是从内向外逐渐扩散开来的。韩众也放声哭了。

"我和侯休、卢童、还有徐市对不起大家啊！我们几个虽然逃脱了，可却给你们大伙儿造成了巨大的灾难——按说，我们几个也是有罪的。我恳请大家伙儿原谅我们几个。"

韩众向众贤士们跪下了，还磕了一个重重的响头。侯休和卢童也跪到地上给四百六十六位贤士磕头，头上都有了血珠。他们是真心忏悔。

我连忙去拉韩众起来，申乘和荀梦周也有拉侯休和卢童起来。

韩众说：

"如若不是陨童降落人间，众贤士的命可就不保了，那么，我们这几个逃亡进了山林的人，罪可就大得没有办法赎了。众贤士你们能原谅我这样一个懦夫吗？"

四百六十六位贤士仿佛没有听懂他的话。

"我就是这样一个软弱的人啊，不敢当面反抗，就假装为皇帝寻找仙药，哄骗他这个孙子，待到骗局马上就要暴露了，就先逃走了——这不是懦夫是什么？"

姬诗、宋哉和历史走到了韩众跟前。宋哉说：

"前辈，你不能把罪责归到自己头上，你那时那样做，也不会想到后面皇帝会把我们抓起来，押到马谷去坑杀。你要是想到了，绝对不会那样干。"

姬诗说：

"英远兄及时赶到，救下了大家，这事儿也就算是过去了。不提它了。"

韩众问道：

"英远是星童？他的名字？"

"对，我就叫英远。"我说。

历史说：

"坑杀、活埋——这样的恶性事件，这可以说是皇帝统治下最残暴的帝国行为之一了，这对天下的震动是从来没有过的巨大。马谷谷地旷野的深穴、竖坑已经由军队挖掘停当了，无数兵士拽着马勒皮绳儿，站在犁耙上，待命着，随时准备赶马，那时我们已经被填进竖坑里，周围的泥土已经壅上了，我们绝无躲闪的余地。如果那些战马拖拉起犁耙来，暴风一般，我们的头颅将会被哗哗犁开，像杀西瓜一样，鲜血之红将会濡染马谷大地——这样的场景会永远刻印到我的脑海里。"

第四十七章
石晟

这位叫作历史的贤士，对始皇帝的控诉叫我的心里感到十分悲哀。虽然坑杀事件已经被我阻止，我的出现使这样的严重事件发生了根本性的扭转，可联想到皇帝和他的卫尉、廷尉带领的军队对我所带领的这支队伍的追杀，即使我发挥外星人的超常能力，把他们隔绝到了骊山分水岭的西坡那边，我还是不能安心。在这样的骊山的东坡上，在这幽暗的山谷密林里，隐藏着这么重要的人物，这样的情况，始皇帝迟早会了如指掌的。那时候，说不定他会像指派三千刑徒砍光湘山的树林一样，把骊山东坡也会变成光秃秃裸山的。我想到的是，贤士们虽然颇有智谋，但隐居在这样的地方，距离虎口还是太近了，离面临大祸的那一天不会远的。

我说：

"贤士历史，你算是看透了皇帝的本质。而侯休贤士、卢童贤士，还有韩众贤士，你们是不能继续待在这儿的山林里了，这儿过于危险，如果皇帝派兵扫荡山林，你们便无处可藏了，命运莫测，前途堪忧。"

侯休说：

"英远啊，我们知道你带领众受难的贤士从骊山西面过来了，我们就准备好了，要跟着你走哩。我们哪能不知道这里非久留之地啊！"

卢童和韩众也表示了相同的意思。

"我正想劝你们跟我一块走呢。这当然很好了，我们这支队伍里又增加了三位贤士，已经有四百六十九位贤士了。"

韩众说："还有一位呢。"

我感到意外，问道：

"在哪儿呢？"

侯休说："他早些时候下坡朝东走了，一个月了吧，再也没有见到他。恐怕早就被皇帝抓住了。"

"他叫啥姓名？"我说。

"石晟。"卢童说。

"他也是因为给皇帝寻找仙药不得而要逃走的吧。"我忍不住想笑，但还是憋住了，因为觉得不妥。

"唉，陨童啊，我们都是因为给皇帝寻找仙药不得而躲藏起来的。"侯休说。

我觉得那虽然没有冒出来的笑被我尽力控制住了，但还是被侯休、卢童和韩众感觉出来了，是因为我的语气里已经渗透进了笑的成分。

"我是笑皇帝他居然派了这么多的人去寻药，他实在是过于鬼迷心窍了。他是人嘛，却一心要成仙，这使我想到他打下这么大的地盘，灭了其他六个国，可能内心早就有这样的目的：寻找仙药。西秦毕竟地盘有限，又距离大海太远，传说仙药都是在海上的。"

韩众看我这样说，他想了想，说：

"这个人从小就古怪透顶，听说身体不好，跟母亲东躲西藏的，吃了上顿没下顿的，经常饿肚子，营养不良，身体发育不好，像鹫鸟一样胸前凸出，说话声音嘶哑，宛若豺声。他从小就打定了主意寻找仙药——这是完全有根据的。身体不好的人，就会幻想着仙药给他带来永生不死。"

韩众贤士如此一说，我就明白了始皇帝是因为小时候发育不良，这才会有如此的鸡胸，这是身体缺钙造成的。胸腔前倾，扩大，呼吸时气流穿越那扩张了的胸腔，就会有异样的声响。由此我判断他八成已经有了肺气肿。肺泡扩大，破裂了，也就失去了正常的功能，呼吸满足不了身体氧气的正常需要量，他就会气喘。把一条鱼从河水里抓上来，扔到干涸的岸上，它就会张大嘴，但它把嘴张到最大的程度，也还是吸不到足够的氧气。我推断始皇帝已经沉陷到了这种呼吸疾病的痛苦之中，他已经是一个病人。这种人统治天下，天下人民的生命便充满了不可预测的凶险。

我与这几位寻药隐士交谈的时间也许过多了一些，这使申乘、宋哉、历史和姬诗觉得受到了冷落。他们本来对于这些寻药隐士还是抱有一点儿成见的。

姬诗的年龄是众贤士中最小的，他说："你们寻仙药，听说还找到了呢，是什么样的？"

荀梦周说："听说你们找到了一种猕猴爱吃的桃子，还给皇帝弄了回来。皇帝吃了没有？"

韩众说：

"我恨不得弄些毒的山果子给他吃哩，可又怕引起更大的逮捕、判刑、屠杀，活埋更多的不幸者。"

李孔说：

"焚书是丞相李斯的提议，皇帝许可、执行。皇帝这个集团里聚集了众多的心狠手辣之徒，心比深夜还黑，你即使毒死了皇帝本人，天下还会照样黑下去的。除掉一个皇帝是解决不了什么问题的，除非把这个集团全部推倒。"

大家一起朝东面的山下走。山深林密，河溪不断地发出声音，这是深山里特有的一种天籁。知了也在拼命地叫着。山坡上的路蜿蜒迤逦,清秀俊美,它自身像一个有生命的活物。

我们正走着,从小路对面走来了一个人。那人猛然发现一下子出现了这么多的人,神色慌乱,想扭头走掉。他正要掉转回身,韩众朝他喊开了:

"石晟——"

那人听到有人叫他的姓名,才打消了逃走的念头。他回身看。看了一下,眼睛便亮了。

"啊,是你吗?韩众老师!"

韩众说:

"不是我还会是谁呢。这不是卢童和侯休嘛。"

石晟快乐地大叫道:

"真是,真的是你们啊!"

他奔跑了过来。他在卢童的肩膀上轻轻打了一拳。

"我曾经想,可能永远见不到你们了呢。我一个月前下山去,本想到东海海边去,可是被皇帝派的人抓住了。我想我这下子算是没命了。没有想到的是,徐市遇到了我,他把我从那些官兵手里要了过去,说是皇帝说他们抓错了人。因为他是皇帝的大红人嘛,这几乎天下无人不知。他便叫我当他的捎话人。他这是派我去给始皇帝捎话的。"石晟说,"你们这么多的人是从哪儿来的?"

荀梦周说:

"我们是从马谷来的。"

"马谷不就是坑杀贤士的刑场么!"

"我们就是从刑场上来的。"李孔说。

石晟突然变得十分惊慌,脸色都煞白了。

"你们都是被坑杀了以后,从那儿出来的?"他向后退了几步,"韩老师,卢童,侯休,你们不害怕吗?"

"害怕什么?"韩众问。

"他们不是都已经被活埋了吗?"石晟依然收不住神。

李孔大笑道:

"石晟,你弄错了,我们不是鬼魂,根本就没有死,从来就没有死,是这位从天上来的'陨星人'救了我们。"

第四十八章
与石晟算算术

一开始我被叫作"陨童",现在大家都叫我"陨星人",这都没有什么,但我希望他们能够叫我的名字,不要把我与他们区别开来。

"石晟贤士,您就叫我的名字英远吧。大家也都这样喊我吧。"我说。

石晟的眼神射出思索的光芒,过了一小会儿,他说:
"这怎么也看不出来您是从星星来的。那是什么星?"

"M星球。"我说。

"矣姆星?"他问。

"差不多是这个发音。"

"它在天上什么方向?"他指着天问。

"这大白天的,光线太强,星星都隐去了。应该大致在这个方向。"我指着东南方向的天空说。

"有多么远?"

石晟真是个好学、好问的贤士啊!

"5000粒年。"我说。

"这?"他显然十分茫然。

"1粒年等于1000光年,5000后面再加3个0便是5,000,000光年。光年是指1年时间以光的速度所跑的距离。光速是1秒钟300,000公里。5000粒年是多少公里,这一换算就出来了。"我说。

"石晟贤士,你算清了吗?我听听就糊涂了。"这是侯休说的。他用手抓住清瘦的腰间扎着的那根藤条,雪白的头发在山风中飘拂,红润的脸庞被白发遮掩,那害羞的神态看起来真像是返老还童了。

"怪不得你的算数差呢,这都把你听糊涂了。5,000,000 光年乘以 365 天,再乘以 24 小时,再乘以 60 分钟,再乘以 60 秒钟,157,680,000,000,000 公里,再乘以 30 万公里,就这么点儿距离。"我说。

石晟啧啧称叹道:

"157,680,000,000,000 公里,再乘以 30 万公里,再乘个 2……这您可是如何来到的呢?花去了多么岁月?"

"用时很短,说到就到了。我们 M 星的飞船速度是可以与意念相比的。"

"思想有多么快,飞船就能飞多快?"

"对,没错。"

"听说你是来送药救世的,该不会是什么长生不老药吧?"

"是一种专治丹巴热病的药,吃一颗就能够杀死体内的所有丹巴热病病毒。"

"没有听说有这么一种病啊!"石晟说。

他这样一说,我又一次陷入到了莫名的惆怅之中,宛若是到了荒时暴月,再也不能得救了。

"贤士们说徐市能够预知未来,我想请他预测一下这是怎么回事。他还在海边上吗?"我问。

"他叫我先回秦地,向皇帝报告他归来的日期。这一次他有了一个庞大的出海计划,要征得皇帝的同意,这个计划才有可能实施。"石晟说。

我想到的问题是,我带领的这群贤士与石晟、徐市的区别。

同样都是这个朝代的知识分子，有深厚学养的人，这群贤士的命运是被坑杀，虽然没有死，但他们的命运早已被皇帝控制；而徐市、石晟靠着与皇帝周旋，获得自己的自由，还有未来的希望，假皇帝之手实施自己的计划。当然，像侯休、韩众和卢童——他们的命运又是另外一种姿态：逃进山林，躲避刽子手，但这种方法毕竟是不太靠谱的，没有百分之百的把握。万一被皇帝派遣的鹰犬抓获，就会重复被坑杀贤士的悲剧。

"什么样的庞大计划呢？"我问道。

石晟倏忽变得十分警惕，他左右扫视了一番。

"这……"他欲言又止。

"这四百六十六位贤士是被我从坑中救上来的，没有问题。那三位——侯休、韩众和卢童，你们都是同道，想必也不会出卖你。况且，这是要向皇帝提出的计划，还怕这些人去告诉皇帝本人吗？"

石晟明显有些不自在了，他把手伸到头顶上，搔了搔头皮——这个动作无疑是为了掩饰自己心中的尴尬。他这样一个还没有被皇帝坑害的贤士，在已经被皇帝判了活埋刑罚的贤士们以及逃跑了的隐士面前是有些理亏心虚的——他还在继续与皇帝合作，以这种方式求得自己的安全，即便这种合作是以欺骗为前提的，也算是大智慧的表现。

"好吧，我不应该不信任大伙的。其实啊，我们大家——你们三个：韩众、卢童和侯休，还有就是你们李孔、荀梦周、宋哉、姬诗、申乘和历史——你们都是天下名士，皇帝还没有出现之前，你们的大名就在六国，也包括秦国——七国间传扬。在场的还有许多天下名士，你们既然没有被皇帝坑杀，这就说明你们命不该绝，有了星星英远的保佑，皇帝是一时奈何不了你们了。见到英远，我心里也踏实了许多。他能救助你们，也会救助我的。英远，您说是不是？"石晟说。

"我当然要救了，只要是有人被坑害，我不会撒手不管的。"我说。

石晟一下子拥抱住了我，我觉得两个同性这样抱在一起，还挺不自在的，好在他最后松开了我，他在我肩膀上一拍。

"好啊，有了你这句话，我还有啥不敢说的呢。徐市大师的计划是要跟皇帝要三千童男童女——这可是人种子啊。"

李孔问：

"要这么多童男童女是跟神仙换长生不老药？"

石晟说：

"话肯定是要这样说的，理也是这么个理，起码得叫……"他把后半截话咽了回去。

我一听就明白了。

第四十九章
分道扬镳

听石晟那么一说，我就清楚了徐市的未来计划。他和皇帝要三千童男童女，说只有讨好神仙，神仙才会很高兴地把仙药给他们。皇帝为了得到仙药是无所不用其极的。他把天下看成了他一个人的天下，认为天下的所有都为他一个人所用的。我想，这个皇帝就这么惜命吗？他如此舍不得现世的生活，是因为他为此争战了10年，打败了敌手，消灭了六国，统天下为一家，把天下的人都变成了臣奴，设立郡县，连自己的儿女都不得封建，天下偌大，全为他一人独有，不许他人染指——他为了现有的一切付出如此深重的劳作，这实际上是把自己变形成了自己所爱的事物的奴隶。

石晟还得完成徐市交给他的任务，而我们这群人还得朝东方走。

"现在我们就分道扬镳吧。"石晟说。

说完这句话，石晟就朝西边的分水岭上迈步。我看着他远去的背影，想到的是，我必须见到徐市。徐市有他自己的计划，我也有我的任务。我如何才能寻找到深陷丹巴热病的人，完成救世的任务，这还得靠这个叫作地球的星球上的高人，那些懂数学，能预测未来的贤士指点。

历史突然高叫道：

"石晟先生，那垭豁口被巨石堵住了，你过不去了！"

石晟停下了脚步。

"怎么回事？"

"我们的救命恩人为了把皇帝的军队围堵到骊山的西坡，用巨石把路堵截起来了，只有鸟儿才有可能飞越过去。"宋哉说。

石晟倒退了几步，说：

"我过不去了，这可怎么办？"

我想，巨石是我夹在两座山峰之间的，路是被我拥堵上的，我要是不把它挪开，这骊山上的路就不会通了。这样，老百姓还不得把我骂死？

"我去把巨石搬开吧。"我说。

荀梦周说：

"英远啊，巨石一开，皇帝的军队不是又要过来吗？"

我说：

"其实啊，我才是真正的巨石呢。是因为有我在，皇帝与他的军队才不敢追赶咱们呢。巨石实际上起不了什么大作用，反而还会给平民百姓造成额外的困难。我必须把它搬开。"

我几步就走到了石晟跟前。

"好，我送你上山。"我说。

石晟高兴得不得了。

"啊，英远啊，我这简直是交了美运了。你竟然亲自送我过山？"

"咱们走吧。别废话。"

我对四百六十六位贤士和三位隐士说：

"你们在这里先等等我，或者你们现在就往东边山下走，随后我追赶你们。"

我正与石晟一起走着，身后传来了歌声：

今夕何夕兮，

> 搴洲中流？
> 今日何日兮，
> 得与王子同舟？
> 蒙羞被好兮，
> 不訾诟耻。
> 心几烦而不绝兮，
> 得知王子。
> 山有木兮，
> 木有枝。
> 心悦君兮，
> 君不知！

歌声如此悦耳，心愈感熨帖。凭那清越的声音，我判断是侯休唱的。他从黑山密林中出来时就唱了这首歌，他的这一曲歌似乎是为了等待我回来。这样看来上趟山算什么呢？这个叫作地球的星球上的人还是特别重感情的。缘分是感情，相见也是感情，熟悉了，记住你的脸便也是感情的寄托……

第五十章
分歧

四百六十六位贤士与三位寻仙药的贤士还在原地方等我。他们这一大群人聚集在山野里的小溪边,十分醒目。无论怎么说,这都宛若是一支队伍。人群聚起来,就会有壮大感,力量感和武装感。而我从天空高处往下俯瞰,越发能够把这个不大的团体看得清楚。

"啊,你们看,咱们的英远从山上飞回来了!"这是荀梦周喊的。

到达分水岭的路不算太远,但对于石晟那样的贤士来说,是需要一步一步爬上去的。我想到,要是背他上山,他的面子可能挂不住,只是按照这样的速度,就不能很快抵达了。当我把那块巨大的石头从山峰间的垭豁口搬开,把它放到了一个凹下去的山谷里,放稳当了,我这才算放心啦。巨石被挪开后,道路畅通了,石晟也就欢欢喜喜地下山去了。而我下山时,用的便是我们M星球的速度了,只需要几步,我就从山冈上跨越下来了。这个星球对于我的引力实在是太小了,我轻轻一跃就可以跳得像山峰一样高。

我轻轻地落到了小溪边儿上。我料想他们会很惊讶,然而他们看似是飞行的状态,对于我来说其实只是迈步而已。在这个叫作地球的星球上,我本应该如此迈步的,可我却必须得像他们一样,走那样的小步,这对我来说无异于是舞蹈。我不但要放小脚步,还要减缓速度,才能够跟这群贤士一样同步而行。

"我不是叫大家伙儿先朝山下走嘛，那样就能稍微快一点儿。"我说，心里有点儿不太高兴。

大伙儿意识到了我的情绪，先是沉默着，过了一会儿，李孔说：

"英远啊，我们是怕那样一走就乱了。"

申乘说：

"没有你的带领，这支队伍说不定会出啥情况呢。我们就待在原地不动，就可以避免那样的情况发生。"

我想了想，还真是这个道理。我并没有给他们指定一个暂时的带头人，没有人指挥，这支队伍是不太容易共同行动。如果一走动，队伍就会变得分散，有的人走散了也是有可能的。

"大家是需要一个指挥的人，我在的话，我来指挥，但当我离开的时候，我指定李孔贤士代我指挥。荀梦周贤士和申乘贤士协助指挥，宋哉和姬诗贤士担任副协助这样的职务。"我就这样把这支队伍的管理权安排好了。

"可是——可是，我与卢童和韩众呢？"侯休显然是不能满意我没有把他们三人安排到指挥者小团体里。

"侯休贤士，你与韩众贤士和卢童贤士是后来加入到这个队伍里来的，你们自己管理自己，你们三人算是一个独立的小队伍，可以跟上我们走，也可以自动离开，来去自由。怎么样？"我说。

我又说：

"你们三位商量一下。"

他们三人走到一起，低声说了会儿话，然后走到我跟前，说：

"英远啊，你的安排很好，我们无条件接受。我们三人本来就是一个小团体，与大伙儿是合作关系，不是从属的关系。"

这三位贤士的问题解决好了以后，我没想到又有了新的问题，还挺严重的。

荀梦周说：

"前面我们商议过，是要你带领着我们去起义的，去跟皇帝代表的秦王朝战斗的。但是，我又在路上听到你说要带我们到海边去——我不知道，这是不是同一个目的地。"

李孔说：

"我们四百六十六位读书人可说是九死一生，我们的生命是你救回来的，如同再生一般，这我们当然对你十分感激。既然我们活过来了，就得与皇帝战斗到底。因为若是不改变皇帝和他的秦王朝的恶政和倒行逆施的话，还会有更多人被镇压、活埋——那只是具体行使的刑罚的区别罢了。"

李孔和荀梦周一说，历史也说道：

"英远啊，我看到了希望，这个希望就是你的到来，我们这块大地上是没有人有能力做到的——扭转皇帝开倒车，即他摧毁了从周朝以来的800年文明成果，倒退回了野蛮的权力暗箱。一人是天下，天下是一人，也就是皇帝这个独夫。假如是位温和的，有仁慈心的人当了皇帝，实行温和的统治，这是好的情况，可是，有什么能保证这个皇帝的心的仁慈呢？即使是同一个人，这个人前半生可能是温和的、大气的、宽容的，可他在后半生可能会变得残暴，大开杀戒。权力这种东西会把人异化的，人会在权力的泥沼里变形的。我的意思是说，英远啊，我们要借用你的力量和超能力，你的体力和智能是我们这块大地上没有任何人能够超越的。你干脆把皇帝劫持了，把他废除掉，另外扶持一个人上来——像你们的星星那样建立一套人人必须遵守、人人平等的制度……我思考得也不是十分成熟，有些方面我自己也是非常模糊的，我毕竟是个书生嘛。"

叫历史的这位贤士的一番话，我是明白的，可要是按照他说的那样实施的话，就必须把现行的皇帝的这一整套体系摧毁，这样，就不是单单皇帝一人反对了，他的整个政权结构都会拼命反扑的。他们有庞大的军队，军队里的士兵与将领是没有主见的，他们只知道为皇帝去打仗，去砍杀人头立功。秦国战士从来都是虎狼之师，他们眼中早已经没有了"人"，没有了他们的同类，有的只是人头和战功。砍杀一个人头，他会得到巨大的奖赏和利益，一个人头就会改变他一家人的命运。什么善恶，什么仁慈，在他们自小所受的洗脑式规训里是没有立足之地的。这些取得了军功的将士，会与皇帝、丞相、卫尉、廷尉这个统治集团一起来保护他们的既得利益。这一批人真不是个小数字。还有部分读书人也已经投靠了他们，并获得了利益。现在与皇帝战斗，秦王朝能够跟着你走的人的数量是不容乐观的。

我把我的想法告诉了众贤士。

李孔说：

"咸阳周围的原秦国地盘是不会有更多的人起义的，但是山东六国被灭了国的旧民，特别是那些旧的贵族，那些失去了权力和地位的士子阶层，我们只要登高一呼，他们就会立即回应。只要我们的义旗一举，一呼百应，起义的队伍会迅速壮大起来。"

我理解四百六十六位贤士的心，他们既然已经死里逃生，就必须要与始皇帝拼搏一番了。可我却不能顺应他们的想法，我认为他们的思考还是有些书生意气的，不够成熟。推翻一个已经夺得了天下的统治集团哪能那么容易的呢？没有足够的时间，没有无数次的战斗，是根本瓦解不了那样一个国家的。可我也不能简单粗暴地否定他们的提议和计划，他们虽然是被我救了，但他们现在都是有各自想法的人，而且还是这个帝国里的精英人物，我就含糊其词吧。

"诸位贤士,既然山东六国那儿更有起义的基础,我们到东方的海边去是没有错的。"我说。

"你终于同意我们的计划了!"荀梦周高兴地喊了起来。

我以微笑默认了。

"英远同意了!"李孔、申乘和历史一起喊道。

我心想,既然前面已经否定过一次贤士们起义的倡议,那么这一次我得采取巧妙的方式才行。

第五十一章
下山（一）

　　我从心底里担心四百六十六位被坑贤士，还有天下众多不愿与始皇帝合作的贤士们的命运。我带领的这四百六十六位贤士是被始皇帝判处了活埋坑杀死刑的囚徒，我把他们救助了出来，可这并不意味着他们就能一劳永逸，再也不会受到威胁。皇帝既然判了他们死刑，他们虽然没有死，但在这样的处境下，也宛若行尸走肉。这样一想，我倍觉悲哀。他们提出起义的要求是合乎他们对于生命的渴望的。他们是天下贤士啊，个个聪明绝顶，都是时代的大士子，哪儿会不明白自己的前途与命运呢。倘若不把皇帝以及他所代表的集团，也就是这个叫秦的帝国摧毁，四百六十六位贤士们无论逃到哪里，这个帝国都不会把他们当作活人对待，更不用说给予他们常人的权利和地位了。

　　想到这里，我的心还真的有些动摇了。假如真的把始皇帝推翻了，会出现一个什么样的社会呢？我还是孩童，这个叫作地球的星球永远也不可能成为我的家园，我也不可能在这儿当什么带领着他们的那个人，那个最高的职务，我不会领受的，领导权还得交给这个帝国的人，在四百六十六位贤士中选择一个，这也许还是个不错的办法哩。或者叫四百六十六位贤士人人投一票，选举出一个新的皇帝出来？叫什么并不重要，关键是这个叫什么的掌权者是如何产生和被监督的。只要是四百六十六位贤士选举出来的，就不会出什么大的问题。四百六十六位贤士本身是权力的中心，他们可以把选举再次选下去，选一个更符合民意的皇帝出来——这种政权产生的方式在我们 M 星球上实行几万年了，移植到这个叫作地球的星球上来，是不会出错的。地球人与 M 星球人都是宇宙里的高级生命，都是有智慧的，能够辨别善恶的，身体里都有一个高尚的灵魂，灵魂里都有一个善良的心——这就是良知。良知，我们的 M 星所属的星系就叫良知星系——前提是知，知自然就会良，进化的过程其实就是良知逐渐形成的过程，低级的文明具有的是较低层次的良知，高级的文明无疑就会拥有对等的广泛而深刻的善良。

想通了这些道理，我就浑身觉得轻松起来了。

我们的队伍顺着山路朝山下走去。溪流也是朝东方流的。我想我们跟着河流走，就一定可以走到东方的大海边的。

"侯休贤士、卢童贤士，还有韩众贤士，你们三位隐士，是真的要跟着我从死囚坑里救出的这些贤士一起到东方的大海边去？"我问道。

三位隐士没有立即回答我，他们在我的身边继续迈步走着。四百六十六位贤士在山路上行走时，队伍是呈单线拉开的，这样的走法也是山路逼仄使然。

这时候，有一位贤士唱开了：

悲时俗之迫阨兮，
愿轻举而远游。
质菲薄而无因兮，
焉托乘而上浮？
遭沈浊而污秽兮，
独郁结其谁语！
夜耿耿而不寐兮，

魂营营而至曙。
惟天地之无穷兮，
哀人生之长勤。
……

歌声凄切悲凉，但却悠远、穿透、清越，我宛若返回到了我们的M星球，又从那里来到了这个叫作地球的星球。这样的歌声把我思乡的心都弄得湿漉漉的了。我看见韩众、卢童和侯休也是一脸的忧伤。

韩众说：

"这是屈子在楚国被灭后作的诗。他在国破之前，就在湘水怀沙沉水了。"

我是第一次听到这个叫屈子的已故之人。

侯休说：

"在我们这块叫作华夏的大地上，好人都得不到好报。"

我对于这个叫作地球的星球实在是了解得不多，我没有发言权。

卢童说：

"侯公，也不能这样说，也不完全是这样的。皇帝到来之前的时代，我们这些士子还是能够得到好报的。士子们在各国之间穿梭，只有鸟儿寻树而栖，没有树可以囚禁住鸟儿的。士子们的智慧因为自由而得到最大限度的发挥。但是，皇帝，这是一个厄运的开始，他一来，天下倒退回野蛮时代了，丘八官吏成了天下人的导师，那些人没有智慧，没有艺术，没有对美的创造与追求，也就没有良知，他们有的只是残暴、死板、血腥，惟皇帝的命是从。皇帝却已经是个怪物了，是精或者妖了。"

"皇帝夺取天下有多少年了？"我问。

"还不到 12 年。"韩众说。

李孔、宋哉、荀梦周、申乘和历史放慢了脚步,等着我与三位寻药隐士。我们这些人聚拢到了一起,山路就显得更加狭窄了。

李孔说:

"皇帝倒行逆施,一定得把皇帝赶走。"

我说:

"刚才唱歌的那位贤士是谁?"

大家一时好像没有听明白我的话,没有一个人回答。

"就是刚才唱'惟天地之无穷兮,哀人生之长勤'的那位贤士。"

"啊,那是姬诗啊!"

"姬诗?真的是他?"我说。

"你怎么这么快就把他的名字忘了?"这是历史说的。

我这才想起,啊,对了,那声音就是姬诗的啊!我怎么会辨认不出来了呢?他虽然走在队伍的前面,他的身影在浩浩荡荡的队伍里时隐时现,但他的声音我却是听过的,他唱过《诗》里好些名诗。

这时候,姬诗的歌声又响了起来:

恐天时之代序兮,
耀灵晔而西征。
微霜隆而下沦兮,
悼芳草之先蘦。
聊仿佯而逍遥兮,
永历年而无成。
谁可与玩斯遗芳兮?

长向风而舒清。
高阳邈以远兮，
余将焉所程？

　　离开坑贤马谷刑场时，他就唱过好多《诗》。现在他唱的是另外一种形式的诗句，我便觉得陌生了，便也就分辨不出他的声音了，这有我自己的原因，也有所唱的诗句自身的原因。我把这样的意思向诸位贤士说了，他们想了一想。
　　荀梦周说：
　　"英远啊，你是从你那个叫 M 的星球来的，自然就对我们这个叫作地球的星球上的历史不太了解了，对于我们的文字的产生与发展也是陌生的。字是叫作仓颉的老先人造的，他是黄帝时期的人……"
　　"皇帝？"我脱口而出。
　　李孔笑了。
　　"先前的黄帝，非我们现在这个时代的皇帝。先前的黄帝是我们华夏部落时期的一位老酋长。"
　　"噢，我明白了。"
　　"《诗》里面的文字都是四言的，四个字，而刚才姬诗所唱的歌是皇帝来之前，南方楚国那地方出现的一种新的诗体，每句超过了四言，六字的、八字的句子都有。句式一变，声音也会陌生的，这可能是其根本。"
　　我恍然大悟了。

第五十二章
下山（二）

石晟过骊山的西边去了，他见到始皇帝后，会按照徐市的意思，把话说得非常漂亮的。可我带领的这群贤士，还有几个逃隐山野的贤士——他们不被当世皇帝所容——这些贤士哪一个都可称作是当世的才俊，文曲星下凡，都是这个世界的栋梁，智慧的精英，他们原本应该被安排到社会的上层建筑领域，给予黎民百姓以垂范，以教育，传播文化及其文化里固有的良知和文明。他们既然不被皇帝见容，连生存的权利都不许他们享有，那就由我带领着他们去寻找一条活路吧。至于造反起义这样的政治战争，我是不会领导和发动的，也不会去支持他们的。但是，只要他们的生命受到威胁，我就会坚决地解除掉这种威胁。我的宗旨是给予这个叫作地球的星球和平的环境，抑制即将发生的战争。

刚才姬诗提出的问题的思考更是启发了我对和平的思考。我觉得《诗》这种人人喜闻乐见的文字艺术，这种对于美好事物的追求，对于非物质品的崇尚，其实就是对于精神美的崇尚，是能够把人间变作花园一般的乐园的。

我走到了姬诗身边。

"姬诗贤士，你刚才唱的歌叫什么名字啊？"

姬诗见我对他所唱的歌谣有浓厚的兴趣，脸上的笑容特别灿烂。

"英远大星，你是问刚才那歌谣的名字啊？"姬诗说。

"你怎么还把我叫成'大星'了?"我问。

姬诗说:

"我感到直接称呼你名字好像很不尊敬——你是从遥远的星星来的,叫你大星似乎更符合我内心对你的感觉——对你的印象和概括吧。"

我想了想。

"既然你觉得这样会让你的心里满意,那你就这样叫吧。我也挺乐意的。我还有件事不知道该不该说。"

"啊?那你就说嘛。不要见外。"姬诗说。他的眼珠子咕噜咕噜转了几下,盯着我的眼睛静静地看着。我心里都有些毛乱了。

"我想起那首你站在我们把它重新栽到大地里的那棵杨树前做的诗,实在是太美妙了。我就特别希望能够像你一样,也能做首诗。"我谦卑地说道。

姬诗看我的眼神更加迷人了。

"啊,我的大星啊,英远大星,莫非你也想当采诗官不成?"姬诗说。

"采诗官是干什么的?"我问。

姬诗挠了挠他的下巴。他嘴唇上有了细细的茸毛儿,下巴壳还是光滑白净的。这位十六七岁的少年贤士,正在成长为一个英俊的男子汉。

"周的时候,也就是皇帝还没有产生之前,天子会派许多有知识的官员到民间去采集讽刺、诽谤国王和朝廷的民歌野调——这其实就是去收集来自民间的意见,也就是民意嘛。周天子便根据诗歌里的意见,改善现有的制度和作风。"姬诗说。

我一听就明白了。

"这样的前提是做诗的人民不会受到任何惩罚,这是天子给予他们的权利。"

"哪儿会惩罚呢,表彰都来不及呢。"

"诗就是这样做出来的?"我问道。

"一部分是这样的,这些有关天子和王国、民意的,就是讥刺诗,与社会政治关系密切,叫作政治诗也未尝不可。当然,这只是一部分,还有写情爱的,写友情的,写出战远征的,写离别的,思念相思的,婚嫁的,哀悼的,悲伤的……不一而足,什么都可以入诗,只要写得好就行啊。"

姬诗解释得很清楚了。

"啊,姬诗贤士,你知道我是从M星球来的,遥远得很呢,我们那个星球上怎么就没有这种诗呢?这诗实在是太好了,太美妙了,悦耳得很呢。我的意思是,我是想跟你学写诗,不知你愿不愿意教我。"

我的话说得磕磕绊绊的,我心里还是怕遭到人家的拒绝嘛。我想到的是,人家这个星球毕竟叫作地球,不是M星球,要是叫我学了去,就等于是把人家这个星球的智慧带走了。诗也是应该有产权保护的,这是人家地球人的发明创造嘛。

李孔和荀梦周听到了我的话,其中一人说:

"姬诗啊,赶快收下这个学生吧。"

另外一个说:

"你要是答应得慢了,我可就抢了你的饭碗啦。"

听到"饭碗"两字,我脱口问道:

"饭碗怎么与诗还有关系?"

荀梦周说:

"我的意思是说,教书也是一种职业嘛,是职业就能够挣得粮食和束脩。我们的孔子就是靠教书为生的,他有学生三千,坐上大车,牛马拉着,周游列国呢。"

当荀梦周一说到他们的先辈贤士孔子,他的神情宛若灵魂出窍了,神游天下去了。而那些走在旁边的贤士,申乘啊,历史啊,宋哉啊,还有三位寻药隐士也是如此,尤其反应强烈的是贤士里面的长者李孔。李孔眼睛睁得圆圆的,睁到最大的程度了吧,他说:

"孔子坐着牛马拉着木大车,率领着一群闯天下的学子,在列国之间自由地游荡,想到哪儿去就到哪儿去——他们多么像是一群自由的鸟儿,飞到这棵高树枝上,又飞到那棵高树梢上,登高远望,大地平野上,一棵又一棵的树木伸延向广阔无际的天边,鸟儿们想怎么飞就怎么飞……"

我看到李孔大贤士的眼睛里有了晶莹的泪光。

第五十三章
学做四言诗

我没有料到我对于姬诗贤士提出的要求竟然会引起大家如此大的反响。我对于诗的向往激发起了他们对已故时代的怀念。那真的是个《诗》的时代啊！始皇帝烧《诗》、毁《书》，就这样把人类心灵深处那些柔软的成分割除了，把那些美的部分毁灭了，只留下了粗粝、尖利、坚硬的部分——这样的人组成的人间会迅速碎裂的。

我说：

"广大的贤士们，不要悲伤，这都怪我，我不小心戳到了你们的痛处。"

"这不怪你，英远大星，你想学诗，我现在就教你做一首。"姬诗说，"大伙儿有高招妙法也可以贡献出来，我们把在我们这个星球上流芳百世的诗的绝妙处传授给英远大星，假如他回到他们的星星，便也把我们华夏大地上最美好的事物带回去，不至于人家星星上的人说我们这儿只有皇帝这种怪物吧。"姬诗说。

我很兴奋。

"姬诗贤士，你真的答应教我作诗了？"

"我什么时候说过假话？"姬诗说。

"没有啊。"

"好，我现在就教你作诗。《诗》里大多是四个字一句的四言诗，当然有个别句子是三言的，也有五言的，六个字的句子不是没有，但四个字是基本构成方式。只要掌握了四字一句的方法，就可以作诗了。"

我思考着姬诗所说过的要点。

"作诗的方法基本上有三点。首先是赋，也就是铺陈、铺垫，对于眼前事物的描摹，比如我们在山坡上走，是下山去，走在山谷里，两边都是山冈，林木茂密，谷里溪水潺潺湲湲，我们的队伍蜿蜒迤逦地朝山下走。第二点是比。联想一下相联的什么事物，能放到一起比的都行。我们走路，就像天上有鸟儿飞，森林里还有野兽飞奔，蛇虫爬行，山谷上空的白云也在飘游，类似的事物比一比，这就是比。最后一点是兴。兴就是表达感想，抽象引申出思想来。作诗最重要的就这三点。"

姬诗说完了，我们继续朝山下走。众贤士们似乎都在边走边思索该如何用当下的情景作诗。而我还未悟出做诗的诀窍，一时也做不出来。

姬诗说：

"我先念一首，启发一下你。"

"好啊！"我激动地说。

"献丑了。"

　　　　山有扶苏，
　　　　隰有荷华。

这两句既是赋，也是比。第一句是赋，铺陈，第二句是比，其实也是赋，赋和比往往是分不开的。咱们正在走的山路两边都是葳蕤浓密的参天大树，而在河潭水地低处开有艳丽的荷花。

　　　　不见子都，

乃见狂且。
山有桥松，
隰有游龙。
不见子充，
乃见狡童。

这首诗的意思我还是能够明白的，假如把我自己比作那个"狡童"，也不是没有一点儿道理。只是姬诗不是个少女，这与他的身份不符。那他又为何做这样一首诗呢？或许他只是为了举例，其实也没有啥特别的意思。

李孔首先开了口：

"姬诗啊，你怎么从孔子选编的《诗》里背诵了一首《山有扶苏》，却说是作诗呢？"

我说：

"这是以前就有的诗？"

"很有名呢，几乎人人会背诵。"荀梦周说。

姬诗说：

"我是给英远大星举例子，顺便在《诗》里挑了一首，我还没有来得及就这一点稍作说明呢。你们说了，我就不用再啰嗦了啦。"

"你爬到杨树上做的那首就是从《诗》里来的。"申乘说。

"我确实是热爱《诗》，三百多首我几乎首首都会背。"姬诗说。

我说：

"好家伙啊，那么多首你都能背过，也算是神童哩。"

姬诗说：

"你现在作一首试试。"

我想了想，说：

"姬诗贤士给我教了这么长时间，把诀窍都说给了我，我做一首试试。"

天有白云，
地有贤士。
不见皇帝，
乃见大星。

我刚刚做了这几句，李孔就赞叹起来了。

"英远啊，你一下子就掌握了要领，艺术感受力简直是超一流的。"他向我双手竖起了大拇指。

"先别说话，英远还没有说完呢。"宋哉说。

天有大星，
地有文曲。
不见天狗，
乃见英远。

"英远啊，这后面四句虽然称不上优秀，但也算是了不起了。你已经学会了作诗，可以出师了。"姬诗宣布道。

"不好意思啊，我才疏学浅，刚刚学会，还不能做更广、更大范围内的联想，也就是你们说的比兴，我只是把我自己写进去了，这很不好，很不好。"

第五十四章
烧山的大火

我也不知道是什么原因，我对这个叫作地球的星球上的诗发生了如此强烈的兴趣，我对它产生了如此深厚的爱，这实在是我没有料到的事情。文学艺术嘛，总是特别吸引人的。我想这实际上是一种运用文字构造情景世界的游戏，凡是游戏就会上瘾，我想我是迷上了。不管怎么说，这种游戏是高雅的，有其深刻的文化内涵，与政治历史关系密切，应该不是坏事。我跟上姬诗学习了一首诗的作法，尽管艺术品位不高，可我还是觉得自己是有这份天赋的。

姬诗说：

"英远大星，你真是天才呢，学得很好的。这是四个字一行的，叫四言，这就叫作诗。而南方的楚地有一种赋，有人把它也叫骚，这是依据屈原的《离骚》叫开去的。有关赋，侯休贤士是行家，他是楚地那儿的人。侯休贤士，你给英远大星解释解释赋。"

侯休走了过来。他笑眯眯地看了看我。他雪白的长发在风中飘逸，清癯的脸庞和窈窕的身子骨，整体感觉像是山野里一棵独秀的嘉木。

"听说你是来我们这个地方送药的，而你却要把自己训练成一个诗赋专家，作了诗，还要作赋——这可真叫我意外啊。"

姬诗说：

"谁人又能不喜爱诗赋呢？只要他有美丽的心灵，他就会从心底里自然而然地流淌出诗和赋来的。"

我说：

"我失去了方向，宛若迷了路，进入到了没有亮光的森林和黑夜里。我已经不知道把药物往哪儿送了，不管问谁，大家都是一问三不知的。我又遇到了皇帝要坑杀众贤士们，我不能见死不救，救了，就得负责到底。但要到东方的海边去，道路又十分漫长……"

"路漫漫其修远矣，吾将上下而求索。"

侯休吟诵道。他说：

"英远大星，这便是赋，是《离骚》中的两句。你再听听。"

> 忳郁邑余侘傺兮，
> 吾独穷困乎此时也。
> 宁溘死以流亡兮，
> 余不忍为此态也！

这四句也是屈原《离骚》中的。这个叫屈原的人可真是楚国最优秀的诗人。我们把写诗和作赋的人都叫作诗人或者骚客，前者是源于周朝的诗，后者则源于楚地的屈原。"

"你从山林里出来时唱的那歌也是赋吧？"我问。

"啊，那歌谣的名字叫作《越人歌》，这歌是诞生于我们楚地的，早在四五百年前就有了。我是楚国人，亡国之后，天下都叫秦了，我也就来到了帝都咸阳。我们早就听说皇帝这个家伙怕死，想要长生不老，传说里也说是有这种药的。我真正的目的还不是想从皇帝那儿骗俩钱币花花，也顺便愚弄愚弄他。你是送药的，我是寻药的，一个送，一个找，这不是正好嘛。给了皇帝就算数，就说那是长生不老药不就得了，大家都完成了任务，何乐而不为呢。"

侯休的建议我是不能答应的。他当然可以那样说了，怎么说都算不了什么，他毕竟不是我们 M 星球的人，他甚至连 M 星球是什么样也不知道。我要是听了他的话，便是辱没了 M 星球的使命，这是万万使不得的。根据他那样欺骗皇帝的事例，我能够判断出他是个不够严肃的人，没有责任心，把天下事都当作儿戏对待。皇帝虽然也不是什么好人，但骗子毕竟还是骗子嘛。

"侯休隐士，你寻找的药与我要送的药，两者不能混淆，更不可以同日而语的，根本就不是一码子事嘛。你能再诵几句楚国的骚赋吗？"

侯休见他的话无法说服我，也就作罢了。

"好，我再背诵几句。你听。"

朝吾将济于白兮，
登阆风而绁马。
忽反顾以流涕兮，
哀高丘之无女。
溘吾游此春宫兮，
折琼枝以继佩。
及荣华之未落兮，
相下女之可诒。
……

前面的人忽然高声呼喊了起来。

"不好了，大火烧上山来了——"

在这个蜿蜒的下山小路上，我一直在专注地倾听贤士们对诗赋的吟诵和讲解，心里也酝酿着可以叫自己得意的句子，眼睛几乎就没有离开过贤士们的脸。忽然听到大喊声，我低头俯瞰，山麓下已经被大火吞没了。

走在队伍最前边的一位贤士奔跑了回来，他的脸被炭灰涂抹得五抹六道的，像是因为给锅灶口里填柴禾，还把脑袋伸进灶火洞里去看，结果弄得满脸的柴灰，又仿佛是为了唱戏而有意画上去的。

他恐慌地说：

"英远大星，是皇帝派的军队在山脚下放的火！山下的树林都燃烧起来了，火势正在向山上蔓延。皇帝的军队是想借此把我们这群人烧死在山上。这可咋办？"

我把他拉到跟前，用手把他脸上的柴灰抹了抹，结果使他的脸更花了。

"还是到溪水里洗洗吧。"

这个跑来向我报告情况的贤士一时觉得不可思议，他没有想到我会如此冷静，他可能觉得我不是把这样危险的情况视同儿戏，就是对他们这支队伍缺乏深厚的感情。

他大声说：

"这节骨眼哪儿还顾上洗脸！"

看到燃烧到山下的大火，作为这个帝国的人，尤其是他们这群刚刚获得了第二次生命的贤士，他们着急、心焦，甚至气愤都是正常的。山脚下的大火把东边的天都映红了。

"贤士，你先不要焦急。"我说。

"我能不焦急嘛！"他怒气冲冲地说。

我心里微笑了。这是个好贤士啊，我就喜爱这样的人。

"贤士大名？"我问道。

"我名不大，叫东讴。"他的气还没有消。

紧接着，又跑上来了一个贤士。他是大哭着说的：

"陨童啊,我们就要这样被皇帝堵截在这儿,葬身火海吗?"
我安慰他说:
"不会的。这山上不是还有一条宽阔的溪流吗?"
"你能用溪流灭火?"这位贤士问。
"我能。"我说。
他揉了揉自己的眼睛,黑灰把他的眼圈涂抹得更模糊了。
"大星,你要真的能把大火灭了,我西歔跪下给你磕头了。"
我一把把他拉住,不让他跪到地上去。
"我绝对不能允许贤士跪下磕头,西歔。"
我对这些贤士的姓名特别感兴趣,得一个一个把他们的姓名记下了。总共有四百六十六位呢,这群贤士的姓名都有自己的特色,饱含着自己的文化艺术修养。
"好,就看我如何来灭这场皇帝放的火。"

第五十五章
灭火

　　我叫贤士们撤离到了较高的山坡上，然后我把山谷两边的山峰折断了，把它填堵到溪水中，迅速修筑起了一个巨大的水坝。这样的水坝仿佛是地震之后，两边的山峦塌落、堵塞所形成的天然的堰塞湖。这条被堵塞住了的溪流本来就水波浩荡，是骊山上最大的自然河，它被堵塞之后，仿佛天龙被割了头颅，它的身体迅速膨胀，没过多久就聚集成了一个大湖的规模，山谷两边的树木都被溪水淹没了。
　　没有办法，我又把山坡上的一棵巨大的树木拔了下来。这棵树我也不认得它，它肯定是有名字的，当然了，这名字也只是这个叫作地球的星球上的居民给它取的，而树自身并不知道自己叫什么名字。像我们M星球上的更高级的生命体在创造它的时候有给它命名过，但那高级的生命远离了这个星球之后，也就无从知道它原初的名字了。地球人只是出于自己的方便随意给它起名而已。不管怎么说，它现在就是一棵命运可怜的树了，它被我拔出了得以维系生命的泥土大地，它将面临的也许就是干枯和死亡。
　　我拿着这棵刚刚从泥土里拔出来的大树，把它在水坝里浸透了，再湿淋淋地扬向天空，那些水朝山脚下的大火扑下去，很快就被大火吞噬掉了。水变成了水蒸气，升到被烧红的天空去了。我不断地把浸透水的大树扬向天空，每一次飞扬而去的水都是有限的，达不到灭火的目的。这使我感到沮丧和泄气。

火毕竟不是箭镞，况且它又在山脚下燃烧，有一定的距离，并且还在不断地向山上蔓延，我靠树冠浸水挥洒下去的水太有限了。这可怎么办？

李孔走到了我的跟前。我没有注意到他，只顾挥舞树帚洒水了，差点儿把他撞上。

"啊，你怎么来了？"我问。

"英远啊，这样是不行的。"李孔说。

我把巨大的树木放到地上，说：

"这一时也没有什么好的办法。"

李孔指着北边的山坡，他示意我去看。我看见侯休、荀梦周、申乘、历史、卢童、韩众、东讴、西歈……还有姬诗等众贤士正在把一块巨大的石头从树坑里往外抬。于是，我放下巨树，走到了那个曾经拔出来了的、我作为武器使用的大树坑边，发现他们正往外抬拽的一块巨大的、呈凹槽形状的石板。我叫他们让开，我抓住石板的一角，把它从山体里撬了出来。

众贤士惊呼一声。

"石簸箕！"

"神了！"

我想，这可真是天助我也。看着从山下越来越近的蔓延开的皇帝的军队放的大火，我想，有了这张石簸箕，就不愁灭不了你那张牙舞爪的火了。我拿着石簸箕，走到了堰塞湖边，也就是我扳断山峰建造的新水坝边儿上。我一俯身，把腰弯了弯，就把巨大的石簸箕舀满了溪水，我把它扬起来，向山下泼去。

逐渐烧上来的大火发出了扑扑的爆裂声，火焰马上就变小了。众贤士们又一次欢呼开了。

"神助我辈！"

用石簸箕装水，对于我来说，简直就像是用筷子夹菜饭吃那样,我加快了速度,把越升越高的水坝里的水一石簸箕接连一石簸箕地泼向大火。我用石簸箕舀取的水从天而降,不亚于一场特大暴雨,始皇眼睁睁地看着大火被扑灭了。

火一星一毫都没有了。经过山溪水清洗的山麓变得异常的清新,鲜绿,而那些被大火吞噬了的树木,焦黑的枝头也显出新的气象来了。

"把水坝扒开,让山水把他们冲了!"这是韩众的建议。

其他贤士也跟着说:

"用水淹!"

我开始还有些心动,稍微一思索,就否定了这样的方法。如果大火还在烧灼,还在继续威胁我们,我一时也没有别的办法,那我会把水坝掘开,让山水铺天盖地地冲下去的。可现在大火已经被我扑灭了,再把山水放下去,目的便不是灭火了。这满满一水坝的水覆盖下去,不仅会把始皇的军队冲得连影子都找不到,而且还会伤及无辜,山脚下和山下平川上的居民,那些村镇也都会被夷为平地的,被山水卷走的人民会失去他们宝贵的生命,还有他们世代劳作积累起来的财产以及他们当下得以维生的粮食都会随着洪流远去——那我的罪过就大了。

我说:

"诸位贤士,大火已经灭了,用石簸箕泼下山去的水也是很大的,它们形成了洪流,说不定那些放火的士兵已经被大水冲走了。我看,就没有必要把这座湖坝毁了啊。"

大伙儿都仿佛在思考这个问题。

姬诗说:

"在这骊山的半坡上造一个湖,可谓是高山平湖,也算是一大奇观呢,就让它保留着吧。有我们的英远大星在,我们有的是对付皇帝和他的军队的办法,何劳此水呢!"

侯休说：

"说得也是啊。危峡造平湖，这肯定会成为骊山的一大景观。姬诗贤士，你能从《诗》里背诵一首诗来歌颂这一巨大壮举吗？"

姬诗听到这样的提议，脸上一下子放出光芒来。

"好啊，我觉得这首《新台》倒挺符合这一壮举的。听。"

> 新台有泚，
> 河水弥弥。
> 燕婉之求，
> 蘧篨不鲜。
> 新台有洒，
> 河水浼浼。
> ……

侯休打断了姬诗。

"这简直就是驴头不对马嘴嘛。"

"在大水里修筑高台，这还是有点儿像啊。"姬诗申辩道。

"但意思也是反了的嘛，那是讥刺的，反了，反了。"侯休说。

我说：

"反了倒不要紧，没啥关系嘛。姬诗贤士，你把《新台》背完，我觉得还有挺有意思的。"

姬诗继续背诵道：

> 燕婉之求，
> 蘧篨不殄。

> 渔网之设,
> 鸿则离之。
> 燕婉之求,
> 得此戚施。

姬诗背诵完了,大家一时无人说话,场面变得有些儿尴尬了。稍微过了一小会儿,李孔说:

"英远啊,需要我来解释一下这首《新台》吗?"

我想,他是想我可能不太明白这首诗的内涵,我说:

"这样吧,我自己来试着解读一下,你们听听看对不对。这《新台》当然是描写在大水中央建造了一座高台,是谁建筑的呢,我不太清楚他的具体姓名,但知道他是个鸡胸、驼背、年老的病人。他当然有权势啦,能命令人在大河中筑高台,把接新娘的船拦住,把新娘半路劫走了。有权威的人会是谁呢?当然是个国王了。能娶那么漂亮的姑娘的年轻人是谁呢?他的儿子吧。这首诗背后的故事可能就是这样的,而它的文句表现的只是对于新台、满溢的河水的赋写,用渔网、鱼和蛤蟆来比。兴的是什么呢?是年轻标致的女子一心想嫁年轻英俊的儿郎,却被鸡胸驼背的年老病人抢去了。这种丑恶事件的无可奈何的感叹,对于年轻女子命运的哀婉。这就是兴了吧。"

第五十六章
修复《诗经》

由于我迅速地喜爱上了这个叫作地球的星球上的诗,也就更能心领神会了,掌握起来特别地快。文字这种游戏,对于我们 M 星球的生命来说是属于低等的智力游戏了,但这种渗透和包含了审美的游戏,它其中的美却是不分高级与低级的,无论处于什么进化阶段的生命对于美的感受是没有高低优劣之分的。诗中的美同样是我们 M 星球高级文明生命体的至爱追求,那属于天赋异禀的部分是来自于天启的,它本来就不属于生命体的自身。但是我对于诗的热爱,以及对它的敏感的嗅觉,还是叫众贤士喝彩了一番。

申乘说:

"我真的是想不到啊,你降落到我们这儿还没有多长时间,你就把我们先辈从造字时代就开始的文字创作——诗,领会得如此深入骨髓,佩服佩服啊。"

我是否真的像他说的那样具有非凡的才华,还是可疑的。我是 M 星球的人,本不该对这个叫作地球的星球上的文字游戏如此痴迷。看来,我是被这个世界的美折服了。我心里想,众贤士说《诗》里有三百十一首诗,是名叫孔子的先知型人物编选的,始皇帝下令把所有的《诗》焚毁消灭,这些贤士也是因为爱诗而被始皇帝判处死刑,被活埋的,我就对那样一本叫《诗》的书特别向往起来了。可惜啊,它们都叫野蛮的皇帝给焚烧了。真的就没有留下一本吗?《诗》在这些贤士的大脑里还存在着，这位叫姬诗的贤士不是还能倒背如流吗？既然如此，就得把他们的记忆重新记录下来，使《诗》恢复原貌，并能得以留传后世。

我把我的想法说给众贤士们听了。他们一时都好像陷入了对严肃问题的思考之中。李孔说：

"还是英远大星想得周到，这一说出来，就显得这是一件大事了。"

"是啊，我们的记忆是有限的，不把《诗》恢复了，这对我们这类士子来说，枉背了一个好名声。"这是宋哉说的。

"我想啊，总有哪位聪明的贤士会把它藏起来一本的。"荀梦周说。

"这只是一厢情愿的幻想。会有谁呢？都叫皇帝杀了头了。"东讴说。

名叫历史的贤士说：

"英远的顾虑是值得重视的，我们一旦逃出皇帝的虎口，就要立即恢复工作，把我们的先祖创造的文化著作复原。趁我们现在还都有记忆，大家可以相互对应证明，以求准确。"

姬诗说：

"其实啊，我们在往东方大海边去的路上，就可以开始这样的工作。这样的工作并不复杂，要求的条件也不难达到。关键是要有这个心情，当然首先是安全的诉求了。有英远大星保护，这样的条件是没有问题的。笔和墨汁、还有竹简是不难解决的，问题是路程远，带上它们还是挺辛苦的。如果有辆大车，这些问题便也迎刃而解了。"

还是姬诗与我的心最为接近。他年纪不过 15 岁，而我是 11 岁，两个人都还是少年嘛。他虽然还是个娃，却是被皇帝判了活埋之刑的贤士呢。

"我们下山后就解决车辆的问题。"我说。

看着这座新诞生的湖,半山上的湖坝,看着那湍急的溪水越来越满,有位贤士说出了他的担忧:

"我怕以后这水满了,坝要是垮塌了,突然间湖水翻滚下去,是会造成大水灾的。"

我特意看了看这位贤士。他对我来说已经是一位熟人了,但我还是不知其名。

"贤士的担心是出于对人的关心,是一种大爱,我很受感动。可我折断的山峰是整块儿的巨石,再大的水,即使山上下了特大暴雨,有了大洪水,也是不可能把它冲动的,水流只会翻过去,慢慢地溢流下去。"

这位贤士看了看那躺卧在河床底下的巨石,它几乎有半个山头那么庞大,其重量是不可估摸的。

"真是太大了!这就很好,就用不着把这坝拆毁,把水泄了。这样在这山上就有了一个高山湖的风景,坏事变成了好事。以后,这湖里会滋生出更多的鱼虾鳖蟹来,水产也是造福人民的美味的食品。"

"贤士的想象力真是超一流的呢。您贵姓啊?"我问道。

贤士看我的目光里有了一丝戒备,随后马上就换成了喜悦。

"我们四百六十六个人的救命大星,我叫戴壹。我的父辈是种田的农民,说不上啥富贵,只是尚能温饱而已。"这个自报姓名的贤士说。

我把他的姓名在脑子里沉淀了一下,算是记下了。

"戴是爱戴的戴,壹是大写的壹?"

"一点儿没错,就是,就是。"

"咱们的四百六十六位贤士里还有很多贤士的姓名我还没有记住,这得一个一个记忆的。假如不知道姓名,虽然天天见面,时时在一起,但仿佛还是陌生人似的。这就像认字一样,看着这个字,记下它是什么笔画,怎么样写的,结构是什么样的,可是不知道它是如何发音的,就还是不认识的感觉。这一知道名字,就仿佛天地开了,这就是醍醐灌顶的感觉吧。"我说。

"您说得太好了,就是这种感受,大家都一样的。这样吧,我想办法把我们四百六十六位士子的姓名写一个名单出来,然后你依据名单点点名,对对号,这样姓名与人对上几次,你就会把我们全部认下了,记清哪个是哪个了。"戴壹说。

"这个办法很好,那我就请您——戴壹贤士——代劳了。"
姬诗说:
"现在我们有了好几个任务:一、把被烧毁了的《诗》依靠我们的记忆重新恢复成书;二、把各位的姓名制成名单;三、预备车辆。"
我说:
"这都是些好办的事情。车辆等咱们下山了,我会马上解决的。我们一起朝东方的大海边走——这样的漫长行程才是第一大任务呢。关键是,皇帝和他的军队会随时随地地堵截咱们,要消灭我们,我们得与他作战。本来,这也不是什么多难的事情,可我心里有一个原则是要坚守的:不但我们的这群贤士不能有一个人掉队,也就是说不能被皇帝和他的军队打死,而且皇帝和他的军队——那些顶盔贯甲、持刀擎弩的武装到牙齿的军人,我也要保证不能让任何一个人被我打死。这挺麻烦的吧。"

我这样一说,贤士们,那几个寻药的隐士韩众、卢童和侯休,尤其是这位我刚刚知道他的姓名,叫戴壹的贤士,一下子没有一个人吭声了。他们宛若是听不明白我的话似的。过了好久,大家都往山下专注地走着,李孔仿佛是被大家推举出来的,这才说话了。

"英远啊，你是从天上的星星来的，当然你那不杀人的原则是大爱极善的，可在我们这个地方上，尤其是在皇帝来了之后。皇帝和他的军队杀了天下无数的好人，无数的无辜百姓，皇帝的秦帝国就是在人民的鲜血河流里和骨肉骸堆里厮杀出来的，你不杀他们，他们就会杀咱们啊！"

李孔的语气严肃郑重，特别地语重心长。说完了，他长叹了一口气。

荀梦周说："英远大星，我们不杀他们，他们就一定把我们全杀了的。"

还有其他很多贤士也表示了相同的意思。当然了，我降落到这个叫作地球的星球上还没有多长时间，对于始皇帝和他的大秦帝国，对于这片大地上的种族争战，还是没有多少了解的。但是，不管怎么说，无论如何担心、忧虑，不管设想了多么残忍可怕的情景，都不能作为大开杀戒的理由和依据。

我沉默了好一会儿，这才说："我保证咱们的这群贤士一个也不会被皇帝和他的军队杀害。"

贤士们忽然高喊了起来："英远大星英明！"

他们呼喊了这样一句话，我觉得算是表达了他们内心的愿望。他们既然已经死里逃生，就肯定不希望再把性命丢掉了，听到我保证他们的生命不受伤害，他们内心里由衷地感激，肯定是想喊我"万岁"什么的，但那词儿是皇帝专有的，强加到我的头上，也许就是一种污辱呢。

"但我不能保证的是——皇帝和他的军队里的军人一个也不会丢了性命。"我说。

贤士更加兴奋地欢腾起来了。

"不能保证——

不能保证——"

我继续说：

"皇帝也许会气急败坏的，他这样一个刁钻古怪之人，他会把怒气发泄到他自己的军队身上的，他会命令他的军队把那些打了败仗的士兵处决掉，他们自己杀害自己，这我怎么去保证呢？"

"是啊！是啊！"

众贤士们异口同声地赞同我的观点。

第五十七章
山下

我们这一行人从山上下来了。

经过大火焚烧和大水席卷过的山脚变得干干净净的了,皇帝和他的军队不见了影儿。我并不知道是始皇帝亲自出马围追、堵截我与四百六十六位贤士的,还是他派遣的大将领军来执行他的任务。山麓确实是不见一个活人,难道是我用巨石簸箕制造的那场暴雨和洪水把他们全冲走了,那么,他们的性命如何呢?淹死在大水之中?这可是我没有预料到的。如果那么多纵火的军人被洪水淹死了,这对我来说,实在是不应该的,我的心会十分难过的。可我想,那水毕竟是有限的,即使造成了洪水,也是一次性的,把他们冲到某个地方,水也就散开了,被大地吸收了,消失了,干了,他们爬起身来,又会是一个完整的人。

我想到我带领的这支队伍的局限性,他们虽然都是学问深、精通诗文的贤士,却没有一个是军人出身的,军人所干的一切,他们几乎是一样都不会干的。我也没有办法派他们中的几个人去到前面探探情况。派是可以派的,可是万一他们被始皇帝和他的军队抓获了,就地处决了呢?那我不是又前功尽弃了嘛。算了,就按照他们各自的本事行事吧。再说了,侦探到了皇帝军队的消息又能怎么样呢?我带领的这支队伍根本不具备作战的素质与能力。

既然没有皇帝军队的影子,我们何不就在这骊山脚下打造一些车辆呢。贤士们尽管不是木匠,却可以从附近的村庄里聘请一些木匠来造车。因为这山脚下的树木特别巨大，而且又被皇帝的军队放火烧掉了枝叶。枝叶没有了，没有关系啊，那剩下的直戳戳的树干正是造车的上好木材哩。

我把打造车辆的想法与决定对贤士们说了。

"听说皇帝的军队一点也没有受到损失，他们被大水冲到了山下的平川里，又都爬起来了，还活得好好的。他们重新又集结起来了，计划着向我们再一次发起冲锋呢。"

我说："我就怕他们有人淹死了呢，既然没有死，我心里也就没有什么愧疚感了。"

李孔说："英远真是地母女娲心肠。他们是军人，武装到牙齿的虎狼之师，还会向我们冲杀的。"

"不用怕他们，我提前把这棵大树拔下来，他们要来，就把他们扫荡出去。"我说。

"见识了你的神威，他们未必就再敢进犯。"戴壹说。

"在这儿山脚下打造车辆，是个正确的决定，这儿距离骊山集市不是太远。骊山集市非常繁华，人口稠密，商业发达，从前有无数的私学馆，学生士子如云，自从焚书、坑杀我们之后，他们都改行干别的了，也许他们知道了这新的希望，他们就会投奔我们，跟上咱们到东方的大海边去。"这是李孔的分析。

山脚下有一块空旷的平地，能明显看出被大水冲过的痕迹。四百六十六位贤士和三位隐士汇集到了这块平地上。始皇帝的军队没有一丝一毫的踪影。这儿本来就是出山口，也没有村落与住户。我率领这支队伍出了山口后，就暂时驻扎在了这块山口平地上。这块平地是足够地大，想把树冠烧焦了的大树采伐下来，制造车辆，这儿是最好不过的场所了。尽管山口附近没有人烟，没有村庄，找不到打造大车的木匠，我们就决定到稍远处的骊山集市去请木匠了。

李孔说：

"英远啊，你说在这儿打造一些车辆，咱们坐车到东方的大海边去，这当然好啊。可是，你可能忘了，我们商议过的，许多贤士决定要与皇帝和他的军队血战到底呢。"

我心里想，这群可爱的贤士，他们罹受了活埋的折磨，死亡的威胁，皇帝对于他们可以说，已经是不共戴天了，执意要拼死血战，把皇帝赶回他来之前的老窝——这样的诉求对他们而言是正常而正义的。

宋哉说：

"皇帝？什么皇帝，不把他赶回去，我们学生都没有活路了。更重要的是，华夏自古至今的文明已经被他从根本上毁灭了。一定要造反，起义！"

还有许多贤士也齐声呐喊。有人一呐喊，大家也都呼应着，一时呐喊声把山岳都震得有了回声。山峦把回声相互传递着，传向了远方。

我一时也心动了。这支队伍万众一心、众志成城，其战斗力真正地爆发了，也是不可估量的。可我转念一想，就明白了这种力量只是一种宣传的力量，发动的力量，若是用到发动民众，招兵买马诸多宣传方面，是能够以一当十的。问题是，始皇帝刚刚结束了灭六国的战争，打了那么多年的仗，死伤了那么多的生命，民众还在苟延残喘，会有什么人愿意去征战呢？贤士等知识阶层毕竟是社会的少数，人数有限，即使组织到了一起，组成了军队，可他们实际上是没有战斗力的。他们大脑里的文学艺术、历史知识在战场上是派不了用场的，他们的双手，他们的双腿双脚，是杀不了敌人的，而他们只会作为俎肉被皇帝和他的军队切割砍剁。

我把上面的意思对众贤士说了，他们一时哑巴了。

"我知道大家还是想靠我的超能力打退皇帝和他的军队。可问题是,我这个叫英远的,你们所说的星星人,只是单独一个人啊,他们怕我是对的,可一旦他们不顾死活一起往我这儿冲杀,我也不能保证能够打退他们。而且,我还要保护你们——这是最最关键的大事。我的意思是,诸位贤士,你们还是暂时放弃起义的想法,就按照我所设计的方案行动,我们到东方的海边去。皇帝见咱们走得远了,都远得到海边了,也许就会不再追杀咱们。还有个重要情况是,皇帝来了之后,如此残暴地统治人民,就会有民怨沸腾的那一天的,等到天下人都活不下去了,再也忍受不下去了,天下人都起来造反了,我们再借势起义,把皇帝推翻,建立一个士子大同的共和世界,那功劳就无法估量了。"

…

第五十八章
邀请木匠

我还是有些纳闷，我用巨石簸箕操作的那场暴雨和大水到底把皇帝的军队冲到哪儿去了，这儿山口平地上不见一个外人，无处打听。他们怎么会一丝声息都没有了呢？是回去向始皇帝汇报去了，还是另外请示新的作战方案去了呢？——这都是我的猜测。

始皇帝是在我用巨石堵塞住了山垭豁口时，带领部下下了骊山的西坡。过了戏水、零河，就距离他的阿房宫不远了。一旦回到宫殿，他又会想起他长生不老的愿望，他就会派传令兵到这大山的东边来，给驻扎在这儿的帝国军队的将军送来指令，叫他在骊山东麓放火烧山，把我及其四百六十九位贤士烧死在山上。这一招真够狠的。始皇帝从少年时代就是个狠角色，杀假父，囊扑摔死一母同胞的两个弟弟，逼死他真正的父亲吕不韦，他在赵国流亡时与他的母亲便有了苟且之事，这能从他的病态心理所导致的古怪行为中分析出来。这样的人对他的母亲怀着一种非正常的占有心态，对于其母新爱上的男人会斩尽杀绝，不允许其母有新的男人，连她亲生的儿子，他也不会放过……

我想知道的是，始皇帝会派什么样的将军在东边堵截我们，放火烧山呢？这个家伙如此喜爱用火烧死敌方，他的心理也是值得解析的。

"这儿距集市不远，您——李孔贤士，带领几个贤士到集市上去，请一些木匠回来。我们就在这儿打造车辆吧。"我说。

"好啊。"李孔答应道。

他们迅速组织了十位贤士。他把他们带到我的跟前，我一时有些发愣：这十位贤士的姓名，我一个也不知道。那些被我记住了姓名的贤士，李孔一位也没有挑选。

"全是些新面孔。诸位能报报自己的大名吗？"我说。

十位贤士相互看了看，有一位贤士，说：

"英远大星，我姓陌，叫谣。陌生的陌，歌谣的谣。"

"陌——谣——这姓好，名字更好。"

"下一位贤士？"

"我姓明，叫折，光明的明，折服的折。"这位自报叫明折的贤士说。

"明折——好姓名！"

"英远大星，我姓名是胡章。"

"我的姓名是明睿。"

我心里想这是第二个姓明的贤士。

"我的姓名是阮为。"

"我的姓名是起之。"

"我的姓名是因切。"

"我的姓名是大铭。"

"我的姓名是荣遂。"

"我的姓名是屈世。"

"我的姓名是间宾。"

这时一位贤士是从原来的队伍里跑了出来。李孔说：

"间宾贤士，没有叫你去啊。"

间宾说：

"李孔老师，就让我去吧。您向英远大星请求一下嘛，他会同意的。"

对于这样一位自告奋勇者，我是没有理由拒绝的。

"好的，既然间宾贤士一心想去，那就带上十一个人吧，如果能多请一位木匠来,我们的车辆也就会快一些时间造好。"

李孔说:

"大星既然已经同意了,那你就站到队伍里来吧。好,我现在点名。"

李孔还真像是个带兵打仗的将军,他点名时,声音铿锵有力,应声者也回答得刚巴硬正。

"英远大星,现在我们这个十一个——不,加上我是十二位的队伍,就出发了,请木匠去。"

"好吧,诸位行动吧。"我说。

"报告英远大星,那边发现了皇帝的军队!"这时,大队贤士里冲出来的一个贤士,高声喊道。

这还真是节骨眼儿呢。假如不是这么及时地发现,那我派去的十二位贤士就会羊入虎口,恐怕连骨头都找不到了吧。

果然从东方蠕动来了一支大军,这些顶盔贯甲、全副武装的军人,他们仿佛一片在大地上移的,青铜组成的森林。这支军队行动的速度实在是太快了,眨眼间就到了山口平地的边缘地带。原本要请木匠的十二位贤士刚回到大队伍,东边就有一位军人纵马飞跃到了我的身边。

那马上的军人说道:

"我们将军请您谈话!"

"将军?哪位将军?"我说。

"你去了就知道了。"军人说。

李孔说:

"不报上姓名,我们的英远大星是不会去的。"

"对,必须报上姓名来。"

"我家将军姓蒙,名毅!"

李孔说:

"蒙毅这孙子也领兵了!"

第五十九章
体重：11,000公斤

我的心咣当跳了一下，对于自己处事不周这种毛病很是自责。差一点儿就酿成不可挽回的大事，假如李孔带领十一位贤士踏上了去往骊山集市的路途，被蒙毅带领的大军截杀或者活捉，这都会给我们这支可怜的贤士队伍造成极大的影响。也真是天启啊，李孔的行动节奏恰好慢了半拍，这便使我及时纠正了这一因考虑不周造成的错误。

我说：

"皇帝的军队怎么如此神出鬼没的，说出现就出现了呢？之前怎么一点儿不知道他们的消息？"

荀梦周说：

"这儿地处骊山东麓，原始森林茂密，沟壑纵横交织，哪个山沟、山岔里不藏个几千几万个大军，这其实都是很正常的。"

"看来我派李孔等十二位贤士去敦请木匠，这是错上加错的事。多亏他们还没有出发。"我深感忧虑地说。

"英远大星，这哪儿能怪你呢？考虑不周的是我们自己，我们与皇帝打了那么多的交道，还不吸取教训，这只能怪我们自己。"李孔说。

"问题是，我们迟早都得行动，不管什么事，也不能老依赖你啊。"

我脑子转了转。

"蒙毅不是管法律的吗？还判过赵高死刑呢。"这是申乘说的。

"贤士们的队伍是不能分开的,这一分开就会给皇帝的军队可乘之机。这样吧,我去与这个叫蒙毅的将军谈判一下。"

我没有与众贤士告别就飞跃过了空旷的山口平地。我要是放开来奔跑的话,一步可以踊跃一里路,地球的重力对我来说,实在是过于微小了。

我落到了蒙毅将军的队伍前面。

一位将军骑在一匹骏马上,青铜宝剑在握,一副军人威武不可一世的样子。我一眼就判断出他是蒙毅。

"蒙将军,这厢有礼了!"

我站在空地上,抱拳向他行礼道。

"啊,你就是那个叫英远的星星小子?"蒙毅将军哈哈大笑道。

他笑完了之后,天地变得寂寥起来了。蒙毅将军身后的始皇大军没有丝毫的声响发出来。

我说:

"我是个孩童,今年才 11 岁,但这是我们 M 星球的算法。还有一点,我来到地球后,从来没有人问过我的体重。上次我与皇帝接触时,他也没有想到这个问题。"

蒙毅将军眯着眼睛看了看我。

"你管我们这儿叫地球?这是你们星星上的人对我们这儿的称呼?还说什么星球?我们的大地这么大,而天上的星星是那么小……"

我说:

"这些天体概念一时也不好给你说得清楚,你还是猜测一下我的体重吧。"

"你这么巴点儿大,能有多重呢?轻点儿,重点儿又有什么关系？"

"这是你们这个叫作地球的星球上的人的思维，对你们来说是没有错的，可是对我们 M 星球呢？"我说。

蒙毅将军的眼光里有了更多的轻蔑。

"那是个遥不可及的星球。你既然来了，就得按照我们大秦国的规则办事，就得遵守我们的规则。"

"你不要以为自己现在带领军队打仗了，就真的以为自己是个身经百战的大将军了。听说你以前不过是个法官，你带兵打仗，无疑还停留在竹简上谈兵的阶段。不要拿威胁的话来对付我。"我说。

面对我的强硬，蒙毅将军把他的骏马往前赶了两步。他在骏马背上颠了几下，这显然是不熟马性造成的。

"我现在要对你说的是，如果你不把那些犯了死罪的儒生交出来，我就指挥大军向你们碾压过去，把你们全部消灭了。你是从星星来的，听说你还身带重任，送什么救世良药——这是你自己说的，说不定这都是你自己的胡吹冒撂，你只不过是有点特异功能的小骗子罢了。皇帝派我来剿灭你和叛乱儒生，假如你识趣，就早一点逃离，我们也不追究你，你愿逃到哪儿就逃哪儿去吧。我率领的大军只需把那近五百个死囚重新活埋就算事成了。马谷那儿的刑坑还空着呢。"

我心里想道："他为什么非要把这些可怜的读书人活埋了，这对他来说就这么重要吗？不杀我身后的这群儒生，皇帝自己就活不下去了吗？这实在难以理解。"

我说：

"皇帝的命令，你是要死心塌地地执行了？"

"服从是我的美德！"蒙毅说。

我心里想："这是哪门子德？有何美可言？这些高官大吏也

都是受到过文化熏陶和文明哺育的有知识的人，怎么皇帝一来，他们便也自动放弃了脑袋，把他们自己应该享有的平等自由全部扔进了垃圾堆！"

我说：

"你当了皇帝的走狗，还以为那是什么美德呢。"

蒙毅笑了。

"狗这种动物是人类学习的榜样，因为它从来不会背叛主人。"

我说：

"蒙毅将军，你把对于另外一个人的服从与忠诚说成是最大的美德，可是你为什么一定要选择这个人来服从呢？"

蒙毅的脸上有了惊慌的神色。

"你这个小屁孩竟然还敢教唆我背叛皇帝，这可是真正的死罪啊！"

我心里突然十分厌烦。

"蒙毅，你这个皇帝的狗奴才，你是被死亡这个东西吓住了吧？皇帝这个怪物就是用死亡的威胁来巩固他的权力的，他以剥夺他人生命的极端手段维持他的残暴统治。"

我的愤怒无疑也激怒了蒙毅，他朝我射了一箭。我没有丝毫的紧张与慌张，就让那箭镞射到我的身体上。当那支箭与我的身体接触的时候，它"当"的一声，箭头断成了两截儿，然后落到了地上。

蒙毅的眼睛裂得冒红了，仿佛渗出了血。

"你没有穿盔甲啊！"他大叫道。

我说：

"我用不着你们这个叫作大秦帝国的盔甲。"

"你刀枪不入？"他问。

"你的箭是青铜造的吧，它硬度不够，也过于脆弱易碎了。"

蒙毅说：

"不要说什么大话。我的大军万箭齐发，你的小小身体恐怕就难以抵挡了吧。你若再不按照我所说的条件让开，我就指挥大军冲锋了。"

"皇帝不是与我较量过吗？你还想要再试一试？"

"我必须执行皇帝的圣旨。"蒙毅说。

"这样吧，你下马来，到我跟前，抱一抱我，如果你把我抱起来了，也就是说，抱得离开了地面，我就独自离开，那些可怜的儒生就交给你了。"

"这话当真？"蒙毅兴奋了。

"不是儿戏之言。但是，假如你抱不动我，你就撤军吧。"

蒙毅又思索了一会儿，跳下马来，向我走了几步，停了一小会儿，这才走到了我的跟前。我把双臂伸直，让他从腋下抱住我。他用尽了毕生的力气，我则宛若长了深根的大树，纹丝不动。

蒙毅丢开手，舒展了一下自己的胳膊和腿脚，重新把我抱住，可他依旧是没有把我撼动丝毫。

他放弃了。

"你的身体是用什么做的？"他说。

"我们 M 星球的血肉。"我说。

蒙毅说：

"既然是血肉，就不应该沉得像是座大山一样。"

我说："这不是你们这个叫作地球的星球上的人能够理解的。"

"你有多重？"蒙毅问。

"11,000 公斤。"我说。

"外星人！"蒙毅脱口道。

第六十章
青铜宝剑与右臂的较量

对于这个还处于冷兵器时代的，叫作地球的星球上的蒙毅来说，他是根本不知道"公斤""吨"这些计量单位的。他也只好不懂装懂了，说："公斤就是斤吧？"

我没有立即回答他，而是故意卖弄了一下：伸出两个指头——我的食指和中指，右手上的。

"这是什么意思？"蒙毅问。

我慢悠悠地说：

"1公斤是你所说的斤的两倍。"

蒙毅的眼睛珠子骨碌骨碌转了三圈半，说：

"别唬弄我了。"

我说：

"把你的青铜剑拔出来，朝我手臂上砍，如果砍断了，你就把那些可怜的贤士儒生们押走吧；但是假如是你的青铜剑断了，你就带着你的军队乖乖地回去向始皇帝报告吧。"

蒙毅脸上的神情可以透露出他内心深处激烈的思想运动。

"此话当真？"蒙毅问。

"我们M星球的人在你们地球上什么时候说过假话？"

我的目光注视着他的眼睛。

"再犹豫我就认为是你不接受这样的约定。"我说道。

蒙毅走向前一步，拔出了青铜宝剑。

我把手臂伸展开了。这是我的右臂。

蒙毅把他的青铜宝剑高高地举起来，牙齿紧紧地咬合，把他刚从娘胎里生出来时吃奶的劲儿都使上了。他双脚跳起来，快要落地的时候，他把自身的体力外加身体的重力合计到了一起，全部强加到了他的双臂和青铜宝剑上了。我平静地看着那雪亮的青铜宝剑与我的右臂接触的那一瞬间。

"当啷"一声，青铜宝剑的剑刃裂开了，随即就断成两半，掉落到了泥土中。是断裂开的两半同时掉落到大地上的，一半把泥土砸了个坑穴，另外一半带剑头的则扎到了泥地里。蒙毅的右臂垂到了身边，不得动弹了。

他叫道：

"啊，我的右臂关节脱臼了……"

他用左手把右臂扶住，忍受着强烈的疼痛。他咬了咬牙齿，过了好一会才把目光落到了我的右臂上。

蒙毅一脸的惊骇。

"你不是血肉做的？！"他问道。

我说："我怎么会不是血肉之身？！"

"那你的胳臂怎么比宝剑还硬？"

"你不是不相信我有 11,000 公斤重嘛。这是由我们 M 星球人的血肉密度决定的，你那青铜的密度远远要低于我们 M 星球人的血肉密度，你整个人与你那青铜宝剑加在一起还没有我的一根小指头重——你能想明白这个道理吗？"我说。

我伸手把地上的青铜宝剑的残端捡起来，把它放到两个指头间一捏一拈，它就成了粉末了，从我的手指间飘落到泥土上去了。

蒙毅看着眼前的这一幕，汗水便从他的额头上、脸颊上、脖颈上渗了出来，串珠样地流淌到了地上。

第六十一章
与蒙毅达成协议

　　始皇帝派兵捉拿我和四百六十六位贤士的蒙毅大将军彻底相信了我们M星球人的特殊体质。据说他使用的青铜宝剑是大秦帝国最优质的青铜宝剑之一。他明白了他所带领的皇帝的军队是没有任何办法可以战胜我的，对付不了我，也就抓捕不了那些他们已经判了活埋之刑的贤士。他应该委曲求全地去想，这么大个帝国，即使把那几百人放生了，让他们跟一个星星人走了，又会对他们的庞大帝国有什么影响呢？

　　蒙毅是不可能跟我作战了，他的胆子早已吓破了，可他终究不敢回去向始皇帝复命，这我还不能有个准确的判断。我与四百六十六位或者说四百六十九位贤士的当前任务是打造车辆，然后就可以乘坐着大车到东方的大海边去。但是光聘请木匠的事宜就成了我们最大的难题。若我自己前往骊山集市去请，那么四百六十九位贤士们就会面临新的危险，始皇帝也许不光只是派出了蒙毅这一支大军追杀我们，还有许多同样强大阵容的军队躲藏在暗处，伺机扑过来，把那些可怜的贤士砍杀光的。像开始那样派李孔先生带领十一位贤士去，那是更危险的行为。假如我带上他们全部一起去——这样去请木匠，会不会把人家吓得到处躲藏吧？这阵势哪儿像是请人呢，简直就是威逼利诱嘛！

　　我抓住蒙毅的右手。我是轻轻捏住的。如今他的青铜宝剑变成了粉末儿，他的青铜盔甲还会有啥用儿呢。

　　我说："蒙毅大将军，我有个难题需要你帮助解决一下。"

蒙毅一脸的不信任。

"你这星星来的大神,我能帮你什么忙呢?"

"你能帮的。我先问你到底帮不帮?"

蒙毅迟疑着没有吭声。

我说:"你说帮不帮?"

我稍微儿用了一点点儿劲。蒙毅便龇牙咧嘴了。

"我帮——帮,一定帮。"他说。

"若敢欺骗我,我就把你这只手捏成粉末。"

"我说,我保证帮。"蒙毅强调了"保证"两字。

我想他不会再跟我耍什么花招了。

"你过一会儿撤兵时,你和你的大军肯定会路过骊山集市的。到了那儿,请你帮忙找十几个木匠,会造车辆的工匠,请他们到这骊山东峪口下的平地来,利用你放火烧黑了的树木造车。造了车,我与四百六十六位贤士就离开你们这秦地到东方的齐地或者吴越之地去,到那大海边,或者泛海到海外去。"

蒙毅想了想,说:"陨童啊,你……"

我现在已经很不喜欢始皇帝、卫尉、廷尉一伙人像刚开始那样称呼我了。

"请不要这样叫我。请叫我英远。"我说道。

蒙毅微笑了。

"好,我叫你英远星星。"

"叫英远即可。"我说。

"好吧,英远,你与那些有罪的儒生贤士计划到东方的大海去,这个决定是非常好的,我相信皇帝知道了,也会十分高兴的。好,我一定在那集市上给你找一帮木匠。你想叫他们自己来,还是我派几个卫兵押他们来?"

这倒是个新的问题。

"还是按照你们以往的习惯行事吧。"

第六十二章
木匠

一个星球有一个星球的重力,重力就是习惯,习惯就是命令,是有强大压力的。我自己没有到骊山集市上去,可怜的贤士们也没有去,就一次来了十一位木匠。他们当然不是自己来的,而是被五个军人押解来的。

看到那押解木匠的士兵,我心头仿佛被马蜂的毒刺深深地蛰了一样,全身都不自在起来了。那根毒刺射出的毒液的量还是相当大的。我为这个叫作地球的星球上的受苦受难者创造自由幸福,用的却是始皇帝及其军队的强权对于他人的奴役这样的方式,我觉得这有违我内心深处的良知。我觉得很有必要向他们做一番解释。

我走向前去,迎接木匠们。我轻轻地握住走在最前面的一位木匠的手。

"本来我应该亲自到骊山集市上请你们的,可是我要保护这些贤士,害怕皇帝的军队来抄后路,这就给你们造成了……这样的屈辱,我首先向你们赔罪。"

有一个士兵走上前来。

"我们帮你把工匠押来了,你没有一句感谢的话,反而还诽谤我们,说我们军队的坏话。"

这个士兵生气也不是没有道理可言。

我说:

"啊,诸位士兵,辛苦了,辛苦了,需要怎样感谢,你们就说，我会尽力满足的。"

另外一个士兵缓缓地走上前来，战战兢兢地说：

"你真的是从星星来的？"

我点了点头，微笑着。

"这还会有假！"又一个士兵说。

"他都把咱们大将军的宝剑捻成粉末儿了。"这是那个一直没有开口说话的士兵说的。

第一个士兵走到我跟前，伸出手来，在我的胳臂上快速地摸了一下。他把手迅速抽回去了，就好像被蝎子蜇了那样。

"妈天哩，这么硬啊！"

"这下我彻底相信了，他可真是个星星人哩！"

"再见，我们走了。"他们转身一起朝来的方向走了。

"我还要给你们感谢的礼物呢！"

"啥礼物？我们哪儿敢要啊！"

"带一句感谢的话回去给你们的蒙毅将军。"

"啥话？"

"感谢他是个说话算话的真诚的人。"

"好，这句话我们一定带回去。"

士兵们匆匆地，慌里慌张地走了。木匠留下了。总共有十一位木匠。我曾经叫李孔贤士组织的前去聘请木匠的贤士也是十一位，我今年刚好也是11岁，因此我觉得这个数字与我关系密切，冥冥中似乎有着某种特殊的关联。我这样思索了之后，心里十分惬意。

我与木匠们一一握手，表示谦恭和欢迎。我们有求于他们啊。他们无疑是这个时代的能工巧匠，有别一般的干苦力的人。不过，话也不能说得那么绝对，比如那些种地种田的农夫，关于农作物的种植技术，也需要智慧和技术呢，是得有农官专业教育才行的。这个叫秦的时代，除非一些打仗作战用的弓弩、青铜战车技术算是这个时代的高端科技之外，农业和木器制作也是时代的尖端技艺呢。

所以，我当然是一脸的谦虚和尊重了。

"木匠大师，我首先要向你们道歉、赎罪，我这样叫蒙毅手下的士兵把你们押解来，是不得已为之的。我本来是要亲自到骊山集市去请你们的，可我怕蒙毅派兵把我带领的这些可怜的贤士们斩尽杀绝，我要保护他们，就不能独自离开，也不能把他们带领着到骊山集市去，那样还得回到这个山峪出口。总之啊，请求你们不要怪罪我，我给你们再次作揖，多多包涵，多多包涵。"

十一位木匠见我如此朴实并诚心认错，就也没有再追究下去。有一位木匠，他的年纪明显要比其他的木匠大得多，他说：

"听说你是从星星上来的？"

这个木匠头儿根本就没有追究我，哪怕我让皇帝的军队押送他们、侮辱了他们的尊严，而是对我来自的地方充满了好奇。

我说："是啊。是一颗叫作M的星星。您贵姓，木匠大叔？"

这个木匠大叔眼睛眨巴眨巴了几下。

"我姓陈，名叫树。陈树。"他说。

"啊，陈树大叔，恳请您把您的这十位同行给我介绍一下，这样称呼起来比较方便。"

木匠陈树先是看了看他的同行们，然后又扫了一眼空旷的平地上的贤士们。

"星星上来的，叫你啥呢？"

"叫我英远。"我说。

"英明的英，遥远的远？"陈树问道。

"没错，就是。陈树大叔是认得字的啊！"

陈树说：

"我是瞎猫碰上个死耗子，总共认识的字还没有三十个，可是,'英远'这两个字恰好就在那三十个字里面,你说这巧不巧?"

我的微笑里更有着尊敬。

"陈树大叔啊,你这是谦虚啊。有学问的人都是十分谦虚的,您也一样。"

陈树说:

"这从星星来的娃就是乖巧,说话怎么如此好听。我喜欢这样的娃子。"

我没有完全听懂陈树说的话。

"娃是啥?"我问道。

李孔笑了。

"英远啊,"娃"指的是孩子、顽童、小孩。陈大哥把你叫娃,这是特别喜欢你才这样叫的。"

我说:

"我也喜欢这个字,就叫我星星娃吧。"

"星星娃?好,我们就这样叫你,娃儿。"陈树兴奋地说,"好啊,我现在就把我的这十位同行向你星星娃一一介绍。这位姓王,名叫前,王前。王前,你来跟星星娃握握手。"

那个叫王前的木匠走上前来,伸出双手,把我的手捧住了。

"啊,你手上的肉这么瓷实啊!"他惊叹道。

另外一个木匠说:

"听说能把蒙毅的青铜宝剑捻成齑粉呢。"

陈树介绍说:

"这位啊,姓名是胡木。我叫树,他叫木,还有点儿相似哩。胡木,跟星星娃握一下你的手。"

叫胡木的木匠走上来,先是把我的手拿起来,拉到他的眼前,仔细看了看。

"这是跟我们一模一样的手啊!"

我说：
"有血有肉，还有皮肤、骨骼，一样的。"
陈树说：
"胡木啊，叫你跟星星娃握手哩，你看人家的手干什么？相亲啊！"
随着陈树的话声落地，满场的笑声爆起。
胡木连忙把我的手捏了捏，算是完成了握手之礼。
但他却脱口而出：
"呀，六个手指哩！"
陈树说：
"真的？"
我说：
"这可能是我唯一与你们不同的地方。"
陈树说：
"我们这儿也有六个指头的娃儿，虽然不太多，也不是啥稀奇事儿。我现在介绍下一位，林森。"
这位叫林森的木匠走出来，刚巴硬正地与我握手，马上又退回到队伍里去了。
陈树说：
"林森，你也太不善于交往了，跟星星娃连一句客套的话都不会说。不过，你的姓名倒是很特别的，姓和名加到一起一共是五个木，五棵树，我是一棵树，你是五棵，好记。"
别说，正像陈树说的，这个叫林森的木匠跟我见面的时间最短，可我却把他一下子就记住。
"下一位是张具。"
叫张具的木匠从队伍里出来与我握手。我说：
"你这姓和名都好，尤其是名起得真叫好。"

张具说：

"星星娃，您觉得好那就是真好了。"

我不明白他为什么这么说。

"你这是来自星星的评判，没有丝毫的偏袒成分嘛。"这是陈树的解释。

"下一位叫蒙个，也是个好记的主。"

蒙个与我握手后，竟然把他的手伸到了我的脸蛋上，抚摸了一下。

"还真是热的。"他情不自禁地感叹道。

陈树喝斥道：

"蒙个，好你个小子，还摸开人家星星娃的脸了。胆子真大！"

蒙个强调说：

"脸是热的！"

"你这小子，脸不是热的，还会是冷的？"

蒙个回到了队伍里。

陈树继续介绍道：

"下一位？我也不认识了，你还是自报姓名吧。"

下一位木匠走出队伍，伸出手来跟我握了一下。

"可爱的星星娃，我叫寇工。"

我说：

"欢迎你，寇工师傅。"

陈树继续喊道：

"下一位。"

又有一个木匠走上前来，说：

"星星娃，你好。我叫刘斤。"

"我叫周自。"

"我叫尚立。"

"我叫郭行。"

第六十三章
造车（一）

是支队伍，就得有带头的，既然当了带头人，就得负起责任来——问题是，这四百六十六位贤士外加三位寻药的隐士，这四百六十九个人的队伍，集结到一起，貌似是支队伍，其实是不能把它当作队伍对待的。这些明睿的贤士，虽有满肚子的智慧，一脑袋瓜的知识，但他们怎么可能与那些真正上过战场，杀个人连眼睛都不眨巴一下的军人相比呢？他们在境遇良好的情况下是很难走到一起的，他们只有在被残害时才会被动地汇集到一起。这些自由的人是被灾难凝结到了一起的，一旦灾难结束，他们自由的天性就会恢复，便会各自寻枝而栖。

在骊山的东峪口空旷的平地上，他们团结到了一起，与那十一位木匠师傅一起准备打造我们需要的车辆。山脚下被蒙毅和他的军队烧毁的树木，树干还是完整的，可能越是粗壮的树，树干就越是完整。木匠们是不会自己去伐木的，而这些贤士在这方面也没有经过训练，没有充分的经验，这个活干起来不但劳累，还十分危险。我想与其叫他们去伐木，还不如叫他们给木匠师傅们打个下手什么的，万一树木倒下来把他们砸了，不亡即伤，那就实在是不划算了，陶碗花了个锅价钱，得不偿失啊。我既然是宇宙远方来的星星人，我有着与这个叫作地球的星球上的人的不同的体能，我就把一切都干了得了。

我大步走到山脚下，把秃树干一一从石和土中拔出来，把它们一一码齐了，放到一起。树木们带着粗壮的根系，乍一看，宛若是它们的树冠。其实呢，它们的树冠早叫大火烧秃了。而它们深入泥土的根系，由于我的力量都轻松地从大地深处出来了。要是不熟悉情况的人，猛然一看，还真把那蓬勃的根系当作树枝了。木匠师傅们和众贤士虽然在伐木方面也帮不上我什么忙，可他们还是在我身边忙活着，即使只用目光给我鼓劲呢，或者用心思鼓劲，也算是参与劳动了嘛，我也很开心的。

　　要把这些树干运输到空旷的平地上去，也是非常费力的事。木匠们指挥着贤士们，他们总算把一棵树木抬了起来，一边唱着劳动的号子，一边往空地上走。我停下手中的活儿，听着木匠们引领着呼喊的号子，一时有点儿恍惚，仿佛进入了远古打猎造屋的情景：

　　　　坎坎伐檀兮，
　　　　置之河之干兮，
　　　　河水清且涟漪。
　　　　不稼不穑，
　　　　胡取禾三百廛兮？
　　　　不狩不猎，
　　　　胡瞻尔庭有县貆兮？
　　　　彼君子兮，
　　　　不素餐兮！
　　　　坎坎伐辐兮，
　　　　置之河之侧兮，
　　　　河水清且直猗。
　　　　不稼不穑，
　　　　胡取禾三百亿兮？
　　　　不狩不猎，

胡瞻尔庭有悬特兮?

彼君子兮,

不素食兮!

坎坎伐轮兮,

置之河之漘兮,

河水清且沦猗。

不稼不穑,

胡取禾三百囷兮?

不狩不猎,

胡瞻尔庭有县鹑兮?

彼君子兮,

不素飧兮!

这是姬诗在唱,而其他的搬运木头的木匠与贤士也在跟着吟唱。姬诗的记性真好,这么长的诗句他都能一字不差地唱出来,众多的劳动者也在附和着唱,这样便使眼前的劳动场面变成了歌舞和戏剧,山麓空地便是舞台,劳动者们都是演员,各自表演着最优美的动作,抒发自愿劳作的快乐心情。

我能听明白这首诗的意思,它在诉说伐木工人的艰辛,还有对于那些不劳而获的统治阶级的血泪控诉。为什么在这个叫作地球的星球上就分化成了一个劳动阶级和一个不劳而获的阶级呢?我虽然是来自 M 星球的少年,可我对于这个星球上的事物还是容易理解的。这都是因为这个星球还没有把权力这头恶魔关进笼子里的缘故。问题是,这样的权力是怎么来的呢?

我看到被我拔下来的树木已经堆得仿佛像山岳一样高了,我就停了下来。我看着这群贤士与木匠们搬运木头的背影。我走到了李孔的身后。

"李孔贤士，你停一下。"我说。

我迟疑了一下，才说话：

"李孔贤士，我听你们唱歌，就思索那诗里的意思。我就想到了这个问题，你们这个叫作大秦的帝国里，为什么会有统治阶级和被统治阶级，一些人享乐，穷奢极欲；一些人受苦，生不如死，这两个阶层是如何形成的呢？"

李孔的眼光里有了兴奋的光芒。

"这是因为有了压迫，这个压迫啊，是因为有了团体，一些人组成了团体，就压迫剩下的那些没有组织成团体的人——这些人就是大众，而那团体就是统治阶级。"

李孔还是很懂得他们这个叫作地球的星球的事情的。

"那么，这个团体又是怎么形成的呢？"我问道。

李孔沉思了片刻，说：

"比如说你带领的我们这群人，这就是个团体，假如你带领我们去把皇帝和他的军队打败了，把他们全部消灭了，皇帝团体就不存在了，而我们这个团体就会统治天下，围绕在我们周围的人形成我们的扩大团体，再次之的也是围绕我们的团体，以我们这个团体为中心的，这样就造成了对于天下民众的压迫，也就是统治了。我们这个团体的人数毕竟有限，是少数人，所以就会压迫和统治下下层大众，他们劳动，我们享受。"

李孔举的这个例子是很能说明问题的。

李孔继续说：

"一个统治团体一旦形成，力量是十分强大的，普通百姓很难聚起来，他们哪儿会有胆量反抗压迫者团体呢？就像我们这些贤士，胆敢有异议，就会被统治者团体押解到刑场上去处死，统治者把造反定为是最大的罪，对它的处罚是最重的，各种死刑也就诞生了。"

我是明白的,李孔的解说使我更进一步了解这种统治团体的起源。其实他们早先的时候可能都是一般老百姓,只是由于敢于结成团体,敢于去拼命,敢于用命和血去夺取他人的命和血,最后才建立了自己的天下。当然这是万分艰难的,打天下的人,成功的实在太少,所以敢于铤而走险的亡命之徒少之又少。

我想了想,说:

"可这个通过暴力流血夺取天下的团体,怎么一成功就忘记了他们之前是如何受到欺压的呢?怎么就不想改变这种团体欺压民众的统治方式,让天下人人平等呢?自己放弃了这种压迫他人的特权,天下自然也就平等了。"

李孔说:"我也不知道是为什么。"

第六十四章
造车（二）

山有枢，
隰有榆。
子有衣裳，
弗曳弗娄。
子有车马，
弗驰弗驱。
宛有死矣，
他人是愉。
山有栲，
隰有杻。
子有廷内，
弗洒弗埽。
子有钟鼓，
弗鼓弗考。
宛其死矣，
他人是保。
山有漆，
隰有栗。
子有酒食，
何不日鼓瑟？
且以喜乐，

且以永日。

　　宛其死矣，

　　他人入室。

姬诗还在继续以诗为号子，激励着众贤士和木匠们的干劲。刚刚唱的这诗里有着他们对于统治者暗藏的仇视和诅咒。李孔的解说是没有问题的，虽然进一步认识到了这个叫作地球的星球上的不公与压迫，人对人的欺压与残害，可我要是立志改变它的现状，能不能有效果呢？我还能耽搁多久？我胸前口袋里的精美药瓶里的神圣药物——那可是要去救命的！如果我长久地陷入人与人之间谁压迫谁、谁欺压谁的纷争之中，那些一心渴望着活下去的可怜生命该怎么办呢？不管这些人，始皇帝还是贤士，哪怕就现在这种对峙的状态，都还是有命可以活下去的，有我在，贤士们是不会把命失掉的。但是那可怕的丹巴热病病毒祸害的可是整个天下啊！它不分青红皂白，凡是处在生命青春期的少男少女们，尤其是那些可怜的大学生们，一旦相爱，一旦想恋爱，就有可能感染上那可怕的病毒，被打入地狱，生不如死了。可我怎么能够把救命之药，还有制造这种药的配方和方法送到他们那个世界去呢？我依旧纠缠于始皇帝与众贤士的追赶与逃亡之中。只要我一想起我的真正的使命和肩膀上的重任，我就得长长地叹息一声。

　　李孔问：

　　"星星娃，你怎么了？"

　　我挥手把眼睛里的泪水抹去。

　　"有大批大批的大学生要被丹巴热病毒夺去生命了，可我却连他们在哪儿都不知道，这可是真着急。"

　　"大学生？啥病毒？我听不懂。大学生是像我们这些读书人吗?"

"他们都是风华正茂的年轻人。"我说,"至于是不是像你们这样的,我还没有找到他们,也不怎么说得清楚的。"

荀梦周见我与李孔说话,情绪很低落的样子,就走过来,说:

"英远大星啊,我听见你所说的了。在这个始皇帝来了之后的时代,在我们所生活的这个空间里,这块大地,这山峦,这山谷,这平川,还有那集镇,帝都咸阳……都找不到你所说的大学生,也从来没有听说什么丹巴热病病毒。会不会是你弄错了?"

我说:

"我们的 M 星球是绝对不会弄错的,可我也不清楚到底是哪儿出了问题。"

"既然如此,即使努力去找也是没有什么结果的,索性就不要管他了,就把救助我们这四百六十六位贤士暂且当作你们 M 星派你来的使命吧。"这是李孔说的。

我看了看李孔,又看了看荀梦周。

"这样也好啊,我的心也会安静下来了,就会安心地来做这件事了。好,我会把你们这些可爱的贤士救助出去的。"

荀梦周说:

"那你现在就歇息会儿吧。你拔掉了这么多的大树干,我们把它们运输到空地上去得很长时间呢。"

我听见劳动的号子声昂扬地响了起来,又是姬诗在大声在吟唱着:

　　绸缪束薪,
　　三星在天。
　　今夕何夕?

见此良人。

子兮子兮,

如此良人何!

绸缪束刍,

三星在隅。

今夕何夕?

见此邂逅。

子兮子兮,

如此邂逅何!

绸缪束楚,

三星在户。

今夕何夕?

见此粲者。

子兮子兮,

如此粲者何!

大家劳动的热情高涨,尤其是又听到这样的歌子,心情愉悦,诗里所表现的对美丽女子相会的渴望,也恰好缓解了大家作为男子相处时的苦闷。

李孔说:

"你看看,众贤士们的干劲多大,有了这种精神头儿,还有啥事情做不到呢?英远啊,你就坐下来歇息吧,看看我们是如何劳动的,把这当作一道风景看待也是有其快乐的嘛。"

我没有吭声,也没有坐到哪个坎子上去,就站在那儿。我心里想,做地球这个星球上的人实在是个苦差事,这样劳作一生,人生一辈子实在是没有啥快乐可言。怪不得一些人拼了命要去压制他人,这是因为他如果像他人一样劳作,就也得忍受这种苦命。他们的力量太小,这个星球的引力太强,他们要想把一根木头挪动,几十人加在一起抬它都是相当困难的。他们自己的身体的重力克服起来都不是轻松的事,何况还要负重呢。假如人人都宛若神仙那样过日子,谁还喜欢奴役他人呢?奴役他人本身也是一种劳动啊!我想,他们这样搬运下去,会浪费多少宝贵的时间。

"贤士们,你们大家歇息会儿吧。"我说。

他们沉浸在劳动的热情中,热血沸腾、挥汗如雨,这又是火热的夏季,天气的热与他们躯体所产生的热量混合起来,这种热真是难以忍受啊!

他们继续搬运着大木头,我想他们是没有听见我的话,于是又把声音提高了,大声地喊道:

"大家休憩会儿吧!"

我的呼喊把他们吓了一跳,这才似乎很不情愿地把大木头放下了。

"贤士们啊,大家的劳动热情真是高啊!团结力量大,只要大家一起用力,就能把大树抬着走……"

我一时不知怎么表扬他们,说的话一听就知道不是真心话,但是大家还是大声地笑了。

"英远大星,你能表扬我们的劳动热情,我们也是十分感激的。"

我说:

"其实啊,我是想叫大家都到这儿的木头垛边来,然后呢,我把这些树干儿举起来扔到那边去。这样就省大家的体力,还节省了大量的时间。"

贤士们愣了愣神儿。

"我们是怕把你累着了……"宋哉说。

申乘也说道：

"活都叫你一个干了，我们于心不忍。"

我有点儿生气了。

"那我看着你们那样干活，于心就能忍吗？不能。过来啊。"

姬诗说：

"好吧，我们就都过去吧。"

他们把正在抬的大木头扔到了中途，都集中到我身边来了。

"还有那几个木匠师傅，你们也都过来。"

木匠们也过来了。此时，那远处的空地上已经没有了一个人影儿。于是，我右手抓住一个大树干，左手拿起一个木头，右手一甩，左手也一甩，那两根大树干就都飞到了目的地去了。

四百六十九位贤士们，还有那十一个木匠，他们虽然已经见识了我的大力气，可还是一脸的惊讶。我没有理睬他们，继续甩着树干，一时半刻就把木头垛儿从山麓底下搬运到了空地上。

第六十五章
造车（三）

　　木料准备好了，也放到了应该放置的地方，接下来就是木匠们的事啦。众贤士都是书生，对于造车这样的木工活儿也是帮不上什么大忙的。木匠们忙碌开了，可他们的人数毕竟有限，只有十一人嘛，这样的话，得到什么时候才能把车辆造好呢？等待是不好受的，尤其又是在这山脚下的旷野里，这么多的人每天都得吃饭，时时得喝水，吃喝这样的事是维持生命的前提，不得马虎。

　　于是我做了一个决定：我带领贤士到骊山集市去吃饭，然后把木匠们需要的饭给他们带回来。这么多的人一起到了骊山集市，对这个人口稠密的集市也造成了压力。大家确实也是饿极了，太能吃了，大家把集市上一条小吃街的饭菜都吃光了。吃完了饭，当饭铺老板要饭钱时，我这才想到了这个叫作地球的星球——在这个叫作秦的帝国还有这么一个规矩。时间似乎过去了很久很久，但是啊，实际才不过一顿饭的时间，就这么长点儿时间。那么，可怜的众贤士的上顿饭是在哪儿吃的呢？也许是在他们被押解向马谷刑场之前的大秦牢房里吃的。这么多的犯人，牢房能准备那么多的饭也是叫我颇费思量的。当这个难题落到了我的头上时，我才知道这种国计民生问题真还不是小事。假如大家分散开，各自独立、各自行动，每一个人都能解决自己的吃喝问题，可是当把这么多的人集中到一起时，这种简单的吃喝问题便成了重大问题。当然了，皇帝的军队是不愁吃喝的，无论走到哪里，民众都得无偿供给。所谓的苛捐杂税便是沉重的一部分。这便是压在人民头颈上的重轭，作为不能成为团体的人民必须承担的统治阶层的重担。

饭馆老板们也就是一些自谋生路的老百姓，除非那些开大饭店的是大商人，或者与官府合伙的。我不忍心赖账。

"老板大人，我没有想到吃饭还必须付钱，实在是抱歉啊！"

我抱拳向老板们求饶道。

"抱歉有个啥用！"

"我不是没有带钱，是真的没有你们这儿使用的钱币。"

老板们向我扑过来，拳脚相加。但是啊，惨叫起来的不是我，而是他们自己。

"啊呀，我的拳头！"

"你这身体怎么比石头还硬？"

"何止是石头，把你们的青铜刀拿来砍一砍！"这是一个我不知道姓名的贤士喊的。

我赶快声明道：

"你们拿青铜刀砍我可以，但是啊，你们的刀毁了可不能怪我，我也不能赔偿，我本来就没有钱嘛。"

有一位老板转身回去从他的饭店里拿出来了一把青铜菜刀，举起刀来正要往我的身上砍，这时，另外一位年长点儿的老板大叫道：

"且慢！"

他制止住了这位怒气未消的老板。然后，他仔细地打量了打量我，说：

"你就是那个从星星上来的陨童吧？"

我说：

"我是从一个叫作 M 的星球来的。"

这位年长的老板赶紧抱拳向我作揖道：

"好汉原谅，多有得罪。"他转身对那位还拿着青铜菜刀的年轻老板说：

"咱们不是早就听说了嘛，这位就是一落地就被皇帝的军队烧毁了那陨石的星子，叫他星星孩子更合适些。他救下了这些儒生，还得管他们饭吃。连皇帝和他的军队都奈何不了这位星子，你那刀管啥用啊？"

拿刀的年轻人的脸色马上变得煞白，汗珠从脸颊流了下来，他拿着青铜菜刀的手似乎要藏起来，但又找不到合适的地方。

我说：

"这位老板，你不要害怕，尽管我是星星来的星子，可我绝对不会在你们这儿为非作歹的。我的使命是送药救人。"

年轻的老板顿时不再恐慌了，他说：

"你拿来了多少药？"

那位年纪长点儿的老板假装生气地说：

"这是能问的吗？"

我倒没有觉得那年轻人哪儿错了。

"我本来是要装上一飞船的药品来的，可是啊，即使弄上十飞船的药品，也还是会用完的。这样考虑的结果，就是把制造这种药的配方和方法带到你们这儿。药嘛，我只带了一小瓶儿，只能作为样品了。"

"能叫我开开眼吗？"年轻人说。

我伸手探入我胸前的口袋，把那瓶药品摸了出来。我用食指和大拇指夹住药瓶的瓶颈，那瓶肚儿放射着晶莹的光芒。那光确实像是黑夜深空里星辰的光。光虽然不强，但它纯澈的亮度却使眼睛不敢久视。那是来自我们的 M 星球的光，光的粒子的重量明显高于这个叫作地球的星球上的粒子。

我说：

"这便是我带到你们这个星球上来的唯一财产，我把它押给你们，等以后我有了你们秦国的钱了，我再来赎它。"

那位年轻的老板伸手来接，但那个年长的老板把他的手臂打了下去。

"这宝贝你还敢要？这是治那得了重病的人的。就是因为咱们地球上治不了那病，这才从星星上派了他来送药的。

"啊，星子，那是一种什么病？"年轻的老板问道。

我说：

"丹巴热病。"

他眼珠子转了一圈儿，说：

"那是什么病啊？"

我说：

"是一种被病毒传染的病。"

"病毒是什么啊？"年轻人问。

这位年轻的老板这样一问，使我意识到这个叫作地球的星球还处在冷兵器时代，他们对于病毒没有概念的，也还没有细菌的概念，并不知道很多病是由于细菌和病毒的感染造成的。这两种生物实在是太小了，他们的肉眼根本就看不见它们。

年长的老板说：

"大家也见识了人家星子的救命神药，人家也不是吃饭不给钱的主儿，人家都跟皇帝本人打交道呢，哪儿还会缺了我们的饭钱。人家只要跟皇帝说一声，就会有大臣把钱送来的。欠点儿账，这也不是啥大事嘛。"

第六十六章
造车（四）

在骊山东坡的山峪口外多亏有着一个叫作骊山的集市，集市周围广袤的土地十分肥沃，物产自然丰富，集市繁荣，车水马龙，特别地兴隆。有这样一个集市，也就给我们这支不成形的队伍解决了供给问题。我没有钱币，四百六十六位贤士当然也是一穷二白的，大家的饭钱只能是打欠条了。好在我的外星人身份使那些饭馆的老板相信了我的允诺，他们坚信这样一个星星人不会骗他们几个饭钱的，这样，我们这支将近五百人的队伍的生计问题便得到了很好的解决。当然，我聘请的十一位木匠的吃喝问题也同样得到了解决。尽管那些木匠也考虑到了我是不能付给他们工钱的，但他们并没有因此懈怠，造车工作的进度也没有受到影响。

木匠正在准备造车的木料，我想到了一个随之而来的问题——拉车的马匹去哪儿去解决。有了车，没有马匹，这与没有车几乎没有什么区别。四百六十六位贤士，还有三位隐士，这么一支庞大的队伍，得造多少辆车才能够啊！一辆车就得有两到四匹马，还得有套马的缰绳、轭具等一应什物，这些东西都得去租赁、赊欠。由此我想到了始皇帝和他的庞大的军队，那巨大的花费更是没有办法计算的。这些花费都是从人民身体上剥取的，皇帝和军队的力量便是压迫的力量，老百姓的苦难无论多么深重，他们都得忍受着。父辈忍受够了，去世了，儿子辈继续忍受，还有孙子辈、曾孙子辈……

看着木匠们用青铜器具叮叮当当劳作的样子，我想到了这种工作的难度与艰辛。十个人乘坐一辆车，就得打造四十六辆车——这样一个庞大的数字，听一听都觉得可怕。木料是没有问题的，毕竟还可以到山坡上去砍伐树木，但是这十一位木匠，他们的体力却有限。当然这还不是主要的问题，最困难的是没有马匹拉车。我灵机一动，啊，对了，何必要造那么多的车辆呢？我们这支贤士队伍只需打造一辆车就可以了。

"木匠师傅们，我和你们商量一下。"我说。

"有什么问题吗？"那位叫陌谣的木匠问道。

我说：

"我们只造一辆车。"

木匠们十分意外。

"一辆车怎么行呢？"

我把弄不到马匹与牛骡的困难说了。

"问题是，这一辆车解决不了大家的问题啊！"

"难道只是你一个人坐吗？"

这是名叫明折的木匠说的。他这样推测，对于我的心灵还是有冲击的。我怎么可能会像你们这个叫作地球的星球上的皇帝一样，把整个儿的帝国变成自己一个人的，强迫全天下都为自己劳役呢？

"我的意思是造一辆特别特别大的车，使所有人都能坐到上面，这样就把什么问题都解决了。"

我说了我的想法后，发现大家的眼光十分异样。

"你是星星人吧？"

"当然是啦。"

"你不是到了我们这儿脑子就出了毛病吧？"陌谣担心地说。

"那么大的车如何造？"叫大铭的木匠这样问道。

"即使造出来了,什么样的马匹、骡子、牛能把它拉动呢?"

我与诸位木匠的讨论引起了贤士们的兴趣,他们纷纷走了过来,把我和木匠们包围到了中间。很快,贤士们也明白了木匠为何与我争执,对于这只造一辆车就把大家全拉上的设想是无法理解的。

李孔说:

"英远啊,木匠们可从来没有造过那么巨大的车辆,这是一;二呢,即使能造出那么大的车,这畜力问题也是绝对不能解决的。"

贤士与木匠毕竟都是这个叫作地球的星球上的人,他们的思维方式不会有多大的差异。

我左右扫视了一下贤士们,又上下打量了打量木匠们,说:

"我就是为了不用畜力才决定造一辆车的,因为车再大,我也是能拉得动的。"

四百六十六位贤士,三位隐士,还有十一位木匠,他们终于听懂了我的意思。姬诗这位不但能把整本《诗》背诵下来,还自己会作诗的小贤士,他冲到我的面前,激动地说:

"英远大星,你是说你一个人拉车,我们这些人都坐到车上?"

我平静地说:

"这不行吗?可以的。"

第六十七章
造车（五）

　　这个叫作地球的星球上的木匠们从来没有造过我要求的那么大的车，可这并不意味着他们就造不出来。我自己尽管不是木匠，可我凭着我们 M 星球超前的文明，以及对科技的了解，我是完全有能力指导他们造出一辆巨大的车的。我想到的是，同样巨大的船只他们都会造，而陆地上跑的车辆，其技术含量并没有船只的技术含量高，他们能造出船只来，也就能造出车来。我作为一位来自外星的工程师，再大的车都可以指导他们制造出来的。我甚至想到造一辆其车轮直径超过 200 公里的车来，这个叫作地球的星球表面上再大的沟壑，对于它来说，都如履平地，滚动一周又是几百公里呢。

　　那样的设想过于宏伟了，我相信将来是会实现的。现在也无须那么大的车辆，区区不足五百人，造一辆只装载这么一些人的车，对于我们 M 星球的人来说不是什么了不起的大事。木匠们有的是具体的锯木、凿铆、削刨技术，我便给他们设计了建造特大型木车的蓝图。木匠们在我的带领下，一步步地制造着大车的部件。十一位工匠，我的可爱的四百六十六位贤士们，还有那三位叫侯休、卢童和韩众的，哄骗了始皇帝的隐士，加上我自己，一共是四百八十一人，我们共同努力，来造这辆超越了始皇帝时代科技能力的巨车。贤士们脑子聪明着呢，看着木匠们的样，模仿着木匠们，在十一位木匠师傅的具体指导下，也都成了新的木匠。这辆超大型木车很快就制造出来了。它的车轮直径是 15 米，车身高度是 8 米，车厢的宽度是 6 米，长是 40 米，车厢面积为 240 平方米。而这辆巨型木车的前辕却与普通车辆一样，一样的长度，一样的宽度，两辕之内并不是套马或骡子的，而是留给我来驾驶的。我是唯一的拖车人。车辕的位置很低，便于我这个 11 岁的星子抓住它们。两根长长的车辕是用整株的高大树木做成的，它们之间只有 40 公分的距离，但却把整个车厢坚固地整合到了一起。车辕伸出车厢的长度只有 2 米，这是因为在骊山深处找到的这两棵特别高的树只有 43 米长，车厢占去了 40 米，前面的辕杆只好用剩下的这三米树梢来做了。为何砍去了 1 米呢？这一是因为那 1 米过于细了，留下它用处不大；二是我的两只手和我的身躯只需两米就足够了；当然在这儿套一匹高大的骏马也是可以的，问题是，这个叫作地球的星球上无论是什么样的马匹都没有力量来驾驭这辆巨车，我是唯一能够把这辆车拉着行驶的动力。

　　我回想走进骊山深处去寻找能够做这辆巨车的车辕的树木的情景，那不啻一次惊心动魄的历险。对于这样的山脉来说，我可以这只脚往这只山峰上一踩，下一步就能够落到另外一座山巅上，考察哪个山谷或者山坡里有符合车辕标准的树木是无需花费太多时间的。可是当初我并没有自己去寻找，而是十一位木匠自己去的。他们这辈子一直与树木打交道，经验丰富，而且与树木还有着与常人不同的深厚情感，寻找满意的树木宛若相中满意的异性对象那样，也是一段特殊的感情经历。当时他们进了骊山之后，便没有了音讯。我与贤士们在山峪出口外的平地上等待，等了好久，也不见他们出山。我当时想，他们是不是乘机逃走了，心里本来就不情愿与我们打交道。他们逃走也是正常的。贤士和儒生们毕竟都是始皇帝通缉捉拿的逃犯，皇帝派了大将军蒙毅进行围剿，这是天下皆知的事情。他们给我们造车这样的事情叫皇帝与他的军队知悉了，便是他们的罪状。有我在，始皇帝和他的军队奈何不了贤士、儒生们，可他们是有家有室的，车造好以后，他们的家人也不会跟随我们到东方的大海去，没有了我的保护，皇帝和他的军队加害他们，他们便只有死路一条了。想到这样的问题，我想，也好，他们逃走了也未必不是好事。我是到这个叫作地球的星球上来送药救世的，反而给他们这些无辜的人带来了灾祸，这有违我们M星球的本意和宗旨，对于我自己来说也是不能接受的。于是我想我就自己去寻找那种符合要求的巨树吧。这其实也用不了多长时间的。我把想法对李孔、荀梦周、姬诗和侯休、韩众等说了，叫他们就待在这片空地上，但是不要喧哗，就当是进山去了，消失了，不存在了那样，更重要的是不能叫外人发现我这个外星人离开了他们，这样的话，就不会有什么危险。他们对于木匠们的脱逃，一开始是异常愤怒的，但经我一说，也就都想开了。都是可怜天下人嘛，谁也不想害人，谁也不想只考虑自己的好处，却一点不为他人的利益考虑。在始皇帝来了之后，天下的人活命都是艰难的，这样一种凶险的环境下，人人都会改变一些的：这便是私心的增强。其实啊，也就是自我保护意识的加强。自我保护的成分大了，为他人考虑的成分自然也就减少了。我如此这般安排好了之后，就飞跃到了山尖。贤士们只见识过我折山填谷堵溪，高举起巨石夹塞山垭豁口，还没有见识过我可以飞跃得这么高。相对于我们的M星球来说，这个叫作地球的星球的重力实在是太微弱了，这是由于地球的引力根本对我不造成束缚，我想跳跃多高几乎就能跳跃多高。我这样解释的意思是说，这并不是说我有什么超能力，实在是星球有别使然。假如贤士们出生在我们M星球，他们照样会有这样的能力。既然有这样的区别，我就利用这样的差别造福于这些可怜的贤士吧。始皇帝无道,天下黑暗,老百姓没有活路,官吏如狼似虎,围绕皇帝的团体压迫平民百姓,我只能把我们 M 星球的超能用于帮助弱者方面,不可能去为虎作伥的。假如皇帝不是唯我独尊的人,连他们的祖先发明的文字都要霸占,都要据为己有的人,而是与平民百姓享有同等权利的人,是把天下这桌大餐让天下所有人先吃,他最后一个去吃的人,我就会去帮助这样的皇帝把天下的难题解决好。然而我一降落到这个叫作地球的星球上,便对皇帝与他的帝国充满了失望。他已经搞得天下怨愤沸腾,民不聊生。修建长城,百姓不能安居乐业;还南修潏河,违背自然规律,使河流改道。民间有谚语称:"宁修长城万里,不修潏河五里。"潏河就在这骊山深处,就在这泾、渭、灞、浐、滈、皂、沣七河之间,为了修造这样一条河,死去的平民百姓比修建长城死去的可怜人还要多。不单单是死人多的问题,而是它的凶险程度充分证明了始皇帝的凶残暴虐,毫无人性可言。

我站立在山巅上,手搭凉棚,向四周观察。我一下子就搜索到了目标。我看见了那深谷里最高的树,我也捕捉到了那十一位可怜的木匠的行踪。原来啊,是那山谷里有一条巨虫,它把那些木匠缠住了。木匠们被它缠住,失去了行动的能力。我心里甚感稀奇:这是个什么东西呢?怎么长得这么长,圆桶似的,却连最小的足脚都没有一个,是用肚子爬行的吗?

我飞跃了几步,这一步踏在这个山尖上,下一步便踩在另外几个山头之外的一个山尖上了。我从山尖跳下,准确地降落到了那些被大虫缠住的木匠身边。我并不是马上就动手的,我还在思索着眼前这种景象的不合理性。那大虫正在把一个木匠往肚子里吞。这个发现使我惊讶了。我迅速掐住了大虫的脖子,木匠从大虫口中滑落,掉到了地上。我还记着这位木匠的姓名:

"陈树师傅，这家伙是什么东西？"

我掐着大虫脖颈的手并没有松开，这倒不是为我自己考虑，而是怕它再咬上木匠一口。这家伙看来不是什么善茬，是那种吃人的货色。

陈树师傅吓懵了，过了一小会儿，他才恢复了神志。他大口大口地喘气，那是因为他的胸腔和脏腑失去了大量的维持生命的氧气。

"啊，你是大星吗？"陈树师傅猛然一声大喊，哭得相当凄惨。

"陈树师傅你不要害怕，我就是星星英远。"

他哭得更惨烈了。他这一哭，其他的木匠也都哭开了，一时山谷里，四野山冈，哭声响成一片。

我朝下一看，这才发现，大虫的肚子和尾巴早已自动松弛伸展开了，被它缠绕住的木匠们都滚落到了地面上。他们惊魂未定，不敢相信大虫就这样轻而易举地被我制服了。

大虫在我的手里挣扎了一会儿，已经放弃了反抗，乖顺地任凭我处置。

我说：

"你这个家伙，怎么还敢吃人呢？"

我继续说：

"只要你保证以后不再吃人了，我就放掉你这个家伙。"

陈树突然不哭了，大声说：

"它是蛟，有毒的蛟，放了它，它就又去作恶了。"

陈树那样一喊，从噩梦中惊醒的木匠们也都齐声说：

"它还会去害人的！"

木匠师傅们的意思是叫我把这只大虫掐死，为民除害嘛。可我想，不管怎么说，这叫蛟的大虫也是这个叫作地球的星球上的生命，要它在我的手里丧失生命，这不符合我们 M 星球的大爱思想。这个有剧毒的蛟，难道就不能要求它放弃作恶，不再残害他人，与大伙儿共同拥有一个充满希望与温暖的星球吗？

我说：

"你是叫蛟吗？别人是这样称呼你的，你应该明白。假如你真心答应以后不再害人，不再吃人，我就放你一条生路，你就可以重回林莽，回到你自己的世界里去。"

我说了这样的话后，大蛟的眼睛亮了。它虽然不会说人话，可它还是能够听懂我的意思的。我认为它眼睛里的亮光便是它的承诺。我便松开了手。大蛟一下子盘坐了起来，就像一座小山丘一样，它的身体一节一节地盘摞上去，把它的头升到了制高点上。木匠们没有料到我会放手，吓得迅速躲藏到了我的背后。

他们连说话的能力都失去了，哑巴了。

大蛟向我喷了一口毒液。我没有料到它会来这一手。木匠们惊叫起来了。

我的眼前一片漆黑。我虽然知道这个叫作地球的星球上的任何生物都不会对我造成什么伤害，但大蛟的毒液覆盖住了我的眼睛，还是给我造成了难堪。我毕竟是一时失明了嘛。我用手抹去脸上的毒液。可就这一瞬间，大蛟居然扑过来，咬住了我的脖颈。我还没有感觉到它用力咬合，它嘴里的毒牙便折断了，而它的身子则快速地痉挛着，扭曲着，显然是疼痛到了极点。

大蛟惨厉的嗷叫声把骊山山脉震动得呼啦啦响，像是要倒了。

我伸手抓住大蛟的头颅，手臂顺势一抡，把它甩过了山头——它还在继续飞行着，不是用它自己的力量飞行的，而是借势我甩出去时的惯性。

陈树连忙爬到我跟前。

"大星,眼睛不要紧吧?"

众木匠们把我转围住了,连声关心道:

"眼睛还能看见吗?还能看见吗?"

距离大树没有多远就是一条潺潺流淌的溪流,我几步走到溪边,蹲下去,捧水洗眼睛。木匠们也都迅速跑到了溪边,用他们的双手捧水为我洗脸。洗去了大蛟的毒液,脸上和眼睛里什么异样的感觉都没有了,我恢复如常。

我说:

"还好好的,啥不对劲儿的地方都没有。"

木匠师傅尚立说:

"能看清我吧?"他用手指指着自己的脸。

木匠师傅寇工说:

"能看见我的鼻子吗?"

木匠们分别说出不同的话来表示对我的关切和担心。

我说:

"你是尚立师傅。"

他惊讶了。脸上露出笑容,像灿烂的花朵。男人笑起来也是非常美丽的。

"我太高兴了!"他说。

"你是寇工师傅。你的鼻子有些儿塌,是个塌鼻梁。"

寇工师傅笑了。

"啊,太好了,太好了!星星人好好儿的!"

"你是王前,你是胡木,你是张具,你是刘斤,你是郭立,你是蒙个,你是周自……你是森林!"

"你记反了!"最后一个被我说出姓名的木匠说。

"你是林森!"

第六十八章
造车（六）

蛟这种东西可能只有地球这样的星球上才会有。它是不是真正的生物还是可疑的。它们是以山川地势的气韵孕育而成的，或者说是山川大地的化身，是派到人间来的替代物。它们由小而大，到了急需吃人的时期可能就是它要出世的时候了。这个大蛟被我的脖颈反噬，受到了严重的致命伤，我又顺手把它甩过了层层绵绵的山脉。它会不会死呢？这似乎用不着担心，即便它死了，它会化形为另外一种形态继续作恶的。

与这条大蛟纠缠的时间过于长久了，从它的巨口里救下了十一位可怜的木匠师傅，又与它搏斗了一番。是它要来吞噬我的，这能怪谁呢？我想到了骊山东坡之下的四百六十六位贤士和三位隐士，想到了他们的安危。一旦被始皇帝和他的将军们识破了我所使用的迷魂阵，他们就会被比被大蛟吃掉还要恶毒十倍的残酷手段重新把贤士们活埋，也许那东峪口外的空旷平地恰好就是皇帝需要的刑场。

我洗净了脸上的毒液，身体上其他部位的毒液也被清理干净，被这个叫作地球的星球上的清澈、纯净的溪水洗涤和滋润。那种清爽的余味犹存，宛若小女孩散发出来的。这条小溪确实仿佛像一位满身野花清香的小姑娘。我所说的小姑娘、女孩什么的异性，是指我们M星球上我熟悉的年轻的异性，自从来到这个叫作地球的星球，我还没有见到过地球上的女性。这叫我十分不解，难道说女性都远远地躲开了，或者是听说了我的外星人身份，都躲藏到她们家的阁楼闺房深处了吗？

不过，能够从这条窈窕的小溪里汲取到不同于我们这群男性的气息，我的心已经十分舒展了。我十分愉悦。

陈树说：

"要不是你来救我们，那蛟就把我们全吞了。"

寇工木匠说：

"我们绝对没有想到那蛟会藏在这棵大树下面。"

蒙个说：

"它肯定是看守这株宝树的。大家看看，这棵树恐怕有上千年树龄了，它可能就在这儿看守了几百年。"

蒙个这样一说，我就对这位木匠刮目相看了起来。他是按照他们祖先的神话和传说的方式思考的，这样就杜绝了只从表面思考问题。这样深远的思考是渊源深厚的，是与一个民族的成长历程有关的。

周自说：

"怪不得它不到山外我们居住的人间去呢。"

我没有明白这位叫周自的木匠说的是什么意思。

"其他的蛟是要到人间去的？"我问道。

"是啊。凡是蛟都是在深山高塬上的山谷里或者是塬头上生长的，长到一定的岁月，就会乘着水头冲下山去，到人间去兴风作浪，引起战争与朝代更替，这时就会有无数的人死于非命。"

这是陈树说的。我听后觉得心里蛮舒服的。这么说，那条蛟即使被甩死了，也是对于人间的一大功德呢。死了一条蛟，就会救无数老百姓的性命啊！

我观察了一番这棵竟然还有大蛟看护着的大树。它的特点是高，直入蓝天白云间。我看重它不是因为树干粗壮，只是正好符合我设计的车辕的要求。我把它抓住，晃了晃，就把它连根拔了出来。木匠师傅已经见识过我的伟力，似乎这很正常，不再惊呼赞叹了。

这棵树足足有几十米高，那连带着的根系无疑是累赘，木匠们把它锯了下来，扔掉了。还有那些枝枝柯柯的，也把它们扳断了，斫清畅了，剩下光条条一根修长的树干，仿佛是一个脱光了衣裳的青年男子。我把它扛到肩头上，十一位木匠跟随着我，我们一起往山冈上爬。当然了，这株树干在我的肩膀上犹如一根稻草那样轻，我扛着它纯粹是为了给木匠们做样子看。我本来可以顺手把它投射到东边的山麓去的，可我觉得空着手，还空着我的肩膀，好像不是一个像样的勤劳的劳动者。做巨型大车是我与四百六十六位贤士的事，木匠们纯属帮忙，是义务性质的。我心里想，一定得给他们工钱，尽管我没有钱，贤士们也是一穷二白的；可是皇帝和他的军队、他的将军们那儿有的是钱，为什么不可以取来还给人民呢？本来就是取之于民的，由我把它们还给人民，这没有什么不好的。

木匠们分布在我的前面和后面，前面的高举起手来撑住树干，有的用自己的肩膀扛着，双手压在树干上；走在我后面的木匠们也是同样的动作。这样的情形叫他们心里舒坦，他们毕竟也是出了一份自己的力，尽了自己的所能。

我们由深深的山谷逐渐爬上了山头。其实啊，这儿的山峦并不是标准意义的山，它们是高原风化剥蚀而成，飓风把高原塑造成这个样子，大雨洪水把高原刻蚀成了这种样子——这是由无限的时间造成的。

我们到了塬头上。

塬头上面向沟壑的一面有许多破烂的窑洞。窑洞已经坍塌，重新被荒草覆盖了。人曾经居住过的痕迹依旧叫人看了恶心。

肮脏，污浊，发霉，生虫……

窑洞尽管已经坍塌多年，但它的形状还是有的，还能一下子就分辨出这儿曾经是个村庄，有人家在这里居住过。

我突然发现了一个妇人。

虽然我降落到这个叫作地球的星球之后还没有见到过这儿的女性，可我一眼就认出她是个妇女。她的脸形透着曾经有过的美丽，大大的眼睛，深深的眼窝，浓浓的眉毛，长长的睫毛，高高的鼻梁，大大的嘴巴，有雕塑感的鼻唇沟儿，上唇与下唇组成的花瓣——都是美留下的痕迹。

她坐在荒芜的脏土上。

当十一位木匠看见了这位妇人之后，他们惊讶了。我们大家停下了脚步。

叫刘斤的木匠师傅小心地说：

"这个妇人在生蛟啊！"

"啊，就是的啊！"木匠们呻吟道。

一股冲天的血腥气弥漫了天地，堵塞了鼻腔。

事情发展得实在过于迅速了，我还没有来得及询问木匠们，就见那妇人从双腿之间生出来了一条小蛟来。那小蛟有着人的头，蛇的身体，长长的，鳞片上还有花纹之类的装饰图案。

"这蛟还没有完全脱掉人形呢！"

从妇人的两腿之间涌出的血水冲下山去。那血水不断地高涨着，宛若是突发的暴雨山洪，那刚刚出生的小蛟乘着血水向山下游去了。

血水愈发地壮阔起来，把整个儿山谷都涨满了。

陈树惊恐极了。他的情绪感染了众多的木匠师傅。就在这样的恐慌情绪下，天上忽然黑云覆盖，变了颜色，暗得宛若黑夜来临了，紧接着就是打雷闪电，狂风暴雨。大雨如注，于是，源头上的雨水就澎湃了,高塬就有了翻卷着浪头的洪水。那洪水冲来了,从山谷头儿冲下山去,那妇人忽然就不见踪影,而那头小蛟则乘着洪水头儿下山去了。

"不好了,这场洪水会把山下平川里的穷人淹死一大批的。"林森的声音里饱含着悲伤。

"一蛟养成万人亡!"这是木匠张具感叹出的恐怖诗句。

第六十九章
造车（七）

　　十一位木匠和我被暴雨淋成了落汤鸡。好在这是盛夏，气温高，衣裳的水分很快就会被蒸发，干爽起来的。我穿的是什么样的衣裳呢？自从我降落到这个叫作地球的星球上，我还没有描述过我的衣裳。其实我穿的是一种宇航服，可它薄得仿佛是我自己的皮肤，这个叫作地球的星球上的人会把它当作一般衣裳看待。这也无妨嘛。免得大家认出那是件宝物，就想要据为己有了。一般平民百姓即使有那样的想法，也没有那样的权力，对我不会产生影响。可是皇帝与他的将军们呢？始皇帝会不会认为穿上它就会长生不老呢？这个有着豺声的天下头号自大狂，他什么丧尽天良的事不干呢？

　　暴雨过去了，山洪也冲下山去了，生蛟的妇人消失了，那蛟通过大洪水进入到人间为所欲为去了。高高的塬头上，天空湛蓝得难以相信，大地无以复加的清新，绿草也散发着从未有过的清香。那妇人生蛟时的冲天血腥气被一扫而光了。

　　我还是不能明白，那妇人的双腿之间怎么会涌出那么壮阔澎湃的血色之水呢。她看起来也就是一个体格正常的妇人嘛，她的身体里难道会有一个血海？这也许是这个叫作地球的星球上的特有现象。现在那蛟乘着血水走了，下山去了，到平川广原上去了，到人间去了，它会幻化为什么样的形象呢？

　　我和十一位木匠师傅越过塬头，翻过山峰，发现山谷深处的另外一棵巨树。我本来想跳到谷底把这棵大树拔出来，可是被陈树等木匠师傅及时地阻止了。

"英远啊,我想还是不要到谷底去的好。"陈树说话的口气十分真诚。

我想了一下。

"陈树木匠师傅,你是说那树下面还会有一条可怕的蛟?"

陈树说:

"这方圆几十里的群山,咱们就发现这两棵可以作为大车辕的直树——这样的参天大树有着不可思议的奇异性质,恐怕又是被一条大蛟看管着呢。"

周自也表示了同样的担心。

"我怕这条蛟会给咱们带来更大的麻烦。"

"这话怎么说?"我问道。

"刚才那妇人产下的那蛟可能已经找到了这棵树,守护着呢。"

名叫蒙个的木匠师傅解释道。他把方才那妇人双腿之间生出来的蛟与守护大树的蛟联系了起来,认为是同一个,这倒叫我觉得他的思维方式非凡。既然大家都担了一份不安的心,我又何必叫大家不放心呢。我利用我们已经采伐下来的这株巨树把那从山谷谷底长到山头的巨树梢头拨拉过来,我非常轻松地抓住了树头。我双手攥紧了树头,把它从谷底拔出来了,又把它拖到了山顶。

这一次木匠师傅倒是被我打动了,欢呼着我的这种方法的圣明与奇妙。可当大家看到这株大树的根系时,大家一时沉默了。繁密的树根还滴着鲜红的血液。

这么庞大的根系深扎进泥土之中,它吸收的难道是大地母亲的血吗?这是不太可能的。大地深处有的是水,而不是血。那么,血又是从哪儿来的呢?是那位消失了踪影的妇人的?她生产小蛟的血水已经浸透濡湿了大地吗?

我两个肩膀一边扛着一株修整干净了的巨树与十一位木匠师傅朝山下走。刚到半山腰就发现四百六十六位贤士和三位寻药的隐士正往山上奔跑着。他们上山的队伍与我们下山的队伍碰了个正着。

李孔大声说道：

"啊，不好了，山下发血水了！"

荀梦周说：

"长这么大，还从来没有看到过那么大的血水！"

"血水把山峪口的造车场地淹了，把造车木材冲走了，看那架势还在往上涨，我们只能往山上跑了。"侯休解释说。

我关心的是人有没有被冲走。

"啊，我们都跑上来了，没有一个被卷走。"

"这就好。木材被冲了，问题不大，会被冲到哪儿去呢？无非是下游呗。况且，它们是不会消失的。血水终将退下去，被大地吸收了，很快就连踪影也不会留下的。"

我的话使大家的心安定下来了。

第七十章
出发

　　我们在下游的一个大河湾里找到了那些木料。大家共同行动，在我这个 M 星球造车工程师的指导下，迅速地按照我设计的图纸把我所想要的，贤士所要乘坐的巨大车辆制造出来了。之前我已经交代过了车辆的形状、结构、特异的功能。这是一辆无须使用地球上任何畜力的巨车，因为任何一种畜类都没有力量把它拉动。李孔说大象是能够拉动这辆车的。我还没有见过他所说的那种动物，但我估计那种动物也是拉不动的。只有我能够把它拉着飞跑。

　　我让大伙上了车。这是用了许多梯子才解决了的。梯子也是木匠们临时制作的。车身的高度是 8 米，梯子也是按照这样的高度造的。贤士们一个个爬上了巨型大车，然后把梯子抽拉到了车厢里，紧靠一侧厢壁搁下。木匠们是秦地人，他们跟随我们寻找被洪水冲走了的木料时，已经远离了他们的家乡。他们实在不愿背井离乡，不想到陌生的未知的世界去。我理解他们的心情。可是，这十一位木匠是给我们这群逃亡者制造车辆的人，这似乎已经弄得天下无人不知了，皇帝和他的将军们是不会放过他们的。

　　贤士们都上了车，我们这个群体除了我没有上车外，就是那十一个木匠师傅了。巨大的车辆宛若我们 M 星球的摩天大楼一样矗立在旷野之中，车厢四周的帮壁上是贤士们朝下俯瞰着的脑袋，那帮沿上的一溜脑袋——那脑袋上的黑色眼珠一齐朝

我和木匠们望着,有的贤士已经挥动着手臂,做出了告别的动作。这个时候,十一位木匠里面那个叫寇工的师傅突然大喊:

"我们已经无家可回了!"

其余的木匠师傅仿佛受到了十分严重的惊吓,脸上的表情像傻了一样。

"陨童啊,我们这十一个人不管谁回去了都是活不成的!皇帝怎么会让我们这些帮助了你们的人活下去呢?"

这时候,李孔站在高高的车厢帮沿上,他的脸庞十分俊秀,俊秀的脸庞上是牛眼那么大的黑眼睛,黑眼睛下面是高高的鼻梁,鼻梁下面是黑里夹白的胡子,黑里夹白的胡子下面是他的厚厚的嘴唇。这张长得十分厚道的嘴发出了温情的声音:

"亲爱的木匠师傅们啊,你们就跟着我们一起到东方的大海边去吧。"

木匠们的眼睛里涌出了泪水。那泪珠十分清澈晶莹,折射出天空的倒影。

车厢上面站在李孔旁边的是侯休隐士,他接着李孔的话说:

"我们这群人就是因为不能接受天下的《诗》《书》和百家语被焚烧净尽,而被判活埋的。木匠师傅们,你们帮了我们,你们会被同样活埋的。赶快上车吧,快把梯子放下去,叫他们上来。"

木匠中有人哭了起来,他们实在是留恋秦地家乡,还有他们的父老乡亲,但他们必须跟着我和这辆巨大的车走,其他人就把他们搀扶着顺着梯子爬了上去。还有一位叫尚立的小木匠,他还在迟疑着。这位年轻人是十一位木匠里年龄最轻的,大概也就十八九岁的样子。现在除了我,地面上就只剩下他了。

我说:

"尚立师傅,一车的人都等着你哩。"

尚立说：

"我那村子有位14岁的女子，我很小的时候就偷偷爱上她了，我这一走，什么时候才能见到她啊？"

这话他是对我说的。车厢上的人距离地面有8米之遥，尚立说话的声音又不大，他们可能只看见他嘴唇动弹，听不清楚他说的是什么。我知道他的年龄，也清楚自己的年龄。11岁的我还不太懂得这个叫作地球的星球上的异性是如何相爱的。

"你就那么舍不得那女子？"

尚立点了点头。

"我去把她接来，跟咱们一块儿到东方去，这样行吧？"

他连忙摆手。

"使不得，使不得的。"

我以为他是想我这个星星人一旦远离了大车，大家的生命就会受到始皇帝与他的将军及军队的威胁，甚至有人会因此送命。

"我可以拉着这辆车专门绕道到你那村子，这不影响什么的。"

他心动了。

"真的？"他问道。

"我还会哄你？不会。"

"你不晓得路啊！"

"你可以给我指路嘛。"

第七十一章
小村姑娘

这可能是这个叫作地球的星球上的最大的车了。在这个叫作秦的国家，用木料所能造的车辆，这一辆无疑是最大的。在这个野蛮落后的冷兵器时代，始皇帝可能乘坐用青铜铸造的车，一般的将士或者平民百姓是没有这个特权的。铸造刀剑兵器的青铜都不一定够用，哪儿还能有如此丰富的贮存量呢。

不管怎么说，在我的指挥下打造的这辆超大型的木头车，也算是秦国的一大奇观吧。我想，若是始皇帝知道这一情况，他会来一饱眼福的。现在，我的第一站是要去尚立木匠师傅所爱的那个姑娘的小村。尚立坐在我身后的辕把上，我双脚着地，双手分开，架住两根车辕。这两个车辕和整个车辆上的木料还散发着树木特有的香气，尤其是这两根车辕，它散发的香味十分清新，吸一口就会有进入原始大森林的感觉。

这个叫秦的帝国尽管还处于落后野蛮的冷兵器时代，却修建了非常宽的道路。这当然是始皇帝强迫民众苦役的结果。他为什么要这样做呢？无非是为了统治，能够快速地把兵马开到需要镇压的地方。他们把这样的道路叫作秦直道。道路极宽，拐弯的地方就很少了，它好像是直直地通向北方和东方去的。我降落到这个星球上的日子不是太多，能了解和熟悉的东西是有限的。不管怎么说，有了这样的道路，对于我新造的这辆巨型木头车来说，还是方便多了。按照尚立师傅的指导，我拉着大车非常轻松地到达了这座小村。村子距离秦直道不远，几乎就在直道的边儿上，若不是隔着一座山塬的话，站在直道上就能望见小村。有了这座山塬，这片广袤的渭南平原也有了一个独特的标志——那其实是一座孤山塬。虽然隔着这座孤立的山塬，但小村里的住户还是早就知道了我们的行踪。因为这辆巨型大车毕竟是这个时代的奇观，他们的祖辈没有见过，后代也未必就有这种幸运。他们成群结队地翻过孤山塬来了直道边儿上，当他们发现了我们的大车时，几乎没有人不惊呼的。尤其是他们眼光扫视一通之后，经过琢磨，认定这辆巨车真的是由我这样一个貌不惊人的少年拉着的，就更是惊讶了。紧接着，他们看见了坐在辕杆上的尚立。

"啊，这不是咱们村的小木匠吗？"有人喊道。

尚立跳下了车辕，向那看热闹的人群跑去。我用两根立木把车辕支撑住，让大车平稳地停在平原上。我的感觉是它更像一艘巨大的船舶。不过管它像什么呢，现在的任务是帮尚立找到他所爱的姑娘。

"啊，真的是咱们村的尚立啊！"那个曾经高声叫喊的人又一次喊道。

尚立投入到人群里，大家纷纷地伸出双手拥抱着他。

"你是怎么跟外星人弄到一块的？"有人问道。

"还有那么多皇帝下令要埋掉的儒生……"这个人的语气里饱含着恐惧。

"这辆巨车神气吧？"尚立问。

"当然神气了！"

"威武吧？"

"那还用说！"

"我参与了这辆巨车的制造工程！"尚立自豪地说。

"原来这车是你造的啊？"村人怀疑地问道。

"是在星星英远的指导下,我们集体参与,把这个庞然大物制造出来了。"

"的确是一个浩大的工程!"

"就像修长城和开濉河。"

"这是两码子事!"

"都是大工程啊!"

"星子造车是为了救助我们,把我们运到东方的大海边去。"

"怎么走到咱们的村子来了?"

这个时候,人群里走出来了一个姑娘。她径直走到了尚立跟前。她没有说话,只是静静地望着尚立。尚立也静静地望着她。

"啊,这不是老常家的姑娘吗?她老父被活埋了,只剩下她一个人了。"

村人说道。尚立眼泪就落下来了。

"我早就知道了。"他说。

姑娘哭泣着把他抱住了。

"老常活着的时候,他觉得小木匠也是挺有本事的,有门手艺就能成家立业。有人悄悄告诉他小木匠暗恋着他女儿,他就说如果小木匠能自立门户了,他就会把女儿许配给他。没有想到的是,小木匠到骊山集市上去,一去就没有回来。今天,他终于出现了。"

这还是那个村人说的。

我离开大道,走到了人群边儿上。我对那小姑娘说:

"尚立小师傅要见你,我就把大车拉到你们村子了。"

尚立看见了我。

"啊,露朵,这就是陨星,他的名字叫英远。"

这位名叫露朵的姑娘如同沐浴露水的山间野花,她的脸上洒满了泪水。她打起精神来，勉强向我笑了笑。

"欢迎你到我们这儿来。"她说。

这是自从我降落到这个叫作地球的星球上之后第一次这么近距离、如此直接地与女性接触，并且听到了最悦耳的话语。

"你这样说我心里十分感动。我还没有被这样欢迎过呢。"我说。我心里想到的是，我一落地，我乘坐的飞船就被烈火焚烧，飞船爆炸了，我蹦了出来，又被始皇帝派遣的卫尉围剿捉拿，押解到帝都咸阳……一连串的遭遇，使我对这个叫作地球的星球，尤其是对于这个星球上的统治者，压迫、欺压平民百姓的统治阶层充满了反感，我是无法喜欢他们的。可是啊，这个星球上的可怜人、平民、底层的人，他们还是蛮可爱的，我爱他们。

"尚立是专门来接你的。"

第七十二章
常露朵姑娘

　　我心里十分熨帖，见到了尚立心爱的女孩，并且受到她的欢迎。后来我一想，还是有点儿怪怪的感觉，尚立向她介绍了我，说了我的名字，可她却一次都没有叫过我的名字。这又是为什么呢？她害羞啥呢？

　　我忽然想到了那位坐在山塬头的沟壑顶上的破窑洞前生育蛟龙的妇人，她产下的蛟下山去了，那血水是大血洪水的头。蛟压着水头走了，还是坐着水头走的？坐在水头上也就是压着它吧。这位被尚立木匠师傅爱着的姑娘，她与那位生蛟的妇人对于我这个外星人来说，都是相当新鲜陌生的女性，这是她们的相似之处。但除此之外，她们还会有什么共同之处呢？假如她真的与尚立小师傅结合了，也会孕育后代的，但生出的肯定是人类的孩子了。

　　这个小村庄里的村民都是热情好客的，听说了我这个来自M星球的外星人带着小木匠尚立来接常露朵了，他们简直是倾村而出，把村南边的通向东方去的秦直道拥堵得风雨不透的。他们包围住了我这辆才造成没有多久，上路的里程还十分有限的大木车，看得眼睛都直了，他们一生哪儿见识过这样大的车啊！

　　"露朵啊，你真的要走啦？"一位年老的村民问道。这位村民头发与胡须全是雪白的，脸膛却是赤色的，真的是鹤发童颜。

　　"白爷爷，我爹爹也不在了，除了尚立我还能跟着哪个走呢。"常露朵姑娘说。她的眼睛真大，眼睫毛真长，一说话嘴唇更像是鲜艳的花瓣，那轮廓线条真切清晰，简直就是雕刻出来的。

我听她说他爹爹不在了，这把我弄得还有点糊涂：不是说她父亲去世了吗，怎么又是"不在了"了呢？到外地去了吗？离这里有多远？

"你爹爹到哪儿去了？"我问道。

常露朵用水汪汪的眼睛瞪了我一下。

"他到很远很远的地方去了。"她说。

"不要紧的，再远我也能把他接回来的。叫他跟着你和尚立师傅一起到东方去。"

常露朵突然哭了。眼睛打湿了她的面颊，真的宛若雨打湿的海棠花。

她带着哭腔小声说：

"他就在村头的泥土下面——那可比天堂还远哩。"

这时我才终于明白了，原来秦地这儿的人习惯把人死了说成"不在了"，这个"不在了"可真是神奇而又神秘，把我这个来自M星球的外星人弄得云里雾里的。

"啊，对不起，常露朵姑娘，真的是对不起。"我说。

尚立小师傅说：

"这都怪她没有把事情说清楚。"

常露朵听到尚立这样说，她的眼睛闪了他一下，我便知道她是不爱听他说的话的。

"下次露朵就不会犯这样的错误了。"尚立说。

这话还没有落地，常露朵就喊道：

"我就一个爹爹，哪儿还会有下次呢？"

她继续说：

"你这是咒谁呢？啊……"

她用手掌捂住了自己的嘴巴。

尚立忽然明白了。

"还不是咒我自己嘛！"

"咒自己会倒霉的……我可不想失去你。"

常露朵又嘤嘤地哭开了。尚立把她的头抱住。她的油光水滑的、长长的黑发把她的脸部遮掩住了，有些泪珠顺着发丝坠落下去，挂吊在发梢儿上，愈发显得晶莹明亮了。

尚立说：

"没事儿的，随口说的话怎么可能成真呢。不会的，别哭了，人家英远会笑话你的。"

常露朵果然不哭了，她含泪的眼睛朦朦胧胧的，这种朦胧美，简直叫我这个外星少年也要心动了。我抵抗着来自她的美的冲击，忍受着耳朵深处的说是疼痛又不太像是疼痛的那种特殊的感觉。

常露朵认真地对我说：

"英远小哥，你会看不起我吗？"

我没有料到她会冲着我问这样一个直接的问题。

"不会，啊，不会……"我竟然有些语无伦次了。

常露朵大声地笑了。

她的笑声使高大的木车上的所有人纷纷探头看发出如此响亮笑声的女孩是什么模样。那笑声实在是太好听，太濡润，太香甜了。

为了来接这个名叫常露朵的姑娘，我们这支朝东方大海去的车辆在这个小村庄南边的大道上耽搁得过于长久了。这时大路的东边出现了一支阵容浩大的队伍。这是大车上的贤士们发现的。

"啊，皇帝派的军队又来了！"一位贤士叫喊道。

他站在大车的东边，把头朝东边翘着。

"还是蒙毅上卿带领的军队吧？"我问道。

"还看不清楚。"他说。

我想始皇帝是不会甘心失败的，他会继续派遣他认为能够战胜我的军队，继续骚扰我们这支前往东方大海去的队伍的。蒙毅上卿跟皇帝是怎么解说的呢？可能他受到了始皇帝的训斥，又派他驻扎在了必须经过的秦直道上，等待我们走入阵地，掉进他们布置的彀中，成为他们的猎物。他们可能没有想到的是，我会为了与小木匠尚立相爱的一个小姑娘而专程绕道到了这座小村庄，他们甚至以为我们打算长期驻扎到这儿，便等得不耐烦了。

"啊，好像不对啊！"那位贤士又叫喊开了。

我对这位贤士有了兴趣。

"贤士，什么不对啊？"

"不像是蒙毅上卿的军队。"

我心里便有些儿着急。

"李孔贤士，你能看见吗？"我喊道。

李孔连忙回答道：

"英远啊，我的眼力只能看一里二里的，可山俶贤士的眼力就能看十里八里的。"

我听出了门道儿来。

"其他贤士的眼力都不及山俶贤士的眼力吗？"我问。

荀梦周说：

"山俶是我们的千里眼呢。"

我朝东方的大道望去，真的还什么都看不见。连个人影子都没有一个呢。

"我们这儿要是再有个顺风耳就算是绝配了,一看一听,就什么都清楚了呢。"

这话是申乘说的。我好久没有听到他说话了。

我心里有些儿厌烦,就对大家说:

"管他是什么人,我们先出发。"

第七十三章
陆朵

我虽然说了出发,但还是没有立即启程。这是因为多出来了一个人,这个人当然便是常露朵了。车厢上面有四百六十六位贤士,三位隐士,还有十位木匠师傅,车辕上还坐着一个叫尚立的木匠小师傅,那么这位叫常露朵的姑娘又坐到哪儿呢?

尚立说:

"露朵,你就坐到那根辕杆上吧。"

其实啊,辕杆上,尤其是辕杆与车厢相接的地方,它还是相当宽阔的,也挺平的,并不像我的手抓着的部位。木匠师傅是有意把它砍削细了的,这样就有助于我把它抓牢攥紧。

常露朵却说:

"尚立啊,两个人都坐到辕杆上,辕头会显得过沉,辕沉了,拉车的人便觉得车子沉重——这你是知道的嘛。"

"这我是懂得的。干脆这样吧,英远大星,我和露朵都坐到车厢上去。"

常露朵却说:

"你坐到车厢上去,我坐到这下面,可以与星星人说说话,他就不寂寞了,拉车也就有劲头了哩。"

小姑娘这样一说,我也觉得蛮有道理的。车厢上的人那么多,大家有说有笑的,愣是热闹呢。可我若是一个人拉车,就显得孤单多了。当初尚立坐在辕杆上,其目的是为了指路,现在指路的任务已经完成了,他说的他与露朵两个人都坐到车厢上面去，虽然考虑的是给我减轻辕头的重量，但他还是没有露朵有心。露朵考虑问题时怀着对于他人的体谅与关心，这可真难得。

尚立有些为难了，他一时不知说什么，迟疑住了。

常露朵说：

"尚立，你赶快爬到车上面去啊。"

我朝车厢上面喊道：

"哪位贤士放一把梯子下来。"

尚立却说：

"不用了，不用了。"

他一边说，一边抠住大轮子的木头，攀了上去。他把吃奶的力气都用上了，这才爬到了高高的车厢里。贤士们给他让开了一点儿空间，大家高兴地与他握手，欢迎他回到他们的怀抱里去。

常露朵坐到了辕杆上，她坐的不是那根尚立留给她的辕杆，而是尚立自己坐过的辕杆。这根辕杆靠近车厢的部位确实特别平整，也十分光滑，木质十分细腻，与皮肤接触还是特别舒服的。

我把支撑大车辕杆的立木取下来，把它横架到车辕上。我叫常露朵扒住它，还可以起到平衡自己身体的作用。我本来是准备了两根立木的，但我觉得停车时一根立木就足够了，就把另外一根放到了车厢上面。

我把车辕托了起来，常露朵把拽车的麻绳递给了我，我把它接住了，我的手与她的手触碰到了一起，有了身体的第一次接触。本来见面时就应该握手的，但不知为什么我与她并没有握，也就推后了手与手的接触机会。我的手宛若是摸到了电，接触的瞬间有电子的爆炸声，之后就感觉到手火热火热的。

我觉得这挺奇怪的，但心里还是蛮享受的。常露朵的黑色大眼睛盯着我，眼睛深处似乎涌出了温暖的泉水。这样的接触影响了巨车的启程，但也就一瞬间的工夫，我就恢复正常了。我把拽车的粗麻绳搭到了肩膀上，两只手把左右两根辕把轻轻抓住，稍微下压一点儿，因为车厢后面要重一些，这样便形成向前去的自动推力。

巨车一拉动，村民们欢呼开了。这可是他们见到的最大的车子了。

"星星人啊，你的力量可真够大的！"村民们喊道。

我心想，他们并不了解我所来自的 M 星球，驾驭这样的车子，真是十分稀松平常的。不管怎么说吧，现在这种景象也算是这个叫作地球的星球上的一个奇观吧。始皇帝灭了六国，为了更严格地管制这些被征服的地域，就强迫民工修建如此宽广的道路。这么宽阔的道路本该供百姓行走。但是始皇帝和他的军队并不允许黎民百姓、商贾贩卒行走，他们下了命令，说这是专有的军事用道，是专门为了调兵遣将建造的，若是黎民擅自占用，就得抓起来，叫他们去边关远地修一辈子的长城。

我必须走这样的直道，这是我拖拉着的巨型大车决定的。话说回来，这样的直道仿佛也是专门为我与贤士们、木匠们所制造的这辆巨车修建的。始皇帝的军队的战车可以并排三行行驶，宽度是足够的。

在这样平坦的直道上，我拖拉着巨车，飞跑着。

我听见后面坐在辕木上的常露朵说：

"你的劲儿可真大啊！"

我虽然听见了，但我觉得没有必要回答她的话。我继续飞跑着。车厢上的贤士、木匠们，他们在高高的车厢上一定感受到了凉爽的夏风，而我也不会感觉到热。这个叫作地球的星球上的夏季对我来说根本算不了什么；我可以在比这样的夏季的温度高出三四倍的环境中正常生活,并且不会觉得难以忍受。

露朵姑娘说:

"英远,你不觉得热吗?"

我没有回头。

"一点儿都不热。"

"你们那儿的夏天比我们这儿的热吗?"

"和你们差不多,但我身体的适应性很强。"

"这儿明天就要进入三伏天了呢。"

"三伏是什么?"我问道。

"是秦德公设置的节气,意思是说,一到这样的节气,大家伙儿就都待在家里,因为太阳光太强了,会把人们晒塌的。"她说。

我想了想。

"这个叫秦德公的还算是为庄稼人做了一件有功德的事。"

"有个叫秦文公的人制订了一个夷三族的刑罚,一人犯罪,父族、母族、他自己的子女、妻妾都要杀掉……可怕得很哩。"常露朵说。

我没有想到这位姑娘还懂得这么多。

"是你爸爸教你的吧?"我说。

"爸爸?是什么啊?"她十分疑惑。

噢,我醒悟过来,这个名词是我们M星球称呼父亲的,她当然是不会懂的。

"就是你所说的爹爹。"

"啊,我明白了。对,是我爸爸教我的。"常露朵的声音里浸润了更多的兴奋。

"你倒接受得挺神速的。"我说。

"我爹爹也说我是个好学生呢。"她说。

"怎么又变了?"我说。

"我轮换着使用,你一半,我一半嘛。"

常露朵的笑声给这广袤的平原,给这宽阔的秦直道上孤苦的旅程增添了难以估量的乐趣。我有了乐趣,拖拉着巨车也就更显得轻松愉快了。我不知道车厢高处的贤士们在谈论什么,他们一定也在说着开心的事情。只是那个叫尚立的小木匠师傅,不知他开不开心呢?露朵是他爱着的姑娘,却不能与他待在车厢上面,他心里是会产生怨愤的。不过我也可能小看了人家木匠,也许他根本就不在意哩。我是拉车人嘛,我独自一人啊,拉着这么巨大的木车,把他们将近五百人拉向东方的大海边,远离始皇帝的暴政,为他们寻求一个能够安全活命的自由天地,所以他不会对我有怨言的。

常露朵突然哎了一声,宛若是把什么特别特别重要的事情忘记了,才想起来似的。

"这车得有个名字啊!"她叫道。

"是啊,是需要一个。我们谁也没有想到……"

"我来给想一个,怎么样?"她说。

"好啊,当然好啊!"

"那么我就想一想,这……这……干脆就叫陆朵!"我觉得她的声音越发好听了。

"啊?用你自己的名字?"我说,"很好啊!就用你的名字!"

"哪儿是我的名字啊?是陆地的陆,只有朵字是我名字的朵。"她解释说。

"陆朵!这车就叫陆朵,简直绝了嘛!"

第七十四章
春光乍泄

这时候车厢上面那位叫山俶的贤士高声喊了起来：

"那原来是徐市的队伍啊！"

"不是皇帝派的军队，是给皇帝寻仙药的贤士徐市的队伍。"

"他派石晟当信使的。"

"徐市怎么敢走直道？"

"他是皇帝的红人嘛。"

从高高的车厢上隐隐约约传来贤士的声音，我通过这样的谈话，也就大致知道路途前方的情况。叫山俶的贤士长着千里眼，他看得远，辨得清，这对于我们这支被始皇帝和他的军队追杀的队伍来说是十分重要的。我尽管是个外星人，可我毕竟还是个孩童，有些事情是不会设想得那么周到的，等到大祸临头，再想什么办法解决，显然是不合适的。山俶既然辨别出了前方出现的是一支和平的队伍，我也就用不着提前做好应战的准备了。这个冷酷残暴的冷兵器时代啊，军人所用的最厉害的武器便是弓弩了，弓箭和弩机——可以连射的弓箭，这没有什么可怕的，一支能够连射的弓箭发射出来的箭镞充其量也就十几支，撑死了二十几支；可是啊，要是一万人的军队一齐向我带领的这群可怜的贤士和木匠射箭，那一秒钟就会射来一万支利箭，那场面和阵势会犹如蝗虫大灾难的。我倒是没有什么可害怕的，可是啊，那些柔弱善良的贤士，他们手握笔杆的确有力，胸中可以有百万雄兵，心里可以有万里山河；可是啊，一支小小的箭镞就会把他们的血肉之躯射穿——我必须得提前准备才能对付这样的凶猛杀戮。我的办法前面已经使用过很多次了，只要路边或者田野里、村子边有一棵巨大的树木就行了，那样的大树相当于一把横扫天下的扫帚，不管多少军人同时射来的箭镞都会宛若秋风扫落叶一样，把它们扫落到泥土里去。我一想起那样的场面，就觉得滑稽好笑，多么像是扫天啊！星童扫天！

山俶已经告诉了大家，前方出现的是那个寻仙求药的贤士，我心一下就沸腾起来了。我还有个特别特别重要的事情呢，我必须得向这个叫徐市的人请教。

我正这样设想着，就望见了宽广直道的东方天际出现了贤士的队伍。这个叫徐市的贤士，他竟然组织了这么庞大的一支寻仙访药的队伍。他们出现在了东边的地平线上，而我们这辆巨车对于他们来说，则是出现在西边的地平线上，他们会如何猜想这辆超大的木头车呢？我们与他们虽然能够相互在直道的两端望见，可距离毕竟是太远了，我所看见的他们就像是泥土上爬行的蚂蚁那样微小与朦胧，而他们所看见的我们这辆大车无疑让他们想到了大象。徐市会把我们这辆大车看作是大象吗？他会怎么想呢？天底下会有这样一个形象的大象吗？随着距离的缩短，他会发现自己判断错了的。我是不指望他们会走得多么快，即使他们奔跑起来，又能快到哪儿去呢？还是靠我自己来提前相遇的时间吧。我对坐在辕杆上、双手扶着立木的常露朵说：

"露朵，你坐好抓牢了，我要加快速度啦。"

常露朵说：

"你就这么着急着要见那贤士呀！"

"你一定要抓牢了!"我强调道。

"可这立木是活动的啊,它会滑的。"露朵说。

我想,真的是这么回事,那根立木是横搁在两根辕杆上的,甚至还是依靠常露朵的扶持,它才不至于滚落到大地上去的,它如何能够完成保证露朵的安全的重任呢?

我把大车停住了。

我朝8米高的车厢上面喊:

"贤士们,你们上面还有麻绳吗?"

姬诗贤士把头抻到车厢边缘,问:

"要麻绳干啥啊?"

"我要把这根立木绑到辕杆上,让常露朵好抓住它,不至于跌落啊。"

姬诗喊开了:

"看车厢哪个旮旯里还有剩余的麻绳!"

贤士们无疑努力寻找了一番,然后异口同声地回答道:

"没有了啊!"

李孔贤士说:

"把所有的麻丝都拧搓到你肩膀上用的那条绳子上了,车厢上是没有了,除非到旁边哪个村子去寻点儿。"

木匠小师傅尚立这时说话了:

"常露朵,你就不要坐在车辕上了,爬上车厢来,这上面安全得很呢。"

这对我是个极大的提醒。

"对啊,露朵啊,你就爬到车厢上面去吧。但这根立木还是需要固定一下的,我怕它一震动就掉落了,你把它也拿到车厢上面去吧。"

常露朵听了尚立的话,她并没有行动,而我把尚立的意思重复了一遍之后，她依然没有往车厢上面爬的意思。

"你爬不上去吗？那么把梯子放下来吧。"我说。

尚立师傅已经把梯子往下面放了。那长长的梯子足足有9米，从车厢上面往下放也是挺费劲儿的。贤士们力所不逮，当然是不能与那些武士和军人相比的。

我没有想到的是，常露朵从腰里拉出来了一条鲜艳的带子，说：

"这不解决了嘛。"

我当然是一下子就理解了她的意思。可是车厢上面的贤士们眼睛瞪圆了，尤其是尚立木匠师傅，他控制不住自己，高声喊道：

"你怎么把自己的裤腰带解下来了？"

常露朵并不惊慌，反而十分平静地说：

"用它绑立木啊。"

她一边说，一边就自己动手去把立木往车辕上绑，她双手操作的时候，裤子就滑落了，露出了她的身体，她意识到了，连忙伸手把裤子拎了上去，一只手绑立木，另外一只手提裤腰。

车厢上面寂静无声。

常露朵把立木牢牢地捆绑到了车辕上，她把它摇了摇，说：

"这太牢了！"

听到她的宣布，车厢上面的贤士们都兴奋地笑了。

"常露朵真是个聪明的女娃！"

"露朵有办法！"

我没有听见尚立师傅的声音。他没有再表示自己的意见，也许他有自己的想法，但总是遭到常露朵的反对和拒绝。他尽管是她的未婚夫，有过相爱的经历，可他老是被她这样抢白，他也是着实丧气的，脸上是挂不住的。她不给他面子嘛。而我呢，刚才常露朵的裤子滑落了，她的美丽如春光乍泄，确实晃得我的眼睛疼，我便赶紧把眼光移开了。这是我第一次见识这个叫作地球的星球上的女性美，给我留下的印象实在是过于强大与深刻了。原来啊，这个叫作地球的星球上还有如此美的事物啊！这可真是一个美好的星球呢。

我说：

"你抓好啊，我要加速了。"

我拉起巨车在直道上飞跑起来了。

第七十五章
路遇徐市（一）

　　这个叫作地球的星球的重力实在是过于微小了。在贤士们看来，如此巨大的车辆，还有他们近五百人的体重，这样的重量加在一起，无人能够驾驭这辆车。可是啊，我的臂力有多大，他们当然是不知道的。我两只手可以把高大的山峰折断，搬下来，举过头顶，投向远方——我倘若如此对付始皇帝和他的军队，他们哪儿还会有招架能力呢？所以嘛，这辆大车在我臂下实在是不能算什么的，我拖拉着它就仿佛像单手推着一辆婴儿车那样轻松自如。我奔跑着，巨车的两只大轱辘把直道碾轧出吱扭扭的呻吟声，车厢上的风把贤士们的头发吹得向西方倒伏。在这盛夏三伏的季节里，风给他们带来了从未有过的凉爽。我听见常露朵在车辕上还哼唱开了：

　　　　凯风自南，
　　　　吹彼棘心。
　　　　棘心夭夭，
　　　　母氏劬劳。
　　　　凯风自南，
　　　　吹彼棘薪。
　　　　母氏圣善，
　　　　我无令人。
　　　　爰有寒泉，

在浚之下。
有子七人，
母氏劳苦。
睍睆黄鸟，
载好其音。
有子七人，
莫慰母心。

我听着常露朵所唱的歌曲，心想，这无疑是《诗》中的一首，她的父亲常老头儿一定是个有知识的贤士了，他在生前把这样优美的诗歌传授给女儿，这本身就是世界上顶顶美好的事情。常老头儿也是被始皇帝及其丞相李斯的焚书坑儒的暴行残害了的一个贤士吧。听着她的歌唱，我禁不住回头一看，风把她的衣衫吹得紧紧地贴到了身上，美丽的轮廓凹凸分明，尤其是她的胸部，那天下最美的乳房恍若已经跳出了衣服的束缚，把自己光明正大地展现……

而与常露朵的诗歌相呼应的是车厢上面的歌唱：

终风且暴，
顾我则笑。
谑浪笑敖，
中心是悼。
终风且霾，
惠然肯来。
莫往莫来，
……

我光闷头听来自车厢高处的诗了,没有料到我拉着的这辆巨车已经冲进了从对面而来的队伍。他们纷纷躲到大道的两边,发出了巨大的惊呼声。我赶紧将巨车停住了,让常露朵把立木解下来。我用立木把车辕支住,然后抬头站直了身子。常露朵用那根光鲜的腰带把自己的裤子系紧了,她笑了笑。

这个时候,徐市的队伍重新汇拢到大车跟前,啧啧赞叹着。

"我的天啊,这么大的车啊!"一个贤士说。

"我算是开了眼界了!"另外一个贤士说。

有一位峨冠博带的贤士走到了我跟前。四百六十六贤士、三位隐士还有十一位木匠师傅——他们在车厢上面,地面上除了我与常露朵外是没有别人的。

这位贤士的后面跟着一大群人,而在这一大群人的后面,则有着更为庞大的一群人——那分明是一支上万人的军队。但我定睛一看,就把贤士队伍与军队分别开来了,他们虽然出现在了同一个空间,相隔不远,但这样的距离却是十分重要的,这说明他们执行的不是同一个任务。

我把巨车固定好以后,让常露朵继续坐在车辕把上。车厢与地面的距离是8米,但车辕距离地面也就1米的样子。这是为了我这样一个外星人更好地拉车,而在制造车辆时特意把车辕通过榫卯结构直角变向下方的,而通过卯榫咬合勾连把车辕与车厢结合得更加紧密了,不但从前后上来说是一个整体,而且在上下结构上也是一个整体,这就比单独地让车辕从车厢下面穿过要牢靠无数倍。

有个贤士在车厢上面喊:

"贤士把军队带来了!"

这个声音十分陌生,我心里想,我还不知道他尊姓大名呢,一定要询问他一下,也好记在心间。

我也往前跨了一大步，伸出了双手，与来人伸出的双手紧紧地握到了一起。

贤士说：

"啊，您就是星星使者！欢迎，欢迎啊！"

我心里乐了，脸上就有笑容，说：

"您就是徐市大师吧。"

徐市的眼珠子旋转了一下，说：

"星使知道我徐市？"

"知道啊。"我说。

"这叫我徐市实在感动啊。我区区一个贤士，连您这尊星使者都知道，我真是感到三生有幸哩。"

"你的大名谁人不知呢？天下都知有徐市。"我说。

徐市哈哈大笑了。

车厢上面的侯休喊开了：

"徐市大师啊，我还以为不是你呢，变化这么大，简直叫老弟都不敢认了。"

徐市朝车厢上喊：

"啊，韩众老兄，还有卢童老弟，你们都在上面啊！还不快下来，老哥真是想念你们哩。"

那位刚才大声喊"贤士把军队带来了"的贤士迅速把长长的梯子放了下来，三位寻药隐士次第从上面下到了地面上，他们与徐市一一作揖施礼，客套了一番。

侯休说：

"徐市大师，我们三个是被始皇帝追捕的人，他说我们欺骗了他，还把我们背地里议论他的话当作罪证。被他逮住了，我们只有死路一条。我们仨先是隐藏在骊山沟壑里，后来英远带领被判坑杀之罪的贤士们路过那儿，我们看到了求生的机会，就与这帮人一起走了。果然,有了英远的庇护,大家到现在还安然无恙呢。"

徐市把目光从侯休的眼睛上挪移到了我的脸上。

"贵星使者啊,你的名字叫英远,我一听就万分喜爱。英雄从远方来,这不假,不远千里来到大秦——这便是你的名字的深远意义吧。"

"谈不上,谈不上的,都是前辈们起的。"我说。

第七十六章
路遇徐市（二）

"星使啊，你一来就把将近五百位可怜的贤士的命救下了，这是功不可没的，会叫我们这个星球上的读书人永生难忘。说起来，我感到惭愧啊，我也是一介读书人，尤其是干我这一行的，研究的是星相与地面上的王国的命运关系。星相与地面上的皇帝丞相将帅的对应关系，从星相的变化测算地面上的帝国、皇帝、丞相、将帅的死活，也就是寿命长短吧——这是直接与政权相连的一个职业，犹如玩火，弄不好就会把自己烧成灰烬的。天下出现了一个皇帝，这已经够天下人受的了，更为可怕的是，还出了李斯那样的丞相和一些帮凶，这些残暴的人被组织到了一个集团里，就把天下的善良仁慈的贤士欺压住了，把黎民百姓当作鱼肉任意刀俎了。我看到了车厢上那众多贤士的遭遇，可我是没有能力去挽救他们。但上天的眼睛是雪亮的，派人来救他们，这是再好不过的结局。我其实与侯休、韩众、卢童众弟兄是一样的目的，糊弄糊弄这个暴君，好给自己谋求一条生路。"

我觉得徐市这位星相预测专家是个豁达真诚的人，一见面就把他的心里话全对我说了，没有丝毫的遮掩。

"徐市大师，您这样实在是很危险的。"

徐市马上就明白了我的好心。

"星使英远啊，我这是说给你和贤士们听的，不会传到皇帝耳朵里去的。你想想，大家的命运早已经紧紧地拧到了一起。

我看了看直道东边的军队，他们距离我们着实还有一段距离，我们这样面对面说话，声音是不会传得那么远的。

"星相大师徐市先生，我在骊山深处见到侯休等三位隐士时，就向他们请教了一个重要的问题，但是他们说他们的预算能力有限，必须您才能测算出遥远的未来。"我说，态度十分诚恳。

"我一直盼着与你相会呢。"

徐市先是盯着我的眼睛，听我这么一说，他朝身后的始皇帝大军看了一眼。这支军队是哪位将军或者卿公带领的，我不知道。

"皇帝派的将军看见你与我这么亲近，这样说话，报告上去会给你带来麻烦的吧。"我表示了自己的担心。

"这不要紧的。我朝西方走，去咸阳见皇帝，你们朝东方去，都在直道上，相遇是无法避免的，相遇了，说说话，这也是天经地义的。至于说什么，我会另外瞎编一套。皇帝那家伙最爱听瞎话了，你说能寻找到神仙和仙药，保证能活一万年，简直就能够长生不老，永远永远活下去，还能永远年轻，精神充沛，机能旺盛——你吹得越是离谱，他就越是相信得不得了。"

贤士们也都一个个顺着梯子到了地面上，把我和徐市，还有他带领的弟子们围了起来。我朝直道周围看了看，没有发现挺拔的大树。这儿四周都是旷野，黄蒿茂盛，甚是荒芜。万一始皇帝的军队冲杀过来，我手中没有武器，还挺麻烦的。忽然我看到了巨大的陆朵——这是常露朵小姑娘给这辆巨车起的名字，实在没有办法，我会把这辆巨车当作武器的。我只要抓起它轻轻地扫荡上一圈儿，就会把皇帝的万人大军一个不剩地消灭掉，可我的原则是不能杀这个叫作地球的星球上的一个生命，但是用它阻挡他们的冲锋,遮挡他们射出的箭镞,会比一棵大树的效果还要好。

我说:

"徐市大师,既然如此,我就多耽搁您一会儿时间。我不是一直盼望着与你会面嘛,就是想叫您帮我测算一下那个地方——那个世界——到底在什么地方?"说了这样的话后,我觉得鼻子都湿了。我用手指去抹鼻子,手指竟然全是水了。

徐市的眼睛瞪得牛眼睛一般大,他一定会把天上的星星看成大石头的。

"唉,星使啊,英远,我早听说了你的事。自从你从星星上降落下来——我们这个帝国把那种落下来的星星叫作陨星,或者落星,还有叫奔星的,天下就传扬遍了,说是一个星星顽童来我们这儿送药,说是有一种可怕的疾病正在蔓延,把我们的地球摧残得不像样子了,特别是那些正处在青春阶段的学生,他们有大批的人感染了那种病毒——叫什么名字?"

徐市显然是不了解那种可怕病毒的。

"叫丹巴热病病毒。"我说。

徐市大师思量了一下,说:

"这对于我们这个时代的人确实是陌生的,完全是个新东西。它的危害当然是不容低估的了……"

"更叫人无法接受的是,这种可恶的病毒是与男女之爱紧密相连的。一男一女相爱了,比如一方带有这种病毒,就会把它传染给另外一方,传染的结果是,两个相爱的人都活不成了,都得死。这种病毒简直就是天良丧尽,它居然会这样子残害人类。"我说。

徐市脸上的表情开朗了。

"英远星使,我基本明白了你所说的这种病毒和病,但就像其他人告诉你的那样，我们这个时代的人是不会受到它的侵害的，这点我们是肯定的。可是你说它已经横行肆虐，广泛传播开了，若不是如此严重，你们 M 星球也不会派你来送药的。能让我看看那药品吗？"

徐市大师的这一要求我没有想到，但他已经提出来了，我就得必须满足他的这一愿望。我把药瓶儿从我的前胸口袋里掏了出来。那精致的药瓶放射着晶莹、柔和、濡润光芒，瓶壁是用我们 M 星球的特殊材料制造的，它是透明的，可以看到里面的药粒——那药粒仿佛是深空银河里的星星，泛着星辰的剑光。

我把它递到了徐市大师的手中。

徐市大师把药瓶放到左手的掌心里，让它端直地站立起来，然后用右手把瓶盖儿捏住，把它拿到眼前，透过精美的瓶壁，他观察着这白日里的星空。为什么说它是星空呢？白天的光线太炽烈，太亮，把来自远空的星光淹没了，但是对于能够看见星光的人来说，它依旧是星空嘛。徐市大师此时看见的就是遥远天际之外的星星。

"这真是少有的精美啊！我们脚下的这片大地，我们这个始皇帝用血与火的争战打造的帝国，即使再给它 1000 年的时间，也是制造不出这样的药品的，连这样的药瓶都不可能制造得出来。难得的是，我透过你这药瓶和其中的药粒望到了其他星辰，根据星相排列的图形推测判断，我虽然不能说出更为准确的时间来，但我可以测算出大致的时间——英远星使啊，你所说的那种病毒和那种疾病要在两千多年后才会出现。这两千多年中，我测算出了几个可做为标志的字词：汉、隋、唐、宋……再往后，我的能力有限，就测算不出来了。到了那样的时代，比如说到了唐或者宋了，你可以寻找像我这样的星相贤士，让他们再往后测算个一千多年，估计就能找到你所要去的世界了。"

徐市大师说了上面这一大段话后，突然双手抱头，倒了下去，瘫软到土地上，昏迷了。大家惊呼起来。

我连忙跪到徐市大师的身体旁，捏住他的鼻子，把他紧咬的牙关分开，给他的胸腔里吹了满满一口气。然后，我在他的胸脯上轻轻地按压了几下。对于我的这一系列动作，侯休、韩众和卢童三位与徐市同样专业的贤士，倒是一点儿也不惊慌。

"测算未来后我们常常会变成这样。"韩众说。

卢童说：

"昏迷上一天两天都是正常的。"

"唉，还有把命送掉的……"这是侯休说的。

徐市苏醒了过来。

他把眼睛睁开了，我连忙扶他起来，他拍了拍衣服上的泥土。那粘在衣服表面的土粒纷纷掉落，回归到它原本应该待着的位置。

徐市说：

"让我坐一坐。"

我赶忙把他扶到巨车的辕杆上，让他坐下。而在另外一根辕杆上坐着的常露朵并没有挪动位置，她倒表现得十分平静。我没有看见尚立的影子。他应该跟随贤士们一起从车厢上面下来了。我并不知道实际情况是只有他一个人待在车厢高处。

徐市坐下以后，深深地吸了一口气。

"啊，星使，我恍惚看到了那种病，真的好可怕啊！"

第七十七章
路遇徐市（三）

不管什么样的星球都是在宇宙里运行着的，无论是这个叫作地球的星球也好，还是我们那个叫M的星球也好，既然同处于宇宙里，就带有宇宙的意志和奇妙。我的体重是11,000公斤，这是根据我们M星球的引力测算的。由于这个叫作地球的星球重力过于微小，我能够轻松地跳跃起来，一跳就可以跳上几百米高，我的体重尽管如此的沉重，可在这样的微小重力的吸引下，这个叫作地球的星球的表面物质并不会塌陷，承载我这样一个外星人是没有任何危险的——这便是宇宙的奇妙了。我可以把装载数百贤士的几万斤的大车在秦直道上拉得箭步如飞，这都是我的体重及身体的密度和这个叫作地球的星球的表面物质的奇妙关系的结果。理解了它的道理之后，也就没有什么神秘的了。

我拉着这辆超级大车在秦直道上遇到了那个叫作徐市的，为始皇帝到海上去寻找仙药的贤士。他是始皇帝身边的红人，他被始皇帝倚重，完全是他欺骗始皇帝的结果，他心里明白他干的是什么，更明白始皇帝需要的是什么，他是个明白人，而始皇帝却是个糊涂者了。不过这样的话，徐市相对来说就是安全的。

徐市能够测算未来，那么他对于眼前当下的事情就更是了如指掌了。比如说今天吧，他处在今天这个时间之内，却已经预知了明天、后天、大后天以及更远的事情，比如说他知道始皇帝后天的后天要干什么，始皇帝心里想的什么——他就会提前预防始皇帝对于他和他手下的加害。他是个能避祸的先知先觉者。

他对我倒是没有什么防范，有什么就说什么。他向我测算了未来，测算了两千多年后的世界，即使到了两千多年后，还是见不到那种叫作丹巴热病的病毒。他告诉我到了两千多年后的时空里，再向那些像他一样能够测算未来的贤士寻求帮助，叫他们再做测算，那样也许就能测知我所要去的世界了。那个我要去的地方到底长什么样啊？

徐市这位近似圣明的贤士说他恍惚看到了那种病，那是难以描述的可怕景象。"星使啊，我昏迷之后进入到了一千年后的时空，我站在一千年后那个世界最高的山峰上又望见一个一千多年后的世界——那个世界里，真的有一大群人感染了你所说的那种病毒，他们在绝望中挣扎，生不如死。他们仿佛站在他们那个时代的最高的山巅上，也在朝一个方向张望着，期盼着，好像他们知道有你这样一个星星少年带着拯救他们的药品，但他们又眺望不到你的身影，他们的表情上充满了绝望的伤痕和伤口，流出的血还是灼热的。"

徐市说了上面这段话后，他大口大口地吸气，似乎已经累到整个身体都处于衰竭的边缘了。

"我这是要折阳寿的。"他长叹道。

我握住了徐市的手，感激得眼睛都湿润了。

"您——天文大师，我如何感谢您呢？您为我付出了这么多……"我说道。

徐市也把我的手紧紧攥住了。

"少星使，还说什么感谢呢。你是为了我们这个帝国，为了救世，拯救那些可怜的大学生不远万里来到我们这里，应该感激的是我们才对。"

"大学生是些什么人呢?"侯休问道。

徐市说：

"未来世界里，有比我们现在的私学学馆大几百倍的学馆，有无数的年轻人在那里学习，他们都是学生，因为他们是最高年级的学生，就把他们叫作大学生。"

"徐市大师，您这就要去见始皇帝吗?"我说。

"我派石晟先到咸阳向始皇帝说明情况，那是为了先给他一个心理准备，要他心底里先有个印象，然后我再去见他，事情就准能办成。"

"什么事情呢?"韩众问道。

"唉，也没有什么大不了的事情，无非还是访仙寻药嘛。"徐市说。

我把贤士们要寻找的长生不老仙药与我要送的治病的药联系起来，觉得这种巧合还是有冥冥之中的联系。如果寻找到了长生不死药，世间也就不会有什么要人命的病了，那药肯定能够把任何一种病都治愈的，而我怀揣的这种药只能够治愈那种叫丹巴热病的病，却并不能保证被治愈者长生不老。可见我要送去的救世药品功效是有限的，而始皇帝要贤士们给他寻找的仙药是无限的。徐市大师知道那种仙药是不会存于世间的，我想恐怕大多数的贤士也是明白这个道理的。

徐市大师把他的手又一次伸出来握住了我的手。

"小星使啊，东面领兵的将军是吴下，想必他也不会为难你的。皇帝下了命令，他只好带兵堵截你们这群贤士，但那不过是做做样子罢了。我们这个秦帝国的人哪个不知道你是个来自星星的天使者，谁也不会寻死的。你若想要消灭他们，哪个将军也不是对手啊。而我呢，本来也想跟着你走的，有了你的保护，什么都不用怕了。可是啊，这个皇帝专制下的帝国，还有那么多的受难者，我也要学习你这样的榜样，也要为大家做点儿事情，使更多的人看到希望，逃脱始皇帝的奴役，走向大海。"

我一听就明白了徐市大师的意思。

"咱们就在这里作别了，后会有期。"徐市大师拱手道，然后带领着他那十几个人的队伍就朝西方去了。从高高的车厢上下来了的贤士也都与徐市告别，纷纷作揖别过，看着大师西去的背影渐渐远去，逐渐变小，朦胧得与西地平线融入一体了。

我回过头来，看见东边天际的那由吴下将军带领的军队，他们把整个直道堵截住了，部队是横在直道上的。他们的长矛、弓弩、刀剑和战车全部对准我们的巨车。我想这个吴下将军并不像徐市大师说的那样做做样子，他难道真的要与我所带领的这支可怜的贤士队伍血战一场吗？他们要明白的是，战斗的对象并不是贤士们，而只是我这样一个外星人。我手无寸铁，没有从我们的M星球带来一件有用的兵器，我只能把这个叫作地球的星球上的物体当作武器使用了，抓起什么就是什么。

"贤士们，大家都上车厢上面去吧。"我说。

梯子有四五架，依靠着车厢壁斜立着，贤士们正要往车厢上攀爬，就在这个时候，那个叫尚立的木匠小师傅站到了车厢边沿上，大声喊道：

"你们不许上来！"

贤士们愣住了。我也觉得十分意外。这个木匠师傅原来没有跟大家一块儿下到地面上来，他一直在高处，那么他就会把东边堵截我们的吴下将军带领的军队看得清清楚楚。他是发现了最新的情况吗？但他站在车厢边沿儿上，实在是过于危险了。

大家还没有来得及弄清楚他要干什么，他就忽地一下从上面跳下来了。从这么高的地方落下,他与泥土相碰的那一瞬间是会产生巨大冲击力的,他的身体会受到严重伤害的,甚至会送命。我连忙身体一跃,在半空中就把他接住了。

我托着他轻轻地落到了地面上。

"你是看到皇帝的军队要向我们射箭吗?"

尚立没有回答我的问题,他的脸色却是血般鲜红。这个时候,一直坐在车辕上的常露朵走到了尚立跟前,在他的脸上扇了一巴掌。

"真没出息!"

第七十八章
陆朵之命名

　　我作为一个远离这个叫作地球的星球的 M 星球上的少年，对于这个星球上的男女情感的微妙，还是极其懵懂的。我没有一丁点儿的感觉，可常露朵挥向尚立的那一耳光算是把我也打醒了，我意识到把这两个恋人分开——一个在下面的车辕上，一个在上面的车厢里——这是不行的。我当初没有反对常露朵的提议，没有也叫她坐到上面的车厢上去，这无疑是我失误了。

　　尚立木匠小师傅遭受到了他的未婚妻凌厉的一巴掌，他的脸庞愈发红了，红得宛若是出血了。

　　"你……你怎么打我？"尚立问道。

　　常露朵盯着他的眼睛，逼视着他。

　　"你心里明白！"

　　"我不明白……"尚立嘟嘟囔囔道。

　　"我与星使说会儿话，你就寻死觅活的。"常露朵说。

　　尚立一下子哑巴了，低垂着头颅，不再说一句话了。还没有爬上梯子去的贤士们仿佛都在认真地思考着这个问题，但谁也没有发表什么意见，大家都沉默着。而我却明白了原来尚立木匠是特意从高处往下跳的，那是准备自杀的行为，并不是不小心从上面掉下来的。他与常露朵就分开了那么一段时间，隔得不算远，他就嫉妒得不想活了——这么激烈的反映实在让人难以置信。

　　常露朵依旧怒气冲天地说：

　　"我叫你嫉妒，我叫你胡思乱想，我就坐在下面，你还是到上面的车厢里去吧。"

尚立木匠师傅什么话也没说，好像变成了木头柱子似的。

常露朵猛地跳下了车辕，屁股大幅度一扭，往梯子上爬去。

韩众隐士说：

"这下好啦。尚立师傅，你是坐到车辕上，还是也到车厢上面去？"

我说：

"尚立师傅，你还是坐到车辕上吧。不然这根立木就得拿到车厢上面去，挺不方便的。"

李孔贤士走上前来，说：

"还是我坐到车辕上吧。叫他们两个待到一块儿去。"

"这样当然更好了，就这么定了。"

贤士们、木匠们，还有隐士们，他们有的在爬攀梯子，多数人还在地面上等待。

我说：

"啊，贤士们，先不要上去，有个问题需要讨论一下。"

李孔问：

"星使，啥问题啊？"

我说：

"是这样的，无论是宇宙间的飞船，大海上的轮船，还是奔跑的马车，像皇帝乘坐的马车，它们都是有名号的。我觉得咱们这辆巨大的车也得有个名号。刚才啊，常露朵姑娘在车辕上时，说给这辆大车取名为陆朵，陆地的陆，花朵的朵，你们觉得怎么样啊？"

李孔说：

"原来是这么一个事啊。"

荀梦周说：

"这事也很重要的。有名则明，无名则暗，有了名就像是开了眼那样，天地都是亮堂的，事物也就是有形的。无名相当于无形，甚至于是无物那样的结果。这取名之事，当初大车一造好就应该解决的，可我们这些以贤士自居的人却没有想到，这还是挺奇怪的吧。大家觉得星使说的这个名字如何？"

我连忙解释说：

"这是常露朵姑娘起的名。"

尚立脸上的红和白交替出现着，说明他心情变化迅速。"这是她把自己的名字换了一个字嘛。"

申乘脑子机灵，立即反应过来，说：

"对啊，对啊。不过嘛，她换得还真好呢。陆地上的像花朵一样的车，这真跟《诗》里的诗一样好。她自己的名字叫露朵，沐浴露珠的花朵，也是非常有审美水准的名字。"

"她说她的爸爸是个大儒，被官吏抓去害死了。"

"尚立师傅，是这样的吗？"姬诗问道。

尚立嘟囔道：

"露朵的爸爸是被斩首弃市的。"

"啊，这么惨啊！"宋哉感叹道。

这个时候从高高的车厢上面传下来了常露朵姑娘伤心的哭声。大家虽然看不见她，但能听到她的哭声，尤其是这辆巨车的车厢四壁把她的哭声扩张放大了，宛若巨大的音箱一样，把她的声音修饰得忧伤而美丽。巨车周围的贤士们被那上面传来的声音感染了，他们静默着，感受着那曾经降临到他们头颅上的灾难，也在分享着对于苦难的艺术性重造。

"露朵的爸爸被杀之后，就剩下她孤身一人，她的母亲早就不耐岁月的艰辛，生病去世了。她也没有兄弟姐妹，就那一个爸爸。"

第七十九章
华山上远望未来的朝代（一）

这个叫作地球的星球上的感情问题可真是奇妙啊！这些男子女子间有着如此丰富的感情变化，喜怒哀乐，把人间变得多彩有趣，恍若一场永远在进行中的大戏，艺术品位极高。

尚立与常露朵的感情风波过去了，一场风暴平息了，可我却感觉到了隐隐约约的忧伤，心的深处浮现出幽幽的，丝丝缕缕的，牵扯着的疼痛。这是什么原因呢？我难道也喜欢上了这个叫作地球的星球上的女孩？两个星球不同的生命体间会有情感这种东西存在吗？我指的是爱那种情感。但我们之间不会有结合的可能性的。我们之间有太多不同了。

就像李孔提议的那样，他果然就成了车辕上的乘者。为了解决立木在我拉着巨车奔跑过程中掉落的问题，有位贤士从一棵桑树上剥下了一条长长的纤维，把立木绑到了辕杆上。我拉着巨车，李孔贤士坐在车辕上，从来还没有如此好的机会，我与他挨得如此近，单独地待在一起，可以敞开心扉说出想说的一切。

李孔可以说是贤士中的贤士，他年纪略长，知识结构丰富，几乎是包容世界的。我轻松地拉着巨车在这渭水南边的平原上飞奔着。当然了，越是速度快，我就会越觉得这辆大车轻如鸿毛，慢下来的时候，我也不会觉得它有啥沉重的，相当于我拎了一个五公斤重的包袱一样。自然了，不怕东西轻，单怕路儿长。路一长，轻的东西也会渐渐变重了，这就需要歇息歇息，然后又可以轻松上路了。

我嘛，奔跑上一阵，又慢步走一段路程。慢下来的时候，我就与李孔贤士说话。

"李孔贤士，我怎么突然觉得心里空荡荡的呢？"

李孔贤士听到我这样的心里话，他一开始没有说什么，而是在内心深处琢磨着我这样一个从遥远的M星球来的星使来到大秦之后的变化。

"星使啊，我还是叫你英远吧，这样显得亲近，不那么生分了。我知道是什么情况，自从你离开你们那远在万里之外的M星球之后，你就没有见到一个你的亲人了，在这样的状况下，你的感情产生波动，这是正常的。你开始是把我们这些受难的读书人当作亲人对待的，填补了你心理上的空虚。但是啊，这种弥补毕竟是单方面的，我们都是同性，缺乏女性那方面的温情。那种温暖，我们也是体验过的，是十分慰藉心灵的。自从车厢上的那位女孩出现后，她身体所散发出来的气息，带有浓郁的馨香味。那是一种特殊的物质，它一旦进入到大气里，通过呼吸进入体内，就会唤醒我们的身体，它唤醒的是你心中的温情和热爱，那是对于你的母星M星球的怀念之情，是对于你的母亲的思念之情——所有的想念之情都结合到了我们的……"他压低了声音，继续着他的理论分析，"就是我们这个叫作大秦国的女子——常露朵身上，你是把深深的思乡怀亲之情化作了对她的感觉，你把这种感情转化成了对她的喜爱之情。"

直道在巨大的车轮的碾压下发出沉重的摩擦声，巨大的车厢把大气挤压到了其他地方，造成大气飞速流动，这样形成的风还是蛮大的，加上车辕与车厢上面有相当的距离，而且贤士们也在挤挤攘攘地道出他们各自想象世界里的魑魅魍魉，神神鬼鬼，他们是不会听见李孔压低了声音的话语的。

我觉得李孔的分析是到位的,十分准确,简直把我的内心看透了,我成了一个透明人了。我也没有什么不好意思的,我是外星来的星使嘛,能够与这个叫作地球的星球上的贤士交心也算是我的幸运呢。

"李孔大贤士,你算是说到了我的心坎上了。自从我看见坐在车厢上的那位……我就魂不守舍了,我实在是没有见过这么好看的姑娘呢。可我是明白的,她已经是别人的未婚妻了,这是不能越过的界限。"

李孔贤士说:

"英远星使,你能这样理解这件事,说明你十分聪慧。这种事是有个早与晚的区别的,早一步的人爱上了一个姑娘,后来的人即使觉得这个姑娘再漂亮不过了,也是不能去争夺的。争夺了,就会出现争执,争执发展下去就是战斗。这是个人与个人之间的小规模的战斗,假如发生在较大规模的团体或者国家之间,那就是血流成河的战争了。所以啊,那样的规矩还是要坚守的,这样就会避免无数的毫无意义的争战。"

李孔的分析使我意识到这种事情的严重性,而不是将它看成一个单纯的感情问题,两个男人与一个女人的问题。

"李孔贤士,你看问题真是透彻,一针见血,具有长远的意义。"我说。但我的内心里还是有着一丝淡淡的忧伤,它仿佛蓝天上的云朵一样,要么是一阵大风把它刮得远远的,要么它就得变成雨水落到大地上来,汇入河流,或者渗入地下。否则,我永远都难以停止悲伤。

"英远星使,你先忍一忍,这一路上,这到东边的大海去的路上,还会遇到无数靓丽的姑娘呢,我会想办法把她们介绍给你。你不远万里来到我们这个星球,一定还会有无数的好姑娘爱上你的。时机成熟,就给你娶一个媳妇,这也是我们这个大地对于你的功劳的最好的酬谢和报答了。"

听到李孔贤士的话,我的心里觉得熨帖多了。我拉着巨车在秦直道上继续飞奔。我加快了速度,车厢上的贤士们发出了惊呼声。我还听到了露朵的惊呼。她声音真动听啊。我觉得和她相比,其他女孩都会黯然失色的。

紧接着刚才那阵呼叫之后,大家又一次发出了兴奋的呼叫。

"啊,真叫高啊!"

"听说是天下最险的山!"

我听到了历史的声音。这位知识尤其渊博的贤士,他隐藏到众贤士的群里,像把自己湮灭了似的,我很久没有听到他的声音,好像也没有看到他的身影。

"英远星使,这就是天下名山——华山!"

我慢慢地把巨车停了下来。李孔贤士把立木解下来,递给我,我把车辕支撑住了。我朝车厢上面看去。历史贤士把头伸出厢壁。

"英远星使,华山还是值得去看看的。"

自从徐市向我测算了未来我们连影子也看不到的朝代之后,我就计划着要爬上一座最高的高峰去望一望,看是不是能够望见一丝丝、一毫毫的影子。

"李孔贤士,你想不想上华山去看看?"

李孔已经从车辕上跳了下来,走到支撑着车辕的立木旁边。

"我与众贤士,还有那些木匠师傅,还有侯休、卢童和韩众,有的虽然不是秦地的人,但也在这儿居住了好长时间了,我们大多数人都去过了,不花上三五天是攀不到山顶的。"

我问道:

"众贤士,木匠师傅们,还有三位隐士,你们其中还有谁没有攀登过华山的,或者已经上过山的,还想再上一次的,跟我一起攀登一次华山吧。"

"啊,星使啊,你要爬华山?"他们异口同声地问道。

"我必须上去。"

李孔贤士说:

"为什么呢?"

"我还肩负着重要的任务,我要去送药,这是我们的 M 星球派遣我来的目的,我得上到高处去瞻望一下徐市贤士所测算的那什么汉隋唐宋的未来究竟在哪儿。"

"我明白了。"李孔说。

他虽然没有表现出反对我登山的意思,可他的情绪明显低落了,好像下了一场暴雨,让他不小心陷进了泡软了的稻田地里,把鞋子丢了似的。

第八十章
华山上远望未来的朝代（二）

若要远望，无非登高。这是我们 M 星球的经验，在这个叫作地球的星球上，这样的经验也是行得通的。宇宙间无数星球，有些道理可能是通用的。当然星球之间的差距还是十分巨大的，每个星球都有自己独特的，其他星球无法比拟，也无法替代的东西，这大概是由宇宙间更高级别的物种决定的。那么，谁又是那个最后的和最高端的决定者呢？

徐市大师已经给予我了极大的帮助，但他的功力还是有限的，不过他测算到了四个朝代的名字，那都是未来的时空，因此他无法抗拒地昏倒在地，折了阳寿，这叫我心里特别过意不去。假如我提前知道他会有那样的遭遇，我也就不会叫他帮助我了。代价实在是过于巨大了。我无疑欠下了徐市大师世间再贵重的物资都难以抵偿的情债。我怕是还不了他了，要把这样的人情债务带到未来去了。

"据说这华山是秦地最高的山岳了？"我问道。

李孔说：

"从很远很远的西陲通向东方去的这条广阔的山脉，西有太白，东有华岳，据说西边的山要比东边的高——不管怎么说，它是秦地东方最高的山岳，这是没有疑问的。"

我问道：

"西方还有个叫太白的山？"

"是啊。"

"西边有大海没有?"我问道。

"听说西方只有沙漠,而没有大海,人们把那沙漠叫作瀚海。西边有座山很有名,叫什么昆仑山。"

"我一直想着的是到东方的大海边去,没有想过要到西方去。"

"听说西方又高又寒,是高寒地带,呼吸都会出现困难。"

"怪不得我就没想到去那儿呢,原来是冥冥之中有感应。我们向东走的——这样的方针是没有错的。我说我要到华山顶上去眺望一下未来,李孔贤士,你觉得哪儿有问题吗?"

我一开始就看出了他的心思,希望他能够说出来,把问题在萌芽阶段解决掉。

"华岳虽然不是最高的山,可它却实在是天下最险的山——这叫我如何不担心呢。"李孔说。

我心里一下子释然了。

"李孔贤士啊,你的担心,叫我十分感动。实际上呢,贤士,你不太了解我——我们M星球上的人的体能非常特殊,在我们M星球是平常的,但在你们这个星球上就非同寻常了,地球的引力显得过于小了,这就为我克服它的重力创造了得天独厚的条件。尽管我没有翅膀之类的飞行的条件,但由于它的引力对我来说特别小,我没有翅膀也是能够飞行的。我稍微用点儿力,就能飞翔起来。重要的是,你们大地上的大气浓度相对于我们M星球来说,是非常高的,它对我产生的浮力是超强的——这就相当于我的翅膀,甚至比有翅膀还要方便,我手掌稍微按一按,压一压,就会弹跳飞升起来的。所以说,只要有大气,对我来说不存在危险那样的说法。"

我的这一大段解释与分析,使李孔笑逐颜开了。我发现他一笑,面容更加帅气了,配合上他端直高挑的身材,他应该算是秦地的美男子呢。

"英远啊，我一直没有想到我们这个大地上的大气——我们的眼睛根本就看不见的物质会使你犹如长了翅膀，而且比翅膀还要保险和方便。但我还有个问题想不通：你的体重超重，身体密度特大，你们M星球的大气浓度比我们这儿的大气的浓度要低得多，那么我推测你们M星球的地面的密度也是十分高的，这样你们这些高密度、高重量的M星球的人才能适应——那么我们这儿的地面或者石头的密度与你们的M星球的地面相比，哪个更坚实呢？"

李孔不愧是这个时代的大贤，他思考的问题件件都是触及事物的本质。

我脱口而出：

"我们那儿与你们这儿的地面硬度和密度却是奇迹般一样，我没有感觉出什么异样和特别来。"

这是我根据感觉说的，用不着思考与分析，归纳与总结。

李孔贤士嘀嘀地笑了。

"我感到幸运啊！"

我明白他所说的意思，他是指两个相隔那么远的地方毕竟还是有相同的地方：两地表面物质相似，这样就不会出现塌陷——因为我的体重而使其塌陷，这也保证了我和地球上的人类的安全。这也许便是宇宙的意志吧。

"李孔贤士，你与众贤士，还有那十一位木匠，还有三位隐士，还有常露朵你们就先在这秦直道上等候，我立刻上山，远望之后就立即下山。"

李孔问道：

"那得多长时间啊？"

我想了想，说：

"不会花很长时间的，吃顿饭、喝碗水的工夫我就会回来的。"

"那车厢上的他们要不要下来？"

"随他们的便，想下来逛逛的就下来逛逛，不想下来的就继续待在上面。"

"好吧。我们就在这儿等候着你。"

然后他向高高的车厢上喊：

"星使要到华山顶上去看看，你们想下车到这附近旷野逛逛的就下来，不愿下来的，就继续待在车厢上面，星使一时半刻就回来了。"

我把车辕又按了按，见它牢固地架在那根特殊的立木上，就丢开手说："我走了。"

第八十一章
华山上远望未来的朝代（三）

深绿色的平坦空旷的田野后面是树林葱郁的村庄，葱绿的村庄背后是黄色泥土的山坡，土黄色的山坡背后是雪白发青的山峰，华山巅峰则像裸露了上亿年的白骨一样，白得瘆人。

我飞奔过旷野，从村庄上面跨越过去，落脚到半山坡上，又跳了一步，就到了青白色的山体上，用力一跃，便跳上了华岳的巅峰之顶。这座山峰真是壁立陡峭，从峰顶到谷底垂直向下，大约有数千米。

我站立在华岳之巅峰上，回头下望山下远处旷野上的巨车和贤士们，发现那所谓的巨车不过像蜗牛那么大了，而车厢上的和已经从梯子攀下地面去的贤士们——他们宛若小小的、黑漆漆的一群蚂蚁。我离他们真的已经这么遥远了吗？华岳巅峰真的就这么高入云天了吗？

我站立在巅峰之顶上，扭身先是朝东方瞻望，我看见的是广阔的东方大平原，也夹杂有山脉，东方的边际是茫茫无际的，波浪起伏不定的大水——那便是大海了吧。我转向南方，这边的地势越来越低，视野比较开阔，望见的是起伏连绵的群山。中间也有夹杂无数的平畴原野。我转向西方，越来越隆起的地势，还有升腾起来的山脉，都遮挡住了我的视线。我转身朝向北方。北方尽管没有西方那样高峻的地势，但它除了一望无际的平原绿野，也夹杂着群山峻岭。东西南北我在中，全部遥望之后，我连徐市大师所说的未来朝代的影子都没有望见。它们就那么遥远吗？连一点儿形都不现吗？我心里发堵，感到了自从降落这个叫作地球的星球之后从未有过的痛苦。我是送药救世来的，是来救那无数的可怜的感染了丹巴热病病毒的人，你们无疑也在渴望与等候着我的到来，可你们并不在这个叫作秦的世界里，我如何才能快速地前往你们所在的时空里呢？

啊，我的慈爱的 M 星啊，您发射的飞船怎么就降落到了这个秦始皇时代了呢？怎么就叫我陷进这漫长无望的时空泥沼里了呢？！

第八十二章
在华岳巅峰之上对未来进行哲学性的思考

我的喟叹谁能听见？我的远在宇宙深处，群星之间的 M 星球能听见吗？我的太爷爷和父母、兄弟姐妹们能听见吗？他们是听不见的。他们也不可能把我接回去，重新发射一次飞船。这是一次单程的旅行，是没有回头路的。我被发射出来了，就再也不可能回到我的母星——M 星球去了，这是命运的注定，因为我乘坐的飞船被始皇帝派遣的武士队伍烧毁了。

我虽然回不去，但我的使命却是不能马虎对待的。我必须完成使命。我的良知不允许我放弃使命，分明有千万可怜的大学生在那里受苦受难，我却假装视而不见，这是我这样的人做不到的。我不会昧了良心，更不会坏了良心。有良心在，一切都有希望。

我站在华山最高的巅峰上，眼睛里流出了灼热的泪水，心里头流出了鲜艳的血。我的心在滴血啊！我没有放声大哭。我知道哭声会传得很远很远的，不但会让山下渭南平原上的贤士们听到，而且还会被始皇帝和他的军队听见的。他们会产生误会的，会以为我是对于始皇帝及他的军队有了畏惧心理。我强忍住哽咽之声，把泪水咽进了肚子里。我背向北面，面朝南方的群山，伸手把泪珠抹去。我擦了好几次，手背还是湿漉漉的。我意识到我是过于悲伤了，流了这么多的泪。尽管我还是个孩童，只有 11 岁，可我自从坐上飞船降落到这个叫作地球的星球上的时间也不算短了，我经历的锻炼应该已经把我磨炼成了一个坚强和成熟的人了。况且11岁是我们M星球上的年龄,而在这个叫作地球的星球上,我已经11,000岁,这是比地球上任何的生命都长的生命,我这样一想,就更觉得不应该哭泣了。

我不再哭了,手指不再潮湿,我的心已经坚定,情绪控制好了。我转过身来,面向北方。我手搭凉棚,看到了远处平野上如直线一样的直道,那直道上的巨车,那车厢上和车轮附近活动着的贤士们。在更北的地方是那弯弯曲曲向东渐去的渭水。这条小河的水既哺育了叫作秦的这片大地上的人民,也哺育了始皇帝这样的暴君和他的如虎似狼的武士军队。河水叫好人喝,也叫恶人喝,星辰照耀良人,也把阳光给予恶人,凡人都是有影子的。对于星辰来说,它不是以它表面生存的生命的善恶标准来衡量世界的。星辰哺育了生命,给予生命充分的养料,凡是生命所必须的生存条件,它都无条件地满足;可是被它哺育的生命之间的互相吞噬,互相残害,不管什么样规模的,大的还是小的,它是不予干涉的。

我是一个叫作M星球上的生命体,我对于这个叫作地球的星球上的生命是充满了同情与喜爱的,我具有的良知,他们也同样具有——我就是为了挽救这个叫作地球的星球上的被丹巴热病病毒摧残、戕害的生灵才降落下来的,出发点便是唤醒他人的良知,拯救他人的性命。生命被任何一种病毒残害都是我们M星球人无法忍受的事实,更何况现在有无数的生命被始皇残害呢?凡是这个叫作地球的星球上一切受害的人都属于我救助的对象。送药救人与带领人们逃脱始皇帝的暴政,背后的逻辑是一样的。

我站立在华岳山脉最高的山顶上,对我看到的巨车和贤士们,我的心里产生了深厚的爱。让他们在这个残无人道的世界获得生命，获得生存的权利，这便是我的任务啊！活在这个时空里便有了特别的价值与意义。我会保护他们，让他们一生平安的。我在心底里默默地发誓。然后，我双脚一抬，纵身一跃，便飞离了山顶。

第八十三章
我们向东方的大海继续前进（一）

我飞到了巨车跟前。

这样的情形相比之前我在平原和山冈上的踊跃是更叫李孔、荀梦周、申乘、历史、姬诗、侯休、韩众和卢童以及木匠师傅们兴奋了，他们欢呼着。

"啊呀，星使啊，原来你是能飞翔的啊！"

李孔说："以前他哪儿离开我们这么远呢？也没有遇到过这么高的山巅嘛。"

接着，李孔贤士向其他贤士解释了我来自的 M 星球上的大气的浮力与他们这儿大地上的大气的浓度与浮力的关系，而且还尝试做了模糊的换算，这总算让众贤士们恍然大悟了。

荀梦周问道：

"英远星使，你寻见了那叫什么丹巴热病的世界没有？"

听到他的问题，大家都沉默着，巨车周围一时变得十分沉寂。

我说：

"没有。"

荀梦周说：

"那到底是个什么样的世界呢？怎么这么神秘？"

"我要是知道我就会告诉大家的，可我是连它的一点儿踪影都没有见到。慢慢寻找吧，总会有找见它的时候哩。"我说。通过方才在华山巅峰之上的思索，我已经彻底地平静下来了。望天地之悠悠，惟有良知长久。这是我的信心，也是未来的希望所在。

历史说：

"英远星使，咱们相处久了，彼此也有了感情，你一离开，我的心就空落落的难受。"

我说：

"我在山顶上思考了你们的未来与前途，我坚定了要保护你们所有人一生平安的宗旨，我绝对不会食言的。"

我说了上面那样的话后，众贤士又一次沉默了，一时万物变得异常的安静。我没有料到的是，他们突然之间同时发出了哭声。

"英远大星，我们永远和你在一起！"

我看到李孔被感动的情绪扭曲的脸庞，连忙拥抱了他一下。我拍着他的肩膀说：

"李孔贤士啊，我们赶快出发吧！"

李孔抹去了眼睛上的泪珠。

"立即出发！"

"贤士们，大伙儿现在就上车厢上去，马上出发，我们继续向东方的大海前进！"

众贤士纷纷攀爬上梯子，跳进巨大的车厢，把木头梯子也收上去了，李孔贤士也坐在了车辕上。我把立木取掉，递给李孔贤士，他把它横到车辕上，用那曾经用过的桑树皮绳子把它绑好了。我拉起车辕，正要奔跑的时候，有人喊道：

"啊，怪了，木匠尚立和常露朵怎么没有了影子呢？"

这是一位我还不知道姓名的贤士喊的。他这么一喊提醒了大家。

"是啊，周筇贤士，好像他们两个从车厢上下去了，就再也没有了影子。"

这是姬诗的声音。我虽然看不见他的面,可我已经熟记了他的声音,一听就知道他。他称呼为"周笫"的贤士,我知道他的姓该如何写,至于名是哪个字,我还是要询问后才能确定的。同音的字实在不少。

李孔贤士朝车厢上的贤士们喊道:

"贤士们,还有木匠师傅们,侯休、卢童和韩众先生,你们站得高,看得远,都向前后左右各个方向瞅瞅瞧瞧,看看有没有他俩的影子儿。"

贤士们引颈翘望,他们转动身体时,车厢发生了些微的晃动,这是五百人一齐行动造成的共振现象。我对于贤士们、木匠师傅们,还有三位隐士的热情还是蛮感动的。那些处在车厢边沿儿上的人朝远处俯瞰是顺便的事,而那些待在车厢中心位置的人——他们只能朝天上张望,但他们也不放弃对同伴的爱护与关心。

"北方的田野里没有他们的影子!"申乘喊道。这声音也是我听出来的。

"西边的荒野里也没有"这是木匠寇工师傅的声音。

"南边的山野里也没有他们的身影啊!"这是荀梦周贤士的声音。

"啊!不好了"这是刚才被姬诗叫出了姓名的"周笫"喊的,"东边直道上,那皇帝的军队把尚立和常露朵都圈围起来了,把他们逮住了!"

随着周笫的喊声落地,车厢上的贤士纷纷转动着身体,这使巨大的车子向前晃悠着,闪了几下,才平衡住。我叫李孔贤士坐到车辕上不要动弹,然后我纵身一跃便跳上了高高的车厢。

我站立在车厢的东边的车帮沿上,望见了始皇帝的军队所形成的包围圈内的情况。士兵们把尚立和常露朵两个人包围在了一个大圈内，却只派出了两个士兵进去擒拿他俩。我有些儿意外。这玩的是什么游戏？似乎两位武士也不是特意要把两位落网者抓住，他们已经接近他俩时，就故意放慢了速度，又拉开了一段小小的距离，然后又去追赶他俩。但是呢，四周全是士兵、将领组织成的墙壁，尚立与常露朵是无法穿越的，他们只能绕着人墙奔跑。

我仍旧站立在车帮壁沿上。

这支始皇帝的军队是跟随在星相大师徐市的后面出现的，可这支队伍的任务并不是监视徐市，而是要围追、堵截我所带领的这支贤士群体。但他们也并不与我们发生正面冲突，特别是我方才一人飞上了华岳巅峰眺望未来年月的时空，他们无疑也是发现了我的离去的，但他们并没有乘机进攻这辆巨车。当然了，他们是会考虑到，他们无论以什么样的速度进攻都是会得不偿失的。贤士们会呼喊我的，我一旦返回，就会把他们全部扔进渭水里去洗澡。

我立即就明白了。这位带军的将军真是绝顶聪明。他一定是命令他的武士和军人们不要抓获尚立和常露朵，只需他们追赶他俩，让他俩跑，但也不让军队让出一个缺口来，叫他俩跑掉。

好吧，这位始皇帝派遣的将军是想与我会面。

第八十四章
我们向东方的大海继续前进（二）

我想这么一点儿距离，我就用不着飞翔了。我跳下车厢，顺着秦直道飞跃起来，也就不到十步，我就跳进了始皇帝的军队所形成的包围圈。

我是跃过武士与军人组成的人墙进入包围圈的。

我站立到了包围圈的中心位置上。武士与军人们发现了我，他们的眼睛瞪得像铜铃，好像早就盼望着我的到来。而那两位追赶着尚立与常露朵的军人发现我后就停下了追撵的脚步。等到这个巨大的包围圈里所有的军人与武士都看见了我的到来，那两位不慎投进这个囚笼的少年男女这才意识到了世界的变化。他俩是最后才发现我的。尚立看见我站立在包围圈的中心位置上，他的眼睛闪了几下，还以为看见的是幻影，等他终于发现我是真实的存在时，他用双手蒙住了脸。

而常露朵看见我时，她的眼睛立即就洋溢出了笑意。那笑容是十分灿烂的，美丽极了。她朝我奔跑过来，一下子就把我搂住了，给我了一个深深的、长长的吻。

我没有拒绝，就那样任凭她表达自己的感情。

这个时候，从包围圈中走出来了一个人来。这个人的装束一看就是位将军。他的铠甲头盔与其他武士有着明显的区别。

这位将军不慌不忙、从容镇静地走到了我的面前。

"星星好汉，我是吴下将军，这厢有礼了。"他抱拳拱手向我微微弯曲了颈部。

听到吴下将军的声音，常露朵把我放开了。这个时候，整个儿包围圈散开了，军人与武士们自行排列到了直道的东边。他们是从那边来的，好像要重新回到那边去。

我说：

"我是 M 星的使者，名叫英远。吴下将军，请受我一拜。"我深深地弓了弓后背，双手合一，向他拱揖。

吴下将军说：

"英远大星使，皇帝派我追赶、堵截您和您带领的死囚犯们，我既然是皇帝的部下，就得执行他的旨意。您是星星派来的，我不便干涉你的事务，可你要把皇帝的死囚犯们带走，这是有违我们这个皇帝帝国的规矩和法律的。儒生、士子们犯了罪，就得服刑就罚，这是自古就有的道理。要不，世道就乱了。"

"吴下将军，你的意思是要我干我自己的事情，不要乱管闲事——这我是万万不会答应的。您认为这是闲事，可我并不这样认为。您与皇帝及其帝国都认为贤士们犯了死罪，可我并不那样认为。我反而认为您与皇帝及其整个帝国犯了大罪——这罪大得即使把你们处死也抵偿不了。"

我没有激动，但我一旦说到始皇帝及其军队的罪恶，我胸中就填满了义愤。

"大星使，我没有权利与您讨论这样的问题，我只要求你把你带走的死囚犯留下，你去完成你的任务就行了。"

吴下将军近似于恳求了。

"这是万万不行的。我绝对没有见死不救的'修养'，那是只有你们这个秦帝国才会有的残忍理念。"

吴下将军哀叹了一声。

"我们的谈判失败了。"他宛若喃喃自语一般。

我说：

"残忍与非正义是永远不会胜利的，失败是唯一的结果。我现在请您下令叫您率领的军队为我们让道。"

"真的没有斡旋的余地了？"

"没有，绝对没有！"我强调道。

吴下将军脸上表现出很不愿意承认目前这样的现实的神情，他还在做最后的努力。

"我听说您的躯体可断箭镞、宝剑……"他说话的口吻透露出一丝怯弱。

我正视着他的眼睛。

他没有躲闪。

那么他是真心的。只要你是真心的，不管你犯了怎样严重的错误，都是可以原谅的。

我说：

"蒙毅上卿的话您难道还有怀疑的必要吗？"

"星使怎么知道是他告诉我的？"吴下将军大概是为了缓和气氛这才问出了这样稚气幼傻的话。

"我先前以为蒙毅是皇帝的什么将军呢，就比如您这样的身份，我就一直把他称作将军，他也没有特意纠正我。后来遇到徐市星相大师，我才晓得他还有个特别的官职名称。不过，叫他什么都是无所谓的事，他那样一个人，我牢记住了，他的那把青铜宝剑是怎么样断裂的，他没有向你详细描述吧？"

吴下将军迟疑了一会儿，仿佛他在深入地思索这个不符合常理的问题。

"我一直难以理解的是，不管怎么说，星使，你是血肉长的嘛，怎么就会比这坚硬锋利的青铜强大呢？"

我一听就觉得厌烦。可我还是得向他解释一下原因。

"吴下将军,您想到我的 M 星球去见识见识吗?"

吴下将军觉得意外。

"怎么去?"他说。

他说这样的话其实是否定的意思,一是说没有那样的条件去,二是说他根本就不可能去的。前者是被动的,后者是主观性的,是他个人意志的体现。

"这样吧,吴下将军,您还是把你的青铜宝剑拔出来吧,我把这根脖颈给您,您把它砍下去就是了。"

我把衣领扒开,露出白里透红的脖颈。

"就这儿,来一剑,砍断了,您的什么问题也就不会存在了。"我说。

这个时候,常露朵姑娘扑了上来,她把我的脖颈抱住了,护守着。她大声地喊道:

"你们休想!"

"这我可怎么挥剑?"他说。

常露朵用她的迷人朦胧的美丽眼睛逼视着吴下将军,她的眼神里布满了对于这位将军的仇恨。我把她的手臂轻轻地推开。

"露朵姑娘,你与尚立师傅先回咱们的'陆朵'去吧。"

当她听到"陆朵"这样的,对于巨车的称呼,她激动了,愤怒地喊道:

"尚立,你死到哪儿去了?"

她眼睛四下巡视了一番,没有发现尚立的踪影。

吴下将军说:

"啊,你是喊那个男人吗?他早就离开了。我叫武士们放他走的。"

"他怎么就独自走了呢?白痴!"常露朵狠狠地骂道。可当她发现在始皇帝的军队面前只有她独自一人可以保护我时,她变得愈发地勇敢起来了。

"吴下将军，你要是砍的话，就先得把我的手臂砍断！"

吴下将军说：

"你叫常露朵吧，你的父亲不就是因为反对始皇帝而被斩头了吗？你一个小小女子，能与皇帝的军队对抗吗？简直就是螳臂当车、蚍蜉撼树！"

吴下将军倒是与常露朵姑娘较上劲儿了，我内心感到更加强烈的厌烦。我把手伸到常露朵身体两侧的腋窝下，把她托起来放到了一边，然后，我向前一步，把吴下将军手里的青铜宝剑拿了过来，我说：

"您，将军，砍不下去的话，我自己来。"

我挥剑砍向自己的脖颈，只听叮当一声，青铜宝剑断成了两截。吴下将军吓得向后退去，他的后退造成了军队的后退，军人、武士们犹如波浪一样向后退涌而去，倒地时发出响亮的声音。

吴下将军的身体忽闪了几下，终于支撑住了，恢复了以往的平衡。

"吴下将军，不必害怕，我不会砍您的。"

吴下将军目瞪口呆，张口结舌。

"我……我……这是……亲眼看见血肉比青铜……厉害……厉害……"

第八十五章
我们向东方的大海继续前进（三）

青铜这样的合金里面除了铜，还有不少的锡。这种金属根本伤害不了我。这个叫作秦的帝国尚在使用这种脆弱的铜锡合金冷兵器，听说始皇帝就是靠这样的冷兵器消灭了东方六国，这是他的幸运啊，假如我早一些时间降落到这个叫作地球的星球，我就会阻止那场所谓的统一战争的。不通过战争厮杀，征服杀戮，照样是能够取得长久的和平的。始皇帝从来没有说他是为了和平而去统一天下的，他要的无非就是征服。

吴下将军终于见识了我们 M 星球上生命的血肉有多么坚硬，虽然我们的血还是血，肉也还是肉，可组成我们血肉的细胞的密度却是这个叫作地球的星球上的人难以想象的。密度决定硬度，密度也决定了质量。这一切都是源于我和人类构造的不同。

吴下将军主动把他率领的军队向他们来时的路上撤退，让开了直道。当我与常露朵回到陆朵巨车前时，众贤士、木匠师傅和三位隐士，他们脸上露出了难以抑止的喜悦。

"皇帝的什么将军，非要把我们捉住活埋了？这些为虎傅翼、为虎作伥的家伙，长的不是人的脑袋！"

这是周筜贤士说的。

听到他说话，我早就想问他的话又浮现了出来。

"周贤士，您的姓名我知道，但不知道该怎么写。"

周筜贤士的眼睛里充满了笑意。

"啊,我们的救命恩人,您这样敬重我们,还把我们的姓名一一记在心里,这实在叫我太感动了。"

他拾了一根树枝儿,蹲到地上将他的名字端正地写下来。他写的字结构十分工整。

"太好了,您写的字如此遒劲有力,还漂亮好看,观赏价值极高。"

这个时候,李孔贤士说:

"凡是贤士都得把字写得有骨气,这其实就是我们的门面。啊,尚立木匠师傅一直没有回来?"

我这才想到尚立,他究竟哪里去了?

"露朵,尚立师傅不是早就回来了吗?"

"我没有看见他是咋离开吴下的军队的。"

于是,大家到处去寻找尚立,在原野上呼喊着他的姓名。姬诗还大声地吟诵道:

"匪兕匪虎,

率彼旷野?"

听到姬诗吟诵的诗句,我十分喜爱,可我并不知道他是引用的,还是他自己创作的。是啊,我们不是犀牛,不是老虎,为何要在旷野里受苦呢?好在,我们还有一辆木头大车。问题是,那终究不是房屋,不是人能够长期生活的地方,那只是暂时的路上的工具而已。那个叫尚立的木匠师傅,他给我们这支队伍找的麻烦可真不算少了。先是回到他的小村庄把常露朵接上——这当然是好事了,我们也都乐意帮忙。问题是,自从这支贤士队伍里有了这样一位姑娘,其他贤士倒没有什么表现,可是尚立自己呢,他的问题就接二连三地发生了。这是为什么呢?他是爱常露朵姑娘的,这没有什么疑问,这也是应该称道和嘉奖的;可是啊,你不能因为爱一个姑娘就把自己变成了一个不正常的人。我这个外星人在这其中是不是也有责任呢？肯定是有的，也需要承担起来。他与露朵姑娘先是跑到了吴下将军带领的军队所形成的包围圈里，他是想把她带到始皇帝那儿去吗？他是个木匠，并非被始皇帝判了活埋之刑罚的贤士；他是个工匠，没有什么思想，也不会管什么正义与道义的，他回到始皇帝统治的社会里，也许还能过上好日子。他可能心底里埋藏了对于我们这支贤士队伍的怨恨。他本是骊山集市上的木匠，与其他木匠一起找活儿干，创家业，挣到了足够多的钱币，就能娶露朵。可是啊，他跟着众木匠从骊山集市出来，就走上了不归之路。

现在大家都在找他。本来计划好的马上就出发上路的事就耽搁下来了。贤士们和木匠们要是在旷野里走得过于远了，要么走失，要么被蛇咬了，那就更加麻烦了。

我纵身跳上了高耸的车厢，单脚站立在车帮上，一边向四周挥手，一边喊道：

"众贤士、众木匠师傅，大家赶快回来吧！"

旷野里的人们听见了我的喊叫声，有的转身，有的回头，向我所在的车厢上仰望着，当他们明白我的意思后，就往巨车跟前走了。姬诗还高兴地往高空中一跳，喊道：

"英远星使啊，你找到尚立师傅了？"

听到他的问话，倒是提醒了我。我向四周瞭望了一番，果然就发现了尚立的踪迹。他原来啊，是跑到吴下将军带领的军队里去了。那东边有一条河流，白水气势汹汹地奔流着，还翻卷着腾腾的水汽。这条河流注入另外那条大河的岔口处，尚立是被吴下将军的武士从河水里捞出来的。他倒没有溺水，一上岸就站得笔挺端直的。要么，我怎么能一眼就认出那衣裳湿漉漉的人就是他呢。啊，他原来是要跳河，但他还没有走进能够把自己淹没的水的深处，就被武士们拽上来了。

这到底是什么样的奇观呢？这个叫作秦的帝国，出了个始皇帝就够我费脑的了，又纠缠上了情感这样的芥末小事里，这是不应该的。我还是个11岁的孩童嘛，我可不愿意世界变得复杂难堪，尴尬，难以处理，脱不了身……污泥浊水的，七上八下的。

我从车厢上落到了地面上。

贤士们一时还没有回到车轮附近，他们还在旷野里奔跑着，或者快步走着。李孔贤士也不在车辕上坐了。在两根车辕之间坐着的是常露朵姑娘。她的长发垂在前胸，猛一看，她的美丽让人难以抗拒。发丝间隐现的大眼睛，黑汪汪的，朦朦胧胧，藏有无限的神秘。她有着你无法琢磨难以预测的魅力。

她看见了我，嫣然一笑。

我说：

"尚立师傅跳到河流里了……"

常露朵没有说什么，神情上也没有什么变化。

"吴下将军的武士把他捞了上来……"

常露朵的脸庞依然隐藏在长发黑丝之间，看不出她有什么表情。她的眼睛好像是白日里的黑色星星。

"他除了衣裳水淋淋的外，倒没有任何危险。"

常露朵还是刚才那样一副表情。

"他就那样与吴下将军的武士交谈着。"

常露朵说：

"他是我们村里水性最好的男孩。渭河又没有盖儿，他想跳下去，谁也拦不住他。不过，他不是去寻死的。"

"他想游过河去？"

这时候，贤士们陆续地回来了，大家围到车辕附近，没有

人说话。李孔走到了我和常露朵的跟前,说:

"星使,你说尚立在吴下将军的军营里?"

"没错。"我说。

"他怎么会跑到那儿去呢?"姬诗自言自语地问道。

我看到李孔走到了坐在两根车辕之间的常露朵姑娘跟前。

"露朵姑娘,我跟你说句话。"李孔说。

常露朵挥手把她长长的黑色头发往一边一刨,说:

"李大叔,你说吧。"

"我需要你跟我到车厢上面去——这儿不太好说。"

常露朵姑娘依旧坐在两根车辕之间的横板上,李孔伸手把她拉了下来。他虽然马上松开了手,但她还是觉得十分意外。李孔抓住梯子,迅速地爬进车厢。她看了看大家,又特意看看我。我说:

"你跟李孔贤士上去吧。"

她抓住梯子,慢慢地爬上了车厢。

我觉得现在是应该解决木匠师傅的问题的时候了,尽管其他木匠师傅没有特别的表现,但从尚立的态度是能够推测出木匠师傅们的想法的。

"各位木匠师傅,尚立在吴下将军的军营里,他先是跳了河,武士们把他捞了上来。"

陈树说:

"这家伙耍什么把戏呢?"

陈树师傅是这群木匠里的领头羊的角色,其他木匠一般都是看他的样子跟进的。他继续说:

"尚立这家伙水性好得不得了,还要投水自尽?他可真会作!"

郭行说:

"自作孽，谁也救不了。"

我左右看了看木匠们，咳嗽了一下，说：

"当然了，尚立师傅那样做也是有他的道理的。他有一个未婚妻在我们这个队伍里，这是他与所有人都不同的地方，这也是他心不安的重要原因。不过嘛，我觉得我是对不起你们的。各位师傅本来是在骊山集市做木工活挣钱养家的，可我把你们大家带到了这支队伍里来，这无疑是连累了你们。再说了，师傅们与贤士们终究是不同的，他们被皇帝判了死罪，而你们本来是啥罪都没有的。是我连累了你们。现在这种情况下，显然你们也不能直接回到骊山集市或者你们的村子去，因为官府会抓捕你们治罪的。我想这就是尚立师傅这样一个水性特好的人非要去跳河自杀的原因。因为他无所适从啊，进退维谷，找不到出路。"

王前师傅问道：

"还会有什么样的出路呢？"

其他的木匠师傅都眼巴巴地看着我。我说：

"这也是因为尚立师傅的问题引起了我的思考，我才琢磨出了一个比较好的办法——尚立师傅被吴下将军的手下从河里捞了出来，虽然尚立没有溺水，可他毕竟是从河里被救助上来的。他的来路和出身就被河流抹去了，以前的事情就能够一笔抹杀掉了，他就如此加入到了军队里去，成了战士，到战场上去杀敌立功，之后也就会成为有功之臣，会受到皇帝的奖赏，这不是就有出路了？"

木匠师傅们有的眨巴眨巴眼睛，有的挠了挠自己的头皮，有的还把眼睛揉了揉，有的直接就笑逐颜开了。

第八十六章
我们向东方的大海继续前进（四）

　　尚立的折腾引起了我的思考，一思考也就明白了木匠们的心思。尚立即使待在我所率领的贤士们组成的队伍里，有常露朵姑娘的陪伴，他照样也不会安心的。当一个人是有技术、有手艺在身，不愁吃穿的鲁班大师的徒弟，是不愿意被始皇帝的军队追赶和围剿的。他本来就没有反皇帝的心，天生就不是一个叛逆者，而是个老老实实的木匠，他怎么会接受逃亡命运呢？

　　我也没有特意与吴下将军接触，那也是用不着明说的。当我拉着巨型木车从吴下将军驻扎的军营中间通过时，按照我们事先设计好的方案，木匠师傅纷纷从大车上溜下去，前赴后继地奔向河流，奋不顾身地跳了下去。而我假装没有发现这样的变化，继续拖拉着巨车前进。我知道吴下将军的手下不会眼看有人跳水而不去救的。木匠师傅们几乎都是渭河边出生，在水边长大的，他们的水性是超一流的好。他们的跳水自杀也是合乎逻辑的。他们会以为木匠们不愿跟着贤士去送命，又走头无路，一时又想不开，便只好轻生了。

　　我这个外星星童是不便于回头张望的，一是巨车遮挡了我的视线，二是那样的动作会使巨车出现危险。我要为车厢上的近五百号人的安全负责。

　　后来，据站在高大的车厢北侧和前面的贤士说，木匠师傅们跑得像是田野里被农夫的镰刀惊扰了的野兔，急头撺脑地穿越河边空地，到了渭河水边后，他们大声喊着：

"活不成了！活不成了啊！投水死了算了！"

他们是一起呼喊的，喊声传得很远很远。还没有等到他们跳进河水里，吴下将军的手下们就奔跑到河边去捞他们了。

我的名字叫陨童，是从这个叫作地球的星球之外遥远的 M 星来的。在我的母星时，我还有个名字叫英远。人人都是平等的 M 星人。对他人的尊重是最重要的，一个不尊重他人的人是社会的耻辱。我就是从那样一个星球来的，我来到了这个始皇帝用血与青铜厮杀打造的秦帝国，这个还不会使用火药、炸药，还没有发明出电的社会，这个一切还处在低级阶段的，可以说是无科技的社会。但始皇帝运用青铜弓弩和青铜刀剑，组织成的强大的以他为中心的集团，把黎民百姓统治得死死的，被统治阶层只有做奴隶的命运。当然了，这个帝国的激励奖罚制度也是十分可怕的，把人们变成虎狼，让他们通过战功爬上统治阶层，变成始皇帝的爪牙……

这是我对这个帝国的初步认识。我的认知有限，难免会出现偏差与错误，我想我还是有机会更改的。我宛若一个盲人一样，对于这个帝国还处在摸索阶段，抚摸一部分，就会明亮一部分，等到我把它全部触摸过了，这个帝国也就会呈现出一个全貌来。

我通过对尚立木匠师傅的行为与思想的观察，得出了木匠不同于贤士们的结论，他们心里反对始皇帝，但他们并不敢当面与始皇帝作对，也不赞成这样的集体逃亡。由于我的失误，把他们与贤士们搅和到了一起，他们也就无法回归到正常的生活了。我想通过吴下将军的仁慈，让他们重回始皇帝的帝国，过上不是罪人的安稳日子。他们跳河自尽，获救，加入军队，成为帝国的战士，战斗立功，获得奖赏……这样的办法也许是行得通的。他们个个身揣木匠技艺，都是这个社会的能工巧匠，希望他们能在这个社会实现自己的价值。

十一位木匠的事情算是成功地解决了，可是常露朵的问题相对来说比较棘手。为了她的安全，她暂且还是得与贤士们待在一起，待在车厢上，一旦找到了合适的办法，就得叫她离开贤士们的队伍。常露朵与贤士们相处有着很大的不便，但也只能那样安排了。假如叫她坐到车辕后档上，而我是个忙于拉车的力士，她一个人也就相对独立起来了，会方便很多。可我联想到尚立从前的失态，贤士们会不会觉得我这个外星星使也有自私的想法呢？为了避嫌，我还是坚持叫李孔贤士坐在下面。

巨车在直道上飞速地朝东方大海边前行，我奔跑得两脚生风，双脚似乎并不与地面接触，而巨车宛若在飞行。在这个叫作地球的炎热的夏天，身处高处的车厢上的贤士们吹着迎面而来的凉风，他们也就不会觉得旅程的枯燥与艰辛。我想起了姬诗曾经吟诵过的诗句，就问李孔贤士：

"贤士啊，那'匪兕匪虎，率彼旷野'也是《诗》里的吧？"

我回头一看，发现李孔的眼睛亮得不得了。

"这你都晓得啊！太好了。"

"我是听姬诗吟诵的。"

"星使啊，你的记性真是好啊。这是《何草不黄》中的两句。"接下来李孔贤士便吟诵了整首诗：

何草不黄？
何日不行？
何人不将？
经营四方。
何草不玄？

> 何人不矜?
> 哀我征夫,
> 独为匪民。
> 匪兕匪虎,
> 率彼旷野。
> 哀我征夫,
> 朝夕不暇。
> 有芃者狐,
> 率彼幽草。
> 有栈之车,
> 行彼周道。

李孔贤士吟诵的声音优美动听,犹如音乐,是一种极大的享受。这个叫作秦的地域怎么会有如此杰出的诗呢?这是我不理解的。按说在始皇帝的残暴统治下,是不会有美声出自民间的。我想这些诗都是秦之前的人民心声,先秦一定是个令人向往和憧憬的社会。不过我虽然感受了这样的美音,但我对这首诗的细腻之处的理解还是需要李孔贤士指导解释的。

我说:

"李孔贤士,你能把刚才吟诵的这首诗讲解一下吗?"

李孔马上说:

"好啊,好啊,遇到像星使你这样的好学之人,我哪怕讲解十遍都是乐意的。它说的是什么草儿不枯黄?什么日子不奔忙?什么人从不从征?往来经营走四方。什么草儿不黑腐?什么人哪像鳏夫?可悲我等出征的人,不被当人如尘土。既非野牛又不是老虎,穿行旷野不信步。"李孔贤士又补充说,"这说的有点像我们这支队伍的情况。可怜我们这些出征的人,白天黑夜都是官家的奴。野地狐狸的毛皮多么蓬松，往来出没于深深的草丛。高高的役车，驰行在大道上。'周道'是宽阔的路的意思。'栈'是高的样子。'率'是沿着的意思。'矜'通'鳏'，没有妻子的人。征夫离家，像旷野里的野牛老虎，没有家，没有妻。'将'是出征的意思。"

我听了以后，说：

"李孔贤士，您解释得真仔细认真，一丝不苟，我总算是弄明白了。谢谢您。"

"你看你，星使，你还跟我李孔客气啊。你是我们这近五百贤士的救命恩人哩。"

我连忙打断了他的话：

"李孔贤士啊，以后不许提什么救命恩人的话。"

我说话的语气有些生硬，的确是有些生气了。

"好，好，好，我记住就是了。以后坚决不提。"

"李孔贤士啊，那'有栈之车'恍若说的就是咱们这辆车呢。"

"啊？还真有点儿像哩。"

"行彼周道，这周道不正是咱们正在行驶中的直道吗？"我说。

李孔贤士哈哈大笑了起来。

第八十七章
我们向东方的大海继续前进（五）

　　李孔贤士继续给我讲述那首叫作《何草不黄》的诗的故事。
　　夏日虽然炎热，但这顺河东去的直道时有河风吹来，带来了河水的清凉气息，恍若猛然间喝了冰凉的蜜水一样沁心爽口。河边滩涂之地以及河坡倾斜之地上，河草和山草葳蕤茂盛，还散发着沁人心脾的清新气息，仿佛刚刚下过了一阵雷雨似的。
　　我拉着巨车"陆朵"轻松自如地飞跑着。我没有感觉到丝毫的疲累，就像是在傍晚时分的山麓下的原野上随心所欲地散步一样。我想到的是，始皇帝为了他的帝国的高压统治，迫使黎民百姓把道路修建得如此宽广，还十分平直，这完全是军事用途的专权。我对坐到后面的李孔贤士说：
　　"李孔贤士，皇帝竟然修建了这么宽阔的直道，是用不着再打仗了吗？这道路倒是为咱们这辆陆朵提供了极大的方便。"
　　李孔贤士没有马上回答我的问题。陆朵巨车在我的拖拉下，把道路的表面碾轧出了深深的辙痕。始皇帝修建的宽广大路，是为了他的军队驰骋用的，他绝对没有想到在他的帝国会凭空出现这样一辆巨型大车。我想到陆朵的两个巨大车轮宛若两把圆形的巨刀把这个始皇帝的帝国拉出了长长的伤口，这个帝国受到这样的创伤，它会呻吟的，也会流血的，它的命还能延续多久，这是谁也说不清的。
　　我听见李孔贤士说：
　　"英远星使，有关秦帝国的许多常识，你初来乍到，一切都是从零开始学习的，闹出一些误会和笑话，这是难免的。趁这个机会，我给你讲讲秦帝国的道路。"

"好啊，好啊，我向您请教的那句诗的知识，你还没有给我讲完呢。"

"你刚才把这条向东去的路当作直道了，其实它有一个专门的名称：华阴平舒道。这条道路当然也是从咸阳帝都开端的。向东南方向还有一条蓝田道；向西去的有陇坂道、回中道。这都是以帝都咸阳为中心说的；向南还有褒斜道，从雍城到平阳再到汉中。从咸阳向北去的那条军事要道才叫直道，它是从咸阳北边的淳化出发，到达子午岭，从子午岭向西到环县，再直向北到九原郡。"

"咱们现在走的这条路原来叫华阴平舒道？平舒，这是个叫人高兴乐观的词儿。它既平坦，又使行走奔跑在上面的车和人舒服，这多么好。"

"有关《何草不黄》那首诗里的'匪兕匪虎，率彼旷野'这两句诗，还得给你讲讲孔子呢。"

"孔子是谁？"我确实不知道这个人是干什么的。

"我跟你说吧，你救下的这四百六十六位士子，他们还有一个共同的名称：儒生。这儒就是从孔子来的，他是皇帝来了之前的先贤，是我们所有读书人学习和效仿的榜样。"

"我多少是明白了一些。李孔贤士，您的家父一定是个大贤吧？"

"你是如何判断的？"李孔问道。

"我是根据你的名字推测的。"

"啊，我先前不叫这个名字，是我自己改了的。我的先人都是可怜的农民啊，他们为了供我读书，把粮食都卖光了，到头来，父母没有享到我一天的福，还遭罪了。我不知道他们是否听到他们寄托了所有希望的儿子被皇帝派兵抓捕了，并且还被判了活埋之刑罚，是不是在乡间的脸面都丢尽了。我实在是对不起父母和祖先啊！"

我没有想到我提的问题触到了李孔贤士的痛处。

"您为何给自己改了这样一个名字呢？"我连忙扭转话题。

李孔显然是在抹眼睛里的泪水。我有意不回头看他，这样也能使他心里好受一些儿。过了片刻，我听见他说：

"始皇帝来之前，我们学子还尊奉一个叫老子的先贤，他本姓李，名耳。他书写的《道德经》可是与孔子的著作同样伟大不朽的著作呢。"

"啊，我明白了，李孔贤士，你的名字是从两位先贤的姓来的，各取一个。"

"正是这样。"李孔的声音里有了自豪感。

"我还有个疑问：为什么李耳的李在前，孔子的孔在后呢？"

"老子比孔子年长，孔子去拜访老子时还称他为老师呢。"

"我听说孔子年少时也是十分贫寒的，这种情况与您倒是十分相似哩。"

"我不敢与孔子、老子先贤相比。"

李孔停顿了一下，继续说道：

"我为何没有把名字改为李孔墨呢？这是因为我喜爱两个字的名字。'匪兕匪虎，率彼旷野。'这样的情形当然与我们现在的情况非常吻合。这是孔子在旷野里向他的学生们问道时说的。'道'是指志向，关于价值的取向问题，以后有时间，我可以和你详细讲讲。"

第八十八章
我们向东方的大海继续前进（六）

　　李孔贤士虽然出身贫寒，但他的学问却足以与先贤们媲美，如若不是他遭遇上了始皇帝这样的社会恶魔，他是会在百家争鸣，百花齐放的士子时代成为一代大贤的。由他为自己更名为李孔这样的雄心来看，他是有足够的智慧和力量的。可怜天下读书人，胸中拥有诗书百万，却不抵丘八的刀剑一把。始皇帝用他的野蛮征服了时代，华夏种族从有巢氏盖屋、燧人氏钻木取火、伏羲氏阴阳八卦一画开天、神农氏尝百草、女娲氏补天、仓颉四目造字到夏殷周、李耳、孔丘、墨翟、庄周、诸子百家开创的华夏文明，就这样被拦腰斩断了……

　　我对于这块叫秦的土地的历史的了解是很不全面的，我只是一个认真的学习者而已，很多知识还是一知半解，我所发出的感慨也是错误百出的。不过我会逐渐改正，随着我掌握的知识越来越丰富，我自己就会意识到哪儿错了，哪儿遗漏了，哪儿闹出笑话来了。我送药的路程还十分漫长，我有的是机会改正错误。

　　我提高音量对坐在后面的李孔说：

　　"李孔贤士，我尽管是 M 星来的送药使者，我的家乡在那遥远的天外，在那银河里，但我的飞船已经被皇帝焚毁了，不可能再回去了。我就得必须安心地在你们这个叫作大秦国的地方生活了，这就得学习你们这儿的知识，历史啊，文学啊，哲学啊，我就得像个真正的学生那样拜个老师——我觉得您最合适给我当老师了,您愿意收我这样一个学生吧?"

我说话的时候一直没有往后看,那会影响我拉车前行的。当我说出了我的想法之后,我才回头看了一眼李孔贤士,并且把陆朵巨车停下了。

李孔贤士愣了一下,马上说:

"我一百个愿意啊!"

我说:

"那您把立柱给我,我把陆朵支撑住。"

陆朵高处的车厢上的贤士们发现巨车停下了,都朝下面俯瞰着,还有贤士询问道:

"要在这儿停下来吗?我们要休息了吗?"

这位贤士的声音对我来说还十分陌生,我不知道他的名字。

李孔贤士跳下车辕,仰望着车厢上面,说:

"咱们的星使要拜一个老师教他知识,我觉得申乘、荀梦周、历史、侯休、韩众和卢童都很合格,我也算其中的一分子吧。"

李孔贤士那样一说,我觉得他的建议非常合理,索性我把他们都拜为老师,这对我掌握这个星球上的知识——特别是有关这个秦帝国及其先前时代的知识是非常有利的。这么多的老师,教我这样一个学生,这是多么好的教学条件啊。

我说:

"申乘贤士、荀梦周贤士、历史贤士、侯休贤士、韩众贤士、卢童贤士,还有姬诗贤士,你们受我一拜,从今以后,我就是你们的学生了,而你们则是我尊重的先生和老师,我会十分认真地向你们学习知识的。我对于你们秦地的知识,实在是了解得太少了。"

申乘站在车厢边沿上,把脖颈尽量地探出厢帮外,大声地说：

"英远星使啊，你想学习什么样的知识，尽管问，我们会认真负责地讲解的，这你放心。不过，你不必称呼我们为老师，你是我们的救命恩人，我们不想……"

我打断了申乘的话：

"一码事是一码事，不要把两者混淆了，教我学习知识便就是我的老师，这是毫无疑义的。"

我立即弓下头和身子向着车厢上面拱手一拜。

李孔贤士说：

"既然星使拜师了，你们就不要推辞了。"

申乘、荀梦周、历史、侯休、韩众、卢童回拜了一下，一起说道：

"我们收你这个学生。"

我高兴地说：

"我以后就要以老师称呼你们了。"

"好！"他们也十分兴奋。

"姬诗贤士，你不愿意给我当老师吗？"我问道。

姬诗是个比我大不了几岁的年轻人，可他的胸怀里却装载了五车诗书，真是学富五车呢。

姬诗把头颅伸出车厢帮沿，说：

"我年纪太轻，只能给你当师兄，不敢称师啊！"

李孔贤士说：

"当师兄也好啊，你就拜他为师兄吧。"

"师兄在上，请受师弟一拜。"我朝车厢上面作揖拱手。

姬诗连忙回敬道：

"师弟如此真诚，我这当师兄的这厢有礼了。"

他也向车下一拜。

然后，大家都笑了。

"李孔贤士，我已经拜了那么多的老师了，他们也都接受了，现在我要郑重地拜您为师。"

我说了上面那句话后，就跪到了地面上，把双手双臂合在一起，伸得直直地向李孔贤士扣拜。他连忙过来把我扶了起来。

"我接受，我接受——这礼太重了。"

第八十九章
农耕

　　我一下子有了这么多的老师，他们合在一起，对什么样的知识都是了如指掌的，我这样一个学生的学习条件真是得天独厚哩。虽然我只拜了上面提到名字的那几位贤士为师，可是这近五百人的贤士，每一个都是可以给我当老师的，他们一人教我一句，便是近五百句呢。我要求他们不能等到我询问什么才教导我什么，而是要按照一个大致的顺序，把他们所掌握的知识，不管是史学的、哲学的、文学的都教给我，这就得有一个课程表什么的。他们之前是如何教学的，是如何要求学生的，就那样严格要求我，我会做一个好学生的。

　　一切又按照以往的样子按部就班地进行着，贤士们在车厢上面酝酿着如何教学，我在平舒道上奔跑着，李孔贤士坐在车辕上，顺便就对我讲解着他认为我需要掌握的知识。路过一个小村庄时，我看到田野里有农夫赶着耕牛在犁地，田地旁边还有一个妇人和一个小女孩，我就把陆朵巨车停下了。

　　农夫吁吁地喊着，把耕牛停下了。他依旧扶着犁把儿，看着我们的这辆巨型大车。那妇人和那小女孩眼睛睁得大大的，恍若是在大白天遇到了怪物。

　　李孔见我对耕田有兴趣，就说：

　　"农夫使用的犁是铁的，但那铁不能制造刀剑等兵器，太脆了，碰到石头就会断。"

　　李孔贤士正说着话，那位农夫好像觉得看明白了这辆巨车

和这一车的人,就对那旁边的妇人与女孩说:

"干活儿吧。"

农妇手里拿着锄头,小女孩继续在犁沟里捡拾着什么。

农田的南边是树木掩映着的村子,有一道直直的蓝色烟雾插向白云飘飞的蓝天。一群村童从村口奔跑出来了,他们惊呼道:

"啊,天呐,这么大的车!"

"怎么没有马拉呢?"

这群孩童有八九个,他们宛若一小群麻雀,奔跑得跟飞翔的马一样。他们已经跑到了陆朵巨车的跟前,只是眼巴巴地看着大车,对于我这个外星人,没有丝毫的异样发现。我想我与这个叫作地球的星球上的人没有什么本质的区别。孩子们的眼睛是雪亮的,什么沙子都装不下的。

"这是车吗?"一个孩子问道。

"这是阿房宫吧!"一个小女孩说。

"啊哈,长轮子的阿房宫!"又一个孩子叫道。

"阿房,阿房,亡始皇。"

这是这群孩子中的某一个顺口脱出的,这位孩子根本没有思考那是什么意思,只是觉得这辆巨车与阿房宫有了联系,就把那首童谣说出来了。

那位正在耕田的农夫吓得脸都白煞煞的了,他大声地吆喝了一声牛:

"驾!"

他朝牛屁股上狠劲地抽了一鞭子。那鞭子是用麻绳搓的,鞭梢儿是另外系上的一条七八寸长的皮绳儿。

农妇把她的锄头停下了,小女孩也停止了捡拾什么东西,这母女俩一定是那农夫的妻子和女儿,她们的动作引起了他的恼怒。

"看啥哩!不要命了!快干活!"农夫似乎已经气急败坏

了。他朝那些孩子喊道：

"你们还不快回家去！"

他一边赶着牛，一边朝孩子喊话，右手使劲扶着犁把，只听"叮当"一声尖利的声响，耕牛停下了，农夫连忙跪到泥地里，把犁提出了土壤。他伸手在泥土里刨了几下，刨出来了一块断裂了的犁铧。

"唉，这可怎么办啊！老天爷也不长眼了。"

农妇跑到她丈夫跟前，把那断了的犁铧接过来，看了看，安慰她丈夫道：

"这生铁实在是太脆了，她'大'，这怨不得你的。这田地里石头也忒多了。"

那小女孩也跑到了她的父母跟前，她趴到地里，把泥土扒开了。

"'大'，这块石头大着哩！"

农夫把农妇手里的锄头夺过去，挖那块大石头。

"小心，别把锄头也刨坏了。"

农夫把石头周围的泥土刨开了，石头的大致轮廓裸露了出来，它确实是一块很大的石头。农夫扔下锄头，抠住了大石头的一角，把它从泥土下边撬了起来。

"'大'，这石头可真大哩！"小女孩喊。

农夫把大石头搬起来，把它往地坎上扔。

小女孩高兴地叫道：

"阿房，阿房，亡始……"

小女孩还没有把整个儿七字三句童谣唱完，那农夫就把巨大的石头朝她砸了过来。我几乎是机械性的同时动作，一步就跨到了小女孩跟前，在那块石头快与她的身体接触的瞬间把它接住了。我把石头拎到手里，说：

"农夫大叔,你不要恐慌,我们是不会告发的。"

农夫的眼睛闪动着,里面竟然有了泪水流了出来。

"多谢你的救命之恩啊!"

我没有料到始皇帝已经把这个叫作秦的帝国管制得这般可怕了,黎民百姓没有了丝毫的希望,除了生活在恐惧之中,没有别的出路。

农夫说:

"一个月前,有位贤士从我们这个小村庄路过,他要一碗水喝了。谁知他走了之后,有的孩子嘴中就说出那样的童谣。村中的大人听到了,个个吓傻了,狠狠地用皮鞭抽打了那些说了童谣的孩子,恐吓他不能再说了,再说就剥了他的皮。可是啊,孩子们能懂得个啥呢!"

这时,李孔贤士也走到了田地里。农夫看了看他,脸马上就变了颜色。

"就是你啊!"他战战兢兢地说。

李孔贤士一头的雾水,我也觉得莫名其妙。

"您认识我啊?"李孔问道。

农夫似乎生气了,说:

"不就是你给孩子教了那歌谣吗?!"

李孔怔了怔,说:

"我什么时候到过你们这儿?"

"没有一个月,恐怕也有十几天了吧,不是你到村里要水喝的吗?"

我说:

"农夫大叔,误会了,误会了,李孔贤士一直跟我在一起,我们这是第一次走到你们这个村子边的。"

农妇说:

"这就怪了。"

我想这也没有什么怪的,农夫农妇们对于读书的贤士的相貌的记忆是模糊的,把天下所有的读书人都当作同一个人了。天下读书人的穿着都是一样的,相貌也就难以区分了。

我把那块大石头放到了田坎上,说:

"你会把孩子砸死的。"

农夫明白我的话的意思,惭愧地把眼睛别向了他处。他使劲揉了揉鼻子,又抹了一把眼睛,说:

"我也是没办法,弄不好一村人都会遭殃,一个也活不成了……"

这个时候,那小女孩才感觉到了害怕,她哭了起来。

"'大'……'大'……"她嘤嘤地哭泣着。

农妇说:

"前一晌听说天上落下来一个奔星儿,上面有几个字……我不敢说那几个字,因为始皇把那落星儿周围十里地所有的村子都毁了,把村人全杀光了。"

我说:

"'始皇死而地裂',是这样的字吧?"

"啊,你知道啊?"

"你还敢说,不怕杀头?!"

李孔说:

"我们这辆陆朵巨车上的贤士全是要被皇帝活埋的,是这位星使把我们救下来的。"

那小女孩突然不哭了,她的眼睛恍若变成了两颗夜空的星星。

"你就是乘着星星来的那个星童啊!"

孩子们也高呼起来了——

"星童来了——

星童来了——"

第九十章
农夫的女儿

我是在这个夏季来到地球上的,现在依旧炎热,依旧还是夏季。我降落到地球上的日子有多少个了,我没有计算,虽然不是太清楚,但稍微琢磨一下,也就知道是没有多少日子的。整个夏季会有几个月呢?有关这方面的知识我还没有想到去询问贤士们,他们也没有料到我竟然连这样的简单常识都不知道,不过这正好说明我是个外星人呢。

我拉着陆朵巨车路过的这个小村庄里遇到的那些孩童,他们所唱的并不懂得其意的童谣又叫那耕田犁地的农夫的小女儿顺口唱出来了,农夫居然恐惧到用大石头砸他的女儿,若不是我及时接住了那块石头,农夫的女儿势必就会丧命——世道竟然到了这样的地步了,始皇帝的统治如此不堪忍受,黎民百姓比怕死还要怕始皇,这叫我看到了这个帝国的不祥之兆。

"农夫大叔,即使叫人告发了,也不一定会死,但你如果就这样把女儿打死了,这实在是不应该啊!"

农夫说:

"你是从天上来的,你哪儿知道我们黔首们的惶恐啊?"

"黔首?你们为什么叫自己黔首?"

李孔贤士说:

"这是始皇帝专意给黎民百姓的命名。"

"这不是污辱人嘛!"

"他把自己叫皇帝,专用了'朕'这个字称呼自己,他若是把老百姓叫作畜生，我们也是没有办法反对的，只好接受了。"

"农夫大叔，还有这位大婶，你们不要恐慌，我既然来到了你们这里，我遇到邪恶不公的世道，我不会昧着良心假装看不见的。你看见我们这辆叫'陆朵'的车了吗，那一车的人都是曾经被皇帝判了活埋死刑的书生贤士，我恰好知道了他们的遭遇，就赶过去把他们从深坑里救了出来，还把始皇帝和他的军队打败了。皇帝和他的军队没有办法奈何我，就任我把他们带走……"

农夫的表情越来越恐惧，他终于忍受不住了，叫了起来：

"啊，这可咋办啊？这可咋办啊？！"

我问道：

"怎么了？蛇把你咬了吗？"

我朝田地里四处巡视，没有发现毒蛇的踪影。

"这比毒蛇咬了还要厉害哩！"农夫哭泣道。

我在这个叫作秦帝国的土地上行走，遇到被始皇帝贱称为黔首的平民百姓，他们除了活一天算一天，苟延残喘之外，他们是没有未来的，也不敢憧憬未来。这样的大地，这样的人民，他还能够统治多久呢？

李孔说：

"这位大哥的意思是说他叫蛇咬了，死了的只是他一个人，他把她的女儿砸死了，死了的也是一个人；可是啊，一旦与谋反挂上边儿，不但一家人活不了，还会被夷三族的，他可能最害怕的就是带来灭门性的灾难了。"

我明白了这位农夫之所以会如此害怕的原因，也就对他没有方才那么反感了。这都是被逼的，被扭曲的结果。他的心灵早已变形了，他的精神也已变质、变态了。

农夫乞求道：

"星童啊,你赶紧把你的大车拉走吧,再待在我们这个村子边儿上,被皇帝的军队和官府发现了,我们即使有一千张嘴也是说不清的。你赶快走吧。"

我看到农妇的眼睛也流露出恳求的神情,她的脸呼应着他的丈夫,被恐惧扭曲得丑陋,甚至有了狰狞之色。只是那个小女孩脸上和眼睛里对于我这个外星人充满了亲近、依偎的神色,她眼巴巴地看着我。

"那好吧,多有打扰了。"我说。

李孔也说道:

"我们走了。"

于是我与李孔贤士两个人离开了农夫一家,跨过田野朝我们的陆朵大车走去。我本来是可以一步就跳过农田的,可有李孔贤士相伴,我也就与他一样走着人类的步子。我们还没有走开十几步远,那个小女孩就奔跑了过来。

"大叔,大叔。"她可怜巴巴地叫着。

李孔贤士回过了头,我也停下了脚步。

小女孩说:

"大叔、大哥,我要跟你们走。"

这可是个棘手的问题。李孔一时没有吭声,我也不知如何处理。紧接着,小女孩就给我们跪下了。

"你们一定要把我带上!"

小女孩已经泪水涟涟了。

这个时候,农夫把断了的半块犁铧从泥土里拿起来,走了过来。我看他气势汹汹的样子,就把他与小女孩隔开了。

"你要干什么?你?"我说。

农夫恶狠狠地叫道:

"我要把这不听话的孩子杀了!"

我算是彻底地被这个叫作地球的星球上的人震惊了,那女孩可是他的亲闺女哩,他说要她的命就要,说杀就杀,他要用这半块断犁铧铲下她的头吗?

我把农夫手里的犁铧夺了下来。

"皇帝残害你们——可你们怎么能够自己残害自己呢?"

小女孩越发惊恐地哭叫着,她吓得躲避到了李孔贤士的身后。

"她虽然是你的女儿,你也没有打她、害她的权利,你更没有剥夺她生命的权利。"我说。

农夫见我挡在他的面前,完全把他与他的女儿隔绝开了,他喘着气,叫道:

"你是个星星人,你怎么能够理解我们的处境呢!你把小南花还给我,我宁可把她打死,也不要你们把她带走!"

第九十一章
农夫的葬礼（一）

怎么会遇到这样的问题？怎么会碰到这样的农夫一家？这个农夫虽然是始皇帝统治下的农奴，生命犹如草芥，却对他的家庭成员实行同样的残害。这是如何形成的？这是从原始野蛮部落社会中遗传下来的，是血缘里带的吗？

我说：

"李孔贤士，你把小南花带到车上去。"

听到我的话，那叫小南花的小女孩居然往高处一蹿，一下子就扑到了李孔贤士的怀抱里。

"走啊！"我催促道。

李孔贤士好像有什么话没有说出口，但他还是把农夫的女儿抱到华阴平舒道上去了。农夫急眼了，他绕过我，朝陆朵冲去。我也迅速移动了位置，挡到了他的前面。他撞到了我的身体。我也没有想到他的身体与我的身体碰撞时会发出那么大的声响，就像把什么珍贵的物品撞破了，流出了血。农夫撞到了我的身体上，被弹回去，重重地落到了田地里。他昏迷了。农妇慌了，跑过来，把农夫的头颅抱住，牛一样地哭起来。

这个时候，那个被李孔贤士抱到了陆朵下面的小女孩噌一下，跳出了李孔的怀抱，她朝昏迷了的父亲跑去。她一下子扑到农夫的身体上，哭喊着：

"'大'，你怎么啦？你醒醒啊！"

农妇这时不哭了，她看着她的女儿，看了好一会儿，仿佛不认识她，等到最后总算认出了她是谁后，她朝她女儿狠狠地扇了一巴掌。

"都是你惹的祸！"

我不太清楚农夫终究用了多大的力量向我冲撞的，也不清楚当他的头颅撞击到我的身体上的时候，瞬间会产生多么大的冲击力。我这时不知道如何处理目前这种尴尬状态。我只好站在原地不动。陆朵巨车上的贤士们纷纷跑到了田地里来。我没有看见常露朵的身影。她可能还在车厢上面。尚立加入了吴下将军的军队里去，他为了保命放弃了她，而她一想起她的父亲被始皇帝坑杀，就再也不想回到她憎恨的世界里去了。可她一个女性，与众多异性贤士相处，是有许多不便之处的。

这个时候，那个农妇突然叫道：

"啊，她'大'哩，你怎么不出气了？你……你……"她也惊得闭过气去了。

李孔重新回到田野里，蹲下身体，把手指放到了农夫的鼻孔下面。他的手指在那儿停了有一分钟的样子，然后宣布道：

"他死了。"

荀梦周说：

"撞一下就会撞死？不太可能吧。"

李孔又把手掌放到农夫的胸前。

"一点儿动静都没有了。死了。"

我这才相信农夫的确是在我的身体上把自己撞死了。我的身体的硬度和密度是比那制造刀剑的青铜和制造犁铧的生铁高出无数倍的。他为了夺回自己的女儿，不慎把自己撞死了。

我蹲下身去，把农夫平枕在土地上的头颅翻了过来，我发现他的后脑勺明显地凹陷了下去。泥泞把伤口粘糊住了，看不出有血流出来。我相信他确实是死了。这叫我一下子万分失落。

我是来这个叫作地球的星球上送药救命的,现在却因为自己的身体而把一个人活生生地撞死了,这实在是有违我的拳拳初心啊。

这位不幸的农夫,他是正面朝着我冲撞的,那么为什么是他的后脑勺受到了严重的致命伤呢?难道是他冲向我的瞬间,把脑袋偏移了方向,或者是他的眼睛不敢正视我,就改作用后脑了?

我蹲到农夫的遗体旁边,一时心里十分慌乱。我的眼泪甚至都涌出了眼眶。我心里确实难过。唉,这个叫作地球的星球啊,我降落的这块地域又恰好是秦帝国的疆界之内,这个还在大量使用青铜冷兵器的时代,对于冶铁技术还处在摸索改进阶段的原始落后的时代,政治上的蒙昧野蛮时代,只有帝国没有人的概念的时代,只有始皇帝没有人民的时代,农夫们虽然有了可以自耕的土地,却依然是皇帝的奴隶的时代……我实在是不能准确地概括这个时代的,不知用什么样的名词为其命名更为合适一些。所有的那一切都不是我的问题,与我没有绝对的关系,我可以管多少就管多少,不愿意管也可以不管的。可是啊,我面前躺在田地里的这个农夫,他却是因为我而失去性命的,这可是直接与我相关的事件了,我心里后悔得不能自已。

就在这个时候,我还在发愣,思维处在僵滞状态中,那位哭泣的农妇突然不哭了,她向我扑了过来,双手伸向了我的脸面,她用长长的乌黑的指甲抠向我的眼睛。我没有躲避,连瑟缩一下都没有。可她却痛苦地尖叫起来了。她的指甲裂开了,流出了血来。

她忽然大声哭喊起来:

"我的天啊!"

我恍若变成了一块石头,不想有任何作为了。李孔连忙拉住农妇,说:

"你咋这么傻呢?他是星星人啊,比石头还要硬好多倍呢,你丈夫不就是在他身体上碰死的吗?"

农夫的小女儿也哭泣起来了。

"我的'大'……我的'大'……"

怎么会惹出这等事来呢?但是啊,有了事就得处理,处理好了,也就脱开身了,丢手了,就能轻松上阵了,该干什么就干什么。

李孔说:

"这位大嫂,现在你的丈夫去世了,我们所能做的就是把他埋了,举行一个体面的葬礼。"

农妇嘤嘤哭着,说:

"已经这样了,还能咋办呢?"

陆朵巨车还停在大道上,近五百名贤士也都陆陆续续来到了田地边,大家使用农具,在田地边缘地带挖掘了一个大坑。墓穴是有了,但没有棺材,这个时候我才感到那些木匠师傅的重要性。但木匠们早就离开我们了。

李孔对我说:

"村子里可能是有棺材的,可是那是需要钱币购买的,我们除了身上这两件薄衣,什么也没有了。估计农妇不会同意把她的丈夫用一张草席裹起来埋葬的。"

"商量一下,看行不行。"这是姬诗说的。

他走到了农妇跟前,说:

"大婶啊,我们这群书生除了会读书,啥都没有了,而且还是被这位从天上来的星星小孩救出来的,身无长物,能保住命都算是老天爷法外开恩了,实在是没有钱去买棺材。您看这样吧,我把我自己身上的这件衣裳脱下来,裹住大叔的遗体,下葬了行不行?"

第九十二章
农夫的葬礼（二）

姬诗虽然是个年轻的小伙子，但他掌握的知识却算始皇帝时代里超一流的，他与其他贤士一同遭到秦帝国的残害，是因为他也是一介大儒哩。他能够把《诗》《书》和诸子百家语倒背如流，他对农妇说的话也显示出了他的大智慧。

农妇不哭了，看了看这位年少的逃难人。

"你人不大，但说话还是蛮有道理的。你说把你的衣服脱下来，可是啊，用衣服代替棺材，这恐怕不行啊。"

我对李孔说：

"一口棺材需要多少钱？"

李孔贤士的眼睛亮了。

"你有钱？"他问道。

"我虽然没有钱，但我是可以去借钱的嘛。我还没有见过秦地的钱。它是啥样子的？"

"现在这钱是皇帝来了之后才铸造的，大家都用的是一种钱，从前七国时代的钱都收缴走了，也没有啥用了。现在的钱叫秦钱，是圆形的，中间还有圆孔儿，一铢有重一两、半两的两种样子。"

"挺单调的。"我说。

荀梦周说：

"从前关东诸国的钱币，有二钌、梁充钌金当寽、梁正尚金寽、殊布当坼、平首方肩方足小布、齐法化刀、易刀、尖首刀、古刀和蚁鼻钱,还有金币郢爰、陈爰……五花八门呢,丰富着呢。"

"我大多是听不懂的……不过,那么多种类,一定挺好看的。不过啊……"

我摸了摸衣兜里的钻石和药品,那钻石是我们M星人的泪珠,那药品是我必须送给那个苦难的时代的患者的。

姬诗还在做农妇的工作,说:

"大婶,我们都是死因犯,实在是没有办法啊!再说了,大叔是自己撞上去的,这也没有办法唯。"

这时,我听见农妇说:

"既然你们都是因犯,而且还是死因,你们的衣服怎么可以穿到我女子的'大'身上呢?这不是糟蹋人嘛!"

姬诗无话可说了,他傻傻地看着农妇。

"除了因犯,你们还有一个人身上的衣服是可以的。"

"还有一个人?"姬诗疑惑地问道。

"那个从天上来的人。"农妇说。

小女孩看了一下她的母亲。

"你要星星的衣服?"

"他不是星星,他是星星上的人。"农妇强调道。

我本来是想用我的眼泪变成钻石去换一些钱币的,但又想到这个叫作地球的星球上的人未必能认识到钻石的价值,他们也许只是把它作为一块好看、靓丽的石子对待,是可以捡给孩子们玩耍用的。听到农妇说要以我的衣服去裹她丈夫的遗体,我觉得这个条件是可以答应的。

"行啊,我这可是我们M星上的衣服,能够给大叔当寿衣,我也是感到蛮光荣的。"

我立即就把上衣脱了下来。

我把衣服拎到手中，猛然意识到它还装着药品与眼泪钻石。我伸手把衣兜里的药品和已经固化成钻石的眼泪掏出来，想把它们塞进裤兜里去。可是啊，我的裤子上根本就没有兜。我只好把药品和钻石泪珠攥到手心里。

赤裸了上身的我，在这个地球上的夏季，没有感觉到的异常。现在正是夏季，穿不穿衣服都是无所谓的，不会感觉到冷，也不会感觉到热。可是啊，我发现农妇的眼睛发生了巨大的变化：她死死地盯着我赤裸的皮肤。我知道我的皮肤的密度和硬度，即使是这个始皇帝的帝国里冶炼的最上等的青铜，和经过淬火的，这个帝国最坚硬的铁质兵器都不能相比的。

农妇和小女孩都傻傻地看着我的身体。

我没有了衣服，光裸着上身，看起来却一点也不丑陋，反而可能更加显示出了我们外星人的俊伟。但这毕竟是有赤裸之嫌的，姬诗马上把他的上衣脱了下来，给我穿到了身体上。我并没有拒绝，立即就把攥在手心里的药品和钻石泪珠放进口袋里去了。我想不通我在离开我们的 M 星时为什么穿了一条没有裤兜的裤子呢。

农妇本来就对我手里的药品与钻石泪珠产生了好奇心理，这个时候，她说：

"你把什么塞进袳袳里去了？"

我没有听懂她说的话。

我的眼神也许提醒了姬诗。他指了指现在穿到了我身体上的他的衣服的衣兜。我觉得"袳袳"这样的叫法挺值得玩味的，就把它在心里重复了一遍，记住了。

"那是一瓶药物，几颗泪珠。"我说。

第九十三章
农夫的葬礼（三）

　　我是到这个叫作地球的星球上来送药的使者，我的衣兜里一直装着这瓶宝贵的药品，它是我的使命，甚至比我自己的生命还要重要。而那几颗泪珠钻石倒不是什么金贵之物，凡是我们M星球的生命都会生产这种钻石，生产过程十分简单，只需哭泣就行了。我们的泪珠流出了眼睛之后，就会迅速凝固成钻石的，它们和真正的钻石没有任何区别，都一样的晶莹和坚硬，或者说，这样的泪珠才是真正的钻石。

　　那农妇说：

　　"你那药是治啥病的？"

　　小女孩待在她的父亲的遗体旁边，也不再哭泣了。我的那件衣裳扑散开来，搭到农夫的遗体的胸膛上。小女孩用手摸了摸那衣服，脸上显出异样的表情。她是第一次摸到这样质地的衣服，对于我们M星球上的面料惊奇得不得了。

　　"我是从一个叫作M的星球上来的，我们那个星球得知你们这儿有大批大批的人感染了一种叫作丹巴热病的病毒。一旦感染上，他们就失去了正常人的生活，慢慢地等待着生命的结束——我是来救他们的，这药物便是能够救他们的命的药。"我说。

　　农妇想了想了，说：

　　"你那一瓶药也不够用啊？"

　　我说：

"这一瓶药当然是不够的,我还带来了制造这种药品的配方和技术。但是到了你们这个秦地后,没有一个人知道那是一种什么样的病。徐市大师帮我测算了一下,说是到了两千多年后,再找另外的大师,他们会告诉我目的地的。"

小女孩忍不住惊叫道:

"两千多年啊!"

她的母亲在她的脑壳上拍了一巴掌,怒斥道:

"看你一惊一乍的!"

我说:

"不过徐市大师所说的两千多年是指你们这里的时间单位,其实对我来说一点儿也不算长。"

农妇仰望着我的脸。那小女孩的眼神里也充满了求知的渴望。

"你们这儿的两千多年啊,也就是我们 M 星球上的 1 年多时间。"我轻松地说道。

农妇和她的小女儿的眼睛睁得更大、更圆了。

"你不是哄骗我吧?"农妇说。

小女孩在她的母亲胳膊上下意识地拍了一下。

"妈妈!"她的口气充满了责备。

"我欺骗你和你的女儿是为了什么呢?"我说。

"我怀疑你不是从星星上来的。"农妇说。

说了上面那怀疑的话,农妇怔怔地盯视着我的眼睛。这可是自从我降落到这个叫作地球的星球之后,我遇到的前所未有的情况。有对我下毒手的,有欢迎我的,各种各样的表现,但还没有一个人对我的外星星使身份有过质疑。

姬诗有些儿急眼了,说:

"我可以证明他就是从星星来的。"

"怎么个证明法?"农妇问道。

那小女孩又一次拉拉她母亲的衣衫,但她没有理睬她。

"这一路上我见识得多了,哪一样都可以证明他是从星星来的人哩。你看见那陆朵了吗?"

姬诗指着田野的北边华阴平舒大道上的巨型木车。

农妇想了想,说:

"你是指那大车吗?"

"是啊!"

"没有骡子没有马匹,也没有牛,那车是自己跑的吗?"

"只有星星上来的他才能把它拉着跑哩。"姬诗说。

他顺手把农夫遗体上搭的我的上衣抓起来,递到了农妇的手里。

"你摸摸这!"他强调说。

农妇的手刚一与我的衣服的面料接触上,她就惊叫了起来。

"我的妈啊!"她的脸上呈现的是极度享受的表情。她脸上的肌肉扭曲变形了,恍若是与一个思念了多年的情人相会之后的感觉。

"这是用什么织的?"她问道。

"我们M星球上普通的植物纤维。"

农妇把我的衣服抱到她的怀里,连呼吸都困难起来了。

"妈妈,你怎么啦?"小女孩有点儿害怕了。

"没事。"农妇说。

"没事。"她又一次说道。

这个时候,那头耕地的黄牛缓缓地走到了农夫的遗体跟前,它伸出长长的舌头,舔了舔农夫的脸面。他脸上有淡淡的血迹。农妇像是受到了什么惊吓,赶快站起来,拉住了黄牛的鼻圈儿。

"这牛比我们全家的命都贵重。"农妇说道。

这个时候,从小村庄的方向走来了几个人。

第九十四章
农夫的葬礼（四）

我想我们这支贤士队伍在这个不知名的小村庄旁边耽搁得实在过于久了。但是我又想，为何要把这样的停留看作是耽搁呢？我们难道是有计划和目的吗？似乎没有。我们向东方的大海边去，这只是一个模糊的诉求而已。

看到那几个从小村庄走来的人，那农妇倒有几分小紧张呢。

"啊，啬夫、牛长，你们来了！"

农妇连忙站起来向她所说的啬夫、牛长鞠躬，然后说道：

"我正与我那挨刀子的在田里犁地，我的小女儿也在犁沟里捡拾蛴螬虫儿……没有想到大道上来了这么一辆巨大的木车，上面还有这么多这么多的人——这个坏屄[1]说他是从星星来的，把我那挨刀子的打死了。"她竟然又嘤嘤哭开了。

啬夫与牛长的眉毛拧了起来。

我与众贤士们没有想到农妇会如此歪曲事实，但谁也没有立即就纠正她的说法。倒是她的小女儿憋不住了。

"是我要跟星星人走，我'大'去追我，碰到他身体上，撞成这样子了。"

啬夫与牛长的脸上起了乌云。我再沉默下去，事情就会得不到利索的解决，我们这支队伍也就不能顺利地上路。

我说：

---

[1] 软弱无能的人。——编辑注

"两位村长,我是从我们的 M 星来的,是为了送药来的,没有把药送给需要的人,却把这些贤士给救下了。"

我指着田地上躺着的农夫的遗体。

"这位农夫大叔确实是撞到我的胸脯上才死去的。我对他的去世负有直接的责任,这是我来到你们这个叫作地球的星球上之后害死的第一个人。我与皇帝和他的军队开战,我一人对付他们那样的大军,我打败了他们,但都没有伤害过他一个人的性命。我到你们这儿来,是不想伤害任何一个人的。但这位大叔,他撞死了,这确实是我疏忽大意。"

啬夫和牛长听我这么说,仔细看了看我的脸。

"他真的是在你身体上撞死的?"啬夫问道。

我点了点了头。

牛长说:

"我来试一试。"

他一头向我撞来。这叫我有点儿措手不及,但我迅速躲开了,牛长没有撞到我的身上,但也没有控制住自己的身体,扑倒到田地里去了。他立即爬了起来,拍了拍手上的泥土,再次向我扑来。我用手把他的胳膊抓住了。

当牛长的胳膊与我的手指接触的瞬间,他猛然一抖,眼睛里立即有了惊骇之色。

"啊,你这手是铜铁做的?"

"你摸一摸,捏一捏,铜和铁钢哪儿会有我胳膊硬。"

牛长使劲捏了捏我的胳膊。

"哪儿会有这怪事?"

啬夫也摸了摸我的胳膊。

"哎呀,这么硬!"

啬夫说:

"上面已经传达了指示,说的是帝国里出现了一伙反叛分子,还有个自称星童的少年,率领着一伙罪犯逃窜,我没有料到你们出现在了我们的小村庄周围,你们还是赶快离开吧。"

这个时候,那农妇突然尖叫了起来:

"啬夫,怎么能叫他们走呢?"

啬夫有点儿意外。

"躲都躲不及哩!"

农妇坚持着自己的意见:

"我的丈夫死了,他们必须把他埋葬了才能走!"

农妇号啕大哭了起来。那小女孩也低声啜泣着。

啬夫说:

"既然这样了,那你们就把她丈夫埋葬了吧。"

牛长拉住了牛脖子下吊着的缰绳,一手还伸到黄牛的额颅上抚摸了一番。

"只要死的不是牛就啥都好办。啬夫,咱们走吧。"

牛长与啬夫没有跟农妇说什么,也没有与我们告别,就牵着黄牛回小村去了。看到啬夫与牛长把死了的农夫的黄牛牵走了,李孔对我说道:

"牛在这个帝国是高于人的。死了一个人倒是不会受到惩罚,但是若是死了一头牛,啬夫与牛长就会丢官,还会受到严重的处罚,得坐监牢的。两个村长是不敢过长时间与我们待在一起的,他们这个时候离开是恰到好处的,他们会向上级报告说,是为了把黄牛牵回去,不得不与我们这支队伍交涉。可是这对母女,她们会因为与我们的纠结而受到处罚。他们是不会因为这个农妇没有了丈夫、这个女孩没有了父亲而同情她们的。这一路上,只要我们与他人接触,都会给他们带去灾祸。可我们又不能不与他们接触,不接触,又如何吃饭喝水,生存是个大问题。"

我听了李孔贤士的话，觉得这朝向东方大海去的路程还潜藏着对老百姓的拖累与牵连。他们都是无辜的人，怎么会知道我们的这支贤士队伍是始皇帝通缉追杀的人呢。这使我想到，在路上，与黎民百姓的接触要尽量放到官府的眼线看不到的地方。

"大婶，大叔不幸去世了，我们就帮你把他埋葬了吧。"我说。

"啬夫与牛长都走了，他们是怕受牵连啊！"

"没有棺材，这可如何下葬？"

"我们家的黄牛也被收走了，这以后可怎么活呢？"

我叫李孔领大伙儿在农田的南边地头挖掘了一个深坑，把我的衣服给农夫穿上，把他埋葬了。我们这支庞大的队伍集体为农夫开了一个追思会，向坟头哀悼了一番。农妇看到她的丈夫受到我们这么多人的哀悼，也算是她见到的最大的葬礼了，心理平衡了。可她与她的女儿却陷入了生存的困境之中，这是我必须解决的问题。

她的丈夫入土为安之后，她一下子变成了另外一个人似的。先前的愤怒与急躁，还有怨恨都统统消失了，变得逆来顺受起来了。这一切都发生在啬夫与牛长牵走了她家的黄牛之后，没有了那头黄牛，会对她产生如此重的影响，这是我没有想到的。

"啬夫与牛长牵走了她家的牛，也就意味着剥夺她拥有生产粮食的权利，没有了这样的权利，也就意味着她没有活路了。"这是李孔低声对我说的。

我心里想到：这对母女以后可如何活下去？

"大婶，您要是愿意跟我们这支队伍走，我们会很欢迎的。"

农妇听到我所说的话，她的魂儿好像才从遥远的地方回来。

"要叫我们母女俩坐你们的高车?"农妇兴奋地问道。
"是啊!"
"啊,我们要坐高车了!"农妇喊道。
小女孩接应着她母亲的话,也喊道:
"坐高车啦!"

第九十五章
继续东行

那个小村庄的名字叫小里。我们这支队伍因为在小里村边的农田边停了停,就给人家造成了不可收拾的灾祸,这使我对于以后的行程非常地小心。离开小里村时,那对母女也跟着我们走了。于是我们这支队伍就有了三位女性。一位大婶,一位叫常露朵的姑娘,第三位便是那位小姑娘,她的名字是小南花。在这个朝代,女性没有特殊的情况是不会有名字的,像"小南花"这样的名字只是父母在她年幼时便于呼叫而已,而非正式的名字。常露朵有名字,也有姓氏,那是因为她的父亲是位开明的贤士,先贤的思想总是超前的,在他的时代是潮流的先锋,那么在他的小家庭里就身体力行了。

我们这支逃亡的贤士队伍里有了三位女性,尽管第三位女性是个年小的女孩,可她作为女性的美的特征是齐全的,而且还为我们这支队伍带来了更多的欢乐。一位中年大婶,算是年老的妇女了;一位正当青春花季的姑娘,十四五岁,把青春时期的芬芳弥漫于巨车之上,沁人心脾的香气给予大家的是希望和朝气;而这位叫作小南花的小女孩,她的天真,她的活泼无忌,她的灿烂阳光,把我们这辆木制巨车照得黄金一样明亮。

小里村的啬夫和牛长把小南花家的黄牛强行牵走了,这就等于宣告了这个家庭被淘汰和被抛弃了,判了这个家庭的死刑,这意味着这个家庭与大逆不道的反民成了一体,纵有整个渭河的水也洗刷不干净了。小南花的母亲从先前的气势汹汹、不依不饶，到惊慌失措，再到听天由命地跟随我们这支队伍走，这样的变化她根本不可能估量和预测，一切都是听天由命的。随遇而安也许是这个朝代的黔首能够活下去的唯一法宝。

我拖拉着巨型木车，李孔贤士依旧坐在车辕后面的横档上。高高的车厢上除了那四百六十六位受难的贤士，三位逃亡的寻药求仙的隐士，美丽灿烂的常露朵姑娘外，又增加了一母一女——这三位女性把高车变成了家庭，这个家庭有了乐园的脾性。贤士们里有大儒，有老子和庄子的信徒和学生，有墨翟兼爱非攻的传人，诸子百家语的传人。这些腹藏五车学问的贤士，胸怀天下，放眼世界，他们无疑都是朝代的精英，天地造物的精华。他们把小南花抱到双臂之中，把她作为他们的传家宝一样地传遍全车。他们脸庞上的笑容，能够测量出他们内心的快乐有多么深厚。

李孔贤士给我讲解着秦帝国的法律。

"这法谈不上什么平等，它不施加于皇帝本人。这样的道理是讲不通的。一个社会，一个政权，只要还有那么一个人是在法律之外的，超越法律的，这样的法便没有平等可言。这就是说，皇帝一人敌对他之外的天下所有人，而那些他身边的近臣亲信和他们控制的军队，只不过是他的帮凶而已。尽管这些帮凶也在争权夺利，也在相互残杀，还是会受到皇帝本人的处决的，但这些帮凶却维持了皇帝的特权，把这种高压权力施加于普通百姓，皇帝把这些普通百姓叫作黔首。帮凶阶层则上仰皇帝，下压黔首，他们上仰皇帝的结果是变成了皇帝的化身，皇帝不治他们的罪时，他们就是皇帝，因此对于黔首来说，官吏便是皇帝，不可冒犯的。触犯了官吏与反对皇帝一样的可怕，连命都有可能保不住……"

我拖拉着这辆巨型木车在华阴平舒道上向东方前行。我的力量是远远大于这辆巨车的,没有觉得丝毫的沉重。但我听着李孔贤士的讲解,却感到了那语言的重量足以让上天压塌下来,把人间活埋掉的。这个叫作秦的帝国,这个始皇帝统治下的朝代,按这个样子发展是难以维持的。无论什么坚硬强势的物质在长期的高压下都会崩溃碎裂成齑粉的。这个帝国的人民就是那样的物质,当他们崩溃四散开去时,天下就会大乱,造反与起义就会层出不穷,不把高压者燃烧成灰烬,那样的纷乱是不会停止的。我恍若看到了始皇帝的死亡,看到了这个叫作秦帝国的末日……

上游一定是下了大雨,下的时间肯定是相当长的,渭河的水位上涨了,那水的气息也越发地清新了,还夹带着泥土和野草的特殊香味儿。渭河的两岸草木丰盛,郁郁葱葱的绿色植物严密地覆盖着泥土,深入到河水里去的草儿把自己变成了水的近亲家庭成员。平舒道宽广平直,直通东方的地平线。天际空阔,遥远,没有尽头。世界无限地广阔,大路无限地远去。

从西方的平原后面的山峦之上投射过来的夕阳余晖,把巨型木车的庞然巨影平铺到朝向东方的渭南平原上。我偶然回头,但我看不见行将落下去的夕阳,那落日的壮丽景色被巨车遮挡住了。我看到的是李孔贤士俊伟的体貌。他真的是这个叫作秦帝国的时代先知大贤,他的知识的储量是难以估计的,是那个自己独霸了"朕"这个字的始皇帝所拥有的知识的十倍、二十倍。

巨型木车投在大平原上的巨影忽然之间与大平原合而为一了,巨影消失了,大平原陷进了阴暗之中。我知道这是西方的巨大山脉的暗影,也就是这个叫作地球的星球本身的影子,这样的影子会把这个星球的一面逐渐覆盖,这便是夜晚的来临。

夜降临了。大地陷入进了黑暗之中。

"天黑了,英远星使。"这是李孔贤士柔和悦耳的声音。

我把巨车缓缓地停下了。高高的车厢上的贤士们、隐士们和那三位女性，他们在上面发出了嘈杂的声响。这样的声响犹如夜声一样传向远方。渭河在我们的北边发亮。那宽阔的水面比我们这种生物的眼睛灵敏无数倍，它能轻松地捕捉到夜空里遥远无限处的星光。它是亮的，它亮得有理有据。

巨车停下了，这个夜晚，我们就在这渭河的南岸，在这个广袤的渭南大平原上度过。树林里的鸟儿还在欢唱，远处村舍里的鸡狗吠叫声时有时无。水面平静，波澜不惊。

贤士们和三位女性从梯子上下来了。这儿是空阔的河岸，没有村庄，没有集市，但却有着土质肥沃犹如膏油的农田。那苍黑色的黍、稷、稻、来（小麦）、牟（大麦）、稌（糯稻）和苴（麻），那良田美种，那来自中南山岭的泉水清流，那众多的河溪围绕流淌的神造大地——都将在这个黑夜里沉入到黑暗之中去了。

贤士与女性的生命是神圣的，是这个叫作地球的星球恩赐他们的神圣权利，是不容剥夺的。渭河南边的沃野肥田，那茂盛无限的生长，那沉甸甸的穗儿，梢头儿上的果实，那如油似膏的泥土下面的块茎豆粒，它们是神的造物，是神明恩赐于这片大地上的生灵的，他们有权利采摘刨挖，以填饱自己辘辘空叫的饥肠。

吃的问题得以解决了，这是上天与大地还没有放弃我们这群人的证据。天爱众物，更爱人。一切的生长繁育发展都是为了共同的繁育和发展，生存是第一要素。

有位贤士给我和李孔送来了荏菽。李孔贤士之所以能够与我一样得到众贤士的爱护和关心，是因为他与我是在一起的，起着指路的作用。况且，那车辕档头儿哪儿有巨大的车厢宽展和适意呢。他要比车厢上的乘者辛苦好多，而且他还不时地给我讲课，这样的辛劳也是需要慰劳的。

吃的问题不存在了,喝饮也根本不是问题。大大小小的从中南山岭潺潺湲湲蜿蜒迤逦而下的溪水河流给奔波了一天的人们带来的是山岭头顶上的清纯之汁,把长途旅行的人们焦渴的心田灌溉得咕嘟咕嘟响,冒着气泡,这水滋润,沁心渗脾。

厥初生民,
时维姜嫄。
生民如何?
克禋克祀。
以弗无子,
履帝武敏歆,
攸介攸止。
载震载夙,
载生载育,
时维后稷。
诞弥厥月,
先生如达。
不坼不副,
无菑无害。
以赫厥灵。
上帝不宁,
不康禋祀,
居然生子。
诞寘之隘巷,
牛羊腓字之。
诞寘之平林,
会伐平林。

诞寘之寒冰,
鸟覆翼之。
鸟乃去矣,
后稷呱矣。
实覃实讦,
厥声载路。
诞实匍匐,
克岐克嶷,
以就口食。
蓺之荏菽,
荏菽旆旆,
禾役穟穟,
麻麦幪幪,
瓜瓞唪唪。
诞后稷之穑,
有相之道。
茀厥丰草,
种之黄茂。
实方实苞,
实种实褎,
实发实秀,
实坚实好,
实颖实栗,
即有邰家室。
诞降嘉种,
维秬维秠,
维穈维芑。

恒之秬秠，
是获是亩。
恒之穈芑，
是任是负。
以归肇祀。
诞我祀如何？
或舂或揄。
或簸或蹂。
释之叟叟。
烝之浮浮。
载谋载惟，
取萧祭脂，
取羝以軷。
载燔载烈，
以兴嗣岁。
卬盛于豆，
于豆于登，
其香始升。
上帝居歆，
胡臭亶时！
后稷肇祀，
庶无罪悔。
以迄于今。

　　几位贤士一起一伏、一合一配、一唱一吟地抒发着他们胸中的情愫。我听着这样的诗句，想到这个世界其实原来是非常美好的，为什么到了今天，变成了这样呢？

第九十六章
仰望星空

　　仰望着夜空，看着天上的银河——那无数的灿烂的繁星，我想哪一个星球是我的母星 M 星啊？那乳汁般璀璨的银河，我望着，似乎嗅到了草芽尖瓣的气息，那银光闪闪的，是由星芽草叶形成的草地，那银色的草地里有着我的母星，我的故乡。忽然间，我看到从那长河形状的银芽草滩里，有棵草自动把自己的根系拔了出来，它脱离了草地，向宇宙深空里飞翔而去了。它的飞行的痕迹是呈宝剑形的，与这个叫作地球的星球上的始皇帝的青铜宝剑的形状是一模一样的，那宝剑似的草芽滑向的是宇宙里哪颗星球呢？哪颗星球上的大地、群山、海洋、河流、湖泊会承载它呢？是不是宇宙深处的哪颗星球同样发生了巨大的灾难，那样的灾难因其过于巨大，那个星球上的人不能战胜它？比如说丹巴热病病毒吧，无法战胜，它就会在这个星球上肆虐、猖獗、横行，残害那无数的，象征希望之光的大学生。那宝剑形状的奔星其实是有着更为高级的文明和高端科技的星球发射向那被病魔残害着的可怜星球去的星际飞船。站在其他星球的表面，就宛若我现在站在这个叫作地球的星球的表面的泥土上，仰望星空的时候，就会看到这样的呈宝剑状的光芒的星星，地球上把它叫作流星、彗星、奔星、落星……五花八门的名称——还有把它叫作扫帚星的，预兆着不幸的陨落的星星。可他们不知道在飞翔中落下的星星有它自身的严肃使命在的。由此，我想到了为什么宇宙中的灾难如此多呢？如此连续不断呢？这个一点也不安宁的宇宙，无疑是高于我们 M 星的生命的神明造的。地球这样的星球则是我们的 M 星球上的人造的。我们 M 星球虽然是宇宙最高处的神明创造的，可我们却已经是能够创造星球的星间物种了。我们既然创造了地球这样的星球，就有责任拯救陷入了灾难中的人们。但地球上的人并不是我们的 M 星球上的人创造的，他们是这个星球自创造完成之日起，在之后的时光出现的。阳光、空气和水，这个叫做地球的星球上的物质，这些元素是会在时光里自动排列组合而形成生命的，这些生命通过进化便到达了今天这个叫作地球的星球上的冷兵器时代。这样的时代使我糊涂、迷茫。据我在我们的 M 星球上出发之前获得的信息，这个叫作地球的星球已经进入了手机时代。可我降落到的这个叫作秦的始皇帝的帝国，他们哪知道手机是什么呢？因此他们也就更不会明白丹巴热病是一种什么样的病了。

我望着浩瀚的星空，望着奶汁一样白的银河，我的视力是无法捕捉到我的故乡 M 星的。那浩瀚繁密的星辰中只有一颗才是我的故乡星，可我怎么会把它们区别开呢？没有仪器，没有天文望远镜，什么样的高科技设备都是没有的，这样的现状叫我失望至极。这个叫作地球的星球上的人们如此残暴地统治其同胞同类，他们还迷醉在权力的野蛮兽血之中，还在以奴役和征服他人为其最高的价值目标，这样的价值观还非常原始，可他们并没有觉得可笑，还在以此为乐，乐此不疲，特别是始皇帝以及他周边的三公九卿，他的丞相、廷尉、卫尉、将军们，还在这样的蛆虫屎尿汁汤泥团里蠕动、前行。他们沉醉的事情叫作征服和统一——在这样的低级的社会追求中，他们是没有能力明白它的可笑之处的。他们身处迷局，此生、数生都不得超脱。始皇帝还梦想着他的对于他人的奴役压迫会延续到他的儿子、孙子、二世、三世乃至万万世哩——这对于我这样的，来自已经处在高级文明阶段的 M 星球人来说，是多么可笑和不可思议的事情啊！

我仰头凝望着银河，这片草地越发地绚烂明丽了，那青草乳汁的气息更加浓郁地钻进我的鼻孔，我的嗅觉神经深深地享受着。那星星的草地里，难道是有人在推着除草机，把丰茂的星草梢儿打理整齐吗？要给星星草地一个人情化的管理吗？那被割掉了芽尖儿的星星会冒出青色的液汁吗？我远在这无限遥远的地球上，在这叫作渭河的南岸的田野边，在这条叫作华阴平舒道的大路上，我所嗅到的草腥气息，是星星受伤之后散发出来的气息吗？这么说，这样的气息已经弥漫开去，充满了宇宙。

我饱吸着那清新的气息，思念着我的太爷爷，思念着我的父亲母亲，思念着我的兄弟姐妹，还有我们整个 M 星球，那星球上的大地、河川、海洋、群山、湖泊、小溪，那冰川，那群山之巅，那广阔无际的草原，那滚滚流淌的牛羊马鹿……

在我的身后是高高的巨大木车陆朵。木车有了这样一个美丽可爱的名称，它似乎也就有了温暖的情感，施与给了受难后的四百六十六位贤士，还有其他的乘者。车厢上的三位女性，她们在高高的车厢上，沉入了香甜的梦乡之中。大车周围的路面上，贤士们横七竖八地躺着，有的人扯着均匀的鼾，有的人发出了长长的叹息，还有人说着混沌不清的梦呓。这群受难的贤士，他们是被压迫者，是受统治的人，可他们却学富五车，是良知社会需要这样的脊梁，没有这样的脊梁，良知社会的大厦的栋梁就会断裂，整个儿大厦就会坍塌，化为瓦砾与尘土。

但是啊，始皇帝的帝国和始皇帝是不需要他们的。这么说，皇帝专制的政治是消灭知识贤士的政治，是不要良知的政治，一把青铜宝剑就可以树立皇帝的绝对权威,任何人都不得冒犯,凡敢越雷池一步者杀头、剖腹、破胸……残暴的刑罚变成了支撑这个暴政社会的栋梁,始皇帝的残暴便是那根最粗壮、最关键的、处在最高处的栋梁。这样的残暴社会无需良知,残暴就足以使它直立起来了。

我听到从高高的车厢上面传来了一声梦中的呼喊。是那个叫小南花的小姑娘发出来的。她喊的是"大"。戛然而止,深夜重归沉寂。在小姑娘的身边有她的母亲,还有常露朵姑娘。尚立木匠师傅参加了军队之后,她就一直待在这辆她给取名陆朵的巨型木车上,跟随着贤士们的队伍东行。她的父亲是一位受难死去了的贤士,她便与这群被从坑穴边救下了性命的贤士有了天然的缘分。她其实是代表着她的父亲的精神东行的。她不与尚立木匠走同一条路,无疑是因为他只是个木匠师傅,对于良知与人文并不关心,木工技艺是他唯一的生存之道。

我仰望着星空,思念着我的祖星,我的 M 星球故乡的亲人,可我更多的是想到了现实世界里这一巨车的逃难的人们。

陆朵的前辕是由立木顶着的。李孔贤士背靠车厢板壁,把双腿架到了车辕上面,头颅斜侧到一边的肩胛上,也已深入了黑色的梦乡里。这是一位当代的大儒,他胸中有十巨车的知识,知识的价值不可估量,购买几个帝国都是没有什么问题的。我已经拜他为师,请求他把这个叫作地球的星球上的知识,文字史、制造史、工具史、狩猎史、耕种史、饲养史、医药史,尤其是始皇帝之前的先秦历史教授与我,我就能成为一个地球上的明白人,一个知识贤士了。可怜的四百六十六位贤士队伍里还有老子李耳《道德经》的传人,有墨翟的传人、有庄周的学生、有孟子的学生、有杨朱的学生,还有法家韩非的学生,还有名家、数学家、杂家、兵家、史家的传人——这些可怜可爱的贤士都是我尊重的先生和老师,我会向他们学习地球上的已经产生的必要的、有用的、有价值的知识的。只有我掌握了大量的知识,我才能心里明亮,思想通畅,才能完成我最终的任务。我们 M 星把如此重要的使命落实到我的头上和肩膀上,是坚信我一定会圆满完成重任的。

　　我望着星空,那浩瀚的繁星草滩,那浓郁沁脾的星芽草尖气息,犹如来自神明的光照,把智慧之神输入了我的身中……

第九十七章
梦境时刻

  我也是有血有肉的,是生命体,是会疲劳和需要休息的。凝望着星空,思念着故乡祖星,还思考了巨型木车及其乘坐的贤士们与三位女性的命运,我终于有了睡意。我的细胞即使比钢铁沉重和坚硬,可它也是需要喘息的。我听不到一点儿人在苏醒状态中的信息,远方,那黑魆魆的夜的尽头,始皇帝和他的军队也会趁机抓捕贤士们的。我一直站立在这路边的旷野里,这个叫作地球的星球上的人们会以为我这样一个来自M星的外星人是不需要睡眠的。有这样的误会也未必不是好事,始皇帝与他的将军兵士们就不敢贸然采取军事行动了。

  大车的车厢上面肯定是没有空间了,贤士们与那三位女性是如何分配那车厢里的空间的,我不得而知。但这个时候,我却有了极强的好奇心,尤其想知道常露朵姑娘是如何酣睡的,她在睡眠中的姿态是什么样子的。想象不如观察。我轻轻地一跃,就在这个叫作地球的星球上的浓密大气的浮力的推举中,踩到了车厢的边帮儿上。

  高处还是比地面上亮堂。星星的光芒也能够把沉睡的人们照出清晰的轮廓。我看到车厢中心位置上的三位女性,而常露朵姑娘就躺在那对母女中间,左边是母亲,右边是女儿,她们母女为何要把露朵姑娘围到中间,这使我觉得疑惑。如若是把小女孩放到中间,母亲在一边,常露朵姑娘睡在另外一边,这样的结构似乎具有更多的审美性。而众贤士依次躺在三位女性的周围，大车的车厢上一个挨着一个，他们的身体在这个幽深的夏夜里得到了最大程度的放松和调节，这样的休憩会给予他们健康。我恍若游荡在浓稠的水里，在大气中飘浮，我飘飞到了三位女性的上空，看到了她们睡眠中的面庞。小南花小姑娘的睡姿犹如星空里的草芽儿，散发着清新的香味。常露朵姑娘的身体也散发着青春少女的香味。睡眠的香气把大车车厢上面的大气感染了，大气又把香味传递到更远的夜空，整个夜晚都是香甜的了。

我轻轻地跃下车厢，在华阴平舒道上迈着步子，在路边的靠近渭河潺潺水流的地方，找到了一片浓黑的草地。这草实在是过于浓绿了，在这样的夜色里，它便是黑的。我躺到了草地上，感受到青草与我的皮肤接触的快意。那像温柔的手指的草叶儿把她们的爱意无私地传递给了我。我心里想，这个叫作地球的星球是爱我的，我也会回馈更多的爱给这颗星球。想着，想着，我便沉进了无知的睡眠世界里。在那边，在那无边的梦境里，我是不存在的，但我却知道这是我在做梦呢。我梦见的是一列火车。这可是有生命存在的星球到了科技时代才会有的事物，显然不属于我降落到的这个始皇帝的时代。火车是从一座超级大城市始发的，它是K2186次列车，始发城市叫下洋，终点站是遥远西北方的一座高原城市。列车上的卧铺车厢里，在那高高的上铺上躺着一位女大学生。我的身体虽然没有进入梦境，可我却能看见所有的一切细节。那卧铺车厢有下中上三层。这位女大学生选择最高处的上铺，无疑是不想叫任何人打扰她。她的身材高挑，足有一米六八的样子。她的美丽的脸庞上，浓密的眉毛下长长的眼睫毛把她的大眼睛遮掩得朦朦胧胧，这种朦胧的美是最能抚慰心灵的。她被雪白的被子覆盖着的身体晃动了一下，她的一条腿蜷曲起来了。她没有醒，她显然在做梦。她的梦一定遥远，深沉，长长的梦伴随着她的行程。列车在我梦见的星球的表面上快速奔驰着，铁轨与巨大车轮的摩擦声给予夜晚的是无限的安慰。女大学生就在这样的梦里继续着她的梦的旅程……

我清晰地梦见了她的眼泪。她在睡眠中哭了，流泪了，泪珠涌出了眼睛，挂在了她的长长的睫毛上，那晶莹的样态好像是深夜里的星星。那泪珠放着光芒，把熄了灯的卧铺车厢照亮了。那些偶尔醒来的乘客会觉得意外，可他们很快会再次沉入梦乡里的，并不会对意外的发现留下什么记忆。好可爱、好可怜的女大学生啊，你为什么在梦里哭泣？你深夜里乘坐这趟列车向高原驰骋，那儿有最高的高原，那是最接近星星的地带。

泪珠还在不断地从女大学生的眼睛里渗出来，就像草尖上的露珠在睫毛上静止着，好像泪珠也会幻想。这位美丽的姑娘是下洋这座大城市里一所大学校园里的大三学生，她为什么不继续待在校园上课，完成她的学习任务？为何在这并非假期的日子里远行？

我觉得巧合的是，那从女大学生眼睛里渗出来的泪珠凝固了，变成了晶莹雪亮的钻石。这种变化与我所来自的 M 星球上的人的眼泪的变化是一样的，可女大学生所生存的星球并非我那母星 M 星球。

我的梦境还在继续，那列火车还在深夜里继续奔驰前行。列车一旦启程，就会毫不犹豫地驶向终点。始发站与终点站之间有很多很多的站，有很多很多的中小型城市，会有乘客不断地上车和下车，换来换去，犹如出生与去世，一茬人走了，下一茬人如期到来，这样列车就不会觉得寂寞。

她躺在雪白的被子下，她的身体轮廓给予被子的是无穷的美丽，使卧铺车厢有了无穷的魅力。

我的梦还在继续，列车还载着她继续前行……

第九十八章
渭河南岸的晨曦

我没有料到渭河南岸的黎明如此美丽。晨曦时分，天和地，远方与近处，沐浴在晶莹的露珠下。热什哈尔，热什哈尔，海的露珠，大地的露珠，一切的露珠都是青草上的露珠。我醒来时，已经忘记了睡眠中的一切。我已经不记得做过什么梦了。什么样的梦也没有在我的脑海里留下记忆。我宛若一个新出生的婴儿那样，前世的一切都已抛弃，纯洁是我来到今世的第一品质——我就像这样一个婴儿一样醒来，看到了笔直的驰道的东方那遥远的地平线的亮光。我判断这又是一个晴朗的日子。东方的白迅速变成了绚烂的彩色，又一个旭日要跳出地平线了。它同样也是一个新生的婴孩，满脸的红是他信心十足的标志，他会在这新的一天里爬上天空，奔驰而过，直到西天落下，沉坠进黑暗的深渊。这一天似乎便是一生，从出生到青年、壮年、中年、老年，再到离开人间，进入死亡，我正想象着这样一个婴孩样的太阳，它也会在一天内经历生命从幼稚到兴盛，再到衰老死亡的整个过程，这时它便从东地平线上分娩而跳出了。它的出生不是落地，而是升天，这十分有意味。它开始还与大地粘连着，这个叫作地球的星球的圆与它的圆重叠相切，到割离，断裂，距离越拉越开，它升上去了，把东边的天壁烧红了，给下面的大地铺洒下血红的光芒，似乎要把这个叫作地球的星球的一面全部浸润进血水之中，那是生育的鲜血与羊水，是生产之汁液，是生命开初的液体，也可以叫作水。

旭日东升上去了。它照红了大地，染红了渭河的波涛，把我们这些"匪咒匪虎，率彼旷野"的，以天为房，以大地为床的长途流浪者照红了，把我们的陆朵巨型木车的影子投射到了西边的渭河平原上。那巨大的车影铺向遥远的西方，把早晨来临之后的平原遮盖在它的身影之下。

我没有发现始皇帝和他派遣的将军以及围剿的大军。他们没有趁夜深天黑时刻突袭我们这支贤士队伍，没有向我们的大车发起进攻，这应该说是领兵将军的明智之举。他们没有骚扰我的清梦，没有中断我的睡眠，我的精神恢复了，我对于新的一天充满了信心。我带领的这支队伍是有希望的，我会给他们探索一条安全的活路，会给他们创建一个安居乐业的生存空间。

首先发现我已经醒来的是我们的大贤李孔。他在夜间一直是依靠着车厢板壁睡觉的，采取那样的姿势睡眠，我不知道他的睡眠质量如何。

"英远星使，你起来了！"他说。

我看着他，脸上布满清晨的微笑。这样的笑容含有清新的气息，还有青草的腥香味。

"啊，我这一觉睡得真解乏。"他说。

我问道：

"李孔贤士，你就那样一直坐着睡的？"

"我已经习惯这样睡了。我常常趴到课桌上睡觉，一睡乏困立即就无影无踪了。"

"我以为你会寻找一块草地躺下的。"我说。

"啊，星使，你是在草地上睡的吗？"他说。

"青草柔软，比天上星星的光芒还要软。下有青草软垫，上有星光棉被覆盖，这样的夏夜充满了情趣。"

这个时候，高高的车厢上面有位贤士高声叫喊着：

"起来了,起来啦,太阳把屁股晒红啦!"

这位贤士是站在车帮上喊的,他的平衡能力绝对很好,但我还不知道他的姓名。毕竟有四百六十六位贤士哩,我得逐渐与他们交谈,熟习,记住他们的名字。心里有了名字,便是一半的朋友了。

"这位贤士的姓名?"

李孔朝上面望了望。

"啊,这是黑白先生。"他说。

"黑白?"我有了极大的兴趣。

"是啊,黑色的黑,白色的白。"他先自己笑了。

"这个名字真好!"

要是我姓黑的话,我也会给自己取名为白。

"黑白贤士是先贤墨翟的后代弟子,在墨家学派中他是一位佼佼者。皇帝来了之后,几乎把墨家学派从世上消灭干净了,许多墨家弟子不敢暴露自己的身份,便冒充为其他学派的书生。黑白可真是一位遗世大墨哩。"李孔说。

我在心里默默地刻印下黑白贤士的姓名和身份,记住了他具有超人的学识,至于墨家学派究竟是一个什么样的学派,都有些什么特点,有些什么样的重要人物,我是需要进一步通过学习才能掌握的。

李孔贤士继续说道:

"车厢上面还有一位杨朱学派的传人。"

"杨朱?"我一方面是询问,另一方面为了重复牢记。

"杨朱也是一位在皇帝之前的大先哲,他创立的学说名闻天下。秦有始皇之先前,有'天下之言不归杨则归墨'的说法,可见其学说影响之大。"李孔贤士说。

"'天下之言,不归杨,则归墨',杨墨平分天下啊?"我思索道。

"是啊。我虽是儒家的继承者,但我不会偏向它说话的。"李孔说。

"那么当时的天下,儒家学说还不是那么兴盛,这是为何呢?"

"天下事物都有其发展的规律,学说也不例外。"

"那杨朱学说的传人叫什么名字?"

"他姓学,名单,学单。"

我在心里把这个姓名默念了一遍,把它记住了。一位是墨家的传人,黑白先生;一位是杨朱学派的后代弟子,姓名学单;黑白和学单,这都是非常有意思的姓和名。

贤士们纷纷顺着梯子从高高的车厢上下来了。躺在草地上的贤士们也麻利地翻身起来了。大家一起围绕在陆朵的周围,相互问着早安,并谈说着昨夜的睡梦。对于沉浸在欢乐中的贤士们,我没有投入太多的关注,我在想着其他的问题。忽然间,梯子上头显露出了常露朵姑娘的姿容。经过一整夜的休息,她的脸色越发地红润,而在朝阳的红光照耀下,她的整个身躯都是绚烂的红色。她就像是太阳娘子,是太阳的姑娘,从太阳的光芒里跳跃出来的。她站在梯子顶端,望着东边的彩霞,不知深思着什么。

"露朵姑娘,快下呀!"这是那位农妇的声音。

"露朵姐姐,我要下。"这是那位农家小姑娘甜蜜绵软的声音。

常露朵转过头来,她看见了我。她先是一愣,然后脸上升起了微笑。

"星童,你晚上睡得好吗?"她大声地问道。

我迟疑了一下,才回答道:

"睡得很好。"

"新的一天开始了。"她说。

"是啊,我们又要踏上征途了。"

荀梦周高声喊道:

"大家赶快到河边去清洗一番,然后我们就继续往东方去。皇帝还是会派兵使将来追赶我们的,他不把我们赶尽杀绝是不会善罢甘休的。"

在这旭日东升、晨光明媚的时刻,他说到了"赶""杀"这样的字,这使我的心里倏忽升腾起了浓重的迷雾。

大家都到河边洗脸洗手去了,我发现常露朵姑娘还站在车下,就走到了她的身旁。

第九十九章
露朵

露珠一样的花朵,或是花朵一样的露珠,都是这个叫作地球的星球上极美极美的事物之一,眼前这位叫常露朵的姑娘同样也是这个世界的菁华。

清晨的风清新至极,尤其是这经过滔滔的渭水一夜清洗滋润的空气,更是清新。这种清新里饱含了对于万物的疼爱。露朵姑娘也是属于这种清新的一部分,她沐浴在晨曦之下,接受着更加艳丽的晨光,她也会成长为最最绚烂的蓓蕾,蓓蕾开放,将会迎来壮丽的世界。

"啊,露朵姑娘,您昨晚休息得怎么样啊?"我说。

露朵姑娘的笑把她自己的美丽升腾到了一个叫人心颤的高度。

"英远星使,你还习惯我们这儿的夜晚吧。"她说。

露朵姑娘的语气并不是疑问式的,她的这种肯定式的询问,也就自己给了自己答案。

"你们这里的夜真是美丽极了。"我说。

她说:"你喜欢我们这里吗?"

我说:"喜欢。"

她说:"是爱还是喜欢?"

我想了想,说:"我可能真的爱上你——们这儿了。"

她的眼闪出亮光来,那亮光恰是在我说"你"和"们"之间时射向我的,我的身体接收到那样的光,心灵便激灵了,颤动了。这是为什么呢？我还只有11岁，还是个标准的清纯少年。这当然说的是我们的 M 星球上的时间单位，换算成这个叫作地球的星球上的时间单位的话，便是11,000年了——这样的年龄是这个星球上从来没有出现过的，而且将来也是永远不会出现的。也不能说这是地球上的一个奇迹，我是一个外星人，这便是十分稀松平常的事了。

常露朵姑娘愣了好一会儿，终于恢复到了自如的正常状态中。

"你——爱上了我——们这儿，这使我十分地高兴。看来我——们这儿是非常可爱的，是值得像你这样的星星人孩爱的。"

露朵姑娘的话使我的心尖儿又颤抖了好几回，我以为她说的是我爱上了她，可她把话语拉长了，加上了"们"，就把个人变成了集体，把自己变成了这个叫作地球的星球。我心底里多么希望她把"我们"这样的词语分离开来，只留下前面那个孤独的字。

我说：

"尽管我一降落到你们这儿，就遭遇了皇帝及其军队的包围，焚烧掉了我乘坐的宇宙飞船，还把我押送到了帝都咸阳的皇帝的宫殿咸阳宫里，叫皇帝本人亲自审问我，以鉴别我的真假——这些不痛快的经历是不值得回忆的。后来叫我去观刑，始皇帝是出于什么样的目的，我是不知道的。我被押送到了马谷，便遇到了咱们这一大群人，他们个个都是这个社会的精英分子，是大贤巨士，却遭到皇帝最残酷刑法的惩罚。那是什么法呢？是皇帝的命令，他的口令便是法令，他想叫谁死，谁就再也无法活下去了，这样的专制，在我们可爱的 M 星球上早已不复存在了。这个社会还需要更长时间的进化，才能够把权力关进笼子里去，使权力变成动物园笼子里的野兽，而人民都是观光游客，这样才会有一个文明的国家，一个人人平等幸福的社会。这是我在我们的 M 星球的小学就掌握了的知识。虽然有这么叫我悲愤的事件，可我还是要感谢你们这块大地的，她本身是没有罪恶的，她特别特别可爱，就宛若你这样的姑娘一样可爱。我忽然有一种想象，这个叫作地球的星球摇身一变，化作了眼前的你，她像你一样年轻，一样美丽，还有着一颗最最温柔慈爱的心。"

我的话还没有说完，常露朵姑娘就如同沐浴露珠的花蕾，她不能抑制地哭了。

"啊，我把你说哭了，对不起，对不起，露朵姑娘。"我真诚地道歉道。

她被我的话笑了。

她抹去眼角的泪珠，说：

"我是被你感动了。有你这样的星使来到我们这儿，这真的是我们这个星球的福气啊，更是我们这群可怜人的福气，也是我自己的——幸运和福分。"

"真的吗？"我说。

露朵姑娘的目光变得十分朦胧，这种朦胧的美丽真的是没有人能够抵抗的。

"我是遗憾我的爸爸没有福气，他若是活到你来到的日子，他也就有救了，他就会把他钻研了几乎一生的学问发展和丰富下去的，就会使他信奉的学派发扬光大的。"说到这儿，她又揩拭了一下眼睛。那显然是她感觉到那儿又渗出了湿润的液体。

"说到你的爸爸，谁的心会不伤感呢？你的爸爸去的那个世界会以壮丽的阵容迎接他的。愿他在天堂里忘记在这个叫作地球的星球上的遭遇。"

露朵姑娘的眼睛里有了更多的光芒。

"谢谢你。真的十分感谢你。"她说。

"你的心如同一个孩童最最清纯的心，一点儿杂质都不含。"她又说道。

我想她是不知道我真正的年龄的。

"露朵……"我说。

她立即回应道：

"哎……你说。"

我感到脸颊发烫，继而便是烫了。

"我比你还要小3岁呢。"

我害羞得更加厉害了。

她愣了愣，恢复了原有的神态。

"那么说，你才11岁？"她问。

"对。"我回答。

"这是真的？"她继续问。

"是真的。"我说。

"你原来比我还要小哩。"她恍若是自说自话。

我看着她，像是等候着什么。

"我把你当成十五六岁的小伙子了。"她说。

"但我觉得自己比地球上的，十五六岁的小伙子成熟。"

常露朵的眼睛盯着我的眼睛，她笑了。

"你确实是够成熟的。"她说。

"我还有个秘密你是不知道的。"我说。

"能悄悄地告诉我吗？"她在这句话里变得那样娇柔，就像是我们M星球上举行婚礼时殿堂里的新娘。

我想我该不该告诉她呢，每次我说起我在地球上的年龄，他们都会大吃一惊，我也担心自己会吓到露朵。

"按照我们 M 星球上的时间单位计算,我是 11 岁,这是没有什么疑问的,可是呀,若按照你们这个星球上的时间单位换算的话,我就是 11,000 岁了。"

露朵姑娘的眼睛睁得好像要裂开了,好像从里面流出来的不是泪水了,而是鲜红的血液。

"11,000 岁?!"她的声音都变了,仿佛是另一个人在说话。

我用沉默回答了她的问题。

"这是真的?"

我说:

"这是没有办法改变的事实。"

常露朵姑娘忽然笑了。

"皇帝还想着永远不老呢。他知道你的情况吗?"

"他知道。"

"那他还把你放了?"露朵姑娘问道。

"你的意思是他会把我吃掉,然后他就可以活 11,000 岁了?"

"狗东西会那样想的。"露朵姑娘坚持她的判断。

"他会有什么办法呢?"我问。

"他真的伤害不了你吧?"露朵姑娘关切地问。

"皇帝要是咬我一口,他的满嘴的牙齿就会全部崩裂,脱落掉的。"我说。

露朵姑娘像男人那样哈哈大笑了。

第一百章
渭水东流

刚刚消逝了的这个夏季的夜晚给予人们的是无限的梦想和充足的睡眠，贤士们和隐士们，还有农妇和她的小女儿小南花，他们都到渭水水畔洗漱去了。在这个叫作地球的星球上，在这个叫作始皇帝的朝代，这片叫作秦的大地上生活着的人们还没有进化到制造牙刷、牙膏的文明程度，大家到了水边，只不过捧起河水抹到眼睛缝里，抹到脸面上，把关键的部位洗涤一番。然后，双手捧一捧河水送进嘴里，漱漱口，把口腔里积存了一夜的唾液发酵的气味洗掉，使口腔里清新起来。有的人干脆趴到河边，把嘴伸向河流，吞一口水，把水吐掉，又连续地吞咽着水，灌饱了肚子，使自己不渴。

这批可怜的贤士，他们是我从马谷阴暗的刑场上救出来的，他们除了身上仅有的单衣，就一无所有了。他们洗过脸后，撩起衣角把脸揩干，也就完成了早晨起床后的第一件任务。隐士侯休、韩众和卢童三位是有准备的逃亡，他们每人都背着一个廉价的麻布兜兜，虽然不会有刷牙的工具，但总还是有一条长长的布块。这样的帕子便是他们洗脸的工具了。据李孔贤士介绍，这三位隐士是道家老子的传人，他们信奉的是《道德经》和庄周的《庄子》。我若是要学习老庄哲学的话，三位隐士便是现成的最好的老师。我想到，这一整个大车的贤士，总共有四百六十九人，其中有《诗》的传扬者，比如像姬诗这样的人，有儒家、道家、墨家、杨家、法家、兵家、小说家、名家、纵横家、史家……他们都是诸子百家的传人，个个满腹经纶，学富五车，都是一流的老师，这对我来说是多么有利的学习条件，百师而一生，何止百师？近五百师哩。

现在我正在与这个叫作地球的星球上目前我最心爱的姑娘说话。我并不着急去渭水边洗漱。车是只有我才能拖拉得走的，我不走，大家都得等候着。常露朵姑娘也无须着急，看她的样子，我感觉到她的心里还有无数的话语跟我说哩。

她的眼睛呼闪呼闪的，亮晶晶的眼珠儿被清澈的液体遮掩，露出朦胧的眼神。

"英远，"从她嘴里吐出我的名字，我的名字也变得芳香清新了。

我连忙应答道：

"哎。"

我的回应也许过于认真了，她忍不住笑了。她接着说：

"我本想与你谈件严肃的事呢。"

我说："你谈啊，我认真听。"

她不笑了，猛然间变得严肃起来了。

"好吧，我还是说了吧。是这样的，我的爸爸也算是当世的大贤，在秦国帝都咸阳是很有名气的，他不但诗写得好，还对《书》有十分独到的见解，他是《诗》《书》全才，由于对《诗》的热爱，他视《诗》为生命。可想而知，当《诗》被焚毁了，连偶语《诗》《书》都要被弃市的时候，他有多么伤心，多么愤慨，但是我爸爸的命运是他自己改变不了的。"

露朵姑娘又流泪了。

泪珠把她的眼睛弄得更加朦胧了，这样，眼睛便有了一种难以言说的美丽，这种美丽是入心的，叫人心疼的。

我跨前一步，用手把她脸上的泪水揩抹掉。她没有退让，接受了我的动作。她继续说道：

"我的爸爸没了以后，我就成了我们小村最可怜的人了。这个时候，尚立来关心我，安慰我，开导我重新树立起对生活的勇气，我是感谢他的。可我一直在心里无法爱他，我只是感激他。他确实不是我心仪的人。毕竟我从小就受我爸爸的教育，学了很多《诗》《书》，也算是有知识的士吧，可尚立呢，他是不识字的，木匠手艺是可以挣钱吃饭、安家立命的，可我总不能一辈子与一个不懂《诗》《书》的工匠生活啊。他也知道了我的心思，就变得烦躁、乖戾、异常，他通过那种方式回归到对他来说是正常的生活轨道，这是极为正常的，是符合他的利益和性格的。"

我静静地听着。远处，渭水边的人们似乎在这个早晨对水有了特别的感情，舍不得离开水了，他们还徘徊在那里，相互之间也在闲谈。

我的眼睛盯着露朵的眼睛，她不避我的眼睛，我也不避开她的凝视。

"英远，我爱上你了。"她说。

然后，她闭上了眼睛。

第一百零一章
蒹葭

我的心怎么也会狂跳起来呢？我虽然是外星人，但我也和人类一样渴望美好的感情。我的心有爱，有对普天之下可怜的、受压迫、受残害者的爱，也有对美丽女子的爱。既然她都说清楚了，她是不爱尚立木匠师傅的，我再把她往他那边推，这对她来说是残忍的，而对尚立来说也是不负责任的。

可她偏偏爱上了我，我也爱上了她。我尽管在我们的 M 星上是 11 岁，可我在这个叫作地球的星球上却已经十分成熟了。

我吻了她的红唇。

啊，这是我的嘴唇第一次接触到这个叫作地球的星球上的人类的嘴唇，是我与地球上的姑娘的首次接吻。

露朵姑娘把我的嘴唇吞住了，然后我把她的嘴唇也含住了，我们的舌头挨到了一起，寻找到了最纯、最真的爱情。

我想这便是两个星球的最美的碰撞了。我感受到的是来自这个叫作地球的星球的爱，这爱的温度高过所有的温度，这爱的深厚超过所有的深厚，这爱的沉醉使我忘记了我所身处的环境，忘记了始皇帝及其帝国的存在。

我也看不见渭河了。

"啊，露朵……"

她没有回应。

我沉浸在这个叫作地球的星球上的姑娘所给予我的深沉的亲吻里，我把她紧紧搂到胸前，感受着来自她身体的有热度的爱。

渭水南岸的世界在这个早晨沉寂了,一点儿声响都没有了,连鸟儿从空中飞过时,也因为我与露朵姑娘的相爱而不再啁啾了。

露朵把我轻轻地推开了一点儿,她的嘴唇与我的嘴唇分离了,她轻轻地说:

"你真的爱我吗?"

我说:

"真的。"

"你不是可怜我才这样说的吧?"

"不是。"

我又说:

"我是一看见你就在心里爱上了你,可我当时压制住了那样的感情。"

"真的?"

"真的。"

"我明白你为何压抑了自己的感情。"她说。

我没有发表意见。

"你的星球与我们这里有些原则是类似的吧。"

"差别不大。"

"蒹葭苍苍,
白露为霜。
所谓伊人,
在水一方。
溯游从之,
道阻且长。

溯游从之,
宛在水中央。
蒹葭萋萋,
白露未晞。
所谓伊人,
在水之湄。
溯洄从之,
道阻且跻。
溯游从之,
宛在水中坻。
蒹葭采采,
白露未已。
所谓伊人,
在水之涘。
溯洄从之,
道阻且右。
溯游从之,
宛在水中沚。"

　　我的唇上还留着露朵姑娘用红唇亲吻我的感受,还与她面对面站着,嗅得到她如兰似桂的气息,就在这样的身心愉悦中,听到了来自河边水洲的吟唱。那熟悉悦耳的声音是姬诗贤士的,一阵夏季晨风漫过,那摇摆如波的芦苇宛若大地的毛发,整个大得宛若巨大的动物,仿佛蜷缩着的身躯,奔向爱的秘地。

　　如此美丽含蓄的情歌把清晨的渭水及其两岸变成了爱和被爱的河洲。

第一百零二章
河

我与露朵姑娘的相爱已是我们这支队伍公开的秘密。但贤士中还有不了解具体情况的，他们认为尚立木匠师傅对露朵还拥有着约定俗成的权利。我把露朵对我说过的话对李孔贤士说了，他说我们这支队伍必须开一个小型会议。虽然贤士们是被我从刑场上救下来的，但他们并不会因此而改变已有的观念。

我把陆朵巨车停下了，李孔贤士把立木递给我，我把它支撑到车辕之下。

北面奔流而下的是比这条叫作渭水的河流强大好多倍的一条河，而渭河是汇入到它的水流中去的。

李孔贤士说：

"那就是河。"

"河？"我觉得不解。

"她就是华夏大地的河，她的名字就叫河。"

"哦。"

"还有江，它在南半边的华夏流淌，它就叫作江，人们就用这个字称呼它。"

我明白了。把如此强大的水叫作河，或者叫作江，这样的单字称谓是带有深厚情感的表现，是爱的体认。这说明生存在这方大地上的民族是如此热爱他们生存的土地。河流无疑也是土地的一部分。

"要在这儿休息吗？"荀梦周贤士在高高的车厢上问道。

李孔贤士跳下车辕,头仰向上方。

"我们开一个会议,解释一件事情。"李孔贤士说。

"开会?"高车上的姬诗贤士问。

"有件事情必须给大家说明一下。"

"是什么事呢?"申乘贤士问道。

我是不能开口说话的,只好辛苦李孔贤士了。

"那我们都从车上下去吧。"历史贤士说。

李孔贤士还没有回答他们之时,我想到他们从车上下来,整个儿过程挺麻烦的,会浪费很长时间,就说:

"我和李孔贤士上到车厢上去。"

李孔贤士的神情显露出惊讶。

我说:

"这样省事。"

上面有位贤士高喊道:

"把梯子递下去!"

我连忙喊道:

"不用了!不用了!"

李孔贤士的眼神更为疑惑了。

"李孔贤士,我带您上去。"我说。

"怎么带?"他问道。

"我背您上去。"我说。

我一边说话,一边就把脊背递到李孔贤士面前,可他还在迟疑。

"你抱住我的肩膀。"我说。

我等待了一会儿,他把我的肩膀抱住,我用双手把他的屁股搂住,脚底稍微一用力,就升到了空中。我站在了车厢的帮沿上。贤士们纷纷退让,使车厢中间有了一块儿空地。

我与李孔贤士落到了那空地里。

这是贤士们第一次见我负重飞升。

宋哉贤士惊奇地说：

"按照我们的神话和传说，不管自身会不会飞翔，背负一件东西飞翔都挺难的，更甭说驮一个人了，便就没有办法了。"

常露朵姑娘说：

"可他是实实在在的人。"

她与那母女两个站在同一个地方，她一说话，贤士们的目光就集中到她的身上。有关我的真实性，我想她是最有发言权的。

李孔贤士说：

"是这样的，我们啊，之所以开这样一个小型会议，是怕贤士中有的人对我们的救命恩人星使与常露朵姑娘相爱这样的事情有误解。常露朵姑娘以前啊，是那个叫尚立的木匠师傅的未婚妻，他们有婚约，虽然那只是他们两个私下的约定，但那毕竟也是约定。有了这样的前提，我们会认为常露朵姑娘应该继续与尚立木匠师傅相爱，举行婚礼，成为他的妻子，但是啊，常露朵姑娘是在特别的情况下同意尚立的求婚的。当时她的父亲被皇帝的爪牙们杀头弃市……"

"是活埋。"常露朵姑娘说。

李孔贤士继续说道：

"活埋了。我刚才不愿意说出这个词儿，我……"他说不下去了。

这个时候，贤士群里飘来了抑止不住的啜泣声。

"我是怕大家伤心，有意把活埋说成杀头弃市的，反正都是那个意思吧，是皇帝把她父亲残害死了，她逃脱了，当然有尚立木匠师傅的帮助，这是成功的原因之一，常露朵姑娘是为了感激他才答应嫁给他的。可是啊，露朵姑娘内心深处是不爱他的，要说爱他，那是说的假话，是不诚实的。正好啊，尚立木匠师傅也意识到了，便主动地与露朵姑娘分开了，他也不愿跟着我们这群人倒霉，怕被我们连累，被皇帝灭族。现在露朵姑娘坚决要与我们在一起，他肯定就更不会承认与她的婚约了。鉴于这样的情况，露朵姑娘爱上了我们的救命恩人——星使英远，恰好啊，星使呢，也爱上了露朵姑娘，这是好上加好的事。我们贤士当然也是爱我们的星使的，可我们的爱毕竟不能代替露朵姑娘对星使的爱，这我要首先代表贤士们感谢露朵姑娘哩。"

露朵姑娘说：

"我不要感谢，只要大家理解就好啦。"

李孔贤士继续说：

"按照我们的风俗习惯，是有些不太好接受这样的变化。可是啊，贤士们，我们都是有知识的，有智慧的，是反抗皇帝的英雄，我们的观念应当前卫。我们大家要大力支持露朵姑娘与星使相爱，支持露朵姑娘与星使结成夫妻，生儿育女，成为快快乐乐的一家人。"

全体贤士共同发出了欢呼声：

"支持！我们支持！"

第一百零三章
巡游与大战（一）

我只有抬头仰望时才可在星光里感触到来自故乡祖星的亲情，这个时刻，我的心底积满了怀思的乡愁，想念我的母亲，想念我的父亲，我的太爷爷和众多的兄弟姐妹。是我的太爷爷把我教育大的，许多知识是他灌输给我的。来到了叫作地球的这个星球上之后，有很多知识还是可以利用的。当然了，有关这颗星球上的生命——人类——的历史，也就是这种生命体自己的成长史、发展史，我是陌生的；但是啊，有关天文方面的，天空，大地，星空，星座……这些知识在宇宙中，特别是在银河系里的太阳系里，基本上都是相似的。我所看到的星星，地球上的人都给它们安排了他们满意的名字，而在这个叫作秦的帝国，我相信有比它更适合这个多民族混合的国度的名字。

按照我引车的能力，我能够在一天之内就可以把这辆叫作陆朵的巨型木车拖拉到东地平线的尽头，那东方的大海之滨的。可我并不想那样快地到达。因为到达之后，我就要寻找一个海外的岛屿，把众贤士安排下来，远离始皇帝的帝国，让他们能一生平安。那样的话，我就会与众贤士过早地分别，那毕竟也是伤心之事。我必须熟悉这片被始皇帝征服和消灭了的原山东六国的土地，还要寻问那被丹巴热病病毒折磨残害的人们，这个星球上有很多人饱受丹巴热病毒的摧残，其中不乏天真懵懂的儿童，正值人生最美好阶段的年轻人，这样的命运不但是残忍的，还是十分不公正的。为什么要把那样的厄运降临到他们这一代人的头上？这是和相爱与生育紧密相连的病毒，相爱与生育是多么美丽和美好的事啊，但却伴随着病毒感染与慢性死亡，这样的病毒是为了什么呢？这得去质问天神。

　　拖拉着陆朵巨车，我的脑海里突然浮现出了深夜里曾经做过的幻梦，虽然它已经淡薄得只剩下了丝毫的印痕，但我还是能够把它复现出来的——

　　一列长长的车，不是像陆朵这样的大木车，而是由几十节车厢连缀起来的长长的车，它有一个响亮的名字：火车。因为它曾经使用的能量是火，是由煤炭燃烧产生的烈焰，把蒸汽机里的水煮沸，蒸汽的巨大力量推动活塞与转轴，巨大而又超长的一列一列的车辆便就在钢铁的轨道上驰骋了。这就是火车，也常常叫作列车。这样的列车有卧铺车厢，也有硬座车厢，还有洗手间，餐车车厢。旅客多了的话，就得站在过道里。如果人们购买的不是站票，但车票写着"无座"——这就意味着，没有座的时候，你只得站着，一旦有了乘客下车，有了空座，你就可以坐下。假如它规定死了是站票，那就得机械地，而且一直滑稽地站着，一直站到终点站了。就在这样的列车上，在那卧铺车厢上的某个隔间里，在那高高的上铺上，躺着一位女大学生。她的美丽可比朝阳。她眼睛美丽朦胧的可以勾魂，可以偷走你痴迷的心。她高挑的身材在列车提供的雪白的被子下面呈现出美丽的轮廓。她的高高隆起的鼻梁下，深深的鼻唇沟漾出暗影，而在鼻唇沟的下沿儿是上唇优雅的曲线，那曲线的美丽可感动上苍，因为它在鼻子下方形成的弧形，恰似一个无限美丽的花瓣。上唇与下唇之间的分离线把上下双唇组合成一个完美的整体，使整个口唇变成了一朵只有上下两瓣的花朵。这样的花朵的美，即使是在梦境里，也使瞄了一眼的人心疼，耳心深处更疼。那是美到极致处必然施加给予欣赏者的。我现在回忆起来都会心疼。就是这样一位女大学生感染了丹巴热病病毒，她离开大学校园所在的城市，要到遥远的西域，到那能够叫她永远安宁的世界。那列列车的车厢上有着"下洋—西宁"的标志。

在奔跑中，我脑海里忽然浮现出来的梦境，指明了我的目的地。我远离我们的M星球，降落到这个叫作地球的星球上，我怀揣的救世之药就是要送给她这样的可怜、可爱的患者的。可她终究在哪儿呢？在我的梦境里？这样的回答是对我最残酷痛心的折磨。我怎么才能够到达我的梦境呢？

我还在回忆和思索着我的梦，我尽管脚踏始皇帝强迫黔首人民修筑的平宽大路，手握陆朵双辕把儿，双脚迈开，目视前方，可我并没有感觉到陆朵巨型木车的存在，也忘记了后面车辕后档上李孔贤士的存在，还有高高的车厢上我的爱人常露朵姑娘的存在——她还与那两位女性——那对母女待在一起，这是有益的，她不但有伴儿，还免受了大道上的风寒。车厢毕竟是有四壁的，还有众多贤士的身体组成的人墙。我是不同意她坐在车辕后面的横档上的，一不安全，二是因为我舍不得李孔贤士这样的老师，他会随时随地教授我有关这个可爱的叫作地球的星球上的知识的。当然了，常露朵姑娘也是一个知识丰富的女子，可她毕竟与我有相爱关系，成了我的未婚妻，假如她坐在下面的话，会常常使我分心的，这不利于我们这支队伍的安全。

我虽然远视着前方，可看见的却是梦境里的火车。忽然间，车厢上面的贤士们高呼起来了——

"皇帝的大军！"

"啊，大军堵截了道路！"

"狐假虎威！"

贤士们在车厢上喊着，我竟然像是没有听见一样，视野里依旧是梦境里的列车——那叫人伤感的卧铺车厢。

"啊,英远星使,你要冲过去吗?"李孔贤士在我身后大声喊道。

"啥呀?"

"你要拉着陆朵从皇帝大军的身体上碾压过去吗?"李孔贤士的声音仍然很大。

这个时候,我才看见了现实世界里的始皇帝的大军。我已经把陆朵拉到快与他们碰撞的地步了,军人武士们纷纷后退,挤压彼此,倒伏下去,宛若风暴中成熟的穗儿沉甸甸地倒向一边。

第一百零四章
巡游与大战（二）

我是猛然回到现实世界中来的。我深入梦境的时间实在是过于长久了，这是因为我在梦境世界里找到了想要救助的人——那女大学生，那绿皮火车。可我像从梦中惊醒过来那样，眼睛里映现出的是始皇帝的大军，他的奢华的巡游仪仗，他的高车骏马。

我收住了脚步，把陆朵巨车停在了顶盔戴甲、手控弓弦的全副武装的始皇帝的军阵之前。我立即醒悟过来，高声喊道：

"掩藏！掩藏！"

高高的车厢上的贤士们立即把身体蜷曲下去，车厢边壁遮挡住了他们的身体。与此同时，我转过身去，用自己的身体掩护住李孔贤士，并用力把巨车陆朵倒推着飞跑。这样一辆木车，虽然巨大，上面还乘坐了近五百人，可我若是想把它高举起来的话，我依然是具有那样的力量的，这并不是多么复杂的事，一点儿也不艰难。我能够把它举起飞行，从始皇帝大军的头颅上飞越过去。可我并不想那样，我只是把它往后猛推，一下子就倒退了一公里。这个时候，始皇帝的武士的箭镞飞来了。那箭镞如同满天的蝗虫，遮天蔽日，把天都变黑了，好似乌云密布，暴雨马上就会倾盆而下的前夕。箭镞落到我的背上，头上，脖子上，臀上，大腿上，小腿上，脚后跟上。但它们都仅仅是轻轻地撞击了一下，就落到了地面上。李孔贤士的身体被我全部遮掩着，没有受到任何的射击。而高高的车厢上的贤士们也不会受到箭镞的伤害的,始皇帝的军队的青铜弓弩无论多么令被他消灭的六国恐慌,但它飞行到陆朵跟前时,已经是强弩之末了,只有部分箭镞撞击到了车厢的板壁上,它没有足够的高度落到车厢上面去。我为什么要把陆朵倒推一公里呢,这是因为我早就知道始皇帝时代的弓弩的射程。

倒退到了这个安全地带,我忽然想到了车厢上面是需要一个巨大的盖儿的。这个盖儿可以分为两个部分,分别挂在车厢的左右两边,如遇强敌射箭,就把盖儿翻扣上去,把车厢里面的贤士们保护起来。这个盖子将是非常巨大的,需要大量的木料。或者还像以前那样用倒拔下来的大树作为扫荡的武器,纵使他有满天的箭镞,也会被这把如天的扫帚扫落在地。我觉得这个办法是方便可行的,就暂时否定了前面那种方法。为了使用起来方便,得提前拔下来一棵大树,把它盖到车厢板壁上,或者放到车辕上也行,让李孔贤士坐到上面,还是一道挺有风味的风景呢。

我发现距离大路不远的田头就有一棵巨大的树木。它的树冠庞大,树干粗壮,树皮老得像是蛇怪的鳞片,泛着青灰色的光芒。

我把陆朵用立木支稳了,对李孔贤士说:

"我去把那棵大树拔下来。"

李孔贤士的脑子还有些儿懵。

"啥?"他说。

"你说啥?"他继续问。

"咱们得准备一把能把箭镞扫落的扫帚。"我说。

他清醒过来了。

"你是说去把那棵大树拔下来啊。"他说。

我突然想到我离开他时,始皇帝的弓弩手们会射来更多的箭镞，失去了屏障保护的李孔贤士就会亡命于大路，假如造成这样的失误，会使我痛悔终生的。

"李孔贤士，"我叫道。

"啥？"他由于惊吓，智力仿佛回到了婴儿时期。

"您躲到大车后面去。"我说。

我一说他听明白了，他看了我一眼，就从车厢后的横档上跳了下来，朝后面迅速奔跑了过去。我看不到他的身影了，知道他已经安全了，朝车厢上面喊道：

"贤士们，你们继续藏到板壁下面，待我把北边那棵大树拔下来。"

车厢上没有任何声响。

这叫我有点儿惊奇。他们都被始皇帝的飞矢吓坏了吗？不至于吧。这个时候，姬诗和宋哉两位贤士同时把脑袋探出了车厢。

"星使，你去吧。"他们说道。

"不要把脑袋伸出来！"我喊。

他们两个迅速蜷缩回去了。

对于始皇帝和他的大军的堵截，尤其是他及他的军队反复向我放箭，这叫我心里很不高兴。虽然这对我不会造成任何的伤害，但我所保护的这一群人，他们是不敌箭镞的，一旦两者碰撞，就会流血，就会有生命的危险。我确实是心里很恼火。我真想拖拉着陆朵从敌阵中碾压过去，叫始皇帝看看，他到底是什么。这样的闪念倏忽而过，我就觉得自己受到了始皇帝及其为虎作伥者的残暴统治的影响，以残暴对付残暴，以残暴消灭残暴，这算是什么呢？能算是正义吗？不算。那么，我准备的这把扫帚就像一个象征——才是可以代表我的。你有飞矢箭镞千万，我有扫帚一把，箭镞再多再密，不管力量多大，穿透力多强，杀伤力多大——都会被我的这把不起眼的扫帚扫落。由此我联想到了宇宙深空中的彗星，彗发便是扫帚，也是把星球之间的不良箭镞扫落作为自己的使命和任务的。我就索性在这个叫作地球的星球上做一把扫帚吧。

我的脑子一边思索着，一边就把那路边的巨大树木从大地深处拔出来了。它的根系如此地庞大、繁荣、蓬勃，真的像彗星的彗发一样美丽。也许这儿过于靠近渭河了，除了地表的泥土之外，下面全是沙子，根系在沙子里很是伸展，也很松散，当它脱离沙子时，也是同样轻松的，而且是相当完整的。这样的根系真是美丽，一根一根的，与少女茂盛的、黑黝黝的发丝同样美丽。

我把拔下来的大树放到了车辕上，让它横躺着。这个时候，李孔还待在车厢后面，我就喊道：

"李孔贤士！"

他听到我的叫声，便从车厢后面过来了。

大树除了庞大的树冠，还有繁茂的根须，在车辕上一横，把车厢的下半截和车辕都覆盖起来了。不过，猛一看，它就像是献给这辆巨车的一树花草，把大车装饰得更加雄伟，也更加美丽了。

"倒挺养眼的。"李孔贤士说。

"你坐到树干上。"我说。

李孔贤士往树干上一坐，我马上感到这棵大树似乎变成了飞龙，它会自动起飞，把乘坐者带到天上去的。我联想到一个孩子坐在弯弯的，镰刀般的月亮上的情景。

第一百零五章
巡游与大战（三）

自从降落到这个叫作地球的星球上，我第一次感到恼火。这是一种挺叫人烦躁的心情。更进一步说，我的良知与秦帝国的制度、与始皇帝的旨意法令是相针对的，冲突的，始皇帝并不会让步。当然了，我也是不会退让的，这样势必就会有无穷无尽的摩擦。这的确叫我挺烦的。这个还处在冷兵器时代的帝国，尽管那些可笑的青铜——那有限的脆弱的铁器，它们是伤害不到我的；但是啊，我必须要保护的这一群人，其中有一位已经成了我的心上人，她也尽心竭力地爱我——这是我在完成送药救世的使命之前也必须严肃认真地要完成的工作。要一丝不苟，不能有丝毫的差错，他们每一个人的生命都是与这个叫作地球的星球的价值等同的。宇宙里哪怕毁灭了一个星球，也不要叫一个人被其他人所杀——这是我的信念和准则。

我正要把巨车陆朵拖拉着冲向始皇帝围堵在东方路上的大军，脑子忽然一转，发现了如此行动的弊病：始皇帝的武士假如有一人把箭镞射进了车厢上某个贤士的身体里，那位贤士就会有生命之虞。巨大的车厢上面没有盖儿，飞矢又没有长眼睛，它从高空落下时，就有可能扎进车厢，车厢那么密集的人群，谁又能躲得开呢？我的心为常露朵战栗了，如果飞箭恰恰选择了她，我会一直活在悔恨中。

我把巨车停下了。

这一行动引起了李孔贤士的不解。

"英远星使，你要干什么？"他问道。

我说：

"唉，李孔贤士，我一个人拿着大树冲过去就可以了。"

李孔贤士的眼神里有了更多的疑惑。

"你一个人冲过去？"

"是的。"

"那我们和这辆大车呢？"

"啊，我还会回来的。"

我笑了。李孔贤士的脸上也有了灿烂的阳光。他从横放在车辕上的大树上跳了下来，他用肩膀去顶了顶树干。

"妈啊，这可真沉。"他说。

我把大树托到了手中，飞奔了起来。我的脑子里呈现的情景是我与大树组成的"彗星"。树根的根系仿佛彗发，树梢宛若彗尾，树干当然便是彗星的主干了。我嘛，是彗星的动力——就是这样一个巨大的"彗星"在这个叫作地球的星球的土地上，以彗星在宇宙里运行的速度冲向了始皇帝的大军。

他们当然是提前发现我的行动的，弓弩手向我集体发射箭镞，我丝毫用不着躲闪，箭镞即使射到我的眼睛上，也会撞击成粉末儿，当啷落地的已经不是箭镞了，而是青铜的齑粉。可见战士们的力量有多大，而我的身体所形成的反弹力也是同样巨大。

我与大树所组成的这颗彗星飞行到了始皇帝大军的军阵之中，我挥舞起大树这把巨型扫帚，就像平常扫地那样简单。我用这把巨大的扫帚把始皇帝的武士和军人扫得翻飞了起来。他们仿佛是失去了重力吸引的雪花，在空气中飘飞，摇摆。我不断地挥舞着扫帚，他们翻飞得更加迅速了。我把这样一支大军整个儿搅动旋转翻飞起来了，他们全部变成了大气中的雪花。

这是一场多么精彩的雪花舞啊！将士们鬼哭狼嚎着，尖叫着，竟然还有大声欢笑的，他们全部被我扫荡到大路北边的渭水里去了。我希望他们在这条小河里变成鱼虾那样的生物，继续在水中翻飞舞蹈。秦帝国是在这条叫作渭的小河上建立起来的，也是在这条小河的流水的滋润下成长起来的。如果说始皇帝是有罪恶的，那么，这条小河也是有其不可推卸的责任的。

当我把这支大军像柴草一样扫开以后，在华阴平舒大道的东地平线上的始皇帝的高车羽旄，他的巡游的仪仗队伍显露出来了。那高高的装饰华丽的车辆大约有三四十辆，那高大的骏马似乎都要惊了，甚至要把车辆拖向河滩里去。

我拖着大树这把巨大的扫帚飞行到了始皇帝的巡游队伍前。我并不是想要对始皇帝和他的大臣随从来一场同样的雪花扫帚舞，我不想让始皇帝陷入难堪之中。他是始皇帝嘛，死要面子的。但他们想逃走是根本不可能的，面对我这样一个外星人，他们就像地上的蚂蚁蝼蛄蚯蚓一样。忽然，有一个人从车驾队伍里跑到了朝向我来的方向的路上。这个人双手挥舞着。

"啊啊——壮士啊，请慢——请慢——皇帝有话叫我传给你——"

这是那位独立在大路上的人断断续续叫喊出来的话语。

我听明白了他的话。

我把大树拖到后面，让它匍匐在大路上，我站在树根上。

那人挥了挥手臂，说：

"壮士啊，是这样的，我们的秦帝国是有制度法令的，是崇尚法制的，你把那些犯了法的人带走，这给我们的国家带来了很大的混乱。皇帝要求你把那群逃犯留下，你呢，就去送药吧，我们不会阻拦你的。"

这便是这个家伙所说的话。看他的模样就知道他是始皇帝的大臣。他高挑的身材,带有棱角的消瘦的脸面很长,这样一张长脸叫人觉得他像驴或者马骡。

我说:

"难怪你长了一张马脸呢。"

这个家伙没有料到我会说出这样一句话,他的眼珠子在眼眶里转了几个圆圈,然后说:

"星童,听说你只有11岁,你这样骂我,我一点也不怪你。你只要按照我们的皇帝的圣旨做,我们就允许你到东方去。"

我心里突然感到好愤怒,这真是一帮死硬分子。

"说了半天,你和你们的皇帝还是要杀害那些可怜的贤士啊!"

"壮士,他们不是贤士,他们是一群罪犯。他们犯了我们大秦国的法令,这是毋庸置疑的。"

我心想,这个家伙还要与我辩论贤士们是不是罪犯这样的无聊问题,就说:

"你是什么人?是皇帝的什么官?"

那家伙好像十分意外的样子,他扭头朝他身后看了看。在他的身后是始皇帝的巡游队伍,那高高的华丽的车辆骏马把东边的天际遮挡住了,但却看不见一个人影。只有车和马匹。人呢?这是个挺奇怪的问题。

那家伙说:

"我是丞相,我的姓名是李斯。"

这个名字我是听说过的,只是一直没有见过这个人。

"你就是李斯!听说杀害贤士们的这样的恶行就是你提议的。你既然是丞相,你不帮助皇帝做善良的事,反倒更加变本加厉地残害人民。你当的什么丞相?"

李斯一时愣住了,好像傻了,不知如何回答我的问题。他肯定没有料到我会这样指责他。时间静止了，他面对着我，我面对着他，没有话语。他终于回过了神。

"作为一个星星小孩指责我，我是能够理解的。你那星星毕竟与我们这儿有天壤之别的，你不能用你们那世界的标准来衡量我们大秦帝国。始皇帝消灭了六国之后，天下必须统一，不把那些不利于统治的《诗》《书》和诸子百家语焚烧，黔首看了，就会造成思想的混乱；有了思想的混乱，就会有行为的混乱，国家就会动荡——我作为一个政治家，是比你更懂得这方面的理论的。你是被你的善良之心蒙蔽了眼睛，不要认为杀人就是恶，救人就是善良。你救助了罪犯，这样的行为怎么会是善良的呢？"

我的脑子转动着。这个家伙还是有他的一套理论的，他差点儿把我引入迷魂阵里去。

"你简直就是个恶魔！什么犯罪，什么恶，什么善良，你完全给颠倒了。偶语《诗》《书》，还有诸子百家语，这怎么就会是恶呢？这怎么就会是犯罪呢？只有你与皇帝规定的恶法才是罪恶的，犯了你们规定的恶法反而才是善良的。你颠倒了黑白，你的歪理就振振有词了。你可真是一个恶人啊！"

我真想挥动大树，一下子把这个家伙劈死。

"李斯，我若不是从星星来的，我们的 M 星规定了，不能杀害一个生命，哪怕这个生命是毒蛇。若不是我从小长期受到那样的教育和熏陶，我现在就会把你弄成血沫儿。你这个家伙死一千次也难抵你的罪恶！"

我真的愤怒了，我把大树立了起来。它站立在大路上，就像重新在这儿扎根了。

"我松开手，它就会倒向你。我真想用这棵树把你的狗命要了。"

"壮士息怒！"李斯叫道。

他挥舞着手臂，真的感到了恐惧。

"滚回去！"

他还在犹豫。

我说：

"你再在我眼前晃动，我真的会把你杀了。我会在你们这个叫作地球的星球上破例的，这是第一次，也是最后一次。"

李斯灰溜溜地转身走了。

第一百零六章
巡游与大战（四）

很多事情经过思考也是不会明白的。比如说李斯丞相为何没有骑上骏马来与我斡旋、交涉，而是步行来的。但是很多事情稍微思索一下就能明白其中的道理。比如说小南花与她的母亲为何在她的农夫父亲撞死之后，就跟上我们这支逃亡的队伍了呢？这是因为小南花传唱了那首过路的神秘人教授的童谣：

阿房，阿房，亡始皇。

她父亲那样一闹腾，她的母亲也跟着折腾，致使全村的人和围剿我们的始皇帝的军队兵士也都知道了，有了这样的前提，即使亲爹去世了，也是不能减轻其受到刑罚。普天之下，除了拥护始皇帝外，是没有第二条路可走的。郡县村里的大小官员都会为了邀功，把她们母女抓获，送到上面去的。即使她还是个小女孩，也是会完全处决掉的。在秦地，偷牛的小孩等到其身高长到了所规定的高度，还是会照样服刑的。那么，咒骂皇帝的罪，还会轻饶吗？不会的。这母女两人跟我们的陆朵巨车走是对的。小南花的母亲想通了这个道理之后，也就不再怨恨我和我们这支逃亡的队伍了，她变得沉默寡言起来了，心里也许已经有了根本性的转变。

这个时候，从华阴平舒道的东边有一个人骑着快马奔驰过来了。他勒马停在了我的前面。这个人脸色煞白，整个脸上没有一根杂毛,下巴上也没有一根胡子。他的着装不像是带兵打仗的将军,一看就是个文官。高冠博带,衣袍宽松,布鞋高底。

我说:

"您是什么人?"

那人看着我,倒没有显出有什么慌张的地方。

"我是赵高,皇帝的中车府令。"他说。

这个人的姓名我倒是第一次听说。丞相李斯我倒是早就听贤士们反复说过了,因为焚书坑儒这些罪恶至极的事都是李斯配合始皇帝干的。

"我是第一次听说你的姓名。"我说。

"星使大人,你的名字我倒是听了无数次了。"赵高说。

"我不是什么大人,只是一个 11 岁的顽童。"我说。

"您是从星星来的,我也不知道用我们这儿的什么样的称呼你合适,请多见谅。但我听说你所说的 11 岁是指你们那星星上的 11 岁,换算成我们这儿的时间就是 11,000 岁了,是吗?"他的态度倒还谦虚。

"你换算得很对。"我说。

"那我叫你大大……大人都是应该的。"他说。

"不纠缠这个问题了。你说皇帝派你来要我干什么吧。"我说。

赵高的眼珠儿在眼眶里咕噜咕噜转了好几个圈,他压低了声音,说:

"星使,我不能大声说话……是这样的,我对皇帝也是恨之入骨的,他灭了我的赵国,那是我祖辈世禄之国,皇帝把它灭了,我便成了流浪儿。我是恨他才到他身边服务的。"

我一听,立即也谨慎起来了。

"我是自宫后才得以进入皇宫的。"赵高的声音更加地低了。

可我并不能听懂他所说的意思。

"自宫?"我低声问道。

赵高的眼睛里差点涌出眼泪来,他挥动了一下手臂把他的悲伤情绪挥舞走了。

"皇宫里的宦官,只有把自己的……这个阉割掉,才能进入皇宫。那儿全是皇帝的女人,有上万个女人呢。"他指了指自己的下身。

"这么说你也是备受皇帝残害的?"

"可以这样说。"

"皇帝要你来谈判?"

"对。"

"我的底线是保护住这群贤士的性命,什么样的条件都可以谈,但这个底线是不能打破的。"

赵高眨了眨眼睛,把声音压得更低了,说:

"星使,我并不是要你把所保护的贤士交给皇帝,我是说你给我行个方便,把你的巨车调个头儿,朝西走,再往北走,然后往东走,照样可以到大海边去的。这样的话,皇帝觉得他的巡游不受影响了,也就不会用军队对付你们了。再说了,你跑得那么快,军队连你的影儿都找不见的,哪儿能够堵截你们呢?"

他的话使我茅塞顿开。他看我的眉头舒展了,继续低声说道:

"您,星使,也不要立即答应我,你还需见一个人。"

这个家伙玩的什么把戏?

"见谁?"我问道。

"皇帝的儿子。"他说。

"我听说他的儿子扶苏不是跟什么将军在北方镇守,防御匈奴什么的？"

"跟皇帝巡游的是胡亥。"赵高说。

"那叫他来吧。"我说。

赵高迟疑着并没有立即离开，他的嘴嚅动了几下，说：

"我的秘密可不能泄露了！"

他加重的语气把我逗乐了。

"我又不是小孩子！"我也加重了语气。

赵高拨转马头，朝东边始皇帝的大军奔驰回去了。

第一百零七章
胡亥

即使两军对阵，我也是有空闲时间进行思考的。这个叫什么赵高的中车府令，他是始皇帝的近臣了，但他原来是潜伏在始皇帝身边的复仇者，这叫我觉得挺有意思的。这个秦帝国内部竟然还有如此复杂的关系。你即使是始皇帝，开创了社会的新纪元，对人类的权力结构进行了天大的改造，把分封制变成了中央集权制，这也并不能保证你身边的大臣都是全心全意忠诚于你的。一个恶魔是会改变忠诚的性质的，对恶魔的背叛反而是对善良的忠诚，是值得称道的。

一个娇弱的年轻人骑着一匹高挑的骏马奔跑到了我的面前。我对这马的关注超过对驭马者的关注，这匹马倒像是个姑娘，它的眼神里蕴含着满满的羞涩，眼泪汪汪地盯着我。

"你常与你的马说话吧。"我说。

骑在马背上的胡亥十分意外，一时不知如何回答我。

"是还是不是？"我说。

"是。"他低声说道。

"你就是胡亥？"我问道。

"就是。"他说。

"你来要斡旋什么事情？"我问道。

他好像糊涂了。

"中车府令赵高说你说了，必须要我到你这儿来，你有话要对我说，然后你就把你所保护的罪犯们交给我们。"他说。他看起来还蛮委屈呢。

我想,赵高这个滑头不论在什么事儿上都想愚弄愚弄始皇帝及他的儿子。这无疑是仇人干事的做派。

显然这样的内容不是我说给赵高的,但也不能把真实的情况说给胡亥。

"胡亥,你是皇帝的儿子,对吧?"我说。

胡亥的神志有些儿迷糊了。

"这?……"他不知说什么好了。

"是这样的,我对赵高是那样说的,可我见到你后,就立即改变了我原来的想法。这不是赵高有什么问题,而是你的问题,我一看见你就自然而然地改变了原来的想法。这能怪谁呢?"

胡亥还是丈二和尚摸不到头脚。

"我不能把我所保护的贤士们交出去。"我说。

胡亥终于明白了我的话的意思。

"你分明对赵高说了我一出面就交出来的!"他说。

胡亥说话的口气居然变得如此强硬,这使我极其不舒服。

"要交出去可以,但有个前提。"

"你说!"胡亥反应倒是十分迅捷。

"你与你的父亲允许我把你们秦帝国毁灭掉,那我就把我所保护的贤士们交出去。"我说。

胡亥愣住了。

"你如果不是从星星来的,说出这样的话,连你的族人也都活不成的。"他说。

"你的话等于没有说。你回去对皇帝——你父亲说,我见到了你,就改变了原来答应赵高的条件。除非你的父亲亲自来,我是不会交出他们的。"我说。

胡亥也许是适应了与我相处的气氛,心里不再有畏惧了,思维能力也就正常起来了。

"你说只要我的父皇出面,你就把罪犯交给我们?"他说。

"你既然已经听明白了,还有必要重复吗?"

第一百零八章
秦始皇

胡亥骑着他的骏马折过头，奔跑回始皇帝所在的地方去了。我把手中的大树拿起来，挥舞了一下，产生出来的风吹拂到我的脸面，带走了多余的热量，我感到了些微的凉爽。这个夏季可真够炎热的。太阳越升越高了，也变得越来越小了。它爬出东边的地平线时，是个巨大的红色圆盘，待爬上一定的高度，它就变小了，红色也褪了，变白了，小了，但它的热度却越来越高了。

我望着胡亥骑马远去的背影，觉得这个毛孩子仿佛还天天吃奶，奶汁仍旧是他的口粮，他还没有脱离哺乳期，他的智力充其量还是婴儿的智力。始皇帝把这样的巨婴带到身边培养，却始终无法培养出成熟、睿智的继承人。这个巨大的婴儿离了奶水就会哭哭啼啼。

天实在是太热了。我就不断地把巨树挥来挥去，使它产生出更多更大的风来。渭水那边也没有凉气飘来，水面反而在光照下折射出更为炽烈的白光，看了叫我焦躁。渭河的北岸，那广袤的田野里的稠密的庄稼倒是喜欢这样的热度和光照，它们在拼命吸收着光和热，把穗儿和子实充实到最大的程度。

我以为始皇帝不会出面呢。自从在帝都咸阳，和他在咸阳宫里对峙过一次，我就好像再也没有见过他了。这个家伙的行踪神秘得很呢，在这样一个巨大的帝国里，他是唯我独尊的。他是皇帝，是开创者，他把自己放到了什么样的地位上，这是一想就明白的。反过来思考,你就会发现他又是多么孤独,一个孤家寡人。皇帝只有一人,他的后代中,二世的皇帝还没有确定呢。胡亥只是作为候选对象被着意培养和锻炼。按照秦帝国的法令和沿袭的惯性,只有当始皇帝死了之后,二世皇帝才能上位。这又何必呢。动荡不安的元素就是这样潜伏着,埋藏着的。

始皇帝出现在我的面前。

他说:

"你这把扇子倒是挺特别哩。"

他的特殊的话声把我从思索的迷茫大雾中推了出来,云雾消失了,他与他的骏马清晰地呈现在了我的眼前。这个家伙还是他从前那个样子:蜂准、长目、挚鸟膺、豺声。

豺声是他最明显的标志。我一听见他说话,心里就起毛。但我尽量克服那种毛乱。我想起了李孔贤士——这位当代大儒对我讲述过的有关始皇帝的课程:

有个阶段,秦国世族上书嬴政,建议把居住在秦国的外国客卿全部驱逐出境,这是怕这些客卿里有外国的间谍,盗取国家机密,不利于国家的强大。嬴政下了《逐客令》,就把客卿们驱逐出去,李斯也在被逐范围,这个家伙在离开秦国的半途中给嬴政上了《谏逐客令》,秦王恍然大悟,马上终止了其错误。李斯便被留了下来,还继续做他的客卿。这个混蛋,就屁颠屁颠地表现自己的本事了。不是秦王要逐客吗,那他就是谏逐客令的人,就要显示他这样的客卿是大大有用于秦国的,就建议秦王通过攻打韩国恐吓别的国家,于是他得以被秦王派去攻打韩国,显示自己的才能。

尉缭这个人也不是什么好东西,他虽然比他人聪明百倍,但他不把用于救世爱民上,只用在为他自己保命上了。他早就把始皇帝看清楚了，他是率兽而食人的角色。他是人，也是野兽之王，这个野兽之王率领野兽大军专以吃人为务，以此恐吓黔首，统治百姓。

这个野兽之王现在就骑在骏马的背上，就站在我面前的华阴平舒道上。我若挥起大树就可以把他从骏马背上扫落到地下，用巨树干按住他，把他压成肉饼。要说灭一人而能叫天下人活，这样的手段和方法也是我们的 M 星球的意志所允许的，那么我何不灭掉他呢？问题是，我们 M 星球的意志恰恰不是这样的，这个有伟大母爱的星球不允许任何一个生命死于其他生命之手，始皇帝即使百毒充满其身，即使十恶不赦，我也不能擅自把他除灭。我来到世间已经 11,000 个年头了，这当然指的是这个叫作地球的星球上的时间，如此漫长的时间，我没有杀害过任何一个生命，有意的杀害也从来没有过。我不能杀他。

他的豺声又一次传进了我的耳朵。

"星孩，你降落到我们秦帝国后，捣的乱也算够多的了，我都不再追究。就像你对我的儿子胡亥答应过的，把那些犯罪的书贼交给我的执法官员，你以前所犯的过错就一笔勾销了。"

这个家伙跟他的儿子胡亥是一样的花岗岩脑袋，或者说他的儿子胡亥长着跟他一样的花岗岩脑袋，他们的思想已经僵化，跟坚硬的死尸没有任何区别了。

我忽然有了个想法：擒获这个家伙，不杀他，但把他劫持走，这也不失为一个办法哩。但这个办法刚刚在我的脑海里产生出来，我就把它加以否定了。这实在是不适合文明世界的原则，尤其是与我们的 M 星球上的文明是背道而驰的。虽然这是用来对付一个恶贯满盈的家伙，但也不能把文明法则置之不理啊！

始皇帝军队的士兵被我扫荡到了渭水里，他们纷纷爬上了河岸,归队了,排列成了先前那种队列,依旧是威风显赫的强大军阵。这个想法在我的脑子里生了根,教训一下他也未尝不可,但在目前是不合适的。我叫他的儿子胡亥捎话,他也按照我的要求来了,那么谈判完了之后,就得放他回去,这是两军对阵时必须遵守的,是要用人品来保证的原则。

"我本来是要当着你的军队和我所保护的贤士良儒们的面,就在这大路的中央,把你这个所谓的始皇帝用这棵大树打成粉末的。可我不能这样做,我愤慨归愤慨,文明的原则还是要严守,不能轻易违反,不能像你这样的皇帝一样随心所欲地发布命令。你的嘴就是帝国,从你的嘴里出来的声音便是法令,这样的野蛮不是我所欣赏的。我可以拖拉着我们制造的陆朵巨车从你的军队的躯体上碾压过去,那样的话,我的陆朵巨轮就会染上你的士兵们的鲜血,就会变成红轮,宛若初升的太阳一样的红轮。可我的原则是在你们这个叫作地球的星球上不让一个生命流血,不毁灭一个生命。我不会那样干的。而你的军队又阻挡在前方,堵塞了我们前往东方大海的道路。既然如此,我惹不起你,可躲得起啊。我准备拖拉着陆朵转向西方,朝西走,然后再朝北,也顺便观看一下你在北方修筑的长城。"

我的话说得太多太长了,可即使这样也难解我胸中的块垒,这块垒中充满了我的愤怒与良知。

始皇帝没有说什么,他勒马转头,朝东方奔跑走了。

我看着他骑在骏马上的背影,把手中的大树拎起来,真想用力一推,那样它就会在大气里飞行,就会宛若长蛇一样把他从骏马背上斩落,他的头颅就会脱离躯体,滚到滔滔的渭水里去。

我为何这样痛恨这个家伙呢?

其实我来到这个叫作地球的星球上还没有几个日子,他与我也没认识几天，没有世仇，没有家恨，两个星球连边儿都沾不上，我为何对他如此厌恶呢？因为我爱正义，我爱良知，我爱慈爱，我爱美好的一切，那么，我就会痛恨邪恶和残暴，痛恨专制与狂妄，痛恨皇帝独霸天下这样的人间格局，更是痛恨这个叫秦的帝国。

我把大树扛到了肩膀上，转身朝我们的陆朵大车走去。

第一百零九章
教育大会（一）

我的愤慨渐渐平息下去了。始皇帝和他的骏马的背影消失到东方的庞大军阵里去了，看不见他的踪影，我的心情也就好多了。但我还是不能明白人间，尤其是这个叫秦的国度，为何会诞生始皇帝这样的人，这样的人间恶魔，他是专门来残害百姓的。关于我这个问题，我得向李孔贤士请教，得仔细研究一番始皇帝的来历，他的成长与成熟过程。

我走到了巨大的陆朵跟前了。

我看到了坐在车辕横档上的李孔贤士，还看到了高高的车厢上翘首以盼的人们。

贤士们眼巴巴地看着我，眼神里充满着期待。

李孔贤士说：

"英远星使，他们让我们过去吗？"

我脸上浮现出开心的微笑。

"我把他们一一教训了一顿。"

"啊？好啊！"李孔感叹道。

"我把李斯、赵高、胡亥和皇帝这四位一一教育了一番。"

"他们能听得进去？"李孔问道。

"我不管这些家伙如何想，反正我得说给他们听。可他们的脑袋太坚硬了，简直塞不进去一点儿良知、慈爱、善良、平等待人的理念，把自己的位置放到与百姓黔首同样的位置上，他们如听天书，一点儿聪明劲儿都没有，连我们M星球学校里的小学一年级学生的智力都没有。可憎可恨啊!"

李孔贤士说:

"这四个人可都是秦帝国山尖上的人,一个皇帝,一个是二世皇帝,世袭接班的,一个是丞相,一个是中车府令。他们能听你教育,也是具有开天辟地的意义的。"

我觉得李孔贤士说得非常好,就说:

"说得好。"

他继续说:

"这都是因为你是外星来的外星人,他们奈何不了你什么。假如是我们这样的士子,说不定他们一听到教训的话,就会抽出青铜长剑来,把我们当场劈成两半,喋血大路之上。"

我说:

"李孔贤士,中车府令赵高说他是个宦官,是自宫了的。这个人很值得琢磨。"

李孔可能是没有想到我会提出这样的问题,他想了想,说:

"赵高的祖上是赵国的贵族,赵国被消灭了,他成了亡国奴,他的心里一定是非常痛恨皇帝和秦国的。在这样的前提下,他自宫到了皇帝身边,由于他学识丰富,得到了重用,还成了胡亥的老师。他如果自宫了,这样的耻辱他在皇帝面前怎么能忍受下去,除非他是有什么长远的计划,像曾经的越王勾践卧薪尝胆,尝吴王夫差的粪便那样,不然他是不会待下去的。"

"贤士的分析是有道理的。他趁来见我的机会,悄悄地把他的心里话说了。"

"啊……他说了什么?"李孔贤士极其心切地问道。

"他想钻进了皇帝肚子里,做一条要啮食他的心的虫子。"我说。

李孔贤士点了点头,沉默着,思考着。

我想到赵高的机密还是尽量不要外传,就把话题引开了。

"我对皇帝这个人的成长过程不太了解,所以就很难找到他之所以走到今天,变成现在这个样的原因。这个家伙的心那么那么黑,简直就是漆黑一团,难见天日,这样黑的心是有其必然形成的原因的。"

李孔贤士伸手在他的眉骨上抠了一下。

"我所了解的皇帝是这样的:他不是秦庄襄王的亲儿子,而是丞相吕不韦的种。吕不韦先前是个商人,他的生意可能是世间商人中做得最大的,国家都成了他货物买卖的对象。他先给一个姬妾下了种,然后把她送给当时还在赵国当质子的异人,也就是秦庄襄王,然后花重金使异人获得太子的地位,又叫他认了一个妈。这个女人正好没有子嗣,却又是安国君宠爱的姬妾。安国君接班后,很快就死了,异人便成了秦王。这个异人以吕不韦为丞相,当了三年秦王,也死了,吕不韦与帝太后的儿子嬴政就成了秦王。这期间还有一个叫成蟜的异人的儿子反抗被杀,为赵政——因为皇帝在赵国出生——还有叫他吕政的——扫清了接班的道路。吕政执政以后,就杀了他母亲帝太后的情人嫪毐,还有他的两个同母异父的弟弟,那时他们不到10岁,就被他装到麻袋里摔死了。囊扑就是这个意思。"

听到这里,我的心情变得十分烦躁。我是因为要学习这个叫作地球的星球上的知识,尤其是历史知识,才叫李孔贤士给我讲述始皇帝的先辈和他的出身的,我没有想到这个始皇帝居然把他的两个弟弟囊扑了。尽管他们不是同一个父亲,但终归是同一个母亲啊,这样的同胞弟弟,而且那么小的年纪,才比我小1岁,样貌是多么俊美,就被装到袋子里,在那人为的黑暗里,被囊扑了⋯⋯我的心滴出血来。我虽然不是这个叫作地球的星球上的人,可我的心还是如此忧伤。不是痛恨了,只是伤感，为这个叫作地球的星球上的生命的残暴而伤心。我心情十分灰暗，眼睛潮湿了，但没有落泪，只是轻微的湿润。

李孔贤士继续讲述道：

"这样的事件确实是十分残忍的，但它的确在始皇帝的家里发生了。他的异父同母的弟弟，两个多么可爱的孩子，就那样殒命了，不能享受人间的时光了。可怜，可悲。这样的事情在权力的高层会屡次发生的，只有那样的权力才会造成那样的残忍，在我们底层老百姓家庭绝对不会出现这样凶暴的恶性事件。万一出现了，法律也会制裁凶手的，凶手必将偿命。可在权力的顶峰，在专制权力的家庭里，皇帝杀了兄弟，他是受不到任何惩罚的，反而还成了他的英雄业绩似的。一切都这样变态，变形了，是非黑白颠倒了，再也没有了公正正义。是谁制造了高高在上的权力？权力不受任何制约，也就没有了善恶之分。是皇帝。像我们这样的读书人被坑杀，便也是皇帝来了之后的必然结果。"

我的心情仍旧的沉重。

"但我想，这样的人出生的时候一定不是这样的。"我说。

"你这样分析是正确的。一个婴儿呱呱落地时，那样的形象，那可爱柔弱的样子，无疑是善良的象征，是善良的代表，可他逐渐在人所组成的社会环境中长大，他的心是会被浸染上各种颜色的，被玷污，这是无法避免的。吕政小时候跟他的母亲逃亡，在那样的恐慌环境里，他的心灵是会扭曲的。他那名义上的父亲异人与真正的父亲吕不韦，利用重金从赵国的仇恨氛围里逃回了秦国，把皇帝与他的母亲帝太后留了下来。赵国人抓不到吕政，就把愤怒与仇恨加诸到这母子两人头上，这也是可以想象的。吕政与他母亲相依为命，他会比常人更依恋他的母亲，这种依恋又是在高压下的，便会扭曲变形，变成了对他母亲的畸形的占有心理。歌谣中传言他与他的母亲的关系十分不正常，母子相互安慰，也许僭越了正常母子的界限，他在少年时代就犯下了难以启齿的罪恶——这种罪恶导致了他对他的后父的扑杀，对他的两个亲弟弟的囊杀，对他的生父亲吕不韦的迫害，他不断地羞辱他的亲生父亲，即便这个父亲主动给儿子让开道路。他做的生意不就是用金钱换帝国嘛，他的亲儿子占有了这个帝国，他也就完成了他的初心深愿。"

李孔贤士的历史课深入我的心灵，使我对始皇帝有了更加深刻的认识，也就更能够理解他倒行逆施的前因后果。

第一百一十章
教育大会（二）

在这四百六十六位贤士和侯休、韩众和卢童三位隐士里，我觉得最为亲切的便是李孔大贤了。这位贤士天生就与我有着一种亲近感，我觉得他更像是一位父亲，慈爱仁厚，算是先贤儒士中的佼佼者。但是他们的学问是各有所长的，也没有高低上下之分，之所以说李孔是他们之中的佼佼者，这是因为我与他接近，他坐在车辕后档上，平时距离近，交谈极其便利，内心吐露的也多，了解了，也就理解了；理解了，也就有了深厚的感情。这可能是我说他是众贤士中的佼佼者的缘故。"佼佼者"这个词语，创造出来就是要用的，但我们不能忽略了它的不公平性。它是会给人间带来乱子的。宛若始皇帝发明了"朕"这个词，就把他独个置于无人敢于染指的高处，这便是人间最大的不公正，最应该唾弃的不平等。

我拖拉着陆朵巨车向西行，走的还是华阴平舒道，打算路过这个帝国的帝都咸阳时，顺便也考察考察这座城市的街巷门间。我心里有事，也不想走得多快，就慢慢地行走着。我的心里怎么就装载了那么多的沉重的事情呢？我并不着急去东方的大海边，我还没有考虑好到了东方的大海边岸之后，下一步的行动与安排。在始皇帝统治下的秦帝国，我如何才能保障我的安排是安全与长久的呢？我有原则，贤士们也有规则，谁都不会擅自逾越，但对始皇帝来说什么界线都不存在。规则一旦订好，大家都得遵守，不遵守者便是犯罪的人，但在始皇帝这里却没有任何力量追究他的罪恶的,这样的天下也就乱了,是不会达到长治久安的。

我走得很慢,陆朵巨车的巨大辁辘的车轴与轮辐的摩擦声,与宽广大道的路面的摩擦声,仿佛一曲美妙的音乐,在渭水的南边,在白云与土壤之间,叫人渐渐深入梦乡。

夕阳落到地平线下面去了,天地暗了,天空里的星辰从深远的天际浮现出来了。我看到随着落日在西方的地平线上闪亮的那颗星星,它闪烁着,如宝剑一样的光芒直插向这个叫作地球的星球的东半球上。我尽管对于这个叫作地球的星球上的人类的历史是无知的,尤其是对这个叫作秦国的历史是需要用功学习的,可我对于这个叫作地球的星球以及它之外的星球还是十分清楚的。我们的M星球上的学校对于这方面的课程是十分重视的。我知道我前面闪光的星星是金星。它是围绕太阳这颗恒星的,八颗行星中的第二颗行星。距离太阳最近的是水星。我所立足的这个叫作地球的星球当然也是行星了,它在太阳系的行星中排位为三。它之内的行星叫作地内行星,外面的就叫地外行星了。那些地外行星分别是火星、木星、土星、海王星、天王星。冥王星已经被开除出了行星行列,成了矮行星了。

随着夜幕的降临,天上的星辰也就争相闪耀起来了。渐渐地,银河也显现出来了。这是我在这个叫作地球的星球上所经历的又一个夜晚。

我一边慢步走着,后面拖拉着巨大的陆朵大车,高高的车厢上的贤士还在有一声没一声地谈论着什么,而坐在我身后的李孔贤士似乎也疲倦了,不再说什么了。我边走,边抬头去望天上银河深处的星系。我又在寻找我的故乡M星了。可我的肉眼的视力是有限的,我没有办法把我的故乡星从繁密的星辰中区别开来。这个叫作地球的星球,这颗太阳系里的行星,它还处于如此落后的冷兵器时代，别说望远镜，就连玻璃镜都没有。秦人使用的还是青铜镜，这实在叫我失望。我想到了我们的M星球的使命，我是来送药的，救世的，可我身上只带了一瓶药品，小小的一瓶药，显然是远远不够的，我所掌握的造药配方与技术，在这个始皇帝时代也是派不上用场的。没有相应的配套机器，没有物理学和化学知识，他们对于事物的认识还处于粗浅的传说时代，只会铸造青铜武器，只会用泥土烧制器皿，他们连物质由分子原子组成这样的概念都没有产生，我即使有再熟练的技术和熟记在心的知识，也是没有办法制造出药物来的。这样一思考，我就觉得降落到了这个始皇帝的冷兵器时代也许还是一种幸运呢。这种幸运是针对两个方面来说的，一是对我自己，二是对这个时代的所有的人。这个始皇帝时代的人是用不着担心那种可怕的病毒的，不用恐惧会患上丹巴热病的。但我在我们的M星球出发之前，深知这个叫作地球的星球已经陷入了严重的丹巴热病之中，很多人的生命遭到了最为严重的威胁与危害。夜晚的梦境还会复现吗？那高卧在绿皮火车车厢上的年轻女孩，美丽迷人的女大学生，她还在梦想着遥远的星球吗？她还在透过车窗玻璃遥望着夜空中的星星吗？

第一百一十一章
教育大会（三）

　　我是来这个叫作地球的星球送药的，可我却沉陷进了这个始皇帝的青铜一样冰寒冷酷的时代，遇到了被始皇帝坑杀的贤士大儒们，他们无疑更需要我的救护。我想我得在这个叫作地球的星球上解决权力压迫、权力暴政的问题。这本不是我的任务，我们的M星球并没有给予我这样的任务，可我现在独身一人在这个叫作地球的星球上，我是可以自行作主的。不管怎么说，这也是救世嘛。救人就是救世。退一万步说，我找不到那些被丹巴热病病毒残害的人，我闲着干什么呢？我不能闲着。我也不会见死不救的。我的心肠没有那么坚硬。我已经渐渐爱上了这颗行星，爱上生存在这个星球上的人们。有了常露朵，我毫无疑义已经成了这个叫作地球的星球上的女婿。这样的亲戚关系虽然是由于有了爱情才产生的，但这种关联也是神圣的。

　　这个夜晚还很漫长，万事万物都进入到了睡眠状态中去，可我并没有停下脚步。我是这辆叫作陆朵的巨车的役力，我拖拉着它前行，并不意味着我就是牲畜之类，马牛骡驴骆驼之类，我是这些我全心喜爱的贤士的大力士，我自愿为他们服务，谈不上什么奴役和被奴役的关系。尤其是高高的车厢上还有与我相爱的姑娘常露朵，为了那种爱情，我会舍弃自己所有的利益的。我指的是自己的个人的利益，而不是说我会放弃送药救世的使命，那不是我个人的利益，那是我们运行于遥远繁星间的M星球的意志，是星球之利益所系的重要任务。我不能辜负那样的信任。问题是,出发之前,给我送行的家人,我的太爷爷,他们并没有说完成任务会如此艰难,会找不到方向,会连那无数的受难者的影子都见不到一个。

夜渐渐地深了,大地安寂了,天上的星辰的闪耀也是无声的,光波并不产生声响。我平视着这平坦如砥的渭河大平原,河流两岸——南方的中南山山脉,北方的黄褐色黄土高原,它们在更远的地方与天际合一了——那便是夜晚的边缘地带。其实啊,目力所限,我们是穿不透远方的秘密的。

我回眸一望,见李孔贤士也已经耷拉着脑袋,眼睛已经安适地闭上了,他的胸部微微地起伏着,呼吸十分均匀有序。在这炎热的夏季,白天太阳的光线是非常强的,日照下,无论劳累与否,人都是会很辛苦的。夜晚是休息的时光,睡眠也就有了神圣不可侵犯的意味。

我把巨车停下了。

我用立木把车辕支撑好,让它稳稳当当的。我朝我们从那里回来的华阴平舒道的南边遥望,那黑魆魆的远方夜幕下覆盖着始皇帝与他的大军,他的巡游山东六国旧地的车队,他的丞相李斯,中车府令赵高,他的儿子胡亥——他着意把他培养成接班人的二世皇帝,还有蒙毅上卿。还有些什么帝国的重要人物,我是不清楚的。能跟着始皇帝一道巡游,不是亲信就是亲族,或者是他的替身,他的护卫,五花八门,什么样的才俊都会有的。这些家伙就是没有骨头,不是指的真正的身体里的骨头,是指他们的风骨,精神的骨头没有了,他们都是些行尸走肉,是始皇帝的依附,是他的分泌物和排泄物而已。

我心里酝酿好了的计划还得等候一段时间才能去实施。有了足够的睡眠,就会精神百倍,就会有斗志,就会舒畅,就不会有抱怨之声。

我坐到了车辕上，贤士们和隐士们，还有那三位圣洁的女性，他们都进入到了深沉的睡眠之中，可我却怎么就没有一点儿瞌睡呢？我闭上眼睛，想把自己引入墨黑的睡眠之乡，可是我的努力是失败的，我越是努力，睡眠就更远地离我而去。这简直就是折磨嘛，是自找麻烦。不瞌睡却硬去睡，这不是给自己找不自在受嘛。

为了打发漫长的夜晚，我轻轻一跃，就踩到了陆朵巨车的车帮上沿之上。我看到贤士们有的胸靠背相互依靠着，有的背靠着背，坐在车厢里睡着，有的趴到车厢帮沿上睡着，而在车厢的中心区域，三位圣洁的女性身体相挨睡在一起。我看见我心爱的姑娘常露朵的美丽面容是朝向星空世界的，她闭着的眼睛上长长的睫毛把她的眼睛变得朦胧神秘，仿佛所有的美丽与神秘都集中在那样的朦胧里。她面向星空，这叫我心里感到安慰。她一定在没有入睡之前在那群星世界里寻找过我所说的我的故乡星M。她找到了吗？她都想象了些什么呢？她能想象那深空天体的世界吗？

然后，我看见了东地平线上旭日与母体分离的情景。一个婴儿从母体里分娩而出，那是带着鲜血和母水的，那便是在天际流淌的朝霞，那绚烂艳丽壮观的日升风景。

这个时刻当然还不是起床的时刻，虽然旭日东升了，但沉在睡眠梦乡里的人们会更加深沉地睡下去的。越是这样的时刻，睡眠的程度就会越深。我想我的计划到了应该实施的时刻了。

我没有跳下车厢，我也就没去看一看李孔贤士在车辕后横档上沉睡的情景，我是直接从高高的车帮上起飞的。当然了，我在这个叫作地球的星球上的飞行区别于正常意义上的飞行，比如飞船的飞行，鸟儿的飞行，我需要中途在大地上稍微点上一脚，就会跃上更高的天空，飞行得更为迅捷，更有力。

我只点了一次脚尖,就飞跃到了始皇帝的军队大营里。我重新跃起,在高空中,眼睛稍稍扫视,就发现了始皇帝的车仗。我知道他是普天之下最恐惧死亡的人,他的卧车相似的就有二三十辆,可我一眼就判断出了他的所在。我直奔他的车辇,我在把他擒拿上高空的同时,一手捂住了他的嘴巴。他的鼻孔是留给他的呼吸的。也许是我的动作过于轻柔了吧,始皇帝在空中飞行时还在发出巨大的鼾声。这个家伙说话如豺声,睡眠鼾声如雷,杀害他的敌手时会咆哮如蛟,如山洪吞没村庄和农田……

　　我拖着他飞行,他如果在梦中有感,那一定是非常令人迷醉的飞行之梦。始皇帝一心想永生不老,成仙成神,这沉睡中的飞行也许会给予他清醒状态中永远不会有的享受,他会在梦里以为真的变成了神仙,喝了不老泉水,真的进入到了永生的世界里。

　　我站到了陆朵巨车的帮沿上,手中托举着的始皇帝还没有苏醒。这个家伙真够安心的,他在入眠前一定想的是,他有那么强大的军队作为屏障保护着他,他有那么严密布防的军营把他层层包裹到中心的中心,他就放心地睡吧。也许情况又是完全相反的,他由于难以克服的恐惧,尽管保护圈层层加层层,卫护紧密如雨,但他还是无法入眠。长时间的失眠折磨着他,越是想进入梦乡,就越是清醒,这样的折磨可能会令他精神崩溃,最终他在那样的煎熬中终于入睡了,恰在这个关键时刻,我到了,我把他擒拿到了空中……

　　我站在高高的车帮上,手臂里还挺举着沉睡着的始皇帝。他沉睡得如同死了一般。

第一百一十二章
教育大会（四）

这对始皇帝来说真的是个尴尬的时刻。

他猛然惊醒了。

他以为是在梦魇里，是在噩梦里遭遇到了可怕的事件，他挣扎着，全身扭动着，他的眼睛里充满了惊慌和恐惧。我为了叫他安静下来，就开口告诫他说：

"皇帝，您被我用手臂托着，不要动弹了，免得掉下去，那会摔坏您的贵体的。"

始皇帝似乎终于挣脱了噩梦的戏弄，恢复到了清醒的现实世界里来。他不再扭曲自己的身体，用眼睛观察着，当他看见了巨大车厢里的沉睡者以及我所站立的高高的车厢帮沿儿，他的眉头紧锁，对他的处境明显地充满了担忧。

"这……这……"他说。

我明白他的意思，就说：

"皇帝，您放心，掉不下去的，您也不会受到什么伤害。"

他的脸上立即出现了狰狞的表情。

"星星小孩，你劫持了朕？"他质问道。

"皇帝，我是要开一个教育大会，没有您是开不成的，您是主角，缺一不可。"

这个时候，车厢里面沉睡的贤士们醒来了，纷纷把目光射向始皇帝。他们一开始也以为自己在梦境里，待他们弄清了确实是在现实世界时，有一个贤士就哈哈大笑了。

"你这个恶贼也有这一天啊！"这位贤士朗声笑道。

始皇帝虽然不再在我的手臂里扭动了，可他对于贤士们的态度依旧没有改变。

"你这个被判了坑杀之刑的罪囚，看我不把你五马分尸！"始皇帝叫嚣道。

我心想，唉，他的处境都到了这个份上了，还不忘他始皇帝的地位与身份。

贤士们的愤怒酝酿着，鼎沸起来了。

"星使，你把这个家伙扔下去。扔下去，摔死了，他是罪有应得！"

农妇与她的女儿，还有我的未婚妻常露朵也都清醒了，意识到了眼前的场面到底是怎么回事。

荀梦周说：

"英远啊，你把皇帝擒拿来了，是要除掉他吗？"

宋哉说：

"星使，你这是干了一件最大快人心的事！"

他鼓掌拍手以表示他的心情。

历史说：

"英远星使，你要不要下到这车厢里面？"

这位贤士是为我担心，他可能想，站在车帮上毕竟是不太舒服的，况且还长时间挺举着一个人，而这个人却是时代最大的敌人。

姬诗一开口就吟诵出了诗来：

硕鼠硕鼠，
无食我黍！
三岁贯女，

莫我肯顾。
逝将去女,
适彼乐土。
乐土乐土,
爰得我所。
硕鼠硕鼠,
无食我麦!
三岁贯女,
莫我肯德。
逝将去女,
适彼乐国。
乐国乐国,
爰得我直。
硕鼠硕鼠,
无食我苗!
三岁贯女,
莫我肯劳。
逝将去女,
适彼乐郊。
乐郊乐郊,
谁之永号?

听到姬诗吟诵诗的声音,还在车厢的车辕后横档那儿睡着的李孔贤士醒来了。当他围绕着巨车陆朵朝上面看了看,弄清了清晨这一情景的来龙去脉之后,他发出了赞叹之声:

"这样的情景配以这样的诗,实在是情景之绝对之融合,乃绝配也。如今这个大老鼠被我们的救命恩人星使擒拿住,看他还能张狂几时?"

李孔贤士的话语声是从车厢下面的大地上传上来的,这使待在车厢上面的贤士们听了尤其振奋。有人把长长的木梯从车厢上放了下去,李孔贤士便顺着梯子爬了上来。他从车帮上跳进车厢,对我说:

"星使,你既然已经抓获了皇帝,这是个好机会,我们索性就为天下除去这一大害,功莫大焉!"

这个时候,侯休走到了前面来。

"啊,皇帝啊,你不是派人抓捕我和韩众、卢童吗,现在你倒是成了瓮中鳖、笼中鸟了,你这种作恶多端的人还能算是人吗?今天你落到了从星星来的天使手里,我看你就不要想着回去了。"

韩众说:

"天下坏就坏到了你一个人手里,没有你,哪儿还有李斯那样的坏人呢?"

卢童说:

"我早就知道如果被你抓住了,不是被坑杀,就是被处磔刑,五马分尸,死都不能好死。你欺压天下老百姓,称王称霸,可你能想到还有高于你的人吗?作恶多了,就得抵偿罪责,我们没有能力,天上会派人来收拾你这个竖刁恶人的。你用李斯那恶坏做丞相,你们算是沆瀣一气,臭味相投,一窝的硕鼠。李斯害死了他的同门韩非,这是天下无人不知的恶行。鬼谷子教出了这样的弟子,也算是瞎了眼。"

听到这些大贤大儒大道大墨,还有杨朱哲学的传人的抨击,我心里想,我的想法是对的。我还没有宣布召开这样一个教育始皇帝的大会,贤士们就踊跃上前来,用他们掌握的知识批判了这个只许天下他一人称朕的始皇帝。

这时，走向前来的是一位我虽然照过多次面，但一直不知其姓名的贤士。

"我是杨朱哲学的传人，我叫陈闲，我的父母亲和爷爷奶奶都是种田的穷人，但他们勒紧裤腰带，节衣缩食，供我上学，就是叫我明白人间的道理。我既然开了眼了，知道善恶了，我就得做出榜样来。我知道皇帝是人间一切恶的源头，他是天下最大的恶，因为他不受任何法则的限制，他的口令便是法令。他说杀人是好的，帝国的人民就去杀人掠地；他说我们这些读书人珍爱的《诗》是坏的，有偶语《诗》《书》者就得死，不但被杀，还要把被杀的身体放到街市上展览，倍受污辱。孔子认为诗有四大功能，'可以兴，可以观，可以群，可以怨。迩之事父，远之事君，多识于鸟兽草木之名。'对于事物风景美的享受，这是我们这样的读书人之所以爱它的根本性原因。'观'是指真实地反映社会现状，观察出政治的得与失，统治者的盛衰。'群'是指诗可以相互交流，抱团成群，其乐融融。'怨'之功用最为重要，可以直接指责政权，干预统治者的倒行逆施。就那么受不了诗的讥讽，就要把《诗》全部焚毁，把偶语《诗》者杀头弃市，以古讽今者族，你实施这样的恶政，你的天下还能猖獗几时？"

这位叫陈闲的贤士说到这儿停顿了下来，我心里还是希望他继续说下去的。我对于杨朱学派的学问发生了极大的兴趣。

这个时候，学单贤士说开了：

"你是皇帝，你有权置丞相李斯于死地，可不论李斯这样的权奴死生与否，他都是你的集团的一分子，并不因为你不高兴等什么原因就五马分尸了他，他就不是你的集团成员了，非也！如果我们老百姓人人做到不给你们的统治集团拔一根毫毛，你及你的统治集团就会自动消失。但是啊，老百姓出于恐惧的原因，几乎是没有人敢不给你拔毫毛的，结果是人人都拔出来了毫毛给你们，你们便有了资本压迫残害百姓。你把我们杨朱哲学的传人几乎杀光了，可能就是因为杨朱哲学触及你这恶政的根子了。百姓，也就是你恶意贬低施加黔首之名的可怜人，他们若是明白了杨朱的道理，恶政就会自行解散。那样的话，你还会与普天之下的人有什么区别呢？什么区别都不会有的。天地造人，大家都是一个样儿！活在世上，遭遇你这样的皇帝，我恨不得把你生吞活剥了！"

大贤士学单对于始皇帝的批判，句句在理，条分缕析，字字珠玑，听得我几乎忘记了手臂里托举着的始皇帝。说老实话，他在我的手里实在是过于轻微了，我一时忽略了他的存在，一没注意，手便松开了，始皇帝便从高高的车厢往大地落去。这样的高度，他无疑会摔得断气失命的。尽管始皇帝是个个贤士痛恨的世界害贼，可他也毕竟还是个人嘛，有人便失声叫了起来：

"啊——"

我的反应是迅捷和及时的，立刻就把下坠的始皇重新托举起来。我继续站在车帮沿儿上，仍旧把他挺举在高空中，让下面车厢里所有的贤士都能够看见他，这就相当于一个舞台一样，他是我手中的木偶演员，上演的是木偶戏。我不知道我降落到的这个叫秦的地域有没有木偶戏之类，但在我们遥远的 M 星球上，那是十分普通的一种娱乐活动。本来我是想把始皇帝放置到车厢的中心位置的，叫四周的贤士包围住他，可以把想说的心里话全部说出来，起到对他教育的作用。但车厢里的空间也是有限的，尤其是那三位圣洁的女性，那个中心应该永远是她们的世界，不容他人侵占的，我也就打消了最初的想法。现在这种情况应该说是最好的，最理想的状态。车厢的帮沿要远远高于车厢里面，这样的舞台是用不着重新搭建的，是现成的。

我用手臂掌握着这个叫作始皇帝的人间第一独裁者,也免得他会自以为是,失控地扑向距离他最近的贤士。置他人于死地,这是他的禀性和本质,是不能不防范的。

紧接着是学单贤士的批判教育,仍然是杨朱哲学学派的传人陈闲说:

"杨朱的'贵以身为天下,若可寄天下;爱以身为天下,若可托天下','全真保性,轻物贵己',都是针对专制暴政的解药良方,人间人人平等,哪一个人也不能因为攫取了权力就高于他人,奴役他人,而我们的祖师的理论是解决人间终极问题的最后出路。可惜啊,天下有了你这样的人类渣滓,你把天下攫取为你个人的天下,把你之外的人全认为是你的奴隶和工具,这样天下便不是天下人的天下了,天下只是你独夫民贼一个人的天下了,天下这个概念便也腐化了,朽烂了,发霉了,臭了……"

陈闲贤士终于抑制不住自己的情感,他的眼睛里涌出了热泪,还伴随着痛心的啜泣声。

"天下啊,你就这样被这样的独夫世贼戕害了。大地上的万物本来是装饰美化乐园的,却被这样的青铜之心的大贼变成了地狱中心。"

陈闲贤士放声号啕了起来。

这样的哭声从高高的巨车车厢里飘荡出去,飞向下面的渭水平原,超过平原,撞向北面的黄土塬头,也撞向南面秦岭的中南山岭。听着这样的哭声,我的心也难以控制地难受起来,眼睛也不自觉地湿润了,竟然有一颗泪珠落了下去,掉到了站在车厢里面的一位贤士的头上,又滚落到了车厢底板上。它与车厢底板的碰撞,发出了叮叮当当的,响亮的,十分悦耳的声音。

那是一颗光彩四溢的钻石,耀眼明亮,紧密、精致、细腻,标致得令目视者心疼耳痒。

那位贤士把它捡了起来。

"我的妈呀,这么好看的钻石!"他说。

当我的那颗泪珠掉下去后,我的眼睛也就不再被泪水遮掩了。我看清了我手臂托举起来的始皇帝的眼睛。他的目光依旧如青铜那样冰冷坚硬,对于我的泪珠钻石之变也没有发生什么好奇之心。这家伙真是铁石心肠啊!

我说:

"皇帝啊,我把你劫持来的目的是为了教育教育你,叫你听听天下贤士的心声,叫你接受一点儿天下贤士的肺腑之言。你听到了吗?天下贤士的哭泣声是多么的让人感伤心痛,他们为你把一个美好的人间戕害成了魔鬼的地狱而痛哭落泪。我的泪一旦出来了,它就会变成钻石,变成石头,而且是硬度相当高的石头。"

从车厢底板上拾起了钻石泪珠的那位贤士,他把泪珠托到掌心里,那泪珠接收着来自清晨的光,把自己变得更加明亮耀眼。

"星使啊,这是你的眼泪——你的眼泪便是恩赐给我们这个人间的珍宝。我要把它还给你吗?"

听到手掌心里托着钻石泪珠的贤士的话,我深深地理解这四百六十六位贤士的心,他们的心宛若我的泪珠钻石一样明澈,光明磊落。有了心灵的伟大无私,才会有行为的高尚圣洁。

我说:

"这位敬爱的贤士,你的大名是……"

贤士回答道:

"我的姓名是光渐,两个字,'光明'的'光','渐渐'的

'渐'。"

我说：

"由于我一下子见到你们这么多的贤士，没有办法一下子就把诸位的姓名记住，只好一个一个的，逐渐地去记，这样就能牢记。光渐贤士，你的姓好，名也非常地好，我一下子就会记得牢牢的。那颗泪珠钻石，我就送给您了，您就收着吧。"

"不，星使啊，我不能要，我想把它送给我们车上的亲爱的小孩……"

"行啊！"我说。

"我把它送给小南花，有她的母亲替她保存，一定不会遗失的。"光渐说。

"这样最好了。就按你说的做。"我说。

这个时候，那个叫小南花的农夫的女儿被车厢里的贤士用胳臂手掌传递着，送到了光渐贤士的胳膊里。他把小南花小姑娘抱到怀里，把钻石泪珠放到她的小小手掌里。

"这是咱们的救命恩人的泪珠钻石，我把它送给你，你能把它保存一辈子吗？"光渐贤士说。

小姑娘眨了眨她的大眼睛，嗲声嗲气地回答道：

"我保证保存到我生命的最后一刻。"

小姑娘的话立即在车厢里的贤士群里引起了巨大的震动。这不像是一个小女孩说的话，可是啊，这又偏偏是她说的。始皇帝来了之后，小孩也就没有了天真活泼的童年时代，严刑峻法不仅惨无人道，更可怕的是它是不平等的，没有公正公平可言的，它只是针对下层黔首贱民的，是面向始皇帝之下的被剥夺了尊严的人的。

小南花把钻石泪珠用食指和大拇指夹住，高高地举到眼睛前，让它在空中折射着来自东方天际彩霞的光线。它在七彩之光中呈现出绚烂的美丽来。

小南花小姑娘说：

"这是我的心啊！"

广大的贤士更加震惊了。

车厢里一片肃静，沉寂，无声，旷远，深沉……

　　　　阿房，阿房，亡始皇。

小南花小姑娘大声地唱起了这首短短的童谣：

　　　　阿房，阿房，亡始皇。

这个时刻，不但是车厢里面的众多贤士震惊了，连我和我手臂里挺举着的始皇帝也震惊了，尤其是始皇帝的脸色突然变得煞白，没有了一点儿血色。

贤士们跟随着小姑娘小南花的声音也唱起这首秦地的童谣：

　　　　阿房，阿房，亡始皇。

这样的歌声在这个清晨时刻的渭水平原上传播开去，飘向北方和南方的山塬与山岭，沟壑与田野，城市与乡村。

小南花小姑娘宛若是广大贤士的音乐老师，教他们学唱这首已经流传了很久的童谣。歌声越来越大，众人的歌声形成了大平原上的洪流巨浪，涌向两岸的山岭高塬，宛若滔滔洪水，把整个世界都淹没掉了。

第一百一十三章
教育大会（五）

我是如何把始皇帝送回到他的军营和巡游车队里去的，似乎已经变成了遥远的、已经淡漠了的影子。这个叫作地球的星球上的，始皇帝自以为了不起的庞大的秦国，其实也没有多大，据李孔贤士所教授给我的地理方面的知识，它的北方有匈奴，东北方向有夫余、东胡、肃慎，它的西方有月氏国、乌孙、楼兰、呼揭诸国，西南方向是羌……而在东方则是与大海相连，便没有什么土地了。南方的百越还没有被这个狂妄自大的秦国征服。南越与闽越的边缘地带也是与海洋接壤的。始皇帝消灭的是周国曾经控制过的地域，而那些遥远的地方，他也是没有胆量去的。或者说，他觉得所征掠的地域已经足够他的虚荣心所要张扬的限度了，也就是他巡游时不可能再走得更远了，茫茫大地已经给予他了满足感，他不想超过界限到那陌生的世界去，那传说中的巨蛇也许会把他的整个车队吞到巨口里去的，他怀揣着作为人的怯弱之心而止步了。

我把他擒拿到我们贤士队伍的陆朵巨车上，让贤士们能够以特别近的距离观察和教育始皇帝，叫贤士们把他们所学的知识和道理讲述给始皇帝听。不管怎么样，只要灌输进他的耳朵去了，哪怕又从另外一只耳朵里吹出去了，但那经过他的过程是会留下痕迹的，教育的作用是会有的，至于效果如何，那要看以后了。假如一次不会起到丝毫的作用，那么我还会对他展开第二次的教育大会的。这些贤士人人都可以当他的老师，我是贤士们的学生，我的所学是贤士们所传，我把我牢记了的内容讲述给始皇帝，那么我也是可以当他的老师的。这个家伙脑袋过于花岗岩化了，还处在狩猎与游牧的原始阶段，处在弱肉强食的丛林法则阶段，可以说他还是没有开化的野蛮人，他对于文明与知识的认知还停在相当原始的阶段，因此杀戮是他的本质使然。

我拖拉着陆朵巨车，并不快速地行走在渭河南岸的平原上。我虽然给自己定了东方大海边的目的地，那是我们这艘巨车的终点站，是最后的落脚地，可我们，尤其是我并不会急着前往那儿。那儿并没有一个相识的人迎接我们，更没有一股强大的势力等候我们，一切都是陌生的，开辟性质的，每到达一个新的地方，就会有新的困难产生，就会遇到你意想不到的危机和尴尬的处境。人生地不熟的，吃与喝两大问题是很难解决的。我想这种漫游也许就是一种目的，我们的陆朵便也承担了灾难豁免的重任，它是国中之国，是始皇帝的威风与暴政施加不了任何伤害的特殊场域，或者说是由我保护的 M 星飞地。有了这样的前提条件，这批可怜可爱的贤士无论是身处始皇帝的秦国哪个地域，只要在我们的陆朵里，这便是不会有生命之虞的，是安全的。在我游历始皇帝的这个集权帝国的同时，贤士们跟随我也可以做进一步的观察与研究，把这个帝国的方方面面都追究一番，用四百六十六双眼睛，再加三双眼睛，再加三双眼睛——给予全面的观察研究，直到弄懂它之所以会产生的原因。

我一边拖拉着陆朵巨车，一边回想起了贤士们在车厢上对于被我抓获来的始皇帝的教育，他们的口诛笔伐是极其有魅力的。作为反抗暴政的勇士，他们的知识与智慧是这个时代超一流的，是这个时代的精华，会为后人留下宝贵的精神财富，他们无疑是这个时代的精英。

"皇帝，你用眼睛看看你的手，把你的两只手掌和十根手指头都仔细瞧瞧，再把我的十根指头和手掌仔细看看，看看骨头和外面的皮肤，还有肌肉，你再摸一摸，压一压，把你发现了的区别，把你触摸到的不同之点说出来。"这是荀梦周贤士说的。

始皇帝待在我的手臂上，我把他轻松地托举着，就相当于挺举了一根鸟儿的羽毛，他实在是太轻了。

始皇把他的手指伸到眼前看了又看。他用左手把右手摸了又摸。他没有说什么，但从他的眼睛里可以看出他没有什么特别的发现。

荀梦周说：

"星使，你把他放下来，叫我看看他的手指手掌，骨头和肉，还有皮肤什么的，再摸一摸，仔细分辨一番。"

我轻轻落到了车厢中的空隙里，贤士们本能地往后面退了一下，所形成的人体波浪还是传染了车厢里的所有贤士。其实啊，他们的身体用不着丝毫的移动，留下来的空间是足够我和始皇帝站立的。这只能这样解释：始皇帝这个家伙的威风已经传遍了天下，就像狼虎猛兽的威名一样，吃不吃人，伤不伤人，是另外一回事，但其威名早已经伤害了天下苍生。那是划过他们心脏的一把刀子的影子，那影子也是可以刺出鲜血来的，也会置人于死地的。

由于长时间被我托举在半空中，始皇帝的身体似乎已经僵硬，当他站立在车厢里时，他的高高的身体晃动了几下，似乎是寻找不到方向，有昏迷下去的倾向，我连忙把他扶住了。经过这样的折腾，他适应了，手脚灵活自如了。但他腰上挎的青铜宝剑还是不能叫我放心的，我把它带鞘取了下来，拿在我的手中。他要是一时疯狂，挥舞起来，刺杀几位靠近他的贤士，那我将无法挽回的,我得提前防范。解除了武装的始皇帝与更普通黔首没有什么区别了。

荀梦周把手伸到了始皇帝的面前,说:

"这是我的手。我叫荀梦周,这是一个叫荀梦周的读书人的手,你看看它。"

始皇帝还有些装聋作哑,神情茶茶的,或者是他骨子里对于平民的蔑视、不屑还在主导着他的思维。

荀梦周把手伸到了始皇帝的眼睛下面。始皇帝还装假视而不见的样子。

我发现了这个皇帝的态度,就对他说:

"皇帝,我还是叫您皇帝,这是我作为我们遥远的 M 星球的文明和礼节,我还是尊重你的。虽然这个名称是你自己给自己取的,我还是承认你这样的作为。只要它对他人无害,你是有任何形式的自由的,可一旦你危害他人,什么自由也是不会有的。既然荀梦周贤士叫你看他的手指,你就看一看,配合一下我们的教育大会。"

皇帝听到我说的最后这句话,好似吃了一惊。

"教育大会?"他问道。

我解释说:

"我先给您道歉,赔不是了。我是没有征得你自己的同意擅自把您从您的军队大营里擒拿来的……"

"这是劫持!"皇帝愤愤地抗议道。

我停顿了一下,说:

"您说是劫持了您,这也没有错,可我是实在没有别的办法了,就把您用了千万次的方法用到了您自己的头上,您不是对我说的'教育大会'有疑问吗,我可以给您解释。这些贤士都是天下的大儒,是有知识和智慧的士子,是时代的精英分子,是大地的精华,是神明的骄子。当您把他们抓捕后,判处了活埋坑杀之刑,他们凭死囚的身份是没有资格与您对话的,我现在为他们创造了这样的条件与机会,想叫您听听他们胸中的智慧。您听了,不管您认同与否,这都是会对您起到教育作用的。现在这车厢上面举行的就是一场教育大会,明白了吗?"

始皇帝翻了翻眼睛,把眼睛里的眼白都翻出来了。我觉得这个邪恶的人还是放不下他的架子,他把自己看得高于他人,一切罪恶的起因可能就在这里。

我说:

"您必须回答贤士们的问题,如若不然,我是可以破戒的,我就把您这个皇帝杀了,要了您的命,我哪怕因此承担我们的M星球对我的任何性质的惩罚都是甘心情愿的。"

我捏住了他的脖子。我的手指只是轻轻地放在他的脖颈上。

"我只要稍稍用力,您的脖颈里的骨头就会全变成粉末!"

我说话的口气明显带有情绪。

在我的威胁下,始皇帝说:

"荀梦周,你的手指与我手指没有什么区别。"

荀梦周说:

"这是你看到的外表。你再摸摸我的手,看有什么不同。"

他把始皇帝的手拿起来,把他自己的手塞进他的手指间。

"摸一摸,仔细地摸一摸。"他说。

可是,我们发现的现象是:始皇帝的手好像被蛇或毒虫咬螫了,往后缩回去,又仿佛被暴雨时分天上的雷电击中了,那手指变成了发光的血红色,变透明了,皮肉里面的骨头放射着红光。

我心里立即明白这是为什么。这个把自己独称为始皇帝的人,不允许他人染指这个名称的人,这个人在自己的内心已经把自己抬高到了他人无可企及的地位,甚至把自己拔高到我们M星球上的高级文明人的地步,从而从心底厌恶这些被他称为黔首的人了。与这样的人的肢体接触,他的肉体就会出现强烈的反感,就像是他的本能一样。这个始皇帝完全把自己异化了。

我说:

"皇帝,您的手与荀梦周贤士的手实际上是没有任何区别的。您是人,他同样是人,您的手是血肉骨头组成的,他的手同样是血肉骨头组成的。可您因为把自己称为'朕',称为皇帝,就认为您与他人有了难以跨越的深谷。您在上,他在下——这完全是您的错觉,长此以往,您的心理便发生了变异。您这样的人已经完全异化为了非人,这样的话,您还如何在人间生存下去呢?这是可怕的。您早已变形了。皇帝其实不是人啊!"

我说得语重心长,把我内心里的怜悯和悲哀都渗透进了语言之中。

这个时候,荀梦周贤士把他的脸凑近了始皇帝的脸。

"吕政,你看看我的眼睛。"他说。

荀梦周贤士还有一个名称:荀木雕。这是他的外号。他没有说是什么情况下、什么人给他起的这样的绰号,可我觉得这个绰号还是相当形象的,起得十分地道。

始皇帝说:

"不要放肆!"

这个已经异化了的人还在向他人发号施令,还在把他个人的意志强加于他人的头上,还依旧把自己当作高不可攀的皇帝,把他人当作奴隶和猪狗不如的人。

我命令道:

"皇帝,您必须看荀贤士的眼睛!"

我的手稍微用了一点儿力。

始皇帝说：

"什么意思？"

他有点儿配合了。

荀木雕说：

"你看着我的眼睛，你会在我的眼珠里看见你的脸，看清你是什么模样。我也照样能在你的眼睛里看清自己的脸，自己的模样。"

荀梦周贤士把自己的眼睛更加近距离地凑到了始皇帝的脸跟前，我真怕始皇帝会咬荀木雕的眼睛一口，把他变成瞎子。可我又一想，这个始皇帝是不会用他的身体去主动接触他人的身体的，除非用他的青铜宝剑斩杀刺割。

果然，始皇帝把他的脸拼命往后仰去，仿佛荀梦周贤士的脸散发出的气息腥膻得要命，他如若不极大程度地躲避的话，就会被熏得闭过气去。

"好我的皇帝哩，至于吗？您这个高高在上的人，连贤士们的气息都不能嗅闻了，您到底变成什么了？"

他好像没有听见我的话，我又一次对他施加了手力。

"您假若不看荀梦周贤士的眼睛，我就掐断您的脖颈！"

皇帝睁开了眼睛，看了看荀梦周的眼睛。

"看见了什么？"荀梦周大声地问道。

我也喊道：

"回答荀梦周贤士的话！"

始皇帝在我的威慑下，说道：

"我看见了一个人影，很小的人影。"

我笑了。

荀木雕贤士也笑了。

始皇帝问道：

"你们笑什么？"

"那个人影您知道是谁吗？"

"谁都不是！"始皇帝斩钉截铁地说。

这一下子弄得车厢里的贤士们一个个都大笑起来了，连那小南花也以她清朗幼童声笑开了。

小南花的童声仿佛是青铜宝剑弹奏出的惊世音乐。

"你不知道那是你自己吗？"

始皇帝也惊讶了。

"怎么可能会是我呢？"他倒反问得十分地认真。

小南花轻声唱道：

阿房，阿房，亡始皇。

这个时候，始皇帝突然宛若是精神病发作，脑子不听使唤了，他的双手一下子卡住了小南花小姑娘的脖颈，卡得小南花小女孩立即就翻了白眼，这样下去小女孩会断气窒息的，而始皇帝仍旧像是疯子一样，丝毫没有丢手的趋势。为了以防万一，我在他的脑壳上轻轻拍了一下，他便昏迷了。我是能够掌握住力度的，不会把他拍得送命的。始皇帝昏迷了，我想他一时半会不会醒过来，教育大会便也开不下去了。我就托举着他，飞离了我们的陆朵巨车，朝向他的军营飞去了……

图书在版编目(CIP)数据

陨童/寇挥著.—杭州:浙江文艺出版社,2022.8
ISBN 978-7-5339-6643-0

Ⅰ.①陨… Ⅱ.①寇… Ⅲ.①幻想小说-中国-当代 Ⅳ.①I247.5

中国版本图书馆 CIP 数据核字(2021)第 208142 号

策划统筹	曹元勇
责任编辑	易肖奇
文字编辑	汤明明
营销编辑	耿德加　胡凤凡
数字编辑	姜梦冉　诸婧琦
责任印制	吴春娟
封面设计	@Mlimt_Design

陨童
寇挥 著

出版发行	浙江文艺出版社
地　　址	杭州市体育场路 347 号
邮　　编	310006
电　　话	0571-85176953(总编办)
	0571-85152727(市场部)
印　　刷	上海盛通时代印刷有限公司
开　　本	889 毫米×1240 毫米
字　　数	345 千字
印　　张	14.75
插　　页	1
版　　次	2022 年 8 月第 1 版
印　　次	2022 年 8 月第 1 次印刷
书　　号	ISBN 978-7-5339-6643-0
定　　价	66.00 元

版权所有　侵权必究

一本书打开一个世界

欢迎订购、合作
订购电话：0571-85153371
服务热线：0571-85152727

KEY-可以文化

浙江文艺出版社

京东自营店

关注 KEY- 可以文化、浙江文艺出版社公众号，及浙江文艺出版社京东自营店，随时获取最新图书资讯，享受最优购书福利以及意想不到的作家惊喜